U0137380

敦煌研究院学术文库

二〇〇五年国家社科基金一般项目

敦煌佛教歌辞研究

王志鹏 著

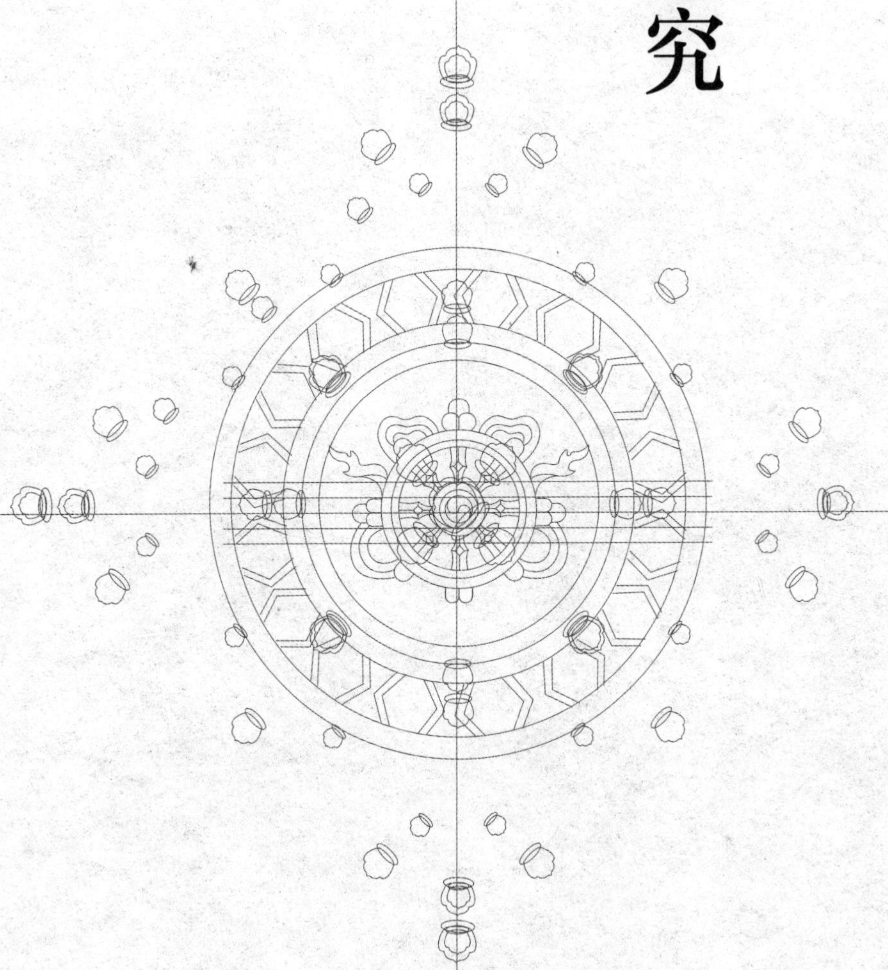

DUNHUANG FOJIAO GECI YANJIU

高等教育出版社·北京
HIGHER EDUCATION PRESS BEIJING

“敦煌研究院学术文库”总序

樊锦诗

敦煌学从研究对象来说，主要包括三个方面：一是从藏经洞出土的古代文献（也称为敦煌文献、敦煌遗书）及其他文物；二是敦煌石窟；三是敦煌及丝绸之路的历史文化。

1900年在敦煌莫高窟第17号洞窟（后被称为“藏经洞”）发现了数万卷古代文献及纸本绢本绘画品，这是人类文化史上的重大发现。由于清政府的腐败，未能采取有效的保护措施，致使这些珍贵的文化遗产大部分流落海外。在其后的数十年里，敦煌文献受到世界汉学研究者的关注，很多学者投身于敦煌文献及艺术品的研究。敦煌文献包罗万象，涉及古代政治、经济、文学、语言学、科学技术等领域，一百余年来，敦煌文献的研究可以说汗牛充栋。“敦煌学”这一名称也源于对敦煌文献的研究。而随着敦煌文献的深入研究，必然需要对敦煌本地历史、地理及相关遗迹的调查研究。敦煌位于丝绸之路中西文化交流的要道，敦煌的历史又与中国西部发展，特别是丝绸之路发展的历史相关联，因而，对敦煌与丝绸之路历史文化的研究，也成为敦煌学的一个重要方面。对敦煌石窟的研究相对较晚，虽然法国人伯希和于1908年对敦煌石窟作过编号，并对洞窟内容作了详细记录，1914年俄罗斯奥登堡探险队也对莫高窟作过测量和记录，但伯希和除了30年代在法国出版过图录外，他的《敦煌石窟笔记》迟至80年代以后才正式出版，而奥登堡探险队的洞窟测绘记录则到了上个世纪末才由中国上海古籍出版社出版。由于敦煌地理位置偏远，在过去交通不便的情况下，到敦煌石窟的实地考察很难。当伯希和出版了敦煌石窟图录后，日本学者松本荣一因此写成了第一部敦煌图像考证的专著《敦煌画研究》（1937年出版），但作者却一辈子没有到敦煌石窟做过实地考察。直到1944年成立了敦煌艺术研究所，以常书鸿先生为首的一批研究人员在极其艰苦的条件下开始对敦煌石窟进行系统的保护和研究工作。1950年敦煌艺术研究所更名为敦煌文物研究所，除了美术临摹与研究外，还加强了石窟保护工程的建设，并开展了考古研究工作。1984年敦煌文物研究所扩建为敦煌研究院，增加了研究人员，并在石窟的科学保护、石窟考古、石窟艺术以及敦煌文献研究方面形成了较为集中的研究力量，取得很多重要的成果。

进入二十一世纪以来，敦煌学的发展面临着新的机遇与挑战。敦煌莫高窟作为世界文化遗产地，石窟的保护与研究工作受到国内外学术界的普遍关注。国家不断投入资金，支持敦煌学研究事业，国内外友好人士也给予广泛的援助。敦煌研究院与国内外学术机构的合作与交流也不断发展。可以说敦煌学研究工作进入最好的时代。近年来，敦煌研究院的研究人员在老一辈专家学者开创的道路上继续奋进，并在敦煌学的各个领域取得了令人振奋的研究成果。不少研究人员陆续获得"国家社会科学基金项目"以及省、部级学术研究项目的立项，敦煌研究院也设立了院级学术研究项目，加强了对学术研究资助的力度。

为了让新的研究成果尽快出版，以推动敦煌学研究事业，我们决定持续地编辑"敦煌研究院学术文库"，遴选出能代表本院学术研究成果的著作，陆续出版。"敦煌研究院学术文库"以推动敦煌学研究为宗旨，所收的著作，要在敦煌学及相关领域的研究上具有创新性、开拓性，在研究方法上具有启发性，对敦煌学研究产生积极的影响。

敦煌研究院将创造更好的学术环境，努力推动世界范围内的敦煌学研究持续向前发展。

序

众所周知，敦煌学早已成为显学，但“敦煌学”的概念至今却仍然十分模糊。一个原因是涉及“敦煌学”的内容过于宽泛，几乎可涵盖人文、社会科学，甚至自然科学的方方面面。因而从一定意义说，它已成为众多“交叉学科”的汇集。这样，随着敦煌学研究领域的拓展，就不断给科学研究充实以新的课题、内容、材料等等。文学正是这样与之相关的内容不断扩展的学科。又众所周知，敦煌遗书的发现，对相关材料的研究，以所发掘出来的资料，已经大幅度地改写了中国文学史；但这一领域的研究远不充分与深入，继续改写的空间也就不可估量的庞大。

正因为敦煌学内容无限广阔、深邃，这个仅有短短一个世纪历史的学科又与众多学科“交叉”，研究的难度也很大。涉及文学领域的研究亦是如此。可是近年来，尽管学界浮薄空疏之风大行，却有一些学者，包括不少中、青年才俊，在这一领域辛勤耕耘，潜心治学，取得了骄人的成绩。而王志鹏博士的这部著作又增添了一项重要成果。

敦煌歌辞早已是整个敦煌学研究的一个热点。这方面一般进展情况，在这部著作“引言”和第一章里有简要描述。从中可以知道，如整个敦煌学一样，这一部分作品值得探讨的课题很多，但其中占全部作品大多数的“佛教歌辞”却是历来被学界关注较少的部分。这部著作集中对佛教歌辞进行考察和分析，具有填补空白的意义，对于敦煌学和文学、音乐学、宗教学等学科的研究都具有重大意义和价值，是不言而喻的。

本来中国“佛教文学”的研究已受到越来越多人的重视。这是一个有待开拓的学术领域，其内容庞杂，价值更是多方面的。其中重要部分是偈颂歌辞。翻译佛典中的偈颂对古代诗歌发展造成相当大的影响，但相关研究还很少有人涉足。这种影响的重要成果，又是进一步发挥影响的媒介，就是中国人自己创作的偈颂。

而敦煌佛教曲辞遗留至今的这样一批重要成果。这首先是佛教信仰的产物，是宗教文献，是不同于一般翻译经典和高僧大德的义学讲疏的文字，是民众宗教生活的真实记录；这是在民众中产生、或流传在民众中的诗歌，它们不是文人学士言志、缘情的记录，真正是民众的心声，是历史上遗存不多的真正的民间文学作品；它们又是真正的"声诗"，多数篇章原本是可以歌唱的，是典型的古代音乐文学；至于这部分作品里反映的社会生活、民间习俗、民众的精神状态等等，更是一般历史研究的绝好材料。这部书正是就这些方面进行深入探讨，所以上面一段文字的评价是毫不夸张的。

王志鹏博士选择的这个课题具有开拓性质，关涉佛教的研究难度更大，但他近十年间在这个题目上用功。其中包括在门下攻读博士课程的三年和在日本从事研究的两年。在近十年间，志鹏从"根源"入手，对敦煌文献进行了细致、全面的考察和辨析；他认真攻读了前贤时彦的论著，特别是对老一辈学者在发掘、整理、考辨、疏释这些作品方面的成就虚心汲取、借鉴；他就史学、文学、音乐学等领域与课题相关的内容认真钻研，扩展研究思路与内涵，如此等等，最后总结为这样一部研究成果。这是令人欣幸的。

志鹏好学深思，治学耐得寂寞。我常常用韩愈"无望其速成，无诱于势利"两句话与门下学生共勉。在当下这种境界或许过于理想化，但可喜的是如志鹏和他的许多同学在为达到这个境界而努力。这是令人欣幸的。这也是他们取得成绩的重要原因。志鹏还年轻，在专业上已经打下良好基础，又有敦煌研究院这样的工作条件，相信他会持之以恒，学术上不断取得新的成就。

孙昌武

2009 年 9 月

于香港中文大学

目　录

引　言

从汉代起，经魏晋南北朝、隋唐、五代，直到宋初，经行于丝绸之路的中西交往比较频繁，使者、军旅、僧人、商人往来不断。在我国历史上，见于史籍著录的著名历史人物如张骞、甘英、李广利、班超、吕光、裴矩、侯君集、王方翼、裴行俭、羌子侯、王玄策、泥垣师、高居诲，著名僧人摄摩腾、佛图澄、鸠摩罗什、法显、昙无谶、宋云、惠生、玄奘、慧超等，还有不见僧传，却有幸保存在敦煌写卷中的西行取经僧人如归文、智严、法宗、道猷、彦熙等，在这条东西文明交往的通道上都留下了他们活动的历史行迹。同时还有更多不知名的僧人、田卒和普通士兵，数不清的役夫、匠人、脚力、驿户、驼夫，由于种种原因，穿行于这条贯通东西文明的大动脉，奋进在干旱饥渴、恶风肆虐的碛路上。其中不少人葬身沙漠，埋骨异域，甚至他们的白骨在黄沙漫漫的瀚海里变成了后来行人的路标。他们都为中华民族的发展和东西文化的交流作出了巨大贡献。

在我国西北边陲、河西走廊的西端，有一个建立在绿洲之上的小型城市——敦煌，被人们誉为“沙漠中的明珠”。在历史上敦煌是一个多民族聚居的地方，汇聚了东西方的多种文化，曾经聚居、活动在这里有乌孙、塞族、月支、匈奴、氐、羌、鲜卑、吐蕃、回鹘、吐谷浑、党项等多种少数民族。1900年，在敦煌莫高窟的第17窟（藏经洞）发现了大量古代写本，人们一般称之为“敦煌写卷”。敦煌写卷除汉文写本外，还保存了不少藏文、回鹘文、于阗文、粟特文、梵文等写本文献。其中不仅有许多儒家经典，而且佛教、道教、摩尼教、景教的典籍，以及有关拜火教活动的记载都可以在这里找到，表现出多种宗教思想交流汇聚的文化现象。

由于敦煌地处“丝路”之枢纽，东接河西走廊，西通西域、葱岭，控扼玉门关、阳关，因此成为我国古代中西交通的重要吐纳口和东西文化荟萃之地，具有独特而重要的战略地位。隋裴矩《西域图志序》云：“发自敦煌，至于西海，凡为三道，各有襟带……故知伊吾、高昌、鄯善，并西域之门户也。总凑敦煌，是其咽喉之地。”[1]无

1（唐）魏征、令狐德棻撰：《隋书·裴矩传》，中华书局1973年版，第1579页。

论是东入汉土传法的西域或印度僧人，还是西行求法的中土僧人，敦煌都是其必经之地。敦煌是汉地最早接触佛教的地区之一，在隋唐时期也是繁荣的国际都会之一。

敦煌是莫高窟佛教艺术的摇篮和土壤。作为丝绸之路的咽喉要冲，敦煌既是东来僧人和使臣步入河西走廊的最初落脚点，也是西行僧侣和使臣告别故国的地方，位于敦煌西南的鸣沙山下的莫高窟，也因此成为西行者祈求路途平安的处所，香火不断。举凡开窟、造像、布施、礼忏、祈祷、抄经、念佛，以及绘制壁画，从十六国时期的前秦苻坚建元二年（公元 366 年）开始创建，中间经过北魏、西魏、北周、隋、唐、五代、宋、西夏、元约 11 个朝代的持续营建，延续时间近千年。莫高窟南区现存 492 个洞窟、2 000 多尊彩塑、45 000 多平方米的壁画，其中还包括有各类装饰图案等形象资料，有人誉之为佛教美术馆和佛教图像宝库。[1] 特别 1900 年 6 月在莫高窟藏经洞发现的大量敦煌写卷，更是魏晋六朝、隋唐五代以迄宋初敦煌地区社会历史的珍贵记录。

敦煌写卷 90%以上属于佛教文献，除佛教的经、律、论三藏外，还有大量与佛教有关的变文、诗歌、词曲，各种斋愿文、功德记、佛事杂文、修窟造像资料，以及僧寺的文书、僧尼传记和记录寺院日常生活的寺院账册、契券、榜牒、转帖、佛社活动等资料，总数达数千卷。

一般把对于敦煌写卷的研究称之为敦煌文献研究。我国著名学者陈寅恪在 1930 年响亮地提出“敦煌学”这一名称，并且站在世界学术的高度，预言 20 世纪敦煌学发展的光辉前景：“敦煌学者，今日世界学术之新潮流也。”[2] 第一次把人们对敦煌写卷的研究，称之为“敦煌学”。随着研究的深入，越来越多的学者认为敦煌学的范围应该扩大，而不能仅仅局限于敦煌写卷。姜亮夫云：“敦煌学之内涵，当以千佛岩、榆林诸石窟之造型艺术与千佛洞所出诸隋唐以来写本、文书为主，而复及古长城残垣、烽燧遗迹、所出简牍，及高昌一带之文物为之辅。”[3] 这一看法逐渐为许多学者所接受。但敦煌学并不是一门有系统的学问，正如周一良在王重民《敦煌遗书论文集》“序”中所说：“敦煌资料是方面异常广泛、内容无限丰富的宝藏，而不是一门有系统成体系的学科。如果概括地称为敦煌研究，恐怕比‘敦煌学’的说法更为确切，更具有科学性。”[4] 然而，人们还是习惯用“敦煌学”这个名称来概称“敦煌研究”。

1 史苇湘：《敦煌历史与莫高窟艺术研究》，甘肃教育出版社 2002 年版，第 208 页。

2 陈寅恪：《陈垣敦煌劫余录序》，见《金明馆丛稿二编》，三联书店 2001 年版，第 266 页。

3 姜亮夫：《敦煌学之文书研究》，载《敦煌吐鲁番文献研究论集》第 2 辑，北京大学出版社 1983 年版。

4 王重民：《敦煌遗书论文集·序》，中华书局 1984 年版。

敦煌歌辞在敦煌文献研究中有着突出地位，其广博丰富的内容，清新质朴的风格，灵活多变、自由活泼、独特而先进的艺术形式，犹如敦煌学这门显学中一颗璀璨的明珠，闪耀着熠熠光彩。自从人们惊奇地发现敦煌写卷中保存有一大批唐人歌辞起，敦煌歌辞就引起了学界的广泛关注。国内外的不少学者积极开展敦煌歌辞的研究工作，如我国大陆学者王国维、罗振玉、朱孝臧、傅惜华、周泳先、况周颐、向达、王重民、冒广生、胡适、郑振铎、阴法鲁、任二北（又名任半塘）、夏承涛、周绍良、唐圭璋、刘铭恕、关德栋、傅芸子、龙晦、项楚、柴剑虹、周丕显、张锡厚、吴肃森、魏建功、李正宇、颜廷亮、孙其芳、刘尊明等，港台学者潘重规、饶宗颐、罗宗涛、陈祚龙、林玫仪、苏莹辉、郑阿财、郭长城、王忠林、汪娟等，日本学者铃木哲雄、入矢义高、广川尧敏、福井文雅、川崎芳治、泽田瑞穗、砂冈和子、村上哲见、金冈照光等，他们分别从不同方面，或对敦煌歌辞整理编集，或对歌辞的内容形式进行探讨，涌现出一大批研究成果，并在有些方面取得了重要成就，为进一步深入研究敦煌歌辞奠定了坚实的基础。

本书所说的敦煌佛教歌辞，是指敦煌写卷中所有与佛教有关，同时兼具音乐性的歌辞，是一种广义上的佛教歌辞。敦煌佛教歌辞的数量占敦煌歌辞总数的 2/3 以上，而且形式多样，内容丰富，长短不一，不仅集中体现了佛教歌辞的鲜明特色，也在许多方面突出显示了敦煌歌辞的风貌。因此，在某种程度上可以说敦煌佛教歌辞是敦煌歌辞的主体。通过对敦煌佛教歌辞的研究，有助于我们深刻理解敦煌歌辞的内涵，从总体上更为准确、全面地把握敦煌歌辞。此外，唐代佛教发达，讲唱风气十分盛行，敦煌佛教歌辞作为佛教宣唱的文本记录，不仅有助于考察我国讲唱文学的源流和发展，也有助于我们进一步认识唐代佛教讲唱的内容及其在表现形式等方面的特点，对佛教文化与佛教史的研究也具有一定的参考价值。

需要说明的是，受时代风气和历史条件等因素的影响，前辈学者在对敦煌歌辞的研究中，较为侧重《云谣集》等民间歌辞，而对于敦煌佛教歌辞的研究要相对冷落，并且迄今为止尚未有人从整体上对之进行探讨。有鉴于此，本书试图从总体上对敦煌佛教歌辞的艺术形式和思想内容进行全面、系统的考察，进而对敦煌歌辞的全貌进行比较准确的概括和勾勒。由于本人才学浅陋，尽管作了较大努力，但粗疏失误之处在所难免，敬请方家学者批评指正。

第一章　敦煌佛教歌辞概述

在唐代，敦煌作为华戎交汇聚集之都会，同时也是我国古代丝绸之路上的一大佛教圣地，佛教在这里呈现出生机勃勃、兴盛发展的气象。在莫高窟长达千年的营造史上，唐代开窟最多，大约建造了近300窟，至今尚存231窟[1]，这也是莫高窟石窟艺术的精华所在。它以丰富的内容，优美的形式，典雅精美、富丽恢弘的艺术风格，充分展示了唐代佛教艺术的高度成就。敦煌佛教歌辞是一种有声艺术，“梵螺奏呗音嘹亮，钹磬轰敲韵响催”[2]，“千钟万鼓咽耳喧，攢杂啾嚄沸篪埙”[3]，今天读来，犹可想见当日弹琴吹笙、鸣钟击鼓、螺贝铙钹、琵琶箜篌、羌笛秦筝、胡笳悲角等百乐齐鸣，欢腾喧闹的热烈情景。敦煌佛教歌辞，连同绚丽多彩的壁画、优美动人的雕塑等具有不朽魅力的艺术作品，都是敦煌地区佛教兴盛时期人们活动的产物，也是人类文化艺术史上极为生动的一页。这为我们今天研究隋唐五代以至宋初敦煌地区的社会历史和佛教发展提供了宝贵的资料。

1 史苇湘:《唐代敦煌石窟分期与莫高窟初唐艺术》，载《敦煌历史与莫高窟艺术研究》，甘肃教育出版社2002年版，第256页。

2 王重民等编:《敦煌变文集》卷五《维摩诘经讲经文》，人民文学出版社1984年版，第542页。

3 韩愈:《陆浑山火一首和皇甫湜用其韵》，见（唐）韩愈著，钱仲联集释:《韩昌黎诗系年集释》卷六，上海古籍出版社1984年版，第685页。

第一节　敦煌歌辞研究历史回顾

自从20世纪初（1900年）敦煌藏经洞被打开之后，敦煌写卷便引起了中外学者的普遍关注。其中保存的唐五代时期的敦煌歌辞作品，尽管在当时的敦煌地区广为流传并有幸长期封存下来，但敦煌歌辞的整理研究工作却充满了艰辛与曲折。这是因为：第一，敦煌写卷的作品全部为手写或手抄本，经常使用俗体字，加之抄写者文化水平低下以及抄写的随意性，错字、讹字以及脱漏之字随处可见，而且由于时代久远所造成的字迹漫漶不清，校读起来十分困难，有时使人难以卒读，校录工作尤为艰难。第二，敦煌藏经洞在20世纪初被发现后，由于晚清政府的腐败无能，洞中大量的珍贵文物被英、法、俄、日等国探险家劫掠海外，散落异邦。这些都给辑录、校勘等整理研究工作带来了异乎寻常的不便与艰辛。敦煌歌辞的研究工作就是在这种种困难中展开的。

最早对敦煌写卷中的歌辞予以介绍和辑录的是王国维。王国维于1913年发表《唐写本春秋后语背记跋》，首次向国人介绍了写卷中《望江南》2首、《菩萨蛮》1首，共计3首曲子词。然而由于是“跋”，故影响不大。直到1920年，王国维又在《东方杂志》发表《敦煌发见唐朝之通俗诗及通俗小说》一文，才首次向学界刊布敦煌写本《春秋后语》卷背所抄《望江南》（按：原文中误题为《西江月》）2首、《菩萨蛮》1首，以及敦煌写本《云谣集杂曲子》中的《凤归云》2首、《天仙子》1首，共6首词作。这也是敦煌写本《云谣集》的名称及其零散作品首次在国内公开出版物上亮相。

此后致力于敦煌歌辞的辑录整理工作的还有傅惜华、赵尊岳（叔雍）、况周颐、周泳先、冒广生、唐圭璋等人。其中，周泳先在1935年编《敦煌词掇》，共

1 王重民:《敦煌曲子词集》,(上海)商务印书馆1956年版，第13页。

收录此期国内所能见到的敦煌歌辞凡21首，后又收入《唐宋金元词钩沉》(1937年)。这是对《云谣集》之外其他零散的敦煌写卷歌辞所做的第一次规模较大的汇辑校录工作。此外，冒广生撰《新斠云谣集杂曲子》(1941年)，唐圭璋撰《云谣集杂曲子校释》(1943年)、《敦煌唐词校释》(1944年)等，这些工作把敦煌歌辞、尤其是将《云谣集》的校勘整理进一步引向深入。

新中国成立后，敦煌歌辞的整理研究工作呈现出逐步兴盛的发展趋势。1950年，王重民编的《敦煌曲子词集》由上海商务印书馆出版，到1956年修订再版。该集分上、中、下3卷，上卷所收皆为长短句曲子词，凡108首(其中10首残)；中卷所收为《云谣集杂曲子》，凡30首；下卷所收为大曲词，凡24首，总计162首。这是我国第一部收录作品较多、校勘也颇为严谨的敦煌曲子词专集，使学界对敦煌曲子词的面貌有了较为全面的了解，也为以后进一步研究敦煌歌辞奠定了坚实的基础。《敦煌曲子词集》的出版，对我国古代文学史，特别是词学史的研究有着重要意义。阴法鲁在王重民《敦煌曲子词集》的“序”中云：“这项珍贵的资料，一方面为我们拓展了文学的领域，一方面给了我们许多研究文学史的启示和印征。”同时，也正如王重民在《敦煌曲子词叙录》中所说：“曲子既成为文士摛藻之一体，久而久之，遂称自所造作为词，目俗制为曲子，于是词高而曲子卑也。”[1]这样，无意中把大量敦煌歌辞局限于“曲子词”的范围，而对民间主声而不大重视词藻的歌辞未予足够的重视，并把敦煌写卷中大量俗曲如《五更转》、《十二时》、《百岁篇》也都排除在外。

在1954年和1955年，任二北相继出版了《敦煌曲初探》、《敦煌曲校录》两部著作，与王重民《敦煌曲子词集》前后辉映，将20世纪敦煌歌辞(敦煌曲)的整理研究工作推向第一个高峰。任二北的两部著作，一为理论研究，一为作品校录，二者之间可以相互发明，相互印证。就收录的作品数量来看，《敦煌曲校录》在王重民《敦煌曲子词集》的基础上，又增补了383首作品。就作品的分类来看，其中注意到对“杂曲”与“大曲”、“只曲”与“联章”的区分，并进一步把联章歌辞分为和声联章、普通联章和定格联章，堪称是对敦煌歌辞体式研究方面的一大贡献。《敦煌曲初探》第二章《曲调考证》，是作者最为用力之所在，作者从敦煌曲与《教坊记》的关系、敦煌曲对于大曲的贡献、联章四调、佛曲四调、其他诸调之特点和调数辞数之最大量等方面，对敦煌歌辞的曲调进行了全面论述，充分体现了作者对歌辞曲调的重视。1971 年，香港学者饶宗颐和法国学者戴密微合撰《敦煌曲》。饶宗颐用中文手写体，戴密微用法文，合为一书，由法国国家科学研究中心在巴黎出版。中文部分由“引论：敦煌曲与词之起源”与“本编”两部分组成，“引论”为理论探讨，“本编”为作品校录。饶著中文部分共校录敦煌曲辞凡 318 首，戴著部分则选取其中的 193 首译成法文，这是 20 世纪敦煌歌辞整理研究史上中外学者联袂研究的一项重大成果，在国内外都产生了较大影响。需要指出的是，此书用的也是“敦煌曲”的名称，其中“引论”部分对“敦煌曲”与“词”的关系进行了阐述，“本编”所校录的作品也并不限于“曲子词”一体。可见，作者兼顾到了敦煌歌辞在曲调和内容方面所表现出来的复杂性。

从 1972 年起，任二北在 20 世纪 50 年代研究成果的基础上继续努力，开始着手编辑《敦煌歌辞总编》，1987 年该书由上海古籍出版社出版。该书堪称是 20 世纪搜罗最为广博并带有集大成意义的一部敦煌歌辞总集。全书分七卷，共收录歌辞作品凡 1221 首。《敦煌歌辞总编》最为突出的特点是收录范围广泛，尽管其中有些作品是否属于“歌辞”还存在争议，但它为敦煌歌辞作品的甄选、考辨和辑录提供了一个更坚实、更广博的文献基础，其价值和意义不容忽视。

1986 年，台湾学者林玫仪在台北出版《敦煌曲子词斠证初编》。全书分三编，上编为“云谣集杂曲子”，共 30 首；中编为“普通杂曲子”，共 120 首；下编为“新增及残缺曲子”，共 26 首；总计全书共收录敦煌曲子词 176 首。同前面的几部辑录的敦煌歌辞集子相比，《敦煌曲子词斠证初编》具有自己的特色，其中最重要的是敦煌歌辞中的“曲子词”在该书中得到清晰鲜明的凸现。该书所收作品都是经过作者甄选、考辨而确认“合乎传统所谓‘词’之性质者”，仅限于“曲子词”一体。[1] 这也体现出作者编集敦煌曲子词的明确目的，就是为曲子词的研究提供一种较为具体可行的范本。该书摒弃了王重民《敦煌曲子词集》下卷所收的 20 多首大曲词，所收录的曲子词比《敦煌曲子词集》增加了约 35 首，这也是对敦煌歌辞研究的新资料、新成果不断加以补充吸收的结果。

敦煌歌辞的研究成果，除以上对敦煌歌辞进行校录、编集，以及同时进行理论探讨等规模较大的研究外，还包括有国内外学者发表的大量论文，其中涉及佛

1 林玫仪:《敦煌曲子词斠证初编·前言》，台北东大图书公司 1986 年版。

教歌辞的论文也有不少。[1]它们从不同方面对敦煌歌辞进行探讨、论证，使敦煌歌辞研究不断深入，并在有些方面取得了重要成果。

1 比较有影响的论文有：向达:《论唐代佛曲》(载《小说月报》第20卷20号，1929年10月版)；魏建功:《十二辰歌》(载1947年4月《天津大公报·文史周刊》第23期)；王重民:《说十二时》(载1948年1月《申报·文史》)；入矢义高:《征心行路難——定格联章の歌曲について》(载《塚本博士颂寿纪念佛教史学论集》1961年版)；广川尧敏:《礼赞》(参见《敦煌讲座》(七),【日】株式会社大东出版社1984年版)；Chen, Tsu-chuan : Dates of some of the Tun-huang Lyrics. JAOS。88 (1968) PP.261-270；The Rise of the Tz' u, Reconsidered. JAOS.90 (1990), PP.232-242；铃木哲雄:《菏泽神會と五更轉》(载《宗教研究》1969年3月)；饶宗颐:《孝顺观念与敦煌佛曲》(载《敦煌学》第1期，1974年7月)；任半塘:《关于唐曲子问题商榷》(载《文学遗产》1980年第2期)；Chang, Kag-isan: The Evolution of Chinese Tz' u Poetry:From Late T' ang to Northen Song. Princeton, Princeton. Univ.Press.1980；吴肃森:《论敦煌歌辞与词的源流》(载《甘肃社会科学》1981年第4期)；吴肃森:《敦煌歌辞论略》(载《甘肃社会科学》1982年第2期)；松寄清浩:《傅大士<行路難>の傳承》(载《宗教研究》1983年3月)；周丕显:《敦煌俗曲中的分时联章体歌辞——关于五更转、十二时辰、十二月的考察》(载《关陇文学论丛》，甘肃人民出版社1983年版)；周丕显:《敦煌俗曲分时联章歌辞再议》(载《敦煌学辑刊》(创刊号)1983年)；郑阿财:《敦煌写卷定格联章十二时研究》(载《木铎》第10期)；饶宗颐:《法曲子论——从敦煌本<三皈依>谈唱道词与曲子词关涉问题》(载《中华文史论丛》1986年第1辑)；龙晦:《论敦煌词曲所见之禅宗与净土宗》(载《世界宗教研究》1986年第3期)；林玫仪:《敦煌曲在词学研究上之价值》(载《汉学研究》<敦煌学国际研讨会论文专号>1986年版)；孙其芳:《敦煌词词调词体源流考》(分别载《甘肃教育学院学报》1986年第2期和1987年第1期)；郑阿财:《敦煌写本定格联章百岁篇研究》(载《木铎》第11期，1987年2月)；李正宇:《试论敦煌所藏<禅师卫士遇逢因缘>——兼谈诸宫调的起源》(载《文学遗产》1989年第3期)；孙其芳:《敦煌词与唐宋词论略》(载《西北民族学院学报》1990年第4期)；饶宗颐:《"唐词"辨正》(载《九州学刊》1992年第4期)和《敦煌悉昙章与琴曲悉昙章》(载项楚、郑阿财主编《新世纪敦煌学论集》，巴蜀书社2003年版)；王忠林:《敦煌歌辞对孝道的歌颂和宣扬》(载《高雄师大学报》1994年第4期)；徐湘霖:《敦煌偈赞文学的歌辞特征及其流变》(载《四川师范大学学报》1994年10月)；徐湘霖:《论敦煌佛曲》(载《青海民族学院学报》1995年第2期)；砂冈和子:《敦煌卷中散花樂曲の末だ道》(载《驹泽女子大学研究会要》1996年12月)；张先堂:《晚唐至宋初净土五会念佛法门在敦煌的流传》(载《敦煌研究》1998年第1期)；张锡厚:《敦煌文学研究的历史回眸》(载《敦煌研究》2000年第2期)；齐藤隆信:《汉译佛典中偈颂中的韵律与<演道俗业经>》(载《法源》2000年第18期)；汪娟:《敦煌写本<观音礼>初探》(载《庆祝吴其昱先生八秩华诞敦煌学特刊》，台北文津出版社2000年1月版)和《敦煌写本<降生礼文>初探》(载项楚、郑阿财主编:《新世纪敦煌学论集》，巴蜀书社2003年版)等。

在敦煌歌辞研究中，存在着所谓“词学意识”与“曲子意识”的较大分歧。所谓“词学意识”，即将敦煌歌辞作品纳入词史轨道和词学系统进行观照和审视，认为敦煌歌辞中包含有“唐人词”或唐五代“民间词”，它们代表了早期词体的风貌特征，是文人词之源头所在。持此观点的学者主要有王国维、朱祖谋、龙沐勋、周泳先、唐圭璋、冒广生、潘重规、沈英名、林玫仪等，他们在对敦煌歌辞的研究过程中，多从词体观念出发，偏重于对敦煌歌辞文学属性和体式特征等方面的体认分析，并往往以文人词为参照，结合敦煌歌辞在“词律”、“词谱”方面的表现，有“唐人词律之宽”诸论及“俚曲”、“俗曲”、“小调”之别。这也是任二北坚持反对的“唐词意识”。所谓“曲子意识”，则比较偏重敦煌歌辞的音乐属性，强调敦煌歌辞在词体上与宋词的区别。这又可以分为两种：一种是将敦煌写卷中的“敦煌曲”或“敦煌歌辞”再进一步区分为两种类型的作品，即“词”或“曲子词”与“俚曲小调”或“佛曲”。如饶宗颐将“敦煌曲”分为两大类：“一为宗教性之赞偈佛曲，一为民间歌唱之杂曲。前者属于梵门，后者则为杂咏。衡以严格的曲子词标准，梵门之制，不宜谰入。”[1]在颜廷亮主编的《敦煌文学》和《敦煌文学概论》中即将敦煌歌辞分为“敦煌词”与“敦煌佛曲、俚曲小调”两种类型。另一种则反对用“词”或“曲子词”的概念来指称敦煌歌辞，更反对将敦煌歌辞纳入词史或词学范畴来进行考察。这类观点的主要代表是任半塘，他明确指出唐代无“词”，并标举“曲子”为唐代歌辞的正名，认为“唐曲子”与“宋词”分属于两种不同性质的作品，极力主张肃清“唐词意识”，恢复“唐曲子”的本来面目。[2]与此同时，他又一并否定敦煌歌辞中有“词”或“曲子词”类的作品存在，因而在其编撰的《敦煌曲校录》和《敦煌歌辞总编》中，皆力避“词”的概念，甚至将敦煌原卷题名中的“词”字一律改为“辞”字，然后按音乐曲调的体制来分类和称名。

可以看出，以上两种观点表面是对敦煌歌辞的具体概念名称所进行的不同区分，实际上是敦煌歌辞研究过程中“主声”与“主文”两种不同观点的具体表现。由于学者们对于敦煌歌辞的取舍不同，出发点不同，研究的侧重点不同，因而导致对于敦煌歌辞的性质及其内涵的认识也有所不同，这也反映出敦煌歌辞在内容和体式方面的丰富性。正如有人指出：“问题的症结不在用什么名称，而在于对名称所指向的事物的性质及内涵的体认与界定，在于研究对象、范围及目的的分划

1 饶宗颐:《敦煌曲引论·弁言》，法国国立科学研究中心 1971 年版。

2 任半塘:《关于唐曲子问题的商榷》，载《文学遗产》1980 年第 2 期；又见《敦煌歌辞总编·凡例》，上海古籍出版社 1987 年版。

1 刘尊明:《二十世纪敦煌曲子词整理研究的回顾与反思》,载《文学评论》1999年第4期。

2(清)刘熙载:《艺概》,上海古籍出版社1978年版,第132页。

3 吴熊和:《唐宋词通论》,商务印书馆2003年版,第32页。

4 如敦煌S.3271卷有“泛龙舟词”、“郑郎子词”、“水调词”、“乐世词”,S.6517卷有“剑器词”等。

与确定。”[1]敦煌歌辞内容丰富，题材广泛，尤其是作为一种音乐文学，其表现形式十分丰富复杂，既包括唐代音乐歌唱的多种文学形式，有传统的，也有民间的，又包括不少带有佛教音乐歌唱的文学因子，因此当我们试图用一种比较具体的概念名称来概括或指称敦煌歌辞时，往往很难把敦煌歌辞尽数囊括在内。随之出现了许多种名称，如“敦煌佛曲”、“敦煌词”、“敦煌曲子词”、“敦煌曲”、“敦煌俗曲”、“俚曲”、“俚曲小调”、“儿郎伟”、“敦煌歌辞”，等等。这些名称又常常出现交叉、矛盾，甚至不很全面的情形，不能客观准确地反映敦煌歌辞的全貌。有鉴于此，笔者在对敦煌歌辞进行整体把握和研究时，倾向于运用一种比较宽泛的概念，力求在此基础上得出较为全面和准确的结论。另一方面，任何文学的发展都有一定的连续性和继承性，敦煌歌辞也不例外，在研究敦煌歌辞时具体考察与其相关的文学艺术现象，特别是佛教文学的产生和发展对我国唐、五代直到宋初的文学创作和理论的影响，可以提供许多有益的借鉴和思考。敦煌歌辞不仅对我国传统的音乐歌唱形式有一定的继承和发展，而且从中我们也可以发现其对后代歌唱形式以及文学艺术的影响。如在论及词与曲的关系时，强调词是配合燕乐乐曲而创作的，它的性质就是合乐的歌词。刘熙载《艺概》卷4《词曲概》云：“词曲本不相离，惟词以文言，曲以声言耳。词、辞通。……其实辞即曲之辞，曲即辞之曲也。”[2]词与曲之间存在着相互依存的关系，词的体制也产生于它同曲子的这种密切关系之中。敦煌歌辞中有的“曲子”或“曲子词”已经是比较成熟的词了。正如吴熊和指出：“数百首敦煌曲，有一些是词的初体，保存了词的早期面貌。”[3]一般认为，词发源于唐，大盛于宋，当我们对整个敦煌歌辞进行考察时，就会发现，其中的一部分“曲子词”在形制上与宋词十分近似甚而是完全相同的。敦煌写卷中有不少曲名下系有“词”字[4]，而且有的曲调后来也转化为词调。因此，在对敦煌歌辞进行研究时，要兼顾到整体与个别的关系，既不能以个别代替整体，也不应以整体来否定个别的存在。

综观敦煌歌辞近百年的研究历史，可以看出前辈学者在敦煌歌辞研究方面所做的巨大努力和开拓性贡献，并在有些方面取得了令人注目的成就，功不可没。这主要体现在四个方面：一、早期研究工作多集中于整理、校勘等方面，对敦煌歌辞的概念、定名讨论较多。二、对《云谣集》的研究空前热烈，形成敦煌歌辞研究中的一个亮点。三、受时代风气的影响，对于敦煌歌辞内容的研究范围多集中于民间和通俗两方面。四、偏重于对敦煌歌辞体式结构和对后代词影响较大的源流等方面的探讨，而敦煌佛教歌辞的研究却常常处于附属地位。

同时，受时代和客观条件的限制，前辈学者在敦煌歌辞的研究方面也存在着明显不足：一、对宗教歌辞的研究比较薄弱，特别表现在内容上，常常流于简单的判断，缺少辨析，评价也有失公允。正如有的学者指出，研究佛教文学“多注意佛教文学的结构，以及他们所用的体裁，很少从佛教各宗宗教思想分类，去研究其如何利用作品去宣传自己宗派的教义，去剖析他们当时在民间进行的宗教活动”。[1] 敦煌歌辞中佛教歌辞占半数以上，而且文字水平比较高，这是不容置疑的事实。对佛教歌辞研究工作的忽视，无疑会使敦煌歌辞的研究失之片面。二、对敦煌歌辞研究多集中于对后代影响较大的词的源流及其相关问题的探讨，而对敦煌歌辞本身的研究，特别是对歌辞中所包含的敦煌地区历史文化背景及其宗教内涵的探讨相对缺乏。

本书正是在充分吸收前辈学者多种研究成果的基础上，把敦煌佛教歌辞置于隋唐五代以迄宋初敦煌社会历史文化背景下，主要依据敦煌歌辞在艺术形式上的表现特征及其思想内容，力求从总体上对敦煌佛教歌辞作全面、系统的考察，进一步了解隋唐五代时期敦煌地区佛教兴盛发展的状况。

1 龙晦:《论敦煌词曲所见之禅宗与净土宗》，载《世界宗教研究》1986年第3期。

第二节　敦煌佛教歌辞的范围及其作者

本书所要讨论的敦煌佛教歌辞，是广义上的歌辞，指发现于敦煌写卷中的所有与佛教有关，同时兼具音乐性的歌辞，除独立成章的歌辞外，还包括佛教俗讲中的唱词。称“歌辞”者，乃是一种总称或泛称，是从一般概念和总体视角来观照和审视敦煌写卷中的这批歌辞作品。具体来说，敦煌佛教歌辞大体包括三个部分：一、敦煌写卷中的佛教杂曲歌辞，这类歌辞以任半塘《敦煌歌辞总编》所收歌辞为主。二、敦煌写卷中的释门偈颂歌赞作品。三、敦煌变文中的佛教俗讲唱词。敦煌佛教歌辞数量巨大，据粗略统计，仅在任半塘《敦煌歌辞总编》所辑1 200多首歌辞中，佛教歌辞就有800多首，这还尚未包括敦煌写卷中大量的偈颂歌赞作品以及敦煌变文中的许多表现佛教思想或与佛教有关的俗讲唱词。敦煌佛教歌辞不仅数量多，题材内容也很丰富，多方面地展示了佛教宣传的内容以及释门内部生活，尤其是为我们提供了大量生动具体的歌唱资料，较为真实地反映了自六朝至隋唐、五代、宋初敦煌地区佛教活动的历史，从中我们也可以考察唐代佛教的发展状况，因此研究敦煌佛教歌辞具有重要的意义。

敦煌佛教歌辞是佛教兴盛发展的历史产物。敦煌写卷中保存的佛教歌辞作品，多数没有署名，即大多都是佚名作品。这批佚名歌辞作品中，除部分作品可以依据现存文献资料考知其作者外，大多歌辞的作者已经不可考知，因此今天我们已经无法了解作者在当时的具体活动及其影响，而只能根据歌辞内容，结合其他有关文献，大致进行一些推断。从敦煌原卷佛教歌辞的作者署名以及结合有关文献资料可以考知的作者来看，敦煌佛教歌辞的作者大多是释门僧人，如释道安、宝志、僧璨、玄觉、行思、神秀、慧能（也作“惠能”）、玄奘、本净、善导、净觉、普寂、神会、无著、神英、天然、法照、寰中、宗密、慧超、良价、昙伦、悟真、贯休、居遁、圆鉴、真觉、元安、传楚、智严、慈愍、净遐、慧超、弘演、玄本、金髻、利济、像幽、灵振、惟休、如观、亡名、融禅师、自在、满和尚、云辩、善来、彦楚、子言、建初、太岑、栖白、有孚、景导、道钧、宗茝、明觉、慧观、普云、日进、法成、辩章、谈信、草堂和尚、词辩菩萨等，其中不少是佛教发展史上的著名高僧。他们有的是敦煌地区的高僧大德，如悟真、道真、愿荣、海晏等；有的则是佛教中传说的重要人物，如印度禅宗第二十二祖摩拏罗；有的僧人则身份不明、生平不详，仅存于敦煌写卷中，如像幽，慈愍、净遐、灵振、愿清、惟休、弘演、金髻、如观、彦楚、子言、建初、太岑、栖白、有孚、景导、道钧、宗茝、谈信等。还有一些不一定是僧人，也不见于史传，多数都无法考知其身份或生平活动，如李知非、曾庶几、弘远、李涉、道真、马文斌、王质、杨仙鹤、马云奇、会兴、李涉、钟离权，以及带有传奇色彩的白话诗人王梵志等，从敦煌写卷中的作品内容或其他文献的零星记载可以看出他们都有着一定的佛学修养。下面就对以上保存在敦煌写卷中的这批佛教歌辞的作者及其所存作品进行梳理，并作简要说明。

摩拏罗（？—165 年）：传说印度禅宗的第二十二祖。摩拏罗是那提国王之次子，属刹帝利种姓。30 岁时，遇婆修盘头尊者，遂出家，嗣其法，行化于西印度。后至大月氏国，传法鹤勒那而后示寂。事见南唐静、筠禅师《祖堂集》卷 2《摩拏罗尊者》、宋道元《景德传灯录》卷 2《第二十二祖摩拏罗》、宋普济《五灯会元》卷第 1《二十二祖摩拏罗尊者》、唐慧炬《宝林传》卷 4、宋契嵩《传法正宗记》卷 4 等。敦煌 S.2165 卷有《祖师偈》1 首，或系伪托之作。

道安（312 年，一说 314—385 年）：俗姓卫，常山扶柳（今河北冀县）人，东晋时著名的佛教学者。12 岁出家，曾师事佛图澄多年。在早期主持译经、撰写经录和组织僧团等方面，道安都有开创性的卓越贡献。事见释僧祐《出三藏记集》卷第 15《道安法师传》和释慧皎《高僧传》卷第 5《晋长安五级寺释道安》。敦煌写卷中北图第 8441 号、S.473、S.2985、S.5019、P.2963、P.3190、P.2809 卷和《敦煌宝藏》第 136 册散 60 号（即“国立中央图书馆”藏敦煌写卷第 139 号）7 个写卷都保存有《道安法师劝善文》，其中 S.2985 和《敦煌宝卷》第 136 册散 60 号卷题署“道安法师念佛赞文”。但有的研究者认为此作系伪托[1]。

僧璨：（？—606年）姓氏与籍贯均不详。传说为禅宗第三祖，唐张说《荆州玉泉寺大通禅师碑铭并序》云：“自菩提达摩天竺东来，以法传慧可，慧可传僧璨，僧璨传道信，道信传弘忍。继明重迹，相承五光。”[2]最初以白衣谒见二祖慧可，既受度传法，隐于舒州之皖公山。时值周武帝破灭佛法，往来太湖司空山，居无常处，积十余载。道信曾在隋朝开皇十二年（592年）来就参礼，服劳九载，后在吉州为之受戒。付道信衣法后，即适罗浮山，优游两载，却还旧址。逾月士民奔趋，为四众广宣心要。隋大业二年（606年）十月十五日在法会大树下合掌立终。唐玄宗追谥“鉴智禅师”，塔号“觉寂”。事见释道元《景德传灯录》卷3《第三十祖僧璨大师》、宋普济《五灯会元》卷第1《三祖僧璨鉴智大师》。敦煌P.4638、P.2104、P.2105、S.5692卷有《信心铭》。

傅翕（497—569年）：一名傅弘，世称“傅大士”、“双林大士”，又称“善慧大士”，俗姓楼，东阳郡乌伤县（今浙江义乌）人。居婺州双林寺导化法俗，多现神异。梁武帝曾请他讲《金刚经》。事见于《续高僧传》卷第26《隋东川沙门释慧云传》附后、普济《五灯会元》卷第2《双林善慧大士》。敦煌S.985、俄藏Дx.1734卷有“阙题偈”（空手携锄钩）1首[3]，S.1846，上海图书馆藏敦煌写卷第4号，S.4105，P.2039卷《梁朝傅大士颂金刚经》中有偈颂56首。

亡名：生卒年不详。俗姓宋，南郡（今湖北荆州）人。释道宣《续高僧传》有云：“弱龄遁世，永绝妻拏（孥），吟啸丘壑，任怀游处。……长富才华，乡人驰誉。事梁元帝，深见礼待。……及梁不绪，潜志玄门。远寄汶蜀，脱落尘累。”[4]今按：梁元帝在位时间还不到4年（552—555年），梁亡为公元556年，由此可知他主要活动于梁代到隋统一之前。传称其有集10卷，盛重于世。事见释道宣《续高僧传》卷7《义解篇·周渭滨沙门释亡名传》。又，道世《法苑珠林》卷第48《周沙门释亡名》收录有《绝学箴》（也名“息心赞”），释道元《景德传灯录》卷30收录有《息心铭》。逯钦立《全上古三代秦汉三国六朝文》中《全后周文》卷22据道宣《续高僧传》和道世《法苑珠林》收录有《宝人铭》和《绝学箴》。敦煌S.5692、S.2165卷有《绝学箴》。

宝志：生卒年不详，又作“保誌”。俗姓朱，金城（今江苏）人。释慧皎《高

1 朱凤玉：《敦煌文献中的佛教劝善诗》，载《周绍良先生纪念文集》，北京图书馆出版社2006年版，第510页。

2（清）董诰等编：《全唐文》，上海古籍出版社1993年版，第1030页。

3《全唐诗续拾》卷59收录，为《颂二首》之一，见陈尚君辑校：《全唐诗补编》（下），中华书局1992年版，第1713页。

4（唐）释道宣：《续高僧传》，见《高僧传合集》，上海古籍出版社1991年版，第161页。

僧传》卷第 10《神异下·梁京师释保誌》云:“少出家，止京师道林寺，师事沙门僧俭为和上，修习禅业。至宋太始初，忽如僻异。”又云:“上尝问誌云:‘弟子烦惑未除，何以治之?’答云:‘十二。’识者以为十二因缘治或药也。又问十二之旨，答云:‘旨在书字时节刻漏中。’识者以为禁者止也，至安乐时乃止耳。”[1]事见释慧皎《高僧传》卷第 10《神异下·梁京师释保誌》。敦煌 S.3177、P.3641 卷有《答梁武帝如何修道偈》5 首，或为假托之作。

王梵志：生卒年不详。卫州黎阳（今河南浚县）人，主要活动于隋唐之际，是一位富有传奇色彩的人物。[2]俄藏 Дx.1456 卷保存有其歌辞《回波乐》7 首。

昙伦：生卒年不详。俗姓孙，汴州浚仪（今河南开封）人。13 岁出家，主要活动于隋唐之际，终于蒲州仁寿寺，享年 86 岁。事见道宣《续高僧传》卷 21《习禅篇·唐京师大庄严寺释昙伦传》。敦煌 S.6631、S.5657、P.4597 卷有《卧轮禅师偈》。

本净（666—761 年）：俗姓张，绛州（今山西绛县，一说东平）人，唐代著名禅师。幼年出家，受记隶司空山无相寺。天宝三载（744 年）唐玄宗遣中使杨光庭入山问法。后敕住京师白莲亭，第二年召两街名僧硕学赴内道场，与师共同阐扬佛理。唐肃宗上元二年（761 年）归寂，享年 96 岁，敕谥“大晓禅师”。事见赞宁《宋高僧传》卷第 8《唐金陵天保寺智威传》附后、普济《五灯会元》卷第 2《司空本净禅师》、释道元《景德传灯录》卷 5《司空山本净禅师》和《祖堂集》卷 3《司空山本净和尚》。敦煌 P.2104、P.2105、S.4037 卷有《无修偈》。

玄奘（600—664 年）：俗姓陈，洛州缑氏（今河南偃师县）人。少时因家境贫寒，从兄住洛阳净土寺，11 岁就熟习《法华》、《维摩》。13 岁时洛阳度僧，破格入选。同年又在成都受具足戒。贞观元年（627 年）到长安，从诸师钻研《俱舍》、《摄论》、《涅槃》等经论，很快就穷尽各家学说，誉满京师。而多年来在各地讲筵所闻，玄奘深感异说不一，特别是当时流行的《摄论》、《地论》两家有关法相之说不能统一，他很想了解总赅三乘学说的《瑜伽师地论》，以求会通诸法，于是决心赴印度求法。贞观三年（629 年），玄奘踏上漫漫西行之路，历尽曲折艰险，最后终于到达印度。随后在各地游历参学，声名卓著。在贞观十九年（645 年）归国，受到朝廷的礼遇。玄奘回国后的事业主要是翻译经论，历时 19 年，译

1（梁）释慧皎撰，汤用彤校注:《高僧传》，中华书局 1992 年版，第 394 页和第 396 页。

2 关于王梵志的生平，学界有种种不同的看法，但一般都认为他主要活动于初唐。参见项楚《王梵志诗校注·前言》（上海古籍出版社 1991 年版），朱凤玉《王梵志诗研究》（台北学生书局 1986 年版）、张锡厚《王梵志诗校辑》（中华书局 1983 年版）、颜廷亮主编《敦煌文学概论》（甘肃人民出版社 1993 年版）等。

出经论75部，总计1335卷[1]。由于他梵文造诣精深，对印度佛学全面通达，因此他所主持翻译的佛经简练准确，文义畅达，而且矫正旧译的讹谬，开辟了我国译经史上的新纪元。唐麟德元年（664年）病逝，享年65岁[2]。事见彦悰《大唐大慈恩寺三藏法师传》和道宣《续高僧传》卷4《京大慈恩寺释玄奘传》等。敦煌S.373和S.529卷保存有玄奘题署的“大唐三藏题西天舍眼塔”等诗偈5首。

神秀（606—706年）：俗姓李，陈留尉氏（今河南尉氏县）人。从小喜欢读书，博综多闻。后来出家，寻师访道。至蕲州双峰东山寺，见五祖弘忍以坐禅为务，至为叹服。乃誓心苦节，以樵汲自役，而求其道，深受弘忍器重。弘忍灭度后，遂住江陵当阳山度门寺弘化，受到唐武则天、唐中宗的礼重，有“两京法主”、“三帝国师”之称。神秀继承了道信、弘忍以心为宗的禅法，“特奉楞伽，递为心要”，[3]并扩大其方便，涉及多种经论，是我国禅宗北派的开创者。唐神龙二年（706年）卒，诏谥“大通禅师”。事见释赞宁《宋高僧传》卷第8《唐荆州当阳山度门寺神秀传》、宋普济《五灯会元》卷第二《北宗神秀禅师》等。敦煌写卷保存其门下共传他所创作的《大乘无生方便门》（又称“北宗五方便门”）及《观心论》等作品。敦煌S.5702卷和P.3521卷有《秀和尚劝善文》。

善导（613—681年）：俗姓朱，临淄（今山东临淄。一说泗州，今江苏宿迁）人，是大力弘传净土宗的一位唐代高僧，净土十三祖之第二祖，又被认为是净土宗的实际创始人。幼年出家，常颂《法华》、《维摩》等经，后读《观无量寿经》，大为欣赏。受戒后便钻研《观无量寿经》，修习十六观。贞观十五年（641年）远赴西河玄中寺（今山西）从道绰修学净土，得念佛三昧。道绰灭度后，善导离开玄中寺，先后住长安的悟真寺、香积寺、光明寺和实际寺，到处弘传净土法门。唐永隆二年（681年）圆寂，享年69岁。敦煌写卷中保存善导的作品较多，S.2553、S.2579卷有《沙门善导愿往生礼赞偈》，P.2130、北图8345卷有《善导禅师劝善文》，S.4474、S.5975卷有《西方赞文》，P.2066、P.2130、北图8345卷有《西方礼赞文》，S.5572等卷有《西方赞》等。

慧能（638—713年）：俗姓卢，祖籍范阳（今河北涿州）。因生于其父谪官岭南新州（今广东新兴县东）之时，遂为广东人。幼年家境贫寒，以采樵为生，但有夙慧。先师事智远禅师学禅，后又从弘忍受学，弘忍令他入碓房作务。传说因

1 中国佛教协会编:《中国佛教》第2辑，东方出版中心1982年版，第125页。

2 玄奘生年现存文献没有记载，关于他的年岁有几种说法，今从游侠据内学院本《大唐大慈恩寺三藏法师传》定为65岁。见中国佛教协会编:《中国佛教》第2辑，东方出版中心1982年版，第121页。

3 张悦:《大通禅师碑铭》，见（清）董诰等编:《全唐文》，中华书局1983年版，第2335页。

题壁偈，弘忍传衣钵于慧能，并暗里叮嘱慧能南行隐遁。其后，慧能在广州、韶州行化 40 多年，先天二年（713 年）圆寂，享年 76 岁，唐宪宗追谥曰“大鉴”，塔曰“元和正真”。慧能的禅法以定慧为本，对后世影响很大，佛教史上尊他为禅宗六祖。其禅学思想，收集于其弟子法海集记的《法宝坛经》。事见释赞宁《宋高僧传》卷第 8《唐韶州今南华寺慧能传》、宋普济《五灯会元》卷第 1《六祖慧能大鉴禅师》。敦煌写卷 P.2129 卷存《无相颂》1 首，天津艺术博物馆藏 61A 号卷存《世祖偈》1 首。

普寂（651—739 年）：俗姓冯，蒲州河东（今山西永济）人。少小卓异出群，闻神秀在荆州玉泉寺，乃往师事之，为神秀所重。“及秀之卒，天下好释氏者，咸师事之。中宗闻秀高年，特下制令普寂代本师统其法众。”[1] 他是神秀去世后大力弘传北宗禅法的著名禅师。开元二十七年（739 年）终于上都兴唐寺，享年 89 岁，有制赐谥曰“大慧禅师”。事见释赞宁《宋高僧传》卷第 9《唐京师兴唐寺普寂传》。敦煌 P.3559 卷有《寂和上偈》8 首，北图 8384 卷有《寂和尚说偈》5 首。

玄觉（665—713 年）：又称“真觉”，号“真觉大师”。俗姓戴，温州永嘉（今浙江温州）人，唐代著名高僧。幼年出家，初学天台止观，后谒曹溪慧能，得心印。著有《永嘉集》及《证道歌》，倡天台、禅宗融合说。圆寂于先天二年（713 年），享年 49 岁，敕谥“无相大师”，塔号“净光”。事见释赞宁《宋高僧传》卷第 8《唐温州龙兴寺玄觉传》、宋普济《五灯会元》卷第 2《永嘉玄觉禅师》。敦煌写卷 P.3360 等 7 个写卷均抄有他的《证道歌》[2]，敦煌 P.3360、S.2165、S.6000 卷还保存有《真觉祖偈》4 首。

行思（？—740 年）：生年不详。俗姓刘，吉州庐陵（今江西吉安）人，唐代著名禅师。幼年出家，往曹溪谒慧能，为上首。既得法，返吉州，住青原山静居寺阐化，故称“青原行思”。法师寂于开元二十八年（740 年），敕谥“洪济大师”，塔号“归真”。其事附见于赞宁《宋高僧传》卷第 9《唐京兆慈恩寺义福传》、普济《五灯会元》卷第 4《六祖大鉴禅师法嗣青原行思禅师》、释道元《景德传灯录》卷 5《吉州青原山行思禅师》。敦煌 S.2165、P.2140 等 4 个写卷保存有《思大和尚坐禅铭》。

神英：生卒年和姓氏不详，沧州（今河北沧州）人。幼年出家，擅经论。谒

1（宋）赞宁撰，范祥雍点校：《宋高僧传》，中华书局 1987 年版，第 198 页。

2 对于今存长篇《证道歌》的作者，学界有不同看法，甚至有人认为是伪撰之作。但一般认为《证道歌》是玄觉所作，同时也有后人增饰的成分。敦煌本玄觉《证道歌》与今存《证道歌》对照，似多是节录。参见［日］宇井伯寿《第二禅宗史研究》第三章，杨曾文《唐五代禅宗史》第五章第三节，张子开《永嘉玄觉及其〈证道歌〉考辨》（载《宗教学研究》1994 年 Z1 期）等。

见神会，称其与五台山有缘，乃于开元四年（716年）六月往五台山瞻礼，随即结庵于五台多宝塔处，后又建法华院，在此说法主持至终，享年75岁。事见赞宁《宋高僧传》卷第21《感通篇·唐五台山法华院神英传》。敦煌P.2250卷保存有《叹散花供养赞》。

慧超：生卒年不详，新罗（今朝鲜）人。童年即生活于中国，少长出家。开元年间经我国安西等地赴印度取经求法，开元十五年（727年）返回长安。记载慧超西行求法之事有《慧超往五天竺国传》，惜此书早佚[1]。敦煌P.3531卷保存有诗偈5首。

净觉（683—？年）：俗姓韦，京兆杜陵（治今西安市南）人。据赞宁《宋高僧传》卷第21《唐五台山华严寺牛云传》载，牛云被“二亲送往五台华严寺善住阁院出家，礼净觉为师”[2]，或即为同一人。有云因出家太行山，故也称“怀州太行山净觉”，著有《楞伽师资记》。敦煌北图8412卷有《开心劝道禅训》。

神会（684—758年）[3]：俗姓高（一说姓方），襄州（今湖北襄阳）人。禅宗六祖慧能的晚期弟子，菏泽宗的创始人，也是创建南宗的重要人物。少年研习儒道，30岁时到荆州玉泉寺师事神秀，后又往谒慧能学法，随侍不离左右。据说慧能临寂，秘传法印。北归之后，他率先提出南宗顿教优于北宗渐教，指出达摩禅的真髓存于南宗的顿教。开元二十年（732年）正月，在滑台（今河南滑县）大云寺设无遮大会，与当时的著名学者崇远大开辩论，建立南宗宗旨。此后，他大力宣扬慧能才是达摩以来的禅宗正统，北宗的“师承是傍，法门是渐”。由于他的弘传，使曹溪的顿悟法门大播于洛阳而流行于天下。天宝四载（745年），神会入住东都洛阳菏泽寺。安史之乱后，肃宗诏令入内供养，并敕建菏泽寺的禅宇以居之，故时人称他所弘传的禅学为菏泽宗。上元元年（760年）五月十三日，寂于洛阳菏泽寺，谥曰“真宗大师”。事见赞宁《宋高僧传》卷第8《唐洛京菏泽寺神会传》、普济《五灯会元》卷第2《菏泽神会禅师》。敦煌北图“咸”字第18号、北图“露”字第6号、S.2679、S.4634、S.6083（两种）、S.6923（两种）、P.2045、S.4654、P.2270卷都保存有《五更转·南宗定邪正》5首，S.6103、S.2679卷保存有《五更转·顿见境》5首。

李知非：生卒年不详。开元中曾任金州长史，他也是释净觉的信徒和供养者。

1 有关慧超的一些简要介绍，见刘铭恕《敦煌遗书杂记四篇》，载《敦煌学论集》，甘肃人民出版社1985年版，第45~46页。

2（宋）赞宁撰，范祥雍点校：《宋高僧传》，中华书局1987年版，第536页。

3 关于神会的生平，一说为688—762年，今从杨曾文之说。见杨曾文：《唐五代禅宗史》，中国社科院出版社1999年版，第183页。

约在开元十五年（727 年）为净觉《注般若波罗密多心经》撰写《略序》。敦煌 P.3360 卷存《般若赞》1 首。

无著：生卒年不详，永嘉（今浙江温州）人，主要活动于中唐之际。曾就澄观法师研习《华严》，以大历二年（767 年）入住五台山华严寺。事见赞宁《宋高僧传》卷 20《感通篇·唐代州五台山华严寺无著传》。敦煌 P.3614 卷存偈 2 首。

天然（739—824 年）：姓氏籍贯均不详，少时出家，先后参谒石头禅师、大寂禅师、国一大师，深受赏识，与伏牛禅师为物外之交。中唐时期著名禅师。寂于长庆四年（824 年）六月，享年 86 岁，敕谥为“智通禅师”，塔号“妙觉”。事见赞宁《宋高僧传》卷第 11《习禅篇·唐南阳丹霞山天然传》、普济《五灯会元》卷第 5《石头迁禅师法嗣丹霞天然禅师》。敦煌 P.3591 卷有《丹霞和尚玩珠吟》。

草堂和尚：生卒年不详，京兆（今西安附近）人。释道原《景德传灯录》卷 8 说他曾参大寂、海昌和尚。事见《景德传灯录》卷 8《京兆草堂和尚》。敦煌 P.3641 卷有《草堂和尚说偈》1 首。

传楚：生卒年不详，泾州（今甘肃泾川）人。因居于陕西凤翔青峰山，故又称“青峰和尚”。《景德传灯录》称他“性淳貌古，眼有三角。承乐普开示心地，俾宰于众事”[1]。据《传法正宗记》卷 7，为大鉴七世乐普（一作“洛浦”）元安禅师法嗣。事见道原《景德传灯录》卷 20《前洛浦元安禅师法嗣凤翔府青峰传楚禅师》、普济《五灯会元》卷第 6《洛浦安禅师法嗣青峰传楚禅师》。敦煌 S.2165 卷保存有《辞亲偈》和《诫（戒）肉偈》2 首。

法照（746—838 年）：生于唐玄宗天宝五载（746 年），卒于唐文宗开成三年（838 年），享年 93 岁。据敦煌写卷《净土五会念佛略法事赞》题下有云“梁汉沙门法照”，知其籍贯为梁汉，即今陕西南部汉中一带。唐代宗永泰元年（765 年），游于东吴，因慕慧远之高风而入庐山，结西方道场修念佛三昧。随后去衡山，拜承远为师，在南岳弥陀台般舟道场学习念佛。永泰二年（766 年），法照创立五会念佛法门。大历五年（770 年），法照结伴巡礼五台山。四月六日至佛光寺，据说曾经亲见文殊、普贤说法，并得摩顶受记。下五台山后，在并州（今山西太原）行五会念佛之法，教人念佛，名声远播。唐代宗派人把他迎至长安，让他教宫人念佛，尊之为“五会法师”。其间，法照还募化、建造了五台山竹林寺，并获得

1（宋）释道原著，妙音、文雄点校《景德传灯录》，成都古籍书店 2000 年版，第 409 页。又见《大正大藏经》第 58 册，第 369 页。

官方许可开戒坛，此后便一直在竹林寺弘传净土法门，直到最后圆寂。事见赞宁《宋高僧传》卷第21《感通篇·唐五台山竹林寺法照传》。敦煌写卷中保存法照的歌辞较多，如敦煌P.2066卷《出家乐》2首、《出家乐赞》，P.2250等卷的《归去来·归西方赞》10首等。此外，还有大量歌赞作品。

寰中（780—862年）：俗姓卢，河东蒲坂（山西永济）人，他是著名禅师百丈怀海的法嗣。28岁在北京童子寺出家，两年内遍览诸经。第二年去嵩岳登戒，隶习律部。其后在南岳常乐寺隐居。后又居浙江大慈山，一时名声很盛，四方僧侣，参礼如云。寰中禅师寂灭于咸通三年（862年），享年83岁，敕谥“性空”，塔名“定惠”。事见赞宁《宋高僧传》卷第12《唐杭州大慈山寰中传》、释道原《景德传灯录》卷9《杭州大慈寰中禅师》。敦煌P.2204、P.2212、S.4583、P.3099、P.3082卷有《悉昙颂》（禅门悉昙章）歌辞8首，北图“鸟”字第64号卷有《悉昙颂》（俗流悉昙章）歌辞8首。

宗密（780—841年）：俗姓何，果州西充（今四川西充县）人，世称圭峰禅师，既是禅宗荷泽系的第五代传人，又被尊为华严五祖。出生豪家，少通儒书。元和二年，偶谒遂州圆禅师，欣然慕之，乃从其削染受教。他的主要思想是继承智俨以后的性起说，弟子甚多。著述颇丰，有《圆觉》、《华严》、《涅槃》、《金刚》、《起信》、《唯识》、《盂兰盆法界观》、《行愿经》、《疏钞》，及《法义》、《类例》、《礼忏》、《修证》、《圆传》、《纂略》等。又集诸宗禅言为《禅藏》，总而序之，并酬答书偈议论等凡90余卷。又《四分律疏》五卷，《钞悬谈》二卷，凡二百许卷，《图》六面。所著“皆本一心而贯诸法，显真体而融事理，超群有于对待，冥物我而独运矣”[1]。事见赞宁《宋高僧传》卷第6《唐圭峰草堂寺宗密传》、静、筠二禅师《祖堂集》卷六《草堂和尚》、道原《景德传灯录》卷十三《终南山圭峰宗密禅师》、普济《五灯会元》卷第2《遂州圆禅师法嗣圭峰宗密禅师》等。敦煌S.2351、S.5645卷等多个写卷保存有《无常偈》、《黄昏偈》、《寅朝清净偈》等多种作品。

释自在：生卒年不详，俗姓李，吴兴（今浙江）人。曾参学南康道一禅师，卓然不群。赞宁《宋高僧传》卷第11《习禅篇·唐洛京伏牛山自在传》云：“元和中，居洛下香山，与天然禅师为莫逆之交。所游必好古，思得前贤遗迹以快逸

1（宋）赞宁撰，范祥雍点校:《宋高僧传》，中华书局1987年版，第125页。

观。”又云：“居无恋着，所著《三伤歌》，辞理俱美，警发迷蒙，有益于代。”[1]事见赞宁《宋高僧传》卷第11《习禅篇·唐洛京伏牛山自在传》。敦煌S.5558卷有《香岩和尚嗟世三伤吟》（今按：“岩”字或为“山”之讹）2首。

良价（807—869年）：俗姓俞，会稽诸暨（今浙江绍兴）人，唐代著名禅僧，曹洞宗祖师。少孺从师于五泄山寺，先后参谒南泉普愿、潭州灵祐、云岩昙晟等著名禅师，大中末于丰山大行禅法，后盛化豫章高安洞山（今江西高安）。寂于咸通十年（869年），享年63岁，敕谥“悟本”，塔号“慧觉”。事见赞宁《宋高僧传》卷第12《唐洪州洞山良价传》。敦煌S.2165卷存《辞亲偈》1首。

悟真（813—895年）：俗姓唐，敦煌名僧。主要活动于吐蕃统治敦煌时期及归义军前期，是晚唐五代敦煌历任都僧统中任职时间最长的一位。敦煌写卷中保存有大量有关悟真生平活动的资料及其作品，甚为学界所重视[2]。张议潮归义军时期，悟真为参戎幕，掌笺表，授沙洲释门义学都法师（见P.3770卷）。大中五年（851年）春，奉使朝京师。同年授京城临坛大德、赐紫。后历任沙门释门都僧录、河西副僧统，咸通十年（869年）为河西都僧统（见P.3720卷）。乾宁二年（895年）圆寂，享年83岁。敦煌P.3554卷有《五更转兼十二时共一十七首并序》（今仅存序），S.930、P.3821、P.2847卷有《百岁诗》10首，P.2187卷有四言赞辞《四兽恩义颂》等。

贯休（832—912年）：字德隐，俗姓姜，婺州兰溪（今浙江兰溪）人。幼年出家。“受具之后，诗名耸动于时”[3]，乃往豫章，传《法华经》、《起信论》，精于奥义。贯休善书画，长于歌吟。乾宁初，谒见吴越王钱镠，深受敬重。后又入蜀投王建，盛被礼遇，署号“禅月大师”。终于梁乾化二年（912年），蜀主一皆官葬，塔号“白莲”，享年81岁。事见宋赞宁《宋高僧传》卷第30《梁成都府东禅院贯休传》、《十六国春秋》卷47《贯休传》等。敦煌S.4037卷存《赞念法华经僧》2首。

居遁（835—923年）：俗姓郭，抚州南城（今江西）人，五代时著名禅师。14岁时在吉州满田寺出家，后往嵩岳受戒。先后参谒翠微山无学禅师、河北临济义玄禅师，后来又到洞山参谒良价，受到赏识[4]。时在长沙的后梁天策府楚王马殷尊崇佛教，派人把他迎请到龙牙山妙济禅院（一作“寺”），并奏请朝廷赐号居

1（宋）赞宁撰，范祥雍点校:《宋高僧传》，中华书局1987年版，第245页。

2 关于悟真的专门研究有竺沙雅章（日）《敦煌的僧官制度》、陈祚龙《悟真研究》、续华《悟真事迹初探》等。见郑炳林:《敦煌碑铭赞辑释》，兰州教育出版社1992年版，第117页。

3（宋）赞宁撰，范祥雍点校:《宋高僧传》，中华书局1987年版，第749页。

4（宋）释道原著，妙音、文雄点校:《景德传灯录》卷17《湖南龙牙山居遁禅师》，成都古籍书店2000年版，第329页。又见《大正大藏经》第51册，第337页。

遁为“证空大师”。从后梁贞明初年（915年）直到后梁龙德三年（923年）归寂，居遁一直在湖南潭州龙牙山传法，影响很大，门下徒众常聚半千。其事附见赞宁《宋高僧传》卷第30《梁抚州疎山光仁传》，《景德传灯录》卷17等。敦煌S.2165卷存《龙牙祖偈》4首，S.2104、P.2105、S.4037、P.3360、北图8380卷另有偈4首，计8首。

利济：生卒年不详。俗姓姚，人称姚和尚，吐蕃时期（约781—848年）敦煌僧人。姚和尚《金刚五礼文》多见于敦煌写卷，达16个写卷之多，其中P.3559卷即题署“姚和上金刚五礼”。“利济”一名又见于敦煌S.2729卷金光明寺人名中，作“兆利济”（今按：“兆”字疑有误）。敦煌写卷中保存有利济抄写、勘定的佛教经疏三种：北图“辰”字第46号卷《四分律删补随机羯磨》卷末题记云：“午年五月八日，金光明寺僧利济初夏之内为本寺上座金曜写此《羯磨》一卷，莫不精研尽思，庶流教而用之也，至六月三日毕而后记焉。”S.1520卷《法门名义集卷》卷末题记云：“蕃中未年三月十一日比丘利济于沙洲金光明【寺】三本勘记耳。”天津艺术博物馆第30号卷《净名经关中疏》题记云：“蕃中二年三月十七日于沙洲金光明寺写讫，比丘利济。”敦煌P.3052卷有《同前》，P.4597卷、S.6631卷有《唐三藏赞》，P.4660卷有《故法和尚赞》。

海晏（862—933年）：俗姓阴，香号海晏。出家沙洲（今敦煌）乾元寺（见敦煌S.2614卷），后唐同光四年（926年）时任沙洲都僧统（见S.6417卷），敦煌P.3720卷有《河西都僧统阴海晏墓志铭并序》。卒于后唐长兴四年（933年），享年72岁。敦煌上海图书馆藏第114卷存七言诗偈1首。

释善来：生卒年不详，俗姓索，吐蕃时期敦煌僧人。出家于敦煌开元寺。大中年间（847—859）为沙州扳恩寺主、释门法律。P.4660、P.3720、P.3726卷有《故李教授和尚赞附诗》1首。

圆鉴（？—951年）：又称“云辩大师”，生年不详。据敦煌S.4472卷知其为五代时洛阳名僧，卒于后周广顺元年（951年）。敦煌写卷中保存有不少圆鉴的作品，如敦煌S.2603卷有题记云：“开运二年（945年）正月日相国寺主上座赐紫弘演正言，当讲佐（左）街僧录圆鉴”；敦煌S.4472卷有圆鉴的《十慈悲偈》（原题为《左街僧录圆鉴大师云辩大师进十慈悲偈》）；敦煌S.4472卷有《圆鉴大师云辩上君王诗十首》。《法演禅师语录》卷3有《悼净渡圆鉴禅师》云："浮渡岩前青瘦柏，丛林耸出标风格。夜来寒影落西衢，谁唱胡笳十八拍。"[1]此与敦煌写卷中的圆鉴当为同一人。敦煌S.2603卷有《赞普满偈》10首，S.4472卷有《十慈悲偈》10首，P.3720和P.3886卷存诗偈1首。

智严：生卒年不详。敦煌S.5981卷《同光贰年智严往西天巡礼圣迹后记》（拟）云："大唐同光贰年（924年）三月九日时来巡礼圣迹，故留后记。州开元寺观音院主临坛持律大德智严，誓求无上普愿、救拔四生九类，故往西天，来请我佛遗法回东夏……智严回日，誓愿将此凡身于五台山供养大圣文殊师利菩萨，焚烧此身，用酬往来道途护卫之恩。"又，敦煌S.2659卷《十二光礼忏文》文末有"往西天传一卷"6字，卷尾有一行文字云："往西天求法沙门智严西传记写一卷"，据此可知智严是一位晚唐五代时的西行求法高僧。敦煌P.2054、P.2714、P.3087、P.3286卷保存有其创作的《十二时·普劝四众依教修行》[2]，共计134首，是敦煌歌辞中最长的一篇定格联章歌辞。此外，敦煌P.3777、P.2044、S.2702卷还有《智严大师三嘱偈》。

玄本：生卒年不详。《大正藏》第51册支提隆禅师法嗣3人中第一人为灵隐玄本禅师，或即此人。按，支提隆为法眼宗嗣禅师，据此玄本当为五代至宋初时人。《大正藏》第68册《御制后序》有"灵隐玄本禅师"条云："师见僧看经，乃问：'看甚么经？'僧无语。乃示颂曰：看经不识经，徒劳损眼睛。欲得不损眼，分明识取经。"《大正藏》第55册有玄本述《行事抄记五卷》，见高丽沙门义天录《新编诸宗教藏总录卷第二》。事见《大正藏》第78册《天圣广灯录》卷第28《杭州灵隐山玄本禅师》、《五灯会元》卷第10也收录此条。敦煌P.4641、P.4617、S.4504卷保存有题为"五台山圣境赞"12首。

曾庶几：生卒年不详，五代时人。《诗话总龟》前集卷20《咏物门》中谓曾庶几为"吉州人"，并据《雅言杂载》引其《猿诗》[3]。吴曾《能改斋漫录》卷11《记诗》"曾庶几放猿绝句"条下有云："吉水与敝邑接境，有曾庶几者，隐士也。五代时，中朝累有聘召，不赴。"[4]《全唐诗》卷768收录，误作"曾麻几"。敦煌P.3645卷有其《放猿诗》1首。

需要说明的是，还有一些僧人由于不见于其他史籍记载，生平无考，故以下

1《大正大藏经》第47册，第667页。

2 王重民：《说十二时》，载《敦煌遗书论文集》，中华书局1984年版，第162页。又见任半塘：《敦煌歌辞总编》，上海古籍出版社2006年版，第1583页。

3（宋）阮阅编，周本淳校点：《诗话总龟》，人民文学出版社1987年版，第221页。

4（宋）吴曾：《能改斋漫录》，上海古籍出版社1979年版，第336页。

从略。同时还有大量没有署名的敦煌佛教歌辞作品，这里也不再逐一介绍了。

从上文可以看出，现存敦煌佛教歌辞的作者，大多数是隋、唐、五代时期的著名僧人，或是很有影响的禅僧。其中有敦煌僧人，甚或还有传说中的印度高僧，而更多的是中原内地的名僧。此外，还有一些作者不见于历代文献记载，甚至敦煌写卷中的许多歌辞作品并没有作者署名，我们今天已经无法考知作者生前的具体行事活动，但从敦煌写卷所保存的这批歌辞作品来看，其内容大多都是宣唱佛理、讽世劝化，宣扬佛教思想，其中尤以弘扬唐代兴盛的净土信仰和禅思想的作品为多。由此可以推断，敦煌写卷中的这批歌辞作品应该多是释门僧侣所作。敦煌佛教歌辞作者、作品内容构成的复杂情况，再次生动地展现了隋、唐、五代以迄宋初敦煌地区丰富的佛教内涵，为我们展现了隋唐五代敦煌地区佛教活动的历史画面。

需要说明的是，尽管敦煌佛教歌辞的作者并不一定是敦煌本土人士，有的或许仅在敦煌短暂停留，他们的作品在偶然的机会中被保存下来；多数作者或许从未到过敦煌，他们的一些歌辞作品当时也可能同时在我国其他地方流行传唱。但是，不管怎样，敦煌写卷中的这批佛教歌辞因为受到敦煌人民的喜爱，而曾经在敦煌地区流行，并对历史上生活在敦煌地区的人们的思想感情发生过影响，因而被抄写保存于敦煌写卷，故一并在论述之列。

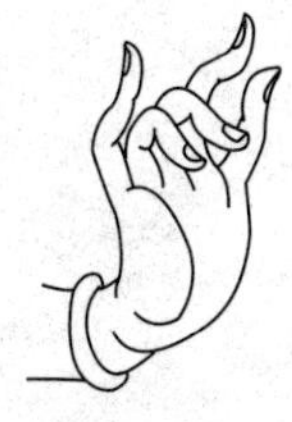

第二章　敦煌佛教歌辞与民间歌唱

中国古代素称“礼乐文明”之邦，乐舞传统十分悠久。传说尧之乐有《大章》，黄帝有《咸池》，舜有《韶》，禹有《夏》。《礼记·乐记》云：“昔者舜作五弦之琴，以歌南风，夔始制乐，以赏诸侯。”我国古代十分注意人心与音声之间的相互感发作用，并已经对音声原理有了一定的认识和总结。如《礼记·乐记》云：“乐者，音之所由生也，其本在人心之感于物也。是故其哀心感者，其声噍以杀。其乐心感者，其声啴以缓。其喜心感者，其声发以散。其怒心感者，其声粗以厉。其敬心感者，其心直以廉。其爱心感者，其声和以柔。”古代统治阶级制礼作乐，注重施行礼乐教化，常常把“乐”同“礼”及政治联系起来，《乐记》云：“礼节民心，乐和民声，政以行之，刑以防之。礼、乐、刑、政，四达而不悖，则王道备矣。”又云：“凡音者，生人心者也。情动于中，故形于声。声成文，谓之音。是故治世之音，安以乐，其政和。乱世之音，怨以怒，其政乖。亡国之音，哀以思，其民困。声音之道，与政通矣。”又云：“乐也者，圣人之所乐也，而可以善民心。其感人深，其移风易俗，故先王著其教焉。”“是故审声以知音，审音以知乐，审乐以知政，而治道备矣。”“先王之制礼乐也，……将以教民平好恶，而反人道之正也。”[1]可见辨别音声、制定礼乐是古代统治阶级推行“王化”的一项重要举措，他们把“王者功成作乐，治定制礼”看做是一种政治文化制度。

在上古时代，诗、乐、舞往往三位一体。《礼记·乐记》云：“诗，言其志也。歌，咏其声也。舞，动其容也。三者本于心，然后乐器从之。[2]”《吕氏春秋·仲夏纪·古乐篇》云：

> 昔葛天氏之乐，三人操牛尾，投足以歌八阙：一曰《载民》，二曰《玄鸟》，三曰《遂草木》，四曰《奋五谷》，五曰《敬天常》，六曰《达帝功》，七曰《依地德》，八曰《总万物之极》。[3]

1 以上所引参见《礼记·乐记》，（清）阮元：《十三经注疏》，上海古籍出版社1997年版，第1534页、第1527页、第1528页和第1529页。

2（清）阮元：《十三经注疏》，上海古籍出版社1997年版，第1536页。

3《诸子集成·吕氏春秋》，上海书店1986年影印版，第51页。

葛天氏之乐是通过“操牛尾”、“投足以歌”的形式进行表演，是一种集体歌舞。其所唱的8种歌曲，今已不传，但从标题可以看出这是一组主要表现古代人们生产活动的古歌。我国第一部诗歌总集《诗经》，计305篇，篇篇入乐，所谓“诵诗三百，弦诗三百，歌诗三百，舞诗三百”[1]，也是诗、乐、舞三位一体。

需要指出的是，古代统治阶级所倡导的“乐”，主要指雅乐。雅乐在先秦时代的音乐中一直占主导地位。雅乐的特点是“中和平正”，与儒家所标榜的“温柔敦厚”的诗教思想相一致，其主要作用是祭祀和教化。如《汉书》卷三十《艺文志》云：

> 《易》曰：“先王作乐崇德，殷荐之上帝，以享祖考。”故自黄帝下至三代，乐各有名。孔子曰：“安上治民，莫善于礼，移风易俗，莫善于乐。”二者相与并行。[2]

而民间歌乐，即“俗乐”，则是流传于民间的各种乐歌，其主体是各地的民歌。我国民歌的起源相当久远，迄今发现的年代最早的乐舞图，是青海大通县墓葬出土的陶盆上歌舞演唱的图像，该陶盆据碳14测定为5000至5800年前的新石器时代器物，说明那时我国境内已有图腾崇拜的歌舞活动[3]。有关古代民歌的传说很多，但见于文献记载的民歌多数又比较简略。从文献资料来看，早期民歌大多与人们的生产活动密切相关。如《淮南子》卷12所载翟煎答梁惠王问，曰：“今夫举大木者，前呼‘邪许’，后亦应之。此举重劝力之歌也。”[4]就是描述古代人们在集体生产活动中的歌唱情形。《吴越春秋》卷9载有相传为黄帝时期的《弹歌》，云：“故歌曰：断竹、续竹、飞土、逐害之谓也。”[5]反映的是古代人们的狩猎生活。此外，还有《破斧歌》(见《竹书纪年》卷上)，《燕燕往飞》、《候人歌》(见《吕氏春秋》卷六)，以及《采薇歌》、《击壤歌》等一批古歌[6]，这些都反映了我国古代民间歌乐的发展状况。

《诗经》是我国最早的一部民歌总集，其中汇集了从西周到春秋中叶约500年间流传于北方15个诸侯国的民间歌曲。这些民歌文词上虽然经过润饰，但总体上表现出鲜明的现实精神，内容丰富，反映了当时的社会生活和人们丰富复杂的思想感情。

1《墨子·公孟第四十八》，参见《诸子集成·墨子间诂》，上海书店1986年影印版，第275页。

2(汉)班固撰，(唐)颜师古注:《汉书》，中华书局1962年版，第1711页。

3 金维诺:《舞蹈纹陶盆与原始乐舞》，载《文物》1978年第3期。

4《诸子集成·淮南子注》，上海书店1986年影印版，第190页。

5 周生春:《吴越春秋辑校汇考》，上海古籍出版社1997年版，第152页。

6《吕氏春秋》卷六有云:“禹行功，见涂山之女，禹未之遇，而巡省南土。涂山氏之女乃令其妾，候禹于涂山之阳，女乃作歌，歌曰:‘候人兮猗。’实始作为南音。”后人称之为《候人歌》。参见《诸子集成·吕氏春秋》，上海书店1986年影印版，第58页。

春秋时期，歌乐已有“南风”、“北风”之称。锺仪在晋鼓琴而“操南音”，被誉为“乐操土风，不忘旧也”[1]。楚地的楚歌、楚声和楚舞一直为楚人所喜爱，见于文献记载者也不少。如果说《诗经》保存了不少北方民歌，约在公元前4世纪出现的《楚辞》，则是保存了大量的南方民歌，它是屈原及楚地文人根据当时楚国民间曲调创作而成的诗歌，富于幻想和热情，充满神话色彩。王逸《楚辞章句》云：

> 昔楚南郢之邑，沅、湘之间，其俗信鬼而好祠。其祠必作歌乐鼓舞，以乐诸神。屈原放逐，……出见俗人祭祀之礼，歌舞之乐，其词鄙陋。因作《九歌》之曲。[2]

可知《九歌》原是流传于沅、湘之间祭祀神灵的歌舞乐曲，因屈原对其加以改定而保留下来。

《吕氏春秋》卷5《侈乐篇》云：“楚之衰也，作为巫音。”[3]战国时楚国地方音乐极为发达，其歌曲如《涉江》、《采菱》、《劳商》、《薤露》、《阳春》、《白雪》等，在楚辞中都已提及。楚辞的许多诗篇中都有“乱”辞，又有“倡”、“少歌”，这些都是乐曲的组成部分。《楚辞》中保存了不少乐曲形式，说明它同音乐的关系非常密切。至于当时吟咏的调式则早已失传。汉宣帝时，九江被公能诵读《楚辞》[4]，至隋代，还有僧徒道骞善读《楚辞》，“能为楚声，音韵清切”[5]。这说明直到隋唐间尚有人懂得《楚辞》中的楚声。

到汉代，朝廷设有分掌雅乐和俗乐的乐官。雅乐主要沿袭周代的乐章，俗乐则以武帝以后所采集的各地风谣为大宗。雅乐歌辞主要是郊庙、燕射歌辞，俗乐歌辞则以清商曲为大宗。王运熙《汉代的俗乐和民歌》云：“汉代的清乐（主要是相和歌）和六朝的清乐（主要是吴声、西曲）是我国中古时代俗乐的主流。”[6]汉代民歌主要保存于《乐府诗集》的“相和歌辞”和“杂曲歌辞”。

汉代统治者虽然提倡雅乐，但俗乐在上层社会也很盛行，不少贵族、文士都能演奏俗乐。俗乐中的民歌，对汉代文人乐府诗及五言诗的创作有一定的影响。现存汉乐府诗中有几十首民歌，都具有较高的艺术价值，对后代民歌的发展有着深远的影响。

1 杨伯峻:《春秋左传注·成公九年》，中华书局2009年版，第845页。

2 蒋天枢:《楚辞校释》，上海古籍出版社1989年版，第125页。

3《诸子集成·吕氏春秋》，上海书店1986年影印版，第48页。

4（汉）班固撰，（唐）颜师古注:《汉书》卷六十四《王褒传》，中华书局1962年版，第2821页。

5（唐）魏征、令狐德棻:《隋书》卷三十五《经籍志》，中华书局1973年版，第1056页。

6 王运熙:《乐府诗述论》，上海古籍出版社1996年版，第238页。

东汉后期，朝政日趋腐败，宫廷内部矛盾错综复杂，斗争激烈，随之地方势力逐渐强大，儒家一尊的统治地位逐渐丧失。特别是进入五胡十六国时期，少数民族入主中原，我国北方陷入长期的战乱状态。表现在音乐上，“雅乐”逐渐丧失其中心地位，民间俗乐空前活跃，胡乐逐渐流行。两汉之际佛教的传入[1]，到魏晋南北朝时期出现了佛学兴盛的局面，佛教音乐随之也流播中土。

1 孙昌武:《中国佛教文化》，南开大学出版社2000年版，第62页。

第一节　佛教音乐的东传及其在中土的流行

早在佛教产生之前，印度处于长达千年的吠陀时代，产生了《梨俱吠陀》、《娑摩吠陀》、《夜柔吠陀》、《阿达婆吠陀》等一批诗体形式的著名吠陀经典。此后出现了旨在阐述吠陀本集的散文体梵书、森林书和奥义书。吠陀经典是婆罗门僧侣学问的总集，包括诗歌、礼仪和哲学。公元前9世纪由此逐渐引导出印度的宗教及其礼仪、哲学、英雄史诗、古历史传说、天文学、法律、几何和语言科学，所有这些共同构成了婆罗门教[1]。古代印度不大重视文字记录，但有着口传心记的文化传统。这种口口相传的传统，十分重视韵律和节奏。原始佛教的教理教规经过长久的口耳相传，到公元1世纪才开始逐渐笔之于书。故释僧祐《出三藏记集》记东晋法显云："显（指法显）本求戒律，而北天竺诸国皆师师口传，无本可写。"[2]唐义净谓婆罗门吠陀十万颂"咸悉口相传授，而不书之于纸叶"[3]。大约在吠陀时代末期，产生了印度的两大诗史——《罗摩衍那》和《摩诃婆罗多》，反映了印度当时音乐歌舞的流行状况：贵族子弟从小就接受音乐教育，公主们通常能歌善舞，王宫里有着数千精于乐舞的伎女，而且还有许多以"苏特"、"马伽陀"等命名的歌手，擅长史诗颂赞。印度民间有被称做"萨巴"或"萨马贾"的村社歌舞活动，并且有一批以卖唱为业的吟游诗人活跃在民间，他们用师徒相授的形式保存和发展传统技艺。

公元前6世纪前后，在恒河流域的下游（即中印度一带），出现了许多以城市为中心的国家，这个时期一般称为"十六大国"时期。到佛陀时代，十六国的形势发生了很大的变化，其中最强大的国家是恒河南岸的摩揭陀，西北的憍萨罗，东北的跋耆。诸国的政治状况也不尽相同，有君主制，也有共和制[4]。佛陀主要活

1（英）渥德尔著，王世安译：《印度佛教史》，商务印书馆2000年版，第26页。

2（梁）释僧祐撰，苏晋仁、萧錬子点校：《出三藏记集》，中华书局1995年版，第119页。

3（唐）义净著、王邦维校注：《南海寄归内法传校注》卷4《西方学法》，中华书局2000年版，第206页。

4 吕澂：《印度佛学源流略讲》，上海人民出版社2002年版，第12页。

动于摩揭陀、跋耆、憍萨罗和其他国家的首都，因而在佛教经典中就出现了许多具有城市特点的“俗乐”。如《佛说长阿含经》记载有沙门婆罗门“种种伎戏无不玩习”;《中阿含经》记载拘尸王城常有12种声，未曾断绝，其中就有吹螺声、鼓声、薄洛鼓声、伎鼓声、歌声、舞声等。唐义净译《根本萨婆多部律摄》卷十二云:“佛在王舍城竹林园中，时祇利跋寠山大节会日。远近城邑士女咸萃，歌管音乐，并皆云集。是时乐者作如是议：我之管曲，人皆见闻，未是殊妙，宜须改异，更作新奇。时有乐人取六众苾刍形像，变（按：疑当为‘编’）入管弦。既是新异，人皆竞集。自余鼓乐，无往看者，遂多得珍财。时六众苾刍闻斯事已，自相告曰：无识倡优模我形状，将为舞乐，尚获多财，岂若自为而不得物？既足衣钵，无假乞求。遂于大会众聚之时，着俗衣裳，自为歌乐。诸有看人咸集于此，自外管弦，并皆息唱。”[1]后秦弗若多罗译《十诵律》卷第四载佛在舍卫国时，有比丘“弹鼓簧，捻唇作音乐声。齿作伎乐，弹铜盂，弹多罗树叶，作余种种伎乐歌舞。着鬘璎珞，以香涂身，着香熏衣。以水相洒，自手采华，亦使人采。自贯华鬘，亦使人贯。头上着华，自着耳环，亦使人着。自将他妇女去，若使人将去。若令象马斗，车斗步斗，羊斗水牛斗，狗斗鸡斗，男斗女斗，亦自共斗。手打脚踏，四向驰走，变易服饰，驰行跳踯。水中浮没，斫截树木。打臂拍髀，啼哭大唤。或啸谬语诸异国语，踯绝反行如婉转鱼，踯物空中还自接取。与女人共大船上载令作伎乐。或骑象马乘车辇舆，与多人众吹贝导道。入园林中，作如是等种种恶不净事”[2]。东晋瞿昙僧伽提婆译《中阿含经》卷第四云:“(世尊）复问伽弥尼，于意云何？若村邑中或有一人，头冠华鬘，杂香涂身，而作倡乐。歌舞自娱，唯作女妓，欢乐如王。若有问者，此人本作何等？今头冠华鬘，杂香涂身，而作倡乐，歌舞自娱，唯作女妓，欢乐如王。或有答者，此人于他国中而不与取，是以此人头冠华鬘，杂香涂身，而作倡乐，歌舞自娱，唯作女妓，欢乐如王。伽弥尼，汝如是见，如是闻不？”[3]由此可以看出佛陀时代印度音乐的兴盛。

印度古典音乐主要是用来敬神，充满着对宗教的虔诚赞颂。原始佛教产生于口述心记的时代传统之中，历史悠久的仪式赞诵制度和史诗吟唱制度对早期佛教的传法活动、诵经方式，以及供养伎乐等方面都有着一定的影响。佛教在传教说法时，注重音声的美妙动人。吴支谦译《梵摩渝经》有云:“大说法声有八种：最

1《大正大藏经》第24册，第593页。

2《大正大藏经》第23册，第26页。

3《大正大藏经》第1册，第446页。

好声、易了声、濡软声、和调声、尊慧声、不误声、深妙声、不女声，言不漏阙，无得其短者。”[1] 佛所特有的8种声，又称“八音”，即极好音、柔软音、和适音、尊慧音、不女音、不误音、深远音、不竭音。陈隋智者大师《法界次第初门》中《八音初门第五十九》云：

一极好，二柔软，三和适，四尊慧，五不女，六不误，七深远，八不竭。次相好而辨八音者。若佛以相好端严，发见者之善心；音声理当清妙，起闻者之信敬。故次相好而明八音也。此八通云音者，诠理之声，谓之为音，佛所出声。凡有诠辩，言辞清雅，闻者无厌，听之无足。能为一切作与乐拔苦因缘，莫若闻声之益。即是以慈修口，故有八音清净之口业。

一极好音　一切诸天贤圣，虽各有好音好之未极，佛报圆极，故出音声清雅，能令闻者无厌。皆入好道，好中之最好，故名极好音也。

二柔软音　佛德慈善故，所出音声，巧顺物情，能令闻者喜悦，听之无足，皆舍刚强之心，自然入律行，故名柔软音。

三和适音　佛居中道之理，巧解从容，故所出音声，调和中适，能令闻者，心皆和融，因声会理，故名和适音。

四尊慧音　佛德尊高，慧心明彻，故所出音声，能令闻者尊重，解慧开明，故名尊慧音。

五不女音　佛住首楞严定，常有世雄之德，久已离于雌软之心，故所出言声，能令一切闻者敬畏，天魔外道，莫不归伏，名不女音。

六不误音　佛智圆明，照了无谬，故所出音声，诠论无失，能令闻者各获正见，离于九十五种之邪非，故名不误音。

七深远音　佛智照穷，如如实际之底，行位高极，故所出音声，从脐而起，彻至十方，令近闻非大，远闻不小，皆悟甚深之理，梵行高远，故名深远音也。

八不竭音　如来极果，愿行无尽，是以住于无尽法藏，故出音声，滔滔无尽，其响不竭，能令闻者，寻其语义，无尽无遗，至成无尽常住之果，故名不竭音也。[2]

后秦弗若多罗译《十诵律》卷第三十七云：

有比丘名跋提，于呗中第一。是比丘声好，白佛言：世尊，愿听我作声呗。佛言：听汝作声呗。呗有五利益，身体不疲，不忘所忆，心不疲劳，声音不坏，语言易解。复有五利：身不疲极，不忘所忆，心不懈惓，声音不坏，诸天闻呗声心则欢喜。[3]

1《大正大藏经》第1册，第884页。

2《大正大藏经》第46册，第697页。

3《大正大藏经》第23册，第269页。

这里佛陀不仅不反对音乐，并且认为音乐有五种益处，诸天闻之也会欢喜。《大智度论·佛国土品》有云："菩萨欲净佛土，故求好音声。欲使国土中众生闻好音声，其心柔软。心柔软，故受化易。是故以音声因缘供养佛。"[1]

释迦牟尼有三十二相，八十种好，以种种妙音讲经说法。西晋竺法护译《佛说月光童子经》云："世尊謦扬洪音，出八种声，演万亿音，广说无量法言八解、四谛、三脱、六度，探道法要微妙之行，解三界空诸法因缘造为罪福，观病选药如应说法。"[2]北凉昙无谶译《佛说腹中女听经》也云："佛持八种声。"[3]元魏凉州沙门慧觉等译《贤愚经》卷第6云："众生之中，有八种声，……何谓八种？一曰鸟声，二曰三尺鸟声，三曰破声，四曰雁声，五曰鼓声，六曰雷声，七曰金铃声，八曰梵声。其鸟声者，其人受性，不识恩养，志不廉洁。三尺鸟声者，受性凶暴，乐为伤害，少于慈顺。其破声者，男作女声，女作男声，其人薄德贫穷下贱。其雁声者，志性剿了，多于亲友，将接四远。其鼓声者，言辞辩捷，解释道理，必为国师。其雷声者，智慧深远，散析法性，任化天下。金铃声者，巨富饶财，其人必积千亿两金。其梵声者，福德弥高。若在家者，作转轮圣王；出家学道，必得成佛。"[4]元魏吉迦夜共昙曜译《付法藏因缘传》卷第五云："于华氏城游行教化，欲度彼城诸众生故，作妙伎乐名赖咤啝罗。其音清雅哀婉调畅，宣说苦、空、无我之法。所谓有为如幻如化，三界狱缚，无一可乐。王位高显，势力自在，无常既至，谁得存者？如空中云，须臾散灭；是身虚伪，犹如芭蕉；为怨为贼，不可亲近；如毒蛇箧，谁当爱乐？是故诸佛常呵此身。如是广说空、无我义，令作乐者演畅斯音。……尔时马鸣着白氎衣，入众伎中，自击钟鼓，调和琴瑟，音节哀雅，曲调成就，演宣诸法苦、空、无我。时此城中五百王子，同时开悟，厌恶五欲，出家为道。"[5]

但是，佛教具有鲜明的出世性格，其乐舞音声也不例外。从现存佛教典籍来看，在原始佛教和部派佛教时期，僧侣间的音乐歌舞并在禁止之列。在佛陀制定的僧尼戒律中，使用鼓、笛、琵琶等乐器，教俗人唱歌，向婆罗门学习歌舞戏乐等，都是被戒除的对象。在佛教看来，依俗歌咏而说法，会使僧侣染上俗声，削弱佛教的庄严性，会以歌声掩盖佛经文句，被俗人訾毁议论，破坏佛教的传统仪式，导致诸天神不悦，会使语言失正，意义难解。而一旦迷于伎乐，又会导致贪

1《大正大藏经》第25册，第710页。

2《大正大藏经》第14册，第817页。

3《大正大藏经》第14册，第914页。

4《大正大藏经》第4册，第390页。

5《大正大藏经》第50册，第315页。

1《大正大藏经》第 1 册，第 83 页。

2《大正大藏经》第 23 册，第 1015 页。

3《大正大藏经》第 24 册，第 843 页。

4《大正大藏经》第 24 册，第 221 页。

5《大正大藏经》第 1 册，第 261 页。

6《大正大藏经》第 45 册，第 849~850 页。

欲覆心。为此，后秦佛陀耶舍共竺法念译《佛说长阿含经》中规定僧侣“不著香花璎珞，歌舞倡伎不往观听”[1]。唐义净译《根本说一切有部苾刍尼毗奈耶》卷第二十云：“若复苾刍尼唱歌者，波逸底迦。尼谓吐罗难陀等，唱歌者谓唱歌词音韵。”又云：“若复苾刍尼作乐者，波逸底迦。尼谓吐罗难陀等，作乐者谓音声管弦。”[2]波逸底迦，即“波逸提”，又作“贝逸提”、“波逸提伽”等，是比丘、比丘尼所受持之具足戒之一，乃是一种轻罪。所犯若经忏悔，则能得灭罪。若不忏悔，则堕于恶趣。据《毗尼母经》卷第七载，所犯之罪轻微、非断灭善根之枝条罪、伤善处少，故称波逸提[3]。同时，佛教“十戒”中第七戒即为“不歌舞观听”。《根本说一切有部毗奈耶杂事》卷四也云：“佛言因作歌舞有如是过，苾刍不应习学歌舞，作者得越法罪，世尊不许习歌舞事。时婆罗门忘其歌舞，诣六众处求重温习。时彼报言：世尊制戒不许歌舞。”[4]可见，在佛教早期，僧尼唱歌作乐都是明令禁止的。

在传入的早期，我国佛教对于伎乐之用也有着严格的禁制。如吴支谦译《佛开解解（梵）志阿飏经》有云：“沙门不得吟咏歌曲、弄舞调戏及论倡优。”[5]道宣《量处轻重仪末》云：“伎乐众欢具。《律本》云：受十戒者，不应观听伎乐等。《善见》云：若施乐器者，不得捉，得卖。……《律本》中不许比丘见诸兵战乃至戏笑等。《善见》云：若施器仗者，僧应打坏，不得卖。……第三制者，伎乐荡逸之器，本非眼心所怀，闻音尚制有愆，何况眼观无罪。正制不令身触，为遣著心。今便亲自鼓持，理由耽醉，故有涕零垂泪，解体移神。俗士号为俳优，良有以也。既道禁弥塞，过滥特深，理宜焚毁，用旌惩革。然俗生欢美，释怒除纷，微有供福之缘，薄展归依之相，必有宜将出卖，便顺正论通文。”[6]《量处轻重仪本》也云：“诸杂乐具（其例有四）：初谓八音之乐（一金乐，谓钟铃等。二石乐，谓磬等。三丝乐，谓琴瑟等。四竹乐，谓笙笛等。五匏乐，谓箜篌等。六土乐，即埙等。七革乐，谓鼓等。八木乐。即上音柷敔者也）。二，所用戏具（谓傀儡戏、面竿、桡影、舞师子白马、俳优传述众像变现之像也）。三，服饰之具（谓花冠、帕、索、裙、帔、袍、棂、缠束、杂彩众宝绮错之属也）。四，杂剧戏具（谓蒱博、碁奕、投壶、牵道六甲行成，并所须骰子、马局之属）。已上四件并是荡逸之具，正乖念慧之本，宜从重收。然僧非贮畜之家，执捉非无过咎，宜准论出卖得钱。"[1]据此可知，僧尼本不能学习音乐，甚至收藏乐器等娱乐器具均为犯戒。官方对此也有禁令，如《大唐六典》卷四云："(僧尼)作音乐、博戏、毁骂三纲，凌突长宿者，皆苦役也。"[2]

佛教起初施设音乐的主要目的是礼佛敬神、赞颂功德，以及诱导众生信仰佛法，皈依佛门，而不是为了娱乐大众。盛大法会时多歌舞庄严，诸如礼佛行香、功德赞叹、散花供养等活动中，都有音乐。如《大般涅槃经》卷中云：

> 尔时诸天龙神八部于虚空中雨众妙花，曼陀罗花、摩诃曼陀罗花、曼殊沙花，摩诃曼殊沙花，而散佛上。又散牛头旃檀等香，作天伎乐，歌呗赞歌。[3]

此为散花、供养、行香之音乐。

佛国本身也是一个充满音乐歌舞的世界，既有体态轻盈、舞姿翩翩、婀娜飘举的飞天，又有乐神、歌神。乾闼婆，又称寻香神、乐神、执乐天，是与紧那罗同奉侍帝释天而司奏雅乐之神。传说不食酒肉，唯以香气为食。二者原来均为印度神话中之歌神，后被佛教吸收为八部众。吠陀时代之乾闼婆奉侍帝释天之宴席，专事歌唱奏乐。据《大智度论》卷第十载，乾闼婆王至佛所弹琴赞佛，三千世界皆为震动，乃至摩诃迦叶不安其坐。唐不空译《摄无碍大悲心大陀罗尼经计一法中出无量义南方满愿补陀落海会五部诸尊等弘誓力方位及威仪形色执持三摩耶幖帜曼陀罗仪轨》记其形象为："顶上八角冠，身相赤肉色，身如大牛王。左定执箫笛，右慧持宝剑，具大威力相，发髻焰鬘冠。"[4]紧那罗，又作紧捺洛、真陀罗等，或称歌神、歌乐神、音乐天，具有美妙的音声，善歌舞。《华严经疏》卷第五载其为天帝之执法乐神。大乘诸经中，佛说法之听众中常列其名。于现图曼荼罗，在外金刚部北方，摩侯罗伽众之北有二尊紧那罗，俱呈肉色，其中之一于膝上安置横鼓，另一于膝前安置二竖鼓，俱作欲击鼓之势。

人们进行的供养、娱佛、赞佛、散花等佛事活动，往往都有伎乐音声。在礼赞敬神的同时，也能起到娱乐众生的作用。据《法显传》载摩揭提国行像之日，"境内道俗皆集，作倡伎乐，华香供养"[5]。特别是佛教传入中土后，在节庆之时设乐娱众更是常事，远远超出了赞佛礼神的层面。杨衒之《洛阳伽蓝记》卷一

1《大正大藏经》第45册，第842~843页。

2(唐)李隆基撰，李林甫注:《大唐六典》，三秦出版社1991年版，第104页。

3《大正大藏经第1册，第199页。

4《大正大藏经》第20册，第137页。

5(东晋)法显撰，章巽校注:《法显传校注》，上海古籍出版社1985年版，第103页。

"景乐寺"云:"至于大斋，常设女乐，歌声绕梁，舞袖徐转，丝管寥亮，谐妙入神。"[1]《太平广记》卷三十四"崔炜"条云贞元中，"时中元日，番禺人多陈设珍异于佛庙，集百戏于开元寺"[2]。中元日即农历七月十五日，这是著名的佛教节日，这天要举行盛大的盂兰盆会。据《盂兰盆经》，在每年的农历七月十五日，各地都要举行超度历代宗亲之仪式。传说佛弟子目连尊者，见其母堕饿鬼道，受倒悬之苦，问救法于佛。佛教之于每年七月十五日（僧安居竟之日），以百种供物供三宝。请其威，得救七世之父母。因起此法会。西晋竺法护译《佛说盂兰盆经》云:"是佛弟子修孝顺者，应念念中常忆父母供养乃至七世父母。年年七月十五日，常以孝顺慈（按:'顺'字疑为衍字），忆所生父母，乃至七世父母，为作盂兰盆施佛及僧，以报父母长养慈爱之恩。"[3]汉土于梁武帝大同四年（公元538年）初设盂兰盆斋。此日节庆盛会，百戏凑集，声乐理当不可缺少。

佛教传入中国后，以呗赞、转读、唱导等为主的佛教音乐活动日益盛行，与汉地音乐并行交融发展。释慧皎《高僧传》卷第二《译经·中》载鸠摩罗什对僧叡云:"天竺国俗，甚重文制，其宫商体韵，以入弦为善、凡觐国王，必有赞德;见佛之仪，以歌叹为贵。经中偈颂，皆其式也。"[4]西域僧人支谦（约公元3世纪）创立佛教转经呗赞，在乐器伴奏下演唱诗偈，他所作的《赞菩萨连句梵呗》在公元6世纪初时还存在。晋孝武帝年间，月支僧人支昙禴引入一种讽咏佛经的新方法，即以六言梵呗制成曲调，歌唱佛经偈颂，当时非常流行[5]。早在齐梁时代，僧侣们便在法乐和无遮大会的名义下建立了以俗乐为内容的新的音乐中心，"设乐以诱愚小，俳优以招远会"[6]，致有变俗移风的盛况。声乐是佛教化俗的一种重要宣传手段，如华严宗注重斋会唱诵，净土所述偈赞皆附会郑卫之声。赞宁《宋高僧传》卷第二十五《唐睦州乌龙山净土道场少康传》末有云:"康所述偈赞皆附会郑卫之声。变体而作。非哀非乐不怨不怒。得处中曲韵。譬犹善医以饧蜜涂逆口之药诱婴儿之入口耳。"[7]禅宗大量采用民间歌曲如《渔夫拨棹子》、《柳含烟》、《下水船》、《五更转》、《十二时》等唱道。为传播佛法，僧侣还介入了俗曲的创作和演唱，如齐释宝月有《估客乐》，梁释法云有《三洲歌》、《相思曲》。从北魏到唐代，都市寺院普设戏场。《教坊记》、《羯鼓录》等乐书记录了许多属于宫廷燕乐的佛教歌曲。

1 范祥雍:《洛阳伽蓝记校注》，上海古籍出版社1958年版，第52页。

2（宋）李昉等编:《太平广记》，中华书局1961年版，第216页。

3《大正大藏经》第16册，第779页。

4（梁）释慧皎撰，汤用彤校注:《高僧传》，中华书局1992年版，第53页。

5（梁）释慧皎撰，汤用彤校注:《高僧传》卷第十三《支昙禴传》，中华书局1992年版，第498页。

6（唐）释道宣:《广弘明集》卷七《列代王臣滞惑解下》，上海古籍出版社1994年版，第136页。

7（宋）赞宁撰，范祥雍点校:《宋高僧传》，中华书局1997年版，第632页。

敦煌写卷中也有不少关于佛教设乐歌舞的记载。如P.2638卷中有云:“七月十五设乐。”S.381卷《龙兴寺毗沙门天王灵验记》云:“大番岁次辛巳闰二月十五日，因寒食，在城官僚就龙兴寺设乐。”寒食节是在清明节前二日，唐时风习，寒食节要举行多种娱乐活动。S.4750卷《某寺破历》还有“寒食踏歌”之记载，而踏歌是一种民间的群众性娱乐活动。佛寺在寒食节设乐踏歌，说明佛教音乐已经融入民间的各种歌舞活动，它的群众娱乐性大大加强了。

从各种文献记载来看，寺院专业音乐人员的来源有多种：一是皇家官府所赐的音声人，一是寺的净人，同时也有僧人从事音乐活动。《佛祖统纪》卷三十七云:“(宋明帝)泰始元年，诏于建阳门置兴皇寺，敕沙门道猛为纲领。……又诏僧瑾为天下僧主，赐法技一部，亲信二十人。”志磐注曰:“作妓者女乐，作技者训艺。今称法技，则是法门幢旛鼓钹众艺之名。或称释部威仪。”[1]明帝所赐乃是用于僧家的音声伎乐。延一《广清凉传》卷上云:“昔有朔州大云寺惠云禅师，德行崇峻。明帝礼重，诏请为此寺尚(上)座。乐音一部，工技百人。箫笛箜篌，琵琶筝瑟，吹螺振鼓，百戏喧阗，舞袖云飞，歌梁尘起。随时供养，系日穷年，乐比摩利天仙曲，同维卫佛国。往飞金刚窟内，今出灵鹫寺中。所奏声合苦空，闻者断恶修善，六度圆满，万行精纯。像法已来，唯兹一遇也。”[2]道世《法苑珠林》卷六十二“献佛部第二”云:“若是国家大寺，如似长安西明、慈恩等寺，除口分地外，别有敕赐田庄。所有供给并是国家供养，所以每年送盆献供种种杂物，及舆、盆、音乐人等，并有送盆官人。”[3]

由此可知，寺院有音声人，而寺院音声人是寺院的财产之一。据《新唐书》卷二十二《礼乐志》载:“唐之盛时，凡乐人、音声人、太常杂户子弟隶太常及鼓吹署，皆番上，总号音声人，至数万人。”[4]音声人在敦煌写卷中也多有反映。如:

P.2613卷《咸通十四年(873年)正月沙州某寺徒众常住交割历》云:“故破鼓腔贰，内壹在音声，紫檀鼓腔壹，在音声。”

P.4542卷《某寺破寺》云:“十五日，出粟一斗，充音声。廿三日，出麦贰斗，粟三斗，充与音声。”

S.6452卷《破历》云:“廿七日，酒壹瓮，李僧正对与音声。廿九日，酒叁斗，音声就店吃用。”

1《大正大藏经》第49册，第346页。

2《大正大藏经》第51册，第1107页。

3《大正大藏经》第53册，第750页。

4(宋)欧阳修、宋祁:《新唐书》，中华书局1975年版，第477页。

对这些敦煌寺院音声人，姜伯勤先生曾有精确考论，指出“唐代乐人、音声人俱属贱民，敦煌寺属乐人也是寺院隶属依附人口寺户的一部分”[1]。

寺院自己培养从事乐舞活动者，多由净人中选拔。唐道宣《续高僧传》卷二十九云：“寺足净人，无可役者。乃选取二十头，令学鼓舞。每至节日设乐像前，四远同观以为欣庆。故家人子弟接踵传风，声伎之最，高于俗里。”[2]净人实是在寺院从事杂役而并未出家的俗人[3]。因其人解比丘之净语，故称净人。《释氏要览》卷下“净人”条云：“毗奈耶云，由作净业故，名净人。若防护住处，名守园民。或云使人，今京寺呼家人。……唐言贱人。”[4]法云《翻译名义集》卷七云：“佛言当唱时至，若打犍椎，若打鼓、吹螺，使旧住沙弥、净人打。不得多，应打三通。若唱二时至，亦使沙弥、净人唱。住处多，不得遍闻，应高处唱。犹不知集，更相语知。若无沙弥，比丘亦得打。”[5]

据陈释智匠《古今乐录》十二卷载，唐代僧人段善本以善弹琵琶而名动一时，而且历代善解音律、从事声乐活动的僧人也有不少。可知也有专门从事声乐的僧人。

佛教追求美是为了彻底抛弃美。从某一方面来看，佛家具有反美倾向。在佛教看来，尽管音声可以引起耳的妙欲，但佛家音乐的目的是为了使众生闻之而离欲。如东晋僧伽提婆译《增壹阿含经》卷第二十五云：“五欲之中色为最妙，然复大王，若言声妙者，当平等论之。所以然者，于声有气味故。若声无味者，众生终不染着。以其有味故，五欲之中声为最妙。然声有过失，若当声无过失，众生则无厌患。以其有过失故，众生厌患之，然声有出要。若当声无出要者，此众生类不得出生死之海。以其出要故，众生得至无畏涅槃城中。”[6]北凉昙无谶译《悲华经》卷第三云：“尔时十方如恒河沙等世界，六种震动，一切山林悉出种种无量音乐，众生闻已，即得离欲。”[7]《大乘悲分陀利经》卷第三云：“现在住世诸佛世尊皆授我记，恒河沙数世界地皆震动，一切山川石壁树木丛林出五乐音，一切众生心得离欲。”[8]又云：“令其一切佛土虚空中作亿那由他百千音乐，其音乐中不出爱欲之声，惟有波罗蜜声、佛声、法声、僧声、菩萨法藏声。令闻如是随菩萨所乐音声。”[9]卷第四云：“令出柔软过天妙音，谓波罗蜜神通根力觉道之声，其有闻者心得离欲。”[10]

1 姜伯勤：《敦煌音声人略论》，载《敦煌艺术宗教与礼乐文明》，中国社会科学出版社1996年版，第516页。

2《大正大藏经》第50册，第697页。

3（东晋）法显撰、章巽校注：《法显传校注》，上海古籍出版社1985年版，第14页。

4《大正大藏经》第54册，第303页。

5《大正大藏经》第54册，第1168页。

6《大正大藏经》第2册，第682页。

7《大正大藏经》第3册，第186页。

8《大正大藏经》第3册，第251页。

9《大正大藏经》第3册，第252页。

10《大正大藏经》第3册，第258页。

一、佛教音乐之传入

历代乐志多有关于佛教音乐传入我国的记载。《晋书》卷二十三《乐志》云："胡角者，本以应胡笳之声，后渐用之横吹，有双角，即胡乐也。张博望入西域，传其法于西京，惟得《摩诃兜勒》一曲。李延年因胡曲更造新声二十八解，乘舆以为武乐，后汉以给边将。和帝时，万人将军得用之。"[1]有的学者考证，《摩诃兜勒》即是佛曲东传之第一例。[2]

《隋书》卷 14《音乐志》云："先是周武帝时，有龟兹人曰苏祇婆，从突厥皇后入国，善胡琵琶。听其所奏，一均之中间有七声。因而问之，答云：'父在西域，称为知音。代相传习，调有七种。'以其七调，勘校七声，冥若合符。一曰'娑陀力'，华言平声，即宫声也。二曰'鸡识'，华言长声，即商声也。三曰'沙识'，华言质直声，即角声也。四曰'沙侯加滥'，华言应声，即变徵声也。五曰'沙腊'，华言应和声，即徵声也。六曰'般赡'，华言五声，即羽声也。七曰'俟利箑'，华言斛牛声，即变宫声也。（郑）译因习而弹之，始得七声之正。"[3]苏祇婆从突厥皇后入中原，始带来了声乐七调理论。苏祇婆七调来自龟兹，考其本源乃出于印度[4]。《大唐西域记》卷 1 云："（屈支国）文字取则印度，粗有改变。管弦伎乐，特善诸国。……伽蓝百余所，僧徒五千余人，习学小乘教说一切有部。经教律仪，取则印度，其习读者，即本文矣。"[5]屈支国即龟兹，其文化传统与印度有着密切的关系。向达《唐代长安与西域文明》指出，苏祇婆七调"其源盖出于印

1（唐）房玄龄等撰：《晋书》，中华书局 1974 年版，第 715 页。

2 钱伯泉：《最早内传的西域乐曲》，载《新疆艺术》1991 年第 1 期；田青：《试论佛教与中国音乐》，载《音乐研究》1987 年第 4 期；王耀华：《福建南曲中的兜勒声》，载《人民音乐》1984 年第 11 期；林梅村：《西域文明》，东方出版社 1995 年版，第 12~13 页。

3（唐）魏征、令狐德棻：《隋书》，中华书局 1973 年版，第 345~346 页。

4 向达：《龟兹苏祇婆琵琶七调考源》及《唐代长安与西域文明》之五《西域传来之画派与乐舞》一节，参见向达：《唐代长安与西域文明》，河北教育出版社 2001 年版，第 245 页和第 55 页。

5（唐）玄奘、辩机原著，季羡林等校注：《大唐西域记校注》，中华书局 1985 年版，第 54 页。

度，受西域之影响，而微有更易。唐宋以后之音乐，随处可见此七调之痕迹”[1]。

西域歌舞的大量传入，也多伴有佛教音乐因子。《隋书》卷15《音乐志》云：“《西凉》者，起苻氏之末，吕光、沮渠蒙逊等据有凉州，变龟兹声为之，号为秦汉伎。魏太武既平河西得之，谓之《西凉乐》。至魏、周之际，遂谓之《国伎》。今曲项琵琶、竖头箜篌之徒，并出自西域，非华夏旧器。《杨泽新声》、《神白马》之类，生于胡戎。胡戎歌非汉魏遗曲，故其乐器声调，悉与书史不同。其歌曲有《永世乐》，解曲有《万世丰》舞，曲有《于阗佛曲》。”又云：“《天竺》者，起自张重华据有凉州，重四译来贡男伎，《天竺》即其乐焉。歌曲有《沙石疆》，舞曲有《天曲》。”[2]《旧唐书》卷29《音乐志》云：“《骠国乐》，贞元中，其王来献本国乐，凡一十二曲，以乐工三十五人来朝。乐曲皆演释氏经论之辞。”[3]

以上的“佛曲”、“天竺乐”、演绎释氏经论之辞的乐曲，从名称上即可看出与佛教有着一定的关系。

1 向达：《唐代长安与西域文明》，河北教育出版社2001年版，第56页。

2（唐）魏征、令狐德棻：《隋书》，中华书局1973年版，第378页、第379页。

3（后晋）刘昫：《旧唐书》，中华书局1975年版，第1070页。

4《大正大藏经》第54册，第237页。

二、佛教的仪式音乐

佛法的流布伴随着宗教仪式的传入，最常见的佛教仪式有行像、浴佛、燃灯和斋会等，在各种宗教仪式中都有音乐艺术的表现。

行像，也称“行城”或“巡城”，是用宝车载着佛像在城市街道巡行的一种宗教仪式。赞宁《大宋僧史略》卷上云：“行像者，自佛泥洹，王臣多恨不亲睹佛，由是立佛降生相，或作太子巡城像。……又岭北龟兹东荒城寺，每秋分后十日间，一国僧徒皆赴五年大会（西域谓之般遮于瑟）。国王庶民皆捐俗务，受经听法。庄严佛像，戴以车辇，谓之行像。于阗则以四月一日行像，至十四日讫，王及夫人始还宫耳。今夏台灵武每年二月八日，僧戴夹苎佛像，侍从围绕，幡盖歌乐引导。谓之巡城。以城市行市为限，百姓赖其消灾也。又此土夏安居毕，僧众持花执扇，吹贝鸣铙，引而双行，谓之出队迦提也（取迦提月名也）。《释老志》曰：‘魏世祖于四月八日，舆诸寺像行于广衢。帝御门楼临观，散花致礼焉。’又景兴尼寺金像出时，诏羽林一百人，举辇伎乐，皆由内给。又安居毕，明日总集，旋绕村城，礼诸制底，棚车兴像，幡花蔽日，名曰三摩近离（此曰和集）。斯乃神州行城法也。”[4]这里交代了佛教行像之由来，是由于后人追念佛陀，欲亲睹圣容，故在每年的佛诞日，庄严佛像，巡行城内，其时歌乐引导，吹贝鸣铙。

5世纪初，法显西行印度时，在西域和印度都曾看到行像仪式。《高僧法显传》有云："法显等欲观行像，停三月日。其国中有四大僧伽蓝，不数小者。从四月一日，城里便扫洒道路，庄严巷陌。其城门上张大帏幕，事事严饰。王及夫人、彩女皆住其中。瞿摩帝僧是大乘学，王所敬重。最先行像，离城二四里，作四轮像车，高三丈余，状如行殿。七宝庄校，悬缯幡盖。像立车中，二菩萨侍，作诸天侍从，皆以金银雕莹悬于虚空。像去门百步，王脱天冠，易着新衣，徒跣持花香。翼从出城迎像，头面礼足，散花烧香。像入城时，门楼上夫人、彩女遥散众花，纷纷而下。如是庄严供具，车车各异。一僧伽蓝，则一日行像。自月一日为始，至十四日行像乃讫。行像讫，王及夫人乃还宫耳。"[1] 其又云："年年常以建卯月（二月）八日行像，作四轮车缚竹作五层，有承栌椻戟高二丈许，其状如塔。以白氎缠上。然后彩画作诸天形像，以金银琉璃庄校其上。悬缯幡盖，四边作龛，皆有坐佛、菩萨立侍。可有二十车，车车庄严各异。当此日，境内道俗皆集，作倡伎乐，华香供养。婆罗门子来请佛，佛次第入城。入城内再宿，通夜然灯伎乐供养。国国皆尔。"[2]

有关行像的宗教效应，东晋佛陀跋陀罗译《佛说观佛三昧海经》卷第9言之甚详，云："尔时世尊告阿难言：若有众生观像坐已，当观像行。观像行者，见十方界满中像行。虚空及地，见一一像从座而起，一一像起时，五百亿宝华，一一华中有无数光，一一光中，无数化佛随心想现。坐像起立未起中间，当动身时眉间白毫旋舒长短，犹如真佛放白光明，为百千色，映饰金光。众白光间，无数银像身白，银色、银光、银华、银盖、银幡、银台，悉皆是银。时众金像与银像俱动身欲起，诸像脐中各生莲华。其莲华中踊出无数百千化佛，一一化佛放金色光，照行者身。是时行者入定之时，自见己身三十六物恶露不净，不净现时，当疾除灭。而作是念：三世诸佛身心清净。我今学佛真净法身，此不净观从贪爱生，虚伪不实，用此观为。作是念已，当自观身。使诸不净变为白玉，自见己身如白玉瓶，内外俱空。作是观时，宜服酥药，勿使身虚。此想成时，诸像皆起，如前立住。见像立时，当作想念，请像令行。像既行已，步步之中，足下生华，成莲华台。见十方界满中行像，供具妓乐，诸天大众恭敬围绕。行像放光，照诸大众，令作金色。银像放光，照诸大众，皆作银色。白玉菩萨放白玉光，令诸大众作白

1《大正大藏经》第51册，第857页。

2《大正大藏经》第51册，第862页。

1《大正大藏经》第15册，第692页。

2《大正大藏经》第3册，第625页。

3《大正大藏经》第21册，第934页。

4《大正大藏经》第49册，第318页。

玉色。杂色诸像放杂色光，映饰其间。”[1]

佛教的行像仪式约在4世纪之后从西域传入我国内地。我国的佛教行像仪式一般是在佛诞日举行。关于释迦佛的诞生之日，经论中或云二月八日，或云四月八日。《长阿含经》卷第4谓佛是二月八日出生，萨婆多论亦同，《太子瑞应本起经》卷上谓四月八日生，《灌佛经》谓十方诸佛皆于四月八日生。在我国，佛诞日也有两种不同的说法。大致说来，北朝多为四月八日，南朝隋唐到辽代多用二月八日，宋代时南方也换用四月八日。为了纪念释迦牟尼的诞生，这一天都少不了音乐歌舞之助兴。敦煌S.5957卷《释门应用文范》中的“二月八日文”云：“梵呗盈空而沸腾，鸣钟鼓而龙吟，奏笙歌而凤舞，群僚并集，缁素咸臻。”由此可以窥见其日之歌舞盛况。

与行像相类似的另一纪念释迦佛诞生的法会是举行浴佛仪式，它是由悉达多太子降生时有九龙灌顶的传说衍生而来的。据佛经所载，迦毗罗卫国净饭王娶拘利国天臂城主之女摩耶为妻，摩耶夫人年45有孕，于蓝毗尼园中无忧树下，自右胁产出悉达多太子，时难陀龙王和优波难陀龙王吐清净之水为之灌顶沐浴。如宋求那跋陀罗译《过去现在因果经》卷第1云：“释提桓因手执宝盖，大梵天王又持白拂，侍立左右。难陀龙王、优波难陀龙王于虚空中吐清净水，一温一凉，灌太子身。身黄金色，有三十二相，放大光明，普照三千大千世界。天龙八部，亦于空中作天伎乐，歌呗赞颂，烧众名香，散诸妙花。又雨天衣及以璎珞，缤纷乱坠，不可称数。”[2]后世遂以洗浴佛像来纪念佛陀之诞生。施护译《佛说一切如来安像三昧仪轨经》有云：“若洗浴佛像，先涂香油，复用尼俱陀树叶、优昙树叶为秣，五谷五种，净水以铜器盛之，洗浴佛像。然令弟子一切众人，诵于偈赞及诸歌乐，以为吉祥之音，适悦尊像，如灌顶仪。”[3]宋志磐《佛祖统纪》卷第33也云：“浴佛，四月八日是佛生日。人民念佛，浴佛形像（《摩诃刹头经》）。浴像时诵偈云：‘我今灌沐诸如来，净智庄严功德聚，五浊众生令离垢，愿证如来净法身（《浴佛经》）’。”[4]由此可见，浴佛仪式也有佛事歌乐。

义净《南海寄归内法传》卷4云：“灌洗圣仪，实为通济。大师虽灭，形像尚存。翘心如在，理应遵敬。或可香华每设，能生清净之心；或可灌沐恒为，足荡昏沉之业。……但西国诸寺，灌沐尊仪，每于禺中之时，授事便鸣健椎。寺庭张施宝盖，殿侧罗列香瓶。取金银铜石之像，置以铜金石木盘内。令诸妓女，奏其音乐。涂以磨香，灌以香水，以净白氎而揩拭之，然后安置殿中，布诸花彩。此乃寺众之仪。”[1]

浴佛仪式至迟在三国时就已传入我国。据《三国志》卷49《吴书·刘繇太史慈士燮传》载：笮融“每浴佛，多设酒饭，布席于路，经数十里，民人来观及就食且万人，费以巨亿数。”[2]这种仪式后来逐渐流行，到两晋南北朝时甚而盛行于最高统治阶级。如后赵时，“(石)勒诸稚子多在佛寺中养之。每至四月八日，勒躬自诣寺灌佛，为儿发愿。”[3]刘宋王朝也多次举行规模盛大的浴佛节[4]。敦煌P.3103卷《浴佛节作斋事祷文》云：“幢幡晃炳，梵赞訇锵，论鼓击而会噎填，法旗树而场骈塞。”由此可以想见浴佛时鼓乐喧天、梵响齐鸣的热闹非凡景象。

燃灯即燃灯会，是指在佛塔、佛像及经卷等之前燃灯的法会，也作“然灯”。据经典所载，燃灯有大功德，是对佛菩萨的一种供养，后渐演变成为法会。东晋佛陀跋陀罗共法显译《摩诃僧祇律》卷第35述燃灯之法云：“当置火一边，渐次然之。然灯时，当先然照舍利及形像前灯，礼拜已，当出灭之。次然厕屋中，若坐禅时至者，应然禅坊中，应唱言诸大德，咒愿灯随喜。”[5]此当系燃灯供养的先驱。

关于燃灯于何时成为例行之事，仍无法确定。据东晋法显《佛国记》所记揵陀卫国云：“诸国王臣民竞兴供养，散华、然灯相继不绝。”[6]从其中所述摩羯提国的巴莲弗邑、竺刹尸罗国、摩头罗国等处所记燃灯不绝的供养行事，可知当时印度已在各种法会中举行燃灯仪式。然而，将燃灯视为供养仪轨中的一个重要环节，并以之为主题而单独成为法会者，则始自我国。《大宋僧史略》卷下云：“案《汉法本内传》云：佛教初来，与道士角试，烧经像无损而发光。又西域十二月三十日是此方正月十五日，谓之大神变月，汉明敕令烧灯，表佛法大明也。一云，此由汉武祭五时神祠，通夜设燎，盖取周礼司爟氏烧燎照祭祀，后率为故事矣！然则本乎司爟举火供祭祀职，至东汉用之表佛法大明也。”[7]按，历朝之举行燃灯会，原无定时，至唐代，始定于元月十五日，而沿为定例。

西晋白法祖译《佛般泥洹经》卷下云：“兴塔树刹，高悬缯幡，烧香燃灯，净扫散华。十二部乐，朝夕供养。”[8]隋费长房《历代三宝记》卷第4载：“至孝灵帝光和三年，遣中大夫于洛阳佛塔寺中。饭诸沙门。悬缯烧香散华燃灯。”[9]此为佛

1（唐）义净著、王邦维校注：《南海寄归内法传校注》，中华书局2000年版，第171~172页。

2（晋）陈寿撰，（宋）裴松之注：《三国志》，中华书局1964年版，第1185页。

3（唐）道世：《法苑珠林》卷61，上海古籍出版社1995年版，第443页。

4 参见（梁）释慧皎撰，汤用彤校注：《高僧传》卷第9，中华书局1992年版，第348页。又见《佛祖统纪》卷36，《宋书》卷47《刘敬宣传》等。

5《大正大藏经》第22册，第512页。

6《大正大藏经》第51册，第858页。

7《大正大藏经》第54册，第254页。

8《大正大藏经》第1册，第174页。

9《大正大藏经》第49册，第49页。

1《大正大藏经》第8册，第310页。

2 范祥雍:《洛阳伽蓝记校注》，上海古籍出版社1958年版，第52页和第196页。

经中我国燃灯的最早记载。

敦煌P.2058卷写燃灯法会云：“振梵铃太虚之内，声彻五天。灯广东轮，欲照中之奇树；佛声接晓，梵响与箫管同音。宝铎弦歌，唯谈佛德。其灯乃良宵发焰，若宝树之花开。”知燃灯时，声乐连天，彻夜喧欢。

此外，佛教举行的各种斋会也常常伴有歌舞活动。后秦鸠摩罗什译《摩诃般若波罗蜜经》卷第12曰：“六斋日：月八日、二十三日、十四日、二十九日、十五日、三十日，诸天众会。”[1]六斋日为每月的八日、十四日、十五日、二十三日、二十九日、三十日，佛教传说此六日为四天王伺人善恶之日，一说为恶鬼伺人之日，故行事须小心谨慎。过正午，则禁绝一切食物，是曰斋日。斋者，不过中食之谓也。出家僧侣在此六日受持八戒，故又称八戒斋日。北魏杨衒之《洛阳伽蓝记》卷1“景乐寺”条云：“至于大斋，常设女乐，歌声绕梁，舞袖徐转，丝管嘹亮，谐妙入神。……得往观者，以为至天堂。”其卷4“宣忠寺”条又云：“至于六斋，常击鼓歌舞也。”[2]

总的来说，佛教的各种仪式大都伴有音乐歌舞活动，其主要目的不外是庄严法事、叹佛功德、礼赞娱佛、供养祈福等方面，旨在宣扬佛教，吸引广大民众皈依佛门，扩大社会影响。但在同时也刺激了我国音乐的发展，特别是后来佛教影响日盛，深入我国广大民众日常生活中时，这些佛教乐舞活动几乎成为广大民众的主要娱乐形式。

三、佛教音乐在中土的发展

佛教音乐随着佛经传入中土的早期，因中印之间的语言、音韵、曲调，以及人们的审美心理、习惯等不同，故两者常常并不同步。梁慧皎《高僧传》卷第13述梵乐初传时的情形云：“自大教东流，乃译文者众，而传声者盖寡。良由梵音重复，汉语单奇。若用梵音以咏汉语，则声繁而偈迫；若用汉曲以咏梵文，则韵短而辞长。是故金言有译，梵响无授。始有魏陈思王曹植，深爱声律，属意经音。既通般遮之瑞响，又感鱼山之神制，于是删治瑞应本起，以为学者之宗。传声则三千有余，在契则四十有二。其后帛桥支钥亦云祖述陈思，而爱好通灵，别感神制，裁变古声，所存止一十而已。至石勒建平中，有天神降于安邑厅事，讽咏经音，七日乃绝。时有传者，并皆讹废。逮宋齐之间，有昙迁、僧辩、太傅文宣等，并殷勤嗟咏，曲意音律，撰集异同，斟酌科例，存仿旧法，正可三百余声。自兹厥后，声多散落，人人致意，补缀不同，所以师师异法，家家各制。皆由昧乎声旨，莫以裁正。”[1] 由此可以推断，佛教音乐的流行必然经历了一个曲折艰难的探索过程，才与中土音乐相融合，进而广泛流布开来。

佛教音乐在我国的发展大致可分为三个阶段：呗赞音乐、唱导音乐、佛曲音乐。然而，这三者并不是各自独立的，而是并行发展，互相促进，与中土音乐密切交流、融合，不断走向成熟，从而形成佛教音乐的兴盛局面。

1. 呗赞音乐

呗赞音乐源于天竺。慧琳《一切经音义》卷第27云：“歌呗，蒲介反，梵云婆师，此云赞叹。”[2] 鸠摩罗什为僧叡论西方辞体云：“天竺国俗甚重文藻，其宫商体韵，以入弦为善。凡觐国王，必有赞德；见佛之仪，以歌叹为尊。经中偈颂，皆其式也。”[3] 东晋法显译《大般涅槃经》卷下记释迦牟尼涅槃后云：“时诸人众，以次而来，到佛身所。既见如来已般涅槃，号泣宛转，心大悲恼。以诸供具，而用供养。……作诸伎乐歌呗赞叹。诸天于空散曼陀罗花、摩诃曼陀罗花、曼殊沙花、摩诃曼殊沙花，并作天乐，种种供养。……听诸天人恣意供养，作妙伎乐，烧香散华，歌呗赞叹。”[4] 姚秦佛陀耶舍译《虚空藏菩萨经》有云：“汝等大众，皆应深心恭敬，奉迎虚空藏菩萨摩诃萨。随力所能，应以妙宝、幢幡、伞盖、华香、璎珞、末香、涂香、衣服、卧具，歌呗赞叹，平治道路，种种庄严，尊重供养。”[5] 延寿《万善同归集》卷中云：“至于讽咏唱呗，妙梵歌扬。昔婆提飏呗，清响彻于净居；释尊入定，琴歌震于石室。园林楼观，入法界之法门；音声语言，成佛宗之佛事。《毗尼母经》云：‘佛告诸比丘，听汝等呗。’呗者即言说之辞。《十诵律》云：‘为诸天闻呗心喜，或音乐舞妓，螺钹箫韶，发欢喜心，种种供养。’《法华经》云：‘若使人作乐，系鼓吹角呗，箫笛琴箜篌，琵琶铙铜钹，如是众妙音，尽持以供养。或以欢喜心，歌呗颂佛德，乃至一小音，皆已成佛道，或劝请诸佛。’”[6] 在古印度，梵呗作为一种赞叹诸佛功德的佛教仪式，应用范围非常广泛。

梵呗传入中土后，又有所变化，其乐调是参照梵音而重加裁制的新声[7]。释慧皎《高僧传·经师》云：“天竺方俗，凡是歌咏法言，皆称为呗。至于此土，咏经

1（梁）慧皎撰，汤用彤校注:《高僧传》，中华书局1992年版，第507页。

2《大正大藏经》第54册，第485页。

3（梁）释僧祐撰，苏晋仁点校:《出三藏记集》卷14，中华书局1995年版，第534页。

4《大正大藏经》第1册，第206页。

5《大正大藏经》第13册，第649页。

6《大正大藏经》第48册，第979页。

7 陈允吉:《中古七言诗体的发展与佛偈翻译》，载《古典文学佛教溯缘十论》，复旦大学出版社2002年11月版，第38页。

则称为转读，歌赞则号为梵呗。昔诸天赞呗，皆以韵入弦绾。五众既与俗违，故宜以声曲为妙。”[1] 道世《法苑珠林》卷第36也云：“寻西方之有呗，犹东国之有赞。赞者，从文以结音；呗者，短偈以流颂。比其事义，名异实同，是故经言，以微妙音声歌赞于佛德，斯之谓也。”[2] 由此可知，中土的呗赞音乐主要用于歌咏偈颂。偈颂的一个重要特征就是合乐。《法苑珠林》卷第25云：“于时四方义士，万里必集，盛业久大，于今式仰。诸方道俗，英贤之徒，如释慧远等，学贯群经，栋梁遗化。而时去圣久远，疑义莫决，乃封以谘什。凡觐国王必有赞德，见佛之仪，以歌叹为贵，经中偈颂皆其式也。但改梵为秦，失其藻蔚，虽得大意，殊隔文体。有似嚼饭与人，非徒失味，乃令呕哕也。”[3]

初期的呗赞多是从天竺、西域直接传入中土的偈颂，大都被之管弦。早期来华的西域及外国的僧侣其功居伟，揭其端者当是出于《中本起经》的《帝释乐人般遮瑟歌呗》[4]。此经为汉献帝建安年中由康孟祥共昙果译出[5]。汤用彤认为东吴时支谦依《无量寿》、《中本起经》制《赞菩萨连句梵呗》三契便包含《般遮瑟歌呗》在内[6]。在今天新疆龟兹壁画中，仍存有30余幅“天乐般遮”

1（梁）慧皎撰，汤用彤校注：《高僧传》卷13，中华书局1992年版，第508页。

2《大正大藏经》第53册，第574页。

3《大正大藏经》第53册，第474页。

4（梁）释僧祐撰，苏晋仁、萧錬子点校：《出三藏记集》，中华书局1995年版，第485页。

5 见饶宗颐《从<经呗导师集>第一种<帝释（天）乐人般遮瑟歌呗>联想到的若干问题》，其文云：“这一歌呗虽然没有写明作者和年代，但僧祐把它刊于经呗集之首，而且注明出自《中本起经》，其采取康孟祥所译，其为显然，则必东汉末人所制。”载《东方文化》创刊号，第57页。

6 汤用彤：《汉魏两晋南北朝佛教史》，北京大学出版社1997年版，第93、94页。

的形象[1]。

据史籍所载，中土最早制作梵呗之声的是曹植。道世《法苑珠林》卷第36云："陈思王曹植，字子建，魏武帝第四子也。幼含珪璋，十岁属文，下笔便成，初不改字。世间术艺，无不毕善，邯郸淳于见而骇服，称为天人。植每读佛经，辄流连嗟玩，以为至道之宗极也，遂制转赞七声升降曲折之响，世人讽诵，咸宪章焉。尝游鱼山，忽闻空中梵天之响，清雅哀婉，其声动心，独听良久，而侍御皆闻。植深感神理，弥寤法应，乃摹其声节，写为梵呗，纂文制音，传为后式。梵声显世，始于此焉。其所传呗，凡有六契。"[2]释慧皎《高僧传》卷第13《经师》"论"云："自大教东流，乃译文者众，而传声盖寡。良由梵音重复，汉语单奇。若用梵音以咏汉语，则声繁而偈迫；若用汉曲以咏梵文，则韵短而辞长。是故金言有译，梵响无授。始有魏陈思王曹植，深爱声律，属意经音。既通般遮之瑞响，又感鱼山之神制。于是删治《瑞应本起》，以为学者之宗。传声则三千有余，在契则四十有二。其后帛桥、支钥亦云祖述陈思，而爱好通灵，别感神制，裁变古声，所存止一十而已。"[3]然而，对于曹植制作梵呗之声的传说，不少学者持有疑议。但至晚到东晋，有支昙籥所制六言梵呗，闻名于世。释慧皎《高僧传》卷第13《经师》云："晋有支昙籥，本月氏人，寓居建业。少出家，精苦蔬食，憩吴虎丘山。晋孝武初，敕请出都，止建初寺。孝武从受五戒，敬以师礼。籥特禀妙声，善于转读。尝梦天神授其声法，觉因裁制新声。梵响清美，四飞却转。反折还喉叠咔。虽复东阿先变，康会后造，始终循环，未有如籥之妙。后进传写，莫匪其法。所制六言梵呗，传响于今。"[4]南朝萧齐之世，萧子良"招致名僧，讲论佛法，造经呗新声，道俗之盛，江左未有"[5]。说明此时汉地文人与僧人一道，共同制造经呗。释慧皎《高僧传》卷第13《经师》云："(僧)辩传《维摩》一契、《瑞应》七言偈一契，最是命家之作。"[6]据释僧祐《出三藏记集》卷第12《齐太宰竟陵文宣王法集录》，其中录有《赞梵呗偈文》一卷，《梵呗序》一卷[7]。《广弘明集》卷30《统归篇下》保存有齐王元长《法乐辞》12章，内容以释迦为中心，分别对本起、灵瑞、下生、在宫、四游、出国、得道、双树、贤众、学徒、供具、福应进行歌咏，体式上为整齐的五言八句，如：

1 霍旭初:《丝路音乐与佛教文化》，载《新疆艺术》1991年第4期。

2《大正大藏经》第53册，第576页。

3（梁）释慧皎撰，汤用彤校注:《高僧传》，中华书局1992年版，第507页。

4（梁）释慧皎撰，汤用彤校注:《高僧传》，中华书局1992年版，第498页。

5（唐）李延寿:《南史》卷44《齐武帝诸子列传》，中华书局1975年版，第1103页。

6（梁）释慧皎撰、汤用彤校注《高僧传》，中华书局1992年版，第503页。

7（梁）释僧祐撰，苏晋仁、萧錬子点校:《出三藏记集》，中华书局1995年版，第452页。

四　游

春枝多病夭，秋叶少欣荣。心骸终委灭，亲爱暂时生。长风吹北垄，迅景急东瀛。知三既情畅，得一乃身贞。

出　国

飞策辞国门，端仪偃郊树。慈爱徒相思，中闺空怨慕。风隶（按："隶"字疑当为"厉"）乖往途，骏足独归路。举袂谢时人，得道且还去。

福　应

影响未尝隔，晦明殊复亲。弘慈迫已远，睿后扇高尘。区中禔景福，宇外沐深仁。万祀流国祚，亿兆庆唐民。

可以看出，作者是运用当时流行的五言体式，来演绎释迦的本生故事，此与六朝时的文人五言诗极为相似。

梵呗音乐从一开始就受到了汉地音乐的影响。道世《法苑珠林》卷36《赞叹部》有云："述曰：汉地流行好为删略，所以处众作呗，多为半偈。故《毗尼母论》云'不得作半呗，得突吉罗罪'。然此梵呗文辞，未审依如西方出何典诰？答：但圣开作呗。依经赞偈，取用无妨。然关内关外，吴蜀呗词，各随所好。呗赞多种，但汉梵既殊，音韵不可互用。"[1]其中道出梵呗音乐在汉地流传时的情形，不仅对原来的呗赞多有删略，而且"关内关外，吴蜀呗词，各随所好，呗赞多种"。为此，佛教曾制定律令禁止，谓"不得作半呗，得突吉罗罪"。"突吉罗"为六聚戒之一，多指恶作、恶语等诸小过轻罪。

梵呗音乐并不限于佛教的讲经、行道、法会，一般斋会也常常都有梵音呗赞。六朝俗讲有之，僧众的唱导也需要它来静众或庄严气氛。敦煌S.4417卷《俗讲仪式（拟）》云："夫为俗讲，先作梵了，次念菩萨两声，说押座了，便素唱经文。"S.5918《入布萨说偈文》中《唱行香说偈文》云："戒香定香解脱香，光明云台遍世界。"至今汉传佛教寺院还有《戒定真香》的呗赞，一般作为晚课呗赞的第一首[2]。《隋书》卷13《音乐上》云："（梁武）帝既笃敬佛法，又制《善哉》、《大乐》、《大欢》、《天道》、《仙道》、《神王》、《龙王》、《灭过恶》、《除爱水》、《断苦轮》等十篇，名为正乐，皆述佛法。又有法乐童子伎、童子倚歌梵呗，设无遮大会则为之。"[3]童子梵呗，即是

1（唐）道世著，周叔迦、苏晋仁校注：《法苑珠林校注》，中华书局2003年版，第1170~1171页。

2 田青主编：《中国宗教音乐》，宗教文化出版社1997年版，第17页。

3（唐）魏征等撰：《隋书·音乐志》，中华书局1973年版，第305页。

由童声清唱的梵呗。姜伯勤认为，俗讲在本质上是一种道场，只有梵呗、赞咏等无伴奏的清唱，而设乐本质是戏场，是由寺属贱口音声人担任，有乐器伴奏[1]。

另外，寺院的梵呗一般都是由维那担任，由其独唱，也可由其领唱，其他僧众齐唱或轮唱，主要表现为一种清唱。

2. 唱导音乐

唱导是古印度佛教宣传的一种方式。唐高僧义净西巡印度，在那烂陀寺亲眼目睹当时的唱导，云："至如那烂陀寺，人众殷繁，僧徒数出三千，造次难为详集。寺有八院，房有三百。但可随时，当处自为礼诵。然此寺法，差一能唱导师，每至晡西，巡行礼赞。净人童子，持杂香花，引前而去。院院悉过，殿殿皆礼，每礼拜时，高声赞叹，三颂五颂，响皆遍彻。迄乎日暮，方始言周。此唱导师恒受寺家别料供养，或复独对香台，则只坐而心赞；或详临梵宇，则众跪而高阐。然后十指布地，叩头三礼，斯乃西方承籍，礼敬之仪。"[2]而"西国礼敬，盛行赞叹"，这样，唱导本指唱导师的巡行礼赞。

中土的唱导，在东晋时就已施行于各种法会。道安法师制定行香布萨之礼，使之粗具雏形，慧远法师进一步使其仪轨规范完善，遂成为后世取法之则。释慧皎《高僧传》卷第13《唱导》"论"有云："唱导者，盖以宣唱法理，开导众心也。昔佛法初传，于时斋集，止宣唱佛名，依文致礼。至中宵疲极，事资启悟，乃别请宿德，升座说法。或杂序因缘，或旁引譬喻。其后庐山释慧远道业贞华，风才秀发，每至斋集，辄自升高座，躬为导首，广明三世因果，却辩一斋大意。后代传授，遂为永则。"[3]唱导是为斋集时所用，本是在冗长乏闷的法会上，借讲述因缘、譬喻故事来耸人视听，以减轻疲劳，醒脑提神，进而达到宣扬佛理的目的。

唱导的重要特点是重视吐纳宫商，强调音声哀亮流转对人心的感染作用。释慧皎《高僧传》卷第13《唱导》云："夫唱导所贵，其事四焉：谓声辩才博。非声则无以警众，非辩则无以适时，非才则言无可采，非博则语无依据。至若响韵钟鼓，则四众警心，声之为用也。"[4]释慧皎《高僧传》载释法愿因"依经说法，率自心抱，无事宫商，言语讹杂，唯以适机为要"，讥其为"愚不可及也"。相反，记释道照"以宣唱为业。音吐嘹亮，洗悟尘心，指事适时，言不孤发，独步于宋代之初"；释昙颖"属意宣唱，天然独绝"；释慧璩"尤善唱导，出语成章，动辞

1 姜伯勤:《敦煌音声人略论》，载《敦煌艺术宗教与礼乐文明》，中国社会科学出版社1996年版，第513页。

2（唐）义净撰，王邦维校注:《南海寄归内法传校注》，中华书局2000年版，第176页。

3（梁）释慧皎撰，汤用彤校注:《高僧传》，中华书局1992年版，第521页。

4（梁）释慧皎撰，汤用彤校注:《高僧传》，中华书局1992年版，第521页。

制作，临时采博，磬无不妙”；释僧意“亦善唱说，制《睒经》新声，哀亮有序”；释昙光“回心习唱，制造忏文”；释慧芬“既素善经书，又音吐流便”；释道儒“言无预撰，发响成制”等[1]。由此可以看出音声在唱导中的重要作用。

与呗赞音乐相比较，唱导音乐更深深扎根于我国汉民族的音乐文化之中。唱导多“杂序因缘”，“傍引譬喻”，“因缘、譬喻者，言其内容的故事性。杂序、傍引者，言其内容之来源乃杂采众经，掇拾内外，自不必拘泥于特定的一经一文，而在选材上拥有很大的范围与自由。”[2]随着唱导的兴盛和宣唱题材内容的扩大，尤其是佛教向社会各阶层的不断渗透和拓展，佛教宣传趋向世俗化、大众化，与民间音乐发生了密切交融，受到了广大民众的欢迎，并产生了很大的影响。据释慧皎《高僧传》载，唱导师齐释法愿（公元414—500年）“家本事神，身习鼓舞，世间杂技，及耆父占相，皆备尽其妙”，虽然他的宣唱受到正统僧人的讥讽，但却又同时受到宋太祖、齐高帝及文惠太子的礼重。释慧皎《高僧传》卷第13《唱导》云：

> 若能善兹四事（指声、辩、才、博），而适以人时。如为出家五众，则须切语无常，苦陈忏悔。若为君王长者，则须兼引俗典，绮综成辞。若为悠悠凡庶，则须指事造形，直谈闻见。若为山民野处，则须近局言辞，陈斥罪目。凡此变态，与事而兴。可谓知时知众，又能善说。虽然故以恳切感人，倾诚动物，此其上也。昔草创高僧，本以八科成传。却寻经导二技，虽于道为末，而悟俗可崇。故加此二条，足成十数。何者？至如八关初，夕旋绕行周，烟盖停氛，灯帷靖耀，四众专心，叉指缄默。尔时导师则擎炉慷慨，含吐抑扬，辩出不穷，言应无尽。谈无常，则令心形战栗；语地狱，则使怖泪交零。征昔因，则如见往业；核当果，则已示来报。谈怡乐，则情抱畅悦；叙哀戚，则洒泪含酸。于是阖众倾心，举堂恻怆。五体输席，碎首陈哀。各各弹指，人人唱佛。爰及中宵后夜，钟漏将罢。则言星河易转，胜集难留。又使人迫怀抱，载盈恋慕。当尔之时，导师之为用也。[3]

唱导虽“于道为末”，僧界正统对之持轻视态度，但它更注重内容的适时从众和方式的灵活多变，更多地诉诸听众的情感。这对于一般听众来说，无疑更具有吸引力，故慧皎云“其转读宣唱，虽源出非远，然而应机悟俗，实有偏功”[4]。这样，僧界对之也不得不说“悟俗可崇”、“实有偏功”，说明唱导不仅可以娱乐听众，而且也可以使他们崇佛向善。

1（梁）释慧皎撰，汤用彤校注:《高僧传》，中华书局1992年版，第510~第520页。

2 陆永峰:《敦煌变文研究》，巴蜀书社2000年版，第39页。

3（梁）释慧皎撰，汤用彤校注:《高僧传》，中华书局1992年版，第521页和第522页。

4（梁）释慧皎撰，汤用彤校注:《高僧传》，中华书局1992年版，第525页。

最后应该指出，唱导作为一种宗教活动，应属于斋会的一部分，它的宣唱对象虽然僧俗兼有，重点却在俗众。正如陆永峰所说："唱导与俗讲虽不能等同，但唱导的存在无疑启示着佛家讲经向僧讲、俗讲的分流，以更为趋合世俗的内容、形式来改造佛家讲经，使之最终诞生出专以俗众为说教对象的俗讲来。唱导适时、适众的成分，也即它故事性的内容和灵活的宣说形式，乃滋养着俗讲的产生，俗讲及变文的精神和特性很大程度上已经在唱导中萌芽。"[1]

3. 佛曲音乐

"佛曲"一名最早见于《隋书》卷15《音乐志》的"西凉部"，其云：

> 胡戎歌非汉魏遗曲，故其乐器声调，悉与书史不同。其歌曲有《永世乐》，解曲有《万世丰》舞，曲有《于阗佛曲》。[2]

佛曲约在4、5世纪传入我国。《隋书》卷15《音乐志》述西凉部的起源，云：

> 《西凉》者，起苻氏之末，吕光、沮渠蒙逊等，据有凉州，变龟兹声为之，号为秦汉伎。魏太武既平河西得之，谓之《西凉乐》。至魏、周之际，遂谓之《国伎》。[3]

西凉乐是变龟兹声为之，故其中舞曲《于阗佛曲》也受到龟兹乐的影响。唐代太乐署有《龟兹佛曲》、《急龟兹佛曲》[4]，可见龟兹乐中实有佛曲一种。由此可以推知《于阗佛曲》与龟兹乐有着密切的关系。故向达云：

> 佛曲者源出龟兹乐部，尤其是龟兹乐人苏祗婆所传来的琵琶七调为佛曲的近祖。而苏祗婆琵琶七调又为印度北宗音乐的支与流裔，所以佛曲的远祖实是印度北宗音乐。[5]

唐代太乐署所供奉的佛曲，名目有多种，宋陈旸《乐书》卷159"胡曲调"云：

> 乐有歌，歌有曲，曲有调。故宫调胡名婆陀力调，又名道调，婆罗门曰

1 陆永峰：《敦煌变文研究》，巴蜀书社出版社2000年版，第42页。

2（唐）魏征，令狐德棻：《隋书》，中华书局1973年版，第378页。

3（唐）魏征，令狐德棻：《隋书》，中华书局1973年版，第378页。

4（宋）王溥：《唐会要》卷33，中华书局1990年版，第615页和第616页。

5 向达：《论唐代佛曲》，载《唐代长安与西域文明》，河北教育出版社2002年版，第274页。

1 参见《四库全书·经部》“乐类”及《文献通考》卷148。

2 （唐）南卓:《羯鼓录》，古典文学出版社1957年版，第14~15页。

3 （清）永瑢等撰:《四库全书总目》，中华书局1965年版，第971页。

> 阿修罗声也。商调胡名大乞食调，又名越调，又名双调，婆罗门曰帝释声也。角调胡名涉折调，又名阿谋调，婆罗门曰大辩天声也。徵调胡（多）名婆腊调，婆罗门曰那罗延天声也。羽调胡名般涉调，又名平调，移风，婆罗门曰梵天声也。变宫调胡名阿诡调也。李唐乐府曲调有《普光佛曲》、《弥勒佛曲》、《日光明佛曲》、《大威德佛曲》、《如来藏佛曲》、《药师琉璃光佛曲》、《无威感应（德）佛曲》、《龟兹佛曲》，并入婆陀调也。《释迦牟尼佛曲》、《宝花步佛曲》、《观法会佛曲》、《帝释幢佛曲》、《妙花佛曲》、《无光意佛曲》、《阿弥陀佛曲》、《烧香佛曲》、《十地佛曲》，并入乞食调也。《大妙至极曲》、《解曲》，并入越调也。《摩尼佛曲》，入双调也。《苏密七俱陀佛曲》、《日光腾佛曲》，入商调也。《邪勒佛曲》，入徵调也。《观音佛曲》、《永宁佛曲》、《文德佛曲》、《婆罗树佛曲》，入羽调也。《迁星佛曲》，入般涉调也。《提梵》，入移风调也。[1]

以上共计有29曲，除去不是以佛曲命名的越调2曲，移风调1曲，计有26种佛曲。但这并不是唐代佛曲的全部。据南卓《羯鼓录》卷末附有诸宫曲名，其中存有佛曲曲调11种，其名为：

> 《九仙道曲》、《卢舍那仙曲》、《御制三元道曲》、《四天王》、《半阁么那》、《失波罗辞见柞》、《草堂富罗》、《于门烧香宾头伽》、《菩萨阿罗地舞曲》、《阿陀弥大师曲》。

《羯鼓录·诸宫曲》中还有“食曲”一种，凡33曲，曲名为：

> 《云居曲》、《九巴鹿》、《阿弥罗众僧曲》、《无量寿》、《真安曲》、《云星曲》、《罗利儿》、《芥老鸡》、《散花》、《大燃灯》、《多罗头尼摩诃钵》、《婆娑阿弥陀》、《悉驮低》、《大统》、《蔓度大利香积》、《佛帝利》、《龟兹大武》、《僧箇婆罗树》、《观世音》、《居么尼》、《真陀利》、《大舆》、《永宁贤者》、《恒河沙》、《江盘无始》、《具作》、《悉家牟尼》、《大乘》、《毗沙门》、《渴农之文德》、《菩萨缑利陀》、《圣主舆》、《地婆拔罗伽》。[2]

《四库全书总目》卷113云:“又有诸佛曲十调、食曲三十二调，调名亦多用梵语，以本龟兹、高昌、疏勒、天竺四部所用故也。”[3]然正如向达指出，《羯鼓录》所列“食曲”同《乐书》中的诸胡曲调多相似之处，如《羯鼓录》的《散花》，大约就是《乐书》乞食调中的《妙花佛曲》，《婆娑阿弥陀》就是乞食调的《阿弥陀佛曲》,《龟兹大武》就是婆陀调的《龟兹佛曲》,《观世音》与《永宁贤者》就是羽调的《观音佛曲》、《永宁佛曲》,《悉家牟尼》就是乞食调的《释迦牟尼佛曲》。因此推断佛曲与食曲大概相同，俱为颂扬诸佛菩萨之作[1]。

据《隋书》卷13《音乐志》云：

> 帝既笃敬佛法，又制《善哉》、《大乐》、《大欢》、《天道》、《仙道》、《神王》、《龙王》、《灭过恶》、《除爱水》、《断苦轮》等十篇，名为正乐，皆述佛法。[2]

梁武帝萧衍初信道教，在即位后的第三年（公元504年）却于释迦佛诞日制文发愿，弃道归佛。此后，他著《大般涅槃》、《大集》诸经的疏记、问答等数百卷，并亲往同泰寺讲《金光明经》、《涅槃经》、《般若经》等。他不但兴建了爱敬寺、光宅寺、开善寺、同泰寺，举办盂兰盆会、无碍大会，甚至四次舍身同泰寺为奴，然后让大臣出巨资赎回。加之他又素善钟律，亲定礼乐。他的这些举措，不仅扩大了佛教音乐的宣传效果，而且加强了佛教在统治阶级中的影响，极大地提高了佛教的政治地位。

向达认为梁武帝所作十曲，属鼓吹乐，鼓吹乐为汉以来中国旧乐。佛曲乃是外来音乐，尤其是印度音乐传入我国以后逐渐兴起的。所以佛曲与梁武帝所制述佛法十曲的正乐，在音乐系统上各自不同。佛曲体制大都为颂赞诸佛菩萨之作，而梁武帝所制诸曲则敷陈教理，演述佛法，两者内涵亦异，不可混为一谈[3]。但也有人认为梁武帝所制的《善哉》等10篇正乐，都是清乐化、中国化的佛曲[4]。两种说法均有一定的道理。但细绎两家之说，后者更接近外来音乐在中土发展的事实。其实，佛曲在印度本与呗赞音乐近似，主要用于歌赞诸佛菩萨。传入我国之后，受到中土音乐文化之影响，特别是后来盛行的唱导，比颂赞诸佛菩萨的纯宗教的呗赞、佛曲更受到广大中土人士的欢迎。从现存史料来看，三者都可用于各种法会，所以呗赞、唱导、佛曲有时混而难分也在情理之中。

另外，“法曲”一名多出现于历代典籍之中，当也为佛曲的一种。道诚《释氏要览》卷下“法曲子”条云：

1 向达:《论唐代佛曲》，载《唐代长安与西域文明》，河北教育出版社2001年版，第272页。

2（唐）魏征、令狐德棻：《隋书》，中华书局1973年版，第305页。

3 向达:《论唐代佛曲》，见周绍良、白化文编《敦煌变文论文录》，上海古籍出版社1982年版，第14页。

4 田青:《佛教音乐的华化》，载《世界宗教研究》1983年第3期。

> 《毗奈耶》云：王舍城南方，有乐人名臈婆，取菩萨八相缉为歌曲。令敬信者闻，生欢喜心。今京师僧念《梁州八相》、《太常引》、《三归依》、《柳含烟》等，号"唐赞"。又南方禅人作《渔父》、《拨棹子》唱道之词，皆此遗风也。[1]

其中《梁州八相》，当是用《梁州》曲调宣演释迦成道八相（指降生、托胎、出胎、出家、降魔、成道、转法轮、入涅槃）之事。任半塘认为梁州即"凉州"[2]，与《柳含烟》均为教坊曲目，而《渔父》、《拨棹子》也是唐调。陈旸《乐书》卷188云：

> 法曲兴自唐，其声始出于清商部，比正律差四，郑卫之间，有铙钹钟磬之音。

《新唐书》卷22《礼乐志》云：

> 初，隋有法曲，其音清而近雅。其器有铙、钹、钟、磬、幢箫、琵琶。琵琶圆体修颈而小，号曰"秦汉子"，盖弦鼗之遗制，出于胡中，传为秦、汉所作。其声金、石、丝、竹以次作，隋炀帝厌其声澹，曲终复加解音。玄宗既知音律，又酷爱法曲，选坐部伎子弟三百教于梨园，声有误者，帝必觉而正之，号"皇帝梨园弟子"。宫女数百，亦为梨园弟子，居宜春北院。梨园法部，更置小部音声三十余人。[3]

法曲起于隋而盛于唐，其特点是"音清而近雅"，其主体部分为清商乐。祖日《如净和尚语录》云："铿铿法曲，殷殷雅音，洋洋乎悦心闻。譬如乾闼婆王弹琉璃琴，须弥蹦跳，大海汹涌，草木丛林，尽发弦声。金色头陀，不觉起，作舞。"[4]从中犹可见出法曲之特点。《唐会要》卷34云："开元二年（公元714年），上以天下无事，听政之暇，于梨园自教法曲，必尽其妙，谓之皇帝梨园弟子。"[5]饶宗颐认为，"法曲二字，表面看来，似是唐梨园之法曲，观其所举曲子诸例，皆为释子唱道赞咏之词，实际应指佛曲。"[6]

随着法曲的进一步发展，其中也杂含了胡乐的成分，故《旧唐书》云："又自开元以来，歌者杂用胡夷里巷之曲，其孙玄成所集者，工人多不能通，相传谓为法曲。"[7]

1《大正大藏经》第54册，第305页。

2 任半塘：《教坊记笺订》，中华书局1962年版，第153页。

3（宋）欧阳修、宋祁：《新唐书》卷22《礼乐志》，中华书局1975年版，第476页。

4《大正大藏经》第48册，第133页。

5（宋）王溥：《唐会要》，中华书局1990年版，第629页。

6 饶宗颐：《法曲子论》，载《中华文史论丛》1986年第1期。

7（后晋）刘昫：《旧唐书》卷30《音乐下》，中华书局1975年版，第1089页。

佛教音乐的传入，连同中国北部的“胡声”一起，改变了中土传统音乐中雅、俗对立的状况，打破了中土音乐的古典格局。佛教音乐、西域歌舞与中原音乐相互交融发展，这是六朝及隋唐时代音乐文化发展的总倾向，促进了我国古代乐舞文化的发达。

第二节 六朝、隋唐民间歌乐的兴盛发展

1 [日]田边尚雄:《中国音乐史》，陈清泉译，上海书店1984年版，第155页。

2（唐）魏征、令狐德棻:《隋书》卷15《音乐下》，第378页。

3（北齐）魏收:《魏书》卷109，中华书局1974年版，第2828页。

4（唐）令狐德棻等撰:《周书》卷35《崔猷传》，中华书局1971年版，第615页。

古代礼乐文化，是我国各族人民共同创造的成果。据《竹书纪年》卷上载，夏代后发即位元年，有“诸夷入舞”。《周礼》卷六也载有“鞮鞻氏掌四夷之乐与其声歌”。秦汉以来，賨人的巴渝乐舞、西戎的狄鞮乐，都逐渐融入华夏声乐。张骞通西域，传《摩诃兜勒》曲，后编入汉代的鼓乐横吹曲。此外，还有永宁元年（公元120年）十二月西南夷掸国献乐（见《玉海》卷108,《说略》卷11)，以及重译乐、西域幻术、白狼夷歌等音乐伎艺的输入。南北朝胡乐的空前发展，可以说也是这个过程的继续和进一步扩大。到隋唐时代，上承六朝新声，胡乐得到前所未有的充分发展。除西域外，还有东方的高丽、百济，南方的天竺、扶南、骠国、林邑，北方的鲜卑、吐谷浑、部落稽，都有音乐文化输入。其中西域的乐舞对隋唐音乐影响最大。正如日本学者田边尚雄所说:“隋唐时代之中国音乐，实有赖西亚细亚文化之东流，盖如果实最美味之时期也。”[1]

西晋末年之后，中国北方建立了许多少数民族政权。匈奴族的刘氏、赫连氏、沮渠氏，鲜卑族的慕容氏、乞伏氏、秃发氏、拓跋氏、高氏（贺六氏）、宇文氏，羯族的石氏，氐族的苻氏、吕氏，羌族的姚氏，都在中原及西北河西地区建立了政权。少数民族入主中原，打破了儒家的音乐等级观念和沿袭了数百年的礼乐制度，正统“雅乐”的中心地位急速下降，胡乐逐渐流行。北魏太武帝平河西，宾嘉大礼皆杂用沮渠蒙逊的《西凉乐》[2]。孝文帝虽称“垂心雅古，务正音声”，但他的乐制改革，也不过是把“方乐之制及四夷歌舞，稍增立于太乐”[3]。而至西魏大统初年，“太庙初成，四时祭祀，犹设俳优角抵之戏。”[4]雅乐多同于礼仪，而雅乐的胡化，意味着雅乐中心地位的丧失，同时也表现出民间俗乐的兴盛。

清商乐是汉魏六朝时代俗乐的总名，简称“清乐”。宋沈括《梦溪笔谈》卷5云：“唐天宝十三载，……以先王之乐为雅乐，前世新声为清乐，合胡部者为宴乐。”这里所谓雅乐指先秦之乐，是祭祀天地、鬼神、祖宗的音乐；清乐是指汉魏六朝的音乐；宴乐是指隋唐时代盛行的从西域传入的音乐。在文学方面，配合清乐歌唱的歌辞便是汉魏六朝的一些乐府歌辞，主要是相和歌辞和清商曲辞。这些歌辞是乐府歌辞里最为精彩的部分[1]。《魏书》卷109《乐志》云：“初，高祖讨淮、汉，世宗定寿春，收其声伎。江左所传中原旧曲，《明君》、《圣主》、《公莫》、《白鸠》之属，及江南吴歌，荆楚四声，总谓‘清商’。至于殿庭飨宴兼奏之。其圆丘、方泽、上辛、地祇、五郊、四时拜庙、三元、冬至、社稷、马射、籍田、乐人之数，各有差等也。”[2]

“清商乐”作为“九代之遗音”，到南朝时，由于历时已久，加之又经永嘉之乱，声制大多散落，已非汉魏时旧貌。《南史》卷18《萧惠基传》云：“自宋大明以来，声伎所尚多郑、卫，而雅乐正声鲜有好者。惠基解音律，尤好魏三祖曲及相和歌，每奏辄赏悦不能已。”[3]此处的“郑卫”，即是吴声歌和西曲歌，被当时的歌唱者爱好。而称之为“雅乐正声”的汉魏旧曲，只为少数人所欣赏。乐府民歌的构成有两个要素：一为声调，一为歌词。有较高文化修养的知识分子往往不满足于对民歌曲调的简单仿造，他们在接受民歌曲调的同时，也大量创制歌词作品，即拟作。这以梁代的萧衍、王金珠为代表。萧衍的《子夜四时歌》与民歌《子夜》系列的作品酷似，还有他的《团扇歌》，与民歌如出一辙。此外，据《乐府诗集》等文献所载，因《上声歌》“哀思之音，不及中和，梁武帝因之改辞，无复雅句”[4]。说明他还改编过《上声歌》。

北朝统治者更是普遍爱好胡乐。唐杜佑《通典》卷142载：“(北魏)自宣武已后，始爱胡声，洎于迁都。屈茨、琵琶、五弦、箜篌、胡箕、胡鼓、铜钹、打沙罗，胡舞铿锵镗镕，洪心骇耳。”[5]《隋书》卷14《音乐志》载：“然吹笛、弹琵琶、五弦及歌舞之伎，自文襄（武成帝高澄）以来，皆所爱好。至河清（562年）以后，传习尤甚。后主唯赏胡戎乐，耽爱无已。于是繁手淫声，争新哀怨。故曹妙达、安未弱、安马驹之徒，至有封王开府者，遂服簪缨而为伶人之事。”[6]《隋书》卷13《音乐志》有云：“周太祖发迹关、陇，躬安戎狄，……而《下武》之声，岂

1 王运熙：《清乐考略》，载《乐府诗述论》，上海古籍出版社1996年版，第180页。

2（北齐）魏收：《魏书》，中华书局1974年版，第2843页。

3（唐）李延寿：《南史》，中华书局1975年版，第500页。

4（宋）郭茂倩：《乐府诗集》卷45引《古今乐录》，第655页。又见（唐）杜佑：《通典》卷145，（宋）郑樵：《通志》卷49，（元）马端临：《文献通考》卷142等。

5（唐）杜佑撰，王文锦等点校：《通典》，中华书局1988年版，第3614页。

6（唐）魏征、令狐德棻：《隋书》，中华书局1973年版，第331页。

姬人之唱，登歌之奏，协鲜卑之音，情动于中，亦人心不能已也。”[1]这种爱好胡乐之倾向延续到隋唐，形成了隋唐时代之胡乐、胡舞发达兴盛的局面。

自北朝起，清乐与胡乐渐有合流的倾向。《隋书》卷14《音乐志》云：“杂乐有西凉鼙舞、清乐、龟兹等。……后主亦自能度曲，亲执乐器，悦玩无倦，倚弦而歌。别采新声为《无愁曲》，音韵窈窕，极于哀思。”[2]然《无愁乐》当系清乐与胡乐的混合之作[3]。

汉魏六朝民歌，主要保存在《乐府诗集》。它可说是从各地收集，最后经乐官统一编纂而成的。现存南朝民歌主要保存于《乐府诗集》的“清商曲辞”中，约有460多首，主要为吴歌和西曲两种，是我国中古时代主要的通俗乐曲，流行于当时的首都建业（今南京）和荆州（今湖北江陵）一带。建业盛行吴歌，《乐府诗集》第44卷有云：“盖自永嘉渡江之后，下及梁陈，咸都建业，吴声歌曲起于此也。”[4]西曲发源于长江中流和汉水两岸地区，主要流行于今湖北一带。《乐府诗集》第47卷云：“西曲歌出于荆、郢、樊、邓之间，而其声节送和，与吴歌亦异，故□（因）其方俗而谓之西曲云。”[5]在南朝，扬州和荆州是当时政治、经济和文化的两大中心，所以南朝民歌与采集于山乡农村的两汉民歌不同，它是城市经济繁荣的产物。《乐府诗集》第61卷云：“自晋迁江左，下逮隋唐，德泽寖微，风化不竞，去圣逾远，繁音日滋。艳曲兴于南朝，胡音生于北俗。哀淫靡曼之辞，迭作并起，流而忘反，以至陵夷。原其所由，盖不能制雅乐以相变，大抵多溺于郑卫，由是新声炽而雅音废矣。……新声之感人如此，是以为世所贵。虽沿情之作，或出一时，而声辞浅迫，少复近古。”[6]其中称“新声”为艳曲，“哀淫靡曼之词”，“溺于郑卫”，道出了南朝民歌以情歌为主的特点。南朝民歌内容比较单一，正所谓“郎歌妙意曲，侬亦吐芳词”。(《子夜歌》) 其体式以抒情为主，体裁短小，多为五言四句，风格清新活泼，缠绵婉转。

北朝民歌主要见于《乐府诗集》“梁鼓角横吹曲”，约60多首。较之南朝民歌，北朝民歌数量较少，但题材广泛，内容丰富，其中反映战争的作品较多。“横吹曲”实为军旅之声，因为乐器有鼓有角，所以又叫“鼓角横吹曲”。风格雄浑刚健，豪迈亢直，语言质朴无华。体式也多以五言四句为主，此外还有七言四句。

据文献所载，南朝乐府民歌从被文人士大夫所接受，以至最终流行于上层人

1（唐）魏征、令狐德棻：《隋书》，中华书局1973年版、第287页。

2（唐）魏征、令狐德棻：《隋书》，中华书局1973年版，第331页。

3 王运熙：《乐府诗述论》，上海古籍出版社1996年版，第205页。

4（宋）郭茂倩：《乐府诗集》，中华书局1979年版，第640页。

5（宋）郭茂倩：《乐府诗集》，中华书局1979年版，第689页。

6（宋）郭茂倩：《乐府诗集》，中华书局1979年版，第884页。

士中间，有一个发展过程。究其原因，一是因为正统儒家"诗教"观往往排斥以描写男女情爱为主的诗歌；二是因为南朝社会是士族占统治地位的社会，他们以崇尚"雅正"相标榜，并且实行文化垄断，鄙视来自民间的东西，民歌当然也不例外。当时虽然也有一些民间乐曲进入朝廷音乐机关，但主要只是供统治阶级用以"观风俗，知厚薄"而已。《晋书》卷23《乐志》云："吴歌杂曲，并出江南，东晋已来，稍有增广。……其始皆徒歌，既而被之管弦。"[1]可知东晋以后，来自民间的吴歌杂曲，经朝廷采集后，才由"徒歌"演进为"被之管弦"。又《宋书》卷19《乐志》称："随王诞在襄阳，造《襄阳乐》，南平穆王为豫州，造《寿阳乐》，荆州刺史沈攸之又造《西乌飞哥曲》，并列于乐宫。歌词多淫哇不典正。"[2]据此可见当时上层人士对乐府民歌的态度。特别是在南朝宋以后，官府制作大量的民间乐曲，并"列于乐宫"，以供赏玩。但当时晋、宋、齐的文人多数对民歌仍持鄙薄态度，不屑为之。《晋书》卷84《王恭传》云："道子尝集朝士，置酒于东府，尚书令谢石因醉为委巷之歌，恭正色曰：'居端右之重，集藩王之第，而肆淫声，欲令群下何所取则？'"[3]南朝民歌的"情深而净洁，语短而采多"，受到谢石的喜好，但是，王恭责其"肆淫声"，禁止谢石在"集朝士"这样正式的场合演唱。刘宋时，颜延之鄙薄汤惠休等学习吴歌的创作。《南史》卷34《颜延之传》载："（颜）延之每薄汤惠休诗，谓人曰：'惠休制作，委巷中歌谣耳，方当误后生。'"[4]到南齐，王僧虔等也排斥民歌。《南齐书》卷33《王僧虔传》云："僧虔好文史，解音律，以朝廷礼乐多违正典，民间竞造新声杂曲……僧虔上表曰：'……自顷家竞新哇，人尚谣俗，务在噍杀，不顾音纪，流宕无崖（涯），未知所极，排斥正典，崇长烦淫。……故喧丑之制，日盛于廛里；风味之响，独尽于衣冠。宜命有司，务勤功课，缉理遗逸，迭相开晓。'"[5]但从这些对民歌的激烈批评的言辞中，正可看出民歌在上层人士中间渐趋流行的情形。尽管有许多正统文人的反对，他们还是在逐渐容纳民歌，以至吸取其精华的音乐成分。《宋书》卷69《范晔传》有云："（范）晔长不满七尺，肥黑，秃眉须。善弹琵琶，能为新声，上欲闻之，屡讽以微旨，晔伪若不晓，终不肯为上弹。上尝宴饮，欢适，谓晔曰：'我欲歌，卿可弹。'晔乃奉旨。上歌既毕，晔亦止弦。"[6]当朝皇帝和范晔共同参加了"新声"，即民间乐曲的弹唱。尽管大多上层人士对民间乐曲持鄙视态度，但他们在日常生

1（唐）房玄龄等撰：《晋书》，中华书局1974年，第716~717页。

2（梁）沈约：《宋书》，中华书局1974年版，第552页。

3（唐）房玄龄等撰：《晋书》，中华书局1974年，第2184页。

4（唐）李延寿：《南史》，中华书局1975年版，第881页。

5（梁）萧子显：《南齐书》，中华书局1972年版，第594~595页。

6（梁）沈约：《宋书》，中华书局1974年版，第1820页。

1（唐）李延寿：《南史》，中华书局1975年版，第593页。

2（唐）李延寿：《南史》，中华书局1975年版，第1485页。

3（汉）班固撰，（唐）颜师古注：《汉书》，中华书局1962年版，第3916~3917页。

4《后汉书》，中华书局1965年版，第3272页。

5 范祥雍：《洛阳伽蓝记校注》，上海古籍出版社1958年版，第160~161页。

6（唐）魏征、令狐德棻：《隋书》，中华书局1973年版，第691页。

活中还是注意学习民间乐曲，这从另一方面也说明当时民间音乐十分流行。民歌有时还用于朝廷士大夫的宴饮场合。《南史》卷22《王俭传》载："（齐高帝）后幸华林，宴集，使各效伎艺。褚彦回弹琵琶，王僧虔、柳世隆弹琴，沈文季歌《子夜来》，张敬儿舞。"[1]在公开场合演奏民间乐舞，说明此时民间乐曲已经在社会各阶层普遍流行。到梁代，吴歌、西曲已经成为朝廷声乐，并且可以作为礼物赠人了。《南史》卷60《徐勉传》载："普通末，（梁）武帝自算择后宫《吴歌》、《西曲》女妓各一部，并华少，赍勉，因此颇好声酒。"[2]

反映在民间，民歌自是十分兴盛。尤其江南民歌，影响久远。《子夜》、《欢闻》、《读曲》、《采莲》之类由南朝传承而来的民歌小曲，至唐仍遍唱不衰。西南巴、蜀、黔中一带，自古以来一直是民歌发达的地区，到唐代，经过著名诗人白居易、刘禹锡的大力播扬，其歌唱传统相延，至今闻名。

南北朝以迄隋唐，西域、西凉音乐与我国传统音乐逐渐融合，产生了一种"新声"音乐，极大地丰富了我国传统乐舞的内容。汉族文化对西域文化产生过重大影响。早在《汉书》卷96《西域传》中，就载有龟兹王绛宾"乐汉衣服制度，归其国，治宫室，作徼道周卫，出入传呼，撞钟鼓，如汉家仪"[3]。在北魏、北齐的音乐繁荣中，西域商人扮演了极为重要的角色。而隋唐时代乐舞的繁荣，也是与我国同外国的政治、文化方面的密切交往，以及频繁的商业贸易分不开的。

西域同中原内地的商业交往，在西汉就已经很频繁了。在《东观汉记》和《后汉书》中的《马援传》、《梁冀传》、《李恂传》、《西域传》都有关于"西域贾胡"、"商胡贩客"的记述。唐人诗歌中屡屡称述的"胡姬"、"酒家胡"，最早也是见于东汉辛延年的《羽林郎》一诗。据《后汉书·五行志》记载，东汉末的汉灵帝"好胡服、胡帐、胡床、胡坐、胡饭、胡箜篌、胡笛、胡舞，京都贵戚皆竞为之"[4]。《洛阳伽蓝记》卷第3有云："西夷来附者，处崦嵫馆，赐宅慕义里。自葱岭以西，至于大秦，百国千城，莫不欢附。商胡贩客，日奔塞下。……附化之民，万有余家。……天下难得之货，咸悉在焉。"[5]《隋书》卷24《食货志》云："（后周之时）河西诸郡，或用西域金银之钱，而官不禁。"[6]以上这些，显然都是以发达的东西贸易往来为基础的。

从魏晋六朝以迄隋唐，见于记载的西域艺人、声乐、歌舞史不绝书，并且有许多是世代相传，声誉颇盛。如出于曹国的曹氏、何国的何氏、史国的史氏、安国的安氏、康国的康氏等，他们多是与内地通商的胡人及其后代，对传播西域的乐舞有着不可忽视的作用。具体简述如下：

曹氏：曹氏出曹国。北魏时“有曹婆罗门，受龟兹琵琶于商人，世传其业”[1]。北齐曹僧奴、曹妙达父子“以能弹胡琵琶，甚被宠遇，俱开府封王”[2]。曹僧奴有小女，“慧黠能弹琵琶，工歌舞”，为昭仪式[3]。隋开皇中，曹妙达“持其音技，估衒公王之间，举时争相慕尚”，后并参与教习雅乐[4]。唐代琵琶名手多出曹氏，如曹保、曹善才、曹纲祖孙三人。向达《唐代长安与西域文明》云：“曹保一家，当即妙达之裔。”[5]此外，中唐有女乐师曹供奉，见于白居易《代琵琶弟子谢女师曹供奉寄新调弄谱》诗；宋陈旸《乐书》谓唐末有曹触新善弄《婆罗门》（见《乐书》第173卷），南唐有琵琶名手曹者素（见陈旸《乐书》卷183）。据此可知，名盛一时的曹氏琵琶，可在北魏商胡那里找到根源。

何氏、史氏：何氏出何国，史氏出史国，日本桑原骘藏《隋唐时代来往中国之西域人》有考[6]。《北史》卷92《恩幸传》云：“又有何海及其子洪珍，开府封王，尤为亲要。……其何朱弱、史丑多之徒十数人，咸以能舞工歌及善音乐者，亦至仪同开府。”[7]隋代大音乐家何妥，“父细脚胡，通商入蜀。”[8]

1（后晋）刘昫等撰：《旧唐书》卷29《音乐志》，中华书局1975年版，第1069页。

2（唐）李延寿：《北史》卷92《恩幸传》，中华书局1974年版，第3055页。

3（唐）李延寿：《北史》卷14《冯淑妃传》，中华书局1974年版，第525页。

4（唐）魏征、令狐德棻：《隋书》卷15《音乐志》，中华书局1973年版，第378页。

5 向达：《唐代长安与西域文明》，河北教育出版社2001年版，第26页。

6（日）羽田亨编：《内藤博士还历记念》，《支那学论丛》，京都弘文堂大正十五年（1926年）版。

7（唐）李延寿：《北史》，中华书局1974年版，第3055页。

8（唐）魏征、令狐德棻：《隋书》，中华书局1973年版，第1709页。

和士开：原姓素和，其先世本鲜卑素和国人，徙居西域，为贾胡。《北史》卷92《恩幸传》：“其先西域商胡，本姓素和氏。”[1] 卢思道《北齐兴亡论》有云：“有和士开者，素和氏之庶孽，其面目亦似胡人。”[2] 姚薇元《北朝胡姓考》卷3《内入诸姓·和氏》有云：“疑士开先世本素和国人，徙居西域；或本出西域，归魏后赐姓素和。”[3] 和士开“能弹胡琵琶，因致亲宠”，后官尚书令，封淮阳王，“富商大贾，朝夕填门”[4]。

安氏：安氏出安国。北齐时有安吐根，为士开亲信，曾自称“臣本商胡”[5]。齐后主时，安未弱、安马驹“繁手淫音，争新哀怨”，至封王开府，时人以之与曹妙达并论[6]。唐武德年间，安叱奴因善舞拜为散骑侍郎，被李纲斥为“舞胡”。中唐时有筚篥手安万善，昭宗时有舞胡安辔新，皆出安氏[7]。

康氏：康氏出康国。康国人素以善贾著称。《北史》卷92《恩幸传》云：“武平（齐后主）时有胡小儿，俱是康阿驮、穆叔儿等富家子弟，简选黠慧者数十人以为左右。”[8] 唐代康氏乐工有康迺、康昆仑。康昆仑为贞元间人，善琵琶，见于元稹《琵琶歌》诗和《乐府杂录》；康迺为大中间人，善弄《婆罗门》，亦见《乐府杂录》。

同时，西域乐舞也有随着贡使往来而传入中国。据《隋书》卷15《音乐志》云：“《西凉》者，起苻氏之末，吕光、沮渠蒙逊等，据有凉州，变龟兹声为之，号为秦汉伎。魏太武既平河西得之，谓之《西凉乐》。”又云：“《龟兹》者，起自吕光灭龟兹，因得其声。吕氏亡，其乐分散，后魏平中原，复获之。”“《天竺》者，起自张重华据有凉州，重四译来贡男伎，《天竺》即其乐焉。”“《疏勒》、《安国》、《高丽》，并起自后魏平冯氏及通西域，因得其伎。后渐繁会其声，以别于太乐。”“（大业）六年，高昌献《圣明乐》曲，帝令知音者于馆所听之，归而肆

1（唐）李延寿：《北史》，中华书局1974年版，第3042页。

2（清）严可均校辑：《全上古三代秦汉三国六朝文·全隋文》，中华书局1958年版，第4111页。

3 姚薇元：《北朝胡姓考》，中华书局1962年版，第79页。

4（唐）李延寿：《北史》卷92《恩幸传·和士开传》，中华书局1974年版，第3043页和第3046页。

5（唐）李延寿：《北史》卷92《恩幸传·和士开传》，中华书局1974年版，第3045页。

6（唐）魏征、令狐德棻：《隋书》卷14《音乐志》，中华书局1973年版，第331页。

7 向达：《唐代长安与西域文明》，河北教育出版社2002年版，第24页和第26页。

8（唐）李延寿：《北史》，中华书局1974年版，第3055页。

习。"[1]后编入《龟兹》。《乐府诗集》卷第44《清商曲辞》云:"自周、隋已来，管弦雅曲将数百曲，多用西凉乐。歌（一作鼓）舞曲多用龟兹乐。"[2]《隋书》卷13《音乐志》云:"隋炀帝矜奢，颇玩淫曲。……其哀管新声、淫弦巧奏，皆出邺城之下，高齐之旧曲云。"[3]陈寅恪认为:"隋之胡乐大半受之北齐，而北齐邺都之胡人胡乐又从北魏洛阳转徙而来，此为隋代胡乐大部分系统渊源。"[4]正是这些因称臣纳贡而东来的乐舞，构成了隋文帝七部伎、隋炀帝九部伎的基础[5]。《隋书》卷15《音乐志》云:"及大业中，炀帝乃定《清乐》、《西凉》、《龟兹》、《天竺》、《康国》、《疏勒》、《安国》、《高丽》、《礼毕》，以为《九部》。乐器工衣创造既成，大备于兹矣。"[6]

隋唐时代建立了以汉族为主体的幅员辽阔、民族众多的统一帝国，朝廷音乐和各少数民族音乐之间的关系，从聚集这些音乐的过程，进入整理、吸收，乃至改造这批音乐，建立与新的民族统一体相适应的新音乐的过程。[7]胡乐的输入，若从张重华据有凉州，获得天竺乐的时候（东晋成、穆帝年间）算起，十部伎的传入到全部结集，到这时也经过了300年的时间。

隋开皇初，制定七部伎。隋大业二年，制定九部伎，废置清商署。唐代立国之初，一仍隋制，设九部乐。到唐太宗时，增《高昌乐》，造《燕乐》，而去《礼毕曲》，立为十部。据《旧唐书》卷29《音乐志》，十部乐为燕乐、清商、西凉、天竺、高丽、龟兹、安国、疏勒、高昌、康国。其中清商乐为中土音乐，燕乐为华夷合乐，其余均外来音乐，这从名称上即可看出。如天竺（今印度）、高丽（今朝鲜）、康国（今乌兹别克斯坦萨马尔罕）、安国（今乌兹别克斯坦布哈拉）等，也有不少来自我国西北新疆及甘肃地区，如龟兹（今新疆库车）、西凉（今甘肃武威）、高昌（今新疆吐鲁番）、疏勒（今新疆疏勒及英吉沙）等。《礼毕》规模较小，仅含行曲《单交路》、舞曲《散花》2曲，乐器7种;《宴乐》规模较大，含《景云》、《庆善》、《破阵乐》、《承天乐》4部大舞曲，乐器达28种、31件，居十部伎之冠。由此可知十部伎的规模较七部伎有很大发展。十部伎各胡伎皆保留了原有的乐曲、乐器、服饰。而《宴乐》一部，所用乐器雅、胡、俗兼备，特别是增加了大方响、尺八、连鼓、鞉鼓、桴鼓、吹叶等诸部未有的新乐器。同《清乐》、《礼毕》相比，《宴乐》明显具有以汉族音乐为基础而吸收胡乐表现手法的特

1 以上所引见（唐）魏征、令狐德棻:《隋书》，中华书局1973年版，第378~380页。

2（宋）郭茂倩:《乐府诗集》，中华书局1996年7月版，第639页。

3（唐）魏征、令狐德棻:《隋书》，中华书局1973年版，第287页。

4 陈寅恪:《隋唐制度源流略论稿》，河北教育出版社2002年版，第123页。

5 王昆吾:《隋唐五代燕乐杂曲歌辞研究》，中华书局1996年版，第27页。

6（唐）魏征、令狐德棻:《隋书》，中华书局1973年版，第377页。

7 王昆吾:《隋唐五代燕乐杂曲歌辞研究》，中华书局1996年版，第38页。

色。《西凉乐》是凉州人综合汉乐、龟兹乐而创制的另一种音乐。《旧唐书》卷29《音乐志》云："其乐具有钟磬，盖凉人所传中国旧乐，而杂以羌胡之声也。魏世共隋咸重之。"[1]李颀《听安万善吹筚篥歌》写道："此乐本自龟兹出，流传汉地曲转奇。"[2]

外来音乐与我国传统音乐相互交融、发展，大大丰富了我国传统音乐文化的内容，使唐代乐舞蔚为大观，盛极一时。《新唐书》卷22《礼乐志》云："唐之盛时，凡乐人、音声人、太常杂户子弟隶太常及鼓吹署，皆番上，总号音声人，至数万人。"[3]《旧唐书》卷28《音乐志》云："玄宗在位多年，善音乐，若宴设脯会，即御勤政楼。先一日，金吾引驾仗北衙四军甲士，未明陈仗，卫尉张设，光禄造食。候明，百僚朝，侍中进中严外办，中官素扇，天子开帘受朝。礼毕，又素扇垂帘，百僚常参供奉官、贵戚、二王后、诸蕃酋长，谢食就坐。太常大鼓，藻绘如锦，乐工齐击，声震城阙。太常卿引雅乐，每色数十人，自南鱼贯而进，列于楼下。鼓笛鸡娄，充庭考击。太常乐立部伎、坐部伎依点鼓舞，间以胡夷之伎。日旰，即内闲厩引蹀马三十匹，为《倾杯乐曲》，奋首鼓尾，纵横应节。又施三层板床，乘马而上，抃转如飞。又令宫女数百人自帷出击雷鼓，为《破阵乐》、《太平乐》、《上元乐》。虽太常积习，皆不如其妙也。"[4]唐代乐舞人数之多，程式之繁琐，分工之细，由此可窥见一斑。

唐代节日用乐，规模宏大，更是令人叹为观止。如在八月五日千秋节（唐玄宗生日），《新唐书》卷22《礼乐志》云："其日未明，金吾引驾骑，北衙四军陈仗，列旗帜，被金甲、短后绣袍。太常卿引雅乐，每部数十人，间以胡夷之技。内闲厩使引戏马，五坊使引象、犀，入场拜舞。宫人数百衣锦绣衣，出帷中，击雷鼓，奏《小破阵乐》，岁以为常。千秋节者，玄宗以八月五日生，因以其日名节，而君臣共为荒乐，当时流俗多传其事以为盛。"[5]唐玄宗还喜欢舞马之戏，《新唐书》卷22《礼乐志》云："玄宗又尝以马百匹，盛饰分左右，施三重榻，舞《倾杯》数十曲，壮士举榻，马不动。乐工少年姿秀者十数人，衣黄衫、文玉带，立左右。每千秋节，舞于勤政楼下。"[6]

隋唐曲子产生于广大的农村、市井、边塞和民间的各种节庆活动，内容广泛，形式活泼自由，风格明快奔放。隋唐时代是四方音乐的汇流时期，表现在曲子上，

1（后晋）刘昫等撰：《旧唐书》，中华书局1975年版，第1068页。

2《全唐诗》卷一百三十三，中华书局1980年版，第1354页。

3（宋）欧阳修、宋祁：《新唐书》，中华书局1975年版，第477页。

4（后晋）刘昫等撰：《旧唐书》，中华书局1975年版，第1051页。

5（宋）欧阳修、宋祁：《新唐书》，中华书局1975年版，第477页。

6（宋）欧阳修、宋祁：《新唐书》，中华书局1975年版，第477页。

形成了所谓的“秦声”、“陇声”、“蜀声”、“南音”、“巴歌”、“楚调”、“淮南曲”、“蛮子词”等音声，这类曲子的词语充满了唐人的诗篇。在教坊曲中，有来自吴越的《吴吟子》、《南歌子》、《南乡子》；有产于河西的《酒泉子》、《甘州子》、《镇西子》、《胡渭州》；有发源于西域的《苏莫（又作“幕”）遮》、《龟兹乐》；有起自西北边地的《北庭乐》、《突厥三台》；也有风靡中原的《破阵乐》、《黄獐》等。

开元、天宝间，唐人呈现出一种“胡化”的社会风尚。胡乐、胡舞、胡音、胡服、胡食、胡妆成为一时之风气。《旧唐书》卷45《舆服志》：“开元初，从驾官人骑马者，皆著胡帽，靓妆露面，无复障蔽。……太常乐尚胡曲，贵人御馔，尽供胡食，士女皆竞衣胡服，故有范阳羯胡之乱，兆于好尚远矣。”[1]《资治通鉴》“贞观二十一年”条载唐太宗李世民总结的五条成功经验之一云：“自古皆贵中华，贱夷狄，朕独爱之如一。”当御史大夫杜淹提醒要警惕“亡国之音”时，他说：“悲悦在人，非因乐也。”[2]这些表现出各民族平等友好相处，否定那种强调雅郑之别、夷夏之别的传统音乐观念。

隋唐五代的曲子调名，不仅有多种专门著录，如《教坊记》、《唐会要》、《羯鼓录》、《乐府杂录》等，也广泛见于唐人诗文歌咏。宰相张说有《舞马千秋万岁乐府词》3首和《舞马辞》6首，绘写千秋节舞马之盛举。元稹《法曲》云：“明皇度曲多新态，宛转侵淫易沉着。赤白桃李取花名，《霓裳羽衣》号天落。雅弄虽云已变乱，夷音未得相参错。自从胡骑起烟尘，毛毳腥膻满咸洛。女为胡妇学胡妆，伎进胡音务胡乐。火凤声沉多咽绝，春莺啭罢长萧索。胡音胡骑与胡妆，五十年来竞纷泊。”[3]王建《凉州行》也云：“城头山鸡鸣角角，洛阳家家学蕃乐。”[4]这些都反映了唐代胡乐空前流行的盛况。

总的说来，我国有着悠久的乐舞传统，十分注重歌乐对人心的感发教化作用，秦汉时期已经形成了较为完备的儒家礼乐文化系统。经过六朝、隋唐的不断发展，声乐系统日臻完善，形成了空前兴盛发达的乐舞文化。大致说来，秦汉以前是以平和典正的雅乐为主导，这是一种具有仪式性的声乐文化。在六朝时代，北方少数民族入主中原，儒家一尊的统治局面被完全打破，民间俗乐开始在社会上流行蔓延，形成了重抒情，以明快雅亮为特征的清商乐系统，并逐渐取代了雅乐在传统声乐中的中心地位。唐代建立了强大的统一帝国，在文化上实行自由开放的政

1（后晋）刘昫等撰:《旧唐书》，中华书局1975年版，第1957~1958页。

2（宋）司马光编著，（元）胡三省音注:《资治通鉴》卷198，中华书局1956年版，第6247页。

3（唐）元稹撰，冀勤点校:《元稹集》，中华书局1982年版，第282页。

4《全唐诗》卷298，中华书局1960年版，第3374页。

策，兼容并包，气度恢弘，对地方民间歌乐、少数民族歌乐、外来音乐都积极吸收改造，形成了以娱乐性为主要特征的燕乐系统，声乐的多方面功能都得到了空前充分的表现。而六朝、隋唐时代歌乐的兴盛发展，同时又有力地促进了佛教音乐的发展。

第三节　佛教音乐与民间乐舞习俗之交融

艺术与宗教有着密切的关系，正如印度学者夏尔玛指出：“印度艺术的生存就在于宗教。”[1] 佛教自然也不例外，它包含有多种艺术成分，而声乐艺术即是其中重要部分之一。

佛教艺术杂有多种音乐成分。载于《羯鼓录》的“诸佛曲词”十首，属于赞佛、礼佛之乐，而“食曲”33曲中的《大燃灯》、《散花》、《龟兹大武》等，则属节庆音乐，或称“寺会音乐”。寺院节庆音乐伎艺包括百戏、女伎歌舞、梵乐法音等，内容十分丰富。杨衒之《洛阳伽蓝记》对北魏洛阳的节庆音乐多有记述，如：

> 景乐寺：“至于大斋，常设女乐，歌声绕梁，舞袖徐转，丝管寥亮，谐妙入神。……诸音乐，逞伎寺内，奇禽怪兽，舞抃殿庭。”
>
> 长秋寺：“四月四日，此像常出，辟邪师子，导引其前。吞刀吐火，腾骧一面；彩幢上索，诡谲不常。奇伎异服，冠于都市。”
>
> 宗圣寺：“妙伎杂乐，亚于刘腾（按：指刘腾所立之长秋寺）。”
>
> 景明寺：“于时金花映日，宝盖浮云，旛幢若林，香烟似雾。梵乐法音，聒动天地，百戏腾骧，所在骈比。”[2]

《隋书》卷15《音乐志》记百戏演出云：

> 始齐武平中，有鱼龙烂漫、俳优、朱儒、山车、巨象、拔井、种瓜、杀马、剥驴等，奇怪异端，百有余物，名为百戏。周时，郑译有宠于宣帝，奏征齐散乐人，并会京师为之。盖秦角抵之流者也。开皇初，并放遣之。及大业二年，突厥染干来朝，炀帝欲夸之，总追四方散乐，大集东都。初于芳华苑积翠池侧，帝帷宫女观之。有舍利先来，戏于场内，须臾跳跃，激水满

1【印度】S.夏尔玛《印度音乐舞蹈美学》，收入牛枝慧编《东方艺术美学》，国际文化出版公司1990年版，第183页。

2 以上所引参见范祥雍：《洛阳伽蓝记校注》，上海古籍出版社1958年版，第52页、第43页、第79页和第133页。

衢，鼋鼍龟鳌，水人虫鱼，遍覆于地。又有大鲸鱼，喷雾翳日，倏忽化成黄龙，长七八丈，耸踊而出，名曰“黄龙变”。又以绳系两柱，相去十丈，遣二倡女对舞绳上，相逢切肩而过，歌舞不辍。又为夏育扛鼎，取车轮石臼大瓮器等，各于掌上而跳弄之。并二人戴竿，其上有舞，忽然腾透而换易之。又有神鳌负山，幻人吐火，千变万化，旷古莫俦。染干大骇之。[1]

这里虽然并未谈及佛教，但从其中的“黄龙变”、舍利等来看，显然与佛教有关。

据日本学者羽溪了谛《西域之佛教》，西域佛教较盛于大月氏、安息、康居、于阗、龟兹、疏勒、高昌、迦湿弥罗诸国。其中龟兹是西域至内地的北道枢纽，于阗是西域至内地的南道枢纽，两国不仅佛教兴盛，音乐也十分发达，多见于我国古代记述。玄奘《大唐西域记》卷1云：屈支（即龟兹）“管弦伎乐，特善诸国”。于阗人敬信佛法，在《梁书·诸夷传》、《南齐书·芮芮虏传》、《魏书·西域传》、《周书·异域传》都有记载。东晋高僧法显经西域往天竺求法，记于阗云：“其国丰乐，人民殷盛，尽皆奉法，以法乐相娱。众僧乃数万人，多大乘学。”[2]《大唐西域记》卷12云：瞿萨旦那（于阗）“俗知礼义，人性温恭，好学典艺，博达技能，众庶富乐，编户安业，国尚乐音，人好歌舞。”[3]据文献所载的隋唐佛曲，凡以国度为名者，多出自龟兹和于阗。如《隋书·音乐志》西凉部有舞曲《于阗佛曲》，《羯鼓录》食曲中有《龟兹大武》，《唐会要》卷33载太乐署供奉曲有《龟兹佛曲》、《急龟兹佛曲》等，[4]都是以于阗或龟兹来命名。

唐代寺院节庆的大型歌舞有不少民间歌舞风俗，也与西域歌舞风俗有着密切的关系。如《全唐文》卷270载吕元泰疏云：“都邑坊市，相率为浑脱队，骏马胡服，名为《苏莫遮》。”[5]而《苏莫遮》、《浑脱》可能都源于高昌。《全唐文》卷254“禁断腊月乞寒敕”云：“敕腊月乞寒，外蕃所出，渐渍成俗，因循已久，至使乘肥衣轻，竞矜胡服，阗城溢陌，深玷华风。”[6]十一月乞寒本是龟兹、康国等地的风俗，传入中土后，成为汉族祈禳风俗歌舞的组成部分。鲖阳居士《复雅歌词序》有云：“迄于开元、天宝间，君臣相与为淫乐，而明皇尤溺于夷音，天下熏然成俗。于时才士始依乐工拍旦之声，被之以辞，句之长短，各随曲度，而愈失古之‘声依永’之理也。温、李之徒，率然抒一时情致，流为淫艳猥亵不可闻之语。我宋

1（唐）魏征、令狐德棻：《隋书》卷15《音乐志下》，中华书局1973年版，第380~381页。

2（东晋）法显撰，章巽校注：《法显传校注》，上海古籍出版社1985年版，第13页。

3 季羡林等校注：《大唐西域记校注》，中华书局1985年版，第1001页。

4（宋）王溥：《唐会要》卷33，中华书局1990年版，第615、616页。

5（清）董诰等编：《全唐文》，中华书局1983年影印版，第2742页。

6（清）董诰等编：《全唐文》，中华书局1983年影印版，第2572页。

之兴，宗工巨儒，文力妙天下者，犹祖其遗风，荡而不知所止。四方传唱，敏若风雨，人人歆艳，咀味于朋游樽俎之间。”[1]正反映了外来音乐风行传唱的情形。

早在六朝时期，文人积极从民间俗乐中吸取精华，而僧人也常常参与对民歌的创制和改造，从而使佛教与民间声乐水乳交融，不可分割。梁武帝还自制佛曲，在佛教的无遮大会上演奏。《隋书》卷13《音乐志》有云：“帝既笃敬佛法，又制《善哉》、《大乐》、《大欢》、《天道》、《仙道》、《神王》、《龙王》、《灭过恶》、《除爱水》、《断苦轮》等十篇，名为正乐，皆述佛法。又有法乐童子伎、童子倚歌梵呗，设无遮大会则为之。”[2]梁武帝还利用《三洲》之和声改制《江南弄》和《上云乐》，曾得当时名僧法云的帮助。释智匠《古今乐录》云：“《三洲歌》者，商客数游巴陵，三江口往还，因共作此歌。其旧辞云：‘啼将别共来。’梁天监十一年，武帝于乐寿殿道义竟，留十大德法师设乐，敕人人有问，引经奉答。次问法云，‘闻法师善解音律，此歌何如？’法云奉答：‘天乐绝妙，非肤浅所闻，愚谓古辞过质，未审可改与不？’敕云：‘如法师语音。’法云曰：‘应欢会而有别离，啼将别可改为欢将乐。’故歌和云：‘三洲断江口，水从窈窕河傍流，欢将乐共来，长相思。’”[3]法云当是谙熟梵音的沙门，梁武帝本人又崇信佛法，我们可以推知《江南弄》和《上云乐》一定受到佛教声乐的影响。《隋书》卷13《音乐志》又云梁三朝乐第44：“设寺子导安息孔雀、凤凰、文鹿胡舞登连《上云乐》歌舞伎。”[4]将胡舞与《上云乐》连在一起演唱，显示出《上云乐》与外来歌舞关系较密切。故王运熙云：“《江南弄》、《上云乐》在当时乐府中实是一种新颖的创制，它采撷了吴声、西曲、杂舞曲以及外国音乐的优点，造成声调曲折、句法参差的新声。”[5]佛教音乐自然功不可没。

《南齐书》卷11《乐志》第三云：“永明（今按：明，原作‘平’，据《乐府诗集》卷75引文校正）乐歌者，竟陵王子良与诸文士造奏之，人为十曲。道人释宝月辞颇美，上常被之管弦，而不列于乐官也。”[6]释宝月辞今已不存，但现在还保存有谢朓、王融歌辞各十首，沈约歌辞残存一首[7]。

中唐以后释子好为诗偈及曲子，也能吟诗唱词，娴熟民间乐歌。孟郊《教坊歌儿》云：

1《古今合璧事类备要》“外集”卷11，上海人民出版社影印四库全书本。

2（唐）魏征、令狐德棻：《隋书》，中华书局1973年版，第305页。

3 王运熙：《乐府诗述论》，上海古籍出版社1996年版，第97页。

4（唐）魏征、令狐德棻：《隋书》卷13《音乐志》，中华书局1973年版。

5 王运熙：《乐府诗述论》，上海古籍出版社1996年版，第203页。

6（梁）萧子显：《南齐书》，中华书局1972年版，第196页。

7（宋）郭茂倩：《乐府诗集》卷75“杂曲歌辞”，中华书局1996年版，第1062~1064页。

去年西京寺，众伶集讲筵。能嘶《竹枝词》，供养绳床禅。能诗不如何，怅望三百篇。[1]

《宋高僧传》卷20《唐江陵府些些传》云："释些些师，又名青者，盖是不与人交狎。口自言些些，故号之矣。德宗朝于渚宫游，衣服零落，状极憨痴，而善歌《河满子》。纵肆所为，故无定检。尝遇醉伍伯，伯于途中辱之，抑令唱歌。些便扬音揭调、词中皆讦伍伯从前阴私恶迹、人所未闻事。伍伯惭惶。旁听之者，知是圣僧，拜跪悔过焉。"[2]王灼《碧鸡漫志》卷第4引张祜"宫词"有云："一声河满子，双泪落君前。"[3]《河满子》，也即《何满子》。可知释子喜欢歌《何满子》，此外还常常吟唱《菩萨蛮》。如《续传灯录》卷16云："王安上者，荆公之弟，问法于师（指元祐禅师），以云居延之。师欣然应之曰：当携此骨归葬峰顶耳。登舆而去。师初开堂，问答罢乃曰：新启法筵，人天会集，稀逢难遇，正在此时，还更有乘时适变底衲僧么？出来与汝证据。良久曰：不出头者是好手。虽然如是，道林今日已向平地上吃交了也。赖遇金粟大士有不二法门，放一线道，道林方解开布袋头，足可以施展家风，向无佛处称尊。便乃指点三界，目视四维，偃仰尧天，高歌舜日。举音王调，唱《菩萨蛮》。奏没弦琴，含太古意。当是时，文殊休惆怅，普贤谩沉吟，任是千圣出头来，异口同音，也不消一札。"[4]

随着杂乐新声在民间的广泛盛行，越来越多的上层人士不仅喜欢新声，并且以杂乐新声创制曲舞。《隋书》卷14《音乐志》云："杂乐有西凉鼙舞、清乐、龟兹等。……后主亦自能度曲，亲执乐器，悦玩无倦，倚弦而歌。别采新声，为《无愁曲》，音韵窈窕，极于哀思，使胡儿阉官之辈，齐唱和之，曲终乐阕，莫不殒涕。"[5]《宋书》卷19《乐志》记舞曲歌辞云："宋明帝自改舞曲哥（歌）词，并诏近臣虞龢并作（按：指《泰始歌舞曲辞》十二曲）。又有西伧、羌胡诸杂舞。随王诞在襄阳，造《襄阳乐》；南平穆王为豫州，造《寿阳乐》；荆州刺史沈攸之又造《西乌夜飞曲》，并列于乐官，哥（歌）词多淫哇不典正。"[6]刘宋以后，吴声、西曲昌盛，贵族多竞造新声乐曲，宗室诸王既各制新乐如《襄阳乐》、《寿阳乐》等，中央朝廷也就有《中兴歌》、《泰始乐》等性质相类的制作[7]。

民间乐舞往往与佛教有着密切的联系。隋唐时代，已经有了民间集体娱乐歌

1《全唐诗》卷三百七十四，中华书局1960年版，第4200页。

2（宋）赞宁撰，范祥雍点校：《宋高僧传》，中华书局1987年版，第524页。

3（宋）王灼：《碧鸡漫志》，古典文学出版社1957年版，第85页。

4《大正大藏经》第51册，第574页。

5（唐）魏征、令狐德棻：《隋书》，中华书局1973年版，第331页。

6（梁）沈约：《宋书》，中华书局1974年版，第552页。

7 王运熙：《乐府诗述论》，上海古籍出版社1996年版，第63页。

舞活动的场所——歌场。段安节《乐府杂录》“鼓架部”记云：“苏中郎，后周士人苏葩，嗜酒落魄，自号‘中郎’。每有歌场，辄入独舞。”[1]敦煌歌辞《皇帝感》有云：“新歌旧曲遍州乡，未闻典籍入歌场。”歌场，又称“变场”、“戏场”。段成式《酉阳杂俎》前集卷5《怪术》有云：“虞部郎中陆绍，元和中，尝看表兄于定水寺。因为院僧具蜜饵、时果，邻院僧亦陆所熟也，遂令左右邀之。良久，僧与一李秀才偕至，乃环坐，笑语颇剧。……僧复大言：‘望酒旗玩变场者，岂有佳者乎？’李乃白座客：‘某不免对贵客作造次矣。’”[2]薛昭蕴《幻影传》“李秀才”也云：“虞部郎中陆绍，元和中常谒表兄于定水寺。临院僧偕李秀才来，寺僧诋为不逞之徒。曰：‘望酒旗，玩变场，岂有佳者乎？’”又钱易《南部新书》“戊”有云：“长安戏场多集于慈恩，小者在青龙，其次荐福、永寿。”[3]可见，唐代民间娱乐活动多在寺院。而据隋薛道衡《和许给事善心戏场转韵诗》[4]，知“戏场”是各种伎艺的综合表演。“戏场”之设，盛于隋代。《隋书》卷15《音乐志》云：“每岁正月，万国来朝，留至十五日，于端门外，建国门内，绵亘八里，列为戏场。百官起棚夹路，从昏达旦，以纵观之。至晦而罢。”[5]

在唐代，民间娱乐形式丰富多样，每年都要举行赛神、驱傩、踏歌、拜月以及祓禊等活动，并常常伴有歌舞，这在敦煌写卷中也多有体现。同时，民间的许多娱乐形式又往往同各种祭祀、祈福娱神，以及佛教活动紧密结合在一起。

赛神 赛神与古代祭祀有着密切的关系，《事物纪原》卷8“赛神”条云：“郑康成谓岁十二月索鬼神而祭祀，则党正以礼属民而饮酒，劳农而休息之，使之燕乐，是君之泽也。今赛社则其事尔。今人以岁十月农功毕，里社致酒食，以报田神，因相与饮乐。”[6]王维《凉州郊外游望》云：“野老才三户，边村少四邻。婆娑依里社，箫鼓赛田神。洒酒浇刍狗，焚香拜木人。女巫纷屡舞，罗袜自生尘。”[7]又，《凉州赛神》云：“健儿击鼓吹羌笛，共赛城东越骑神。”[8]

敦煌地区一年四季均有“赛祆”活动。赛祆是一种对祆庙神主的祭祀活动，有祈福、酒宴、歌舞、幻术、化装游行等盛大场面，是一种群众性的“琵琶鼓笛、酣歌醉舞”的娱神兼娱乐活动。敦煌写卷中保存有不少晚唐五代时期敦煌地区赛

1（唐）段安节：《乐府杂录》，古典文学出版社1957年版，第24页。

2（唐）段成式撰，方南生点校：《酉阳杂俎》，中华书局1981年版，第55页。今按，此又见于《太平广记》卷第七十八“李秀才”条，个别字句略有不同。

3（宋）钱易撰，黄寿成点校：《南部新书》，中华书局2002年版，第67页。

4 逯钦立：《先秦汉魏南北朝诗》，中华书局2002年版，第2684~2685页。

5（唐）魏征、令狐德棻：《隋书》，中华书局1973年版，第381页。

6（宋）高承：《事物纪原》，上海古籍出版社1990年版，第202页。

7《全唐诗》卷126，中华书局1960年版，第1278页。

8《全唐诗》卷128，中华书局1960年版，第1308页。

祆活动的资料[1]。据敦煌P.2005卷《沙州图经》载："祆神：右在州东一里，立舍画神主，总有二十龛，其院周回一百步。"可知唐代敦煌有祆庙。组诗《敦煌廿咏》中的《安城祆咏》对之歌咏道："板筑安城日，神祠与此兴。一州祈景祚，万类仰休征。蘋藻采无乏，精灵若有凭。更看雩祭处，朝夕酒如渑。"说明赛祆是敦煌地区一项经常性的娱乐活动。

驱傩 周代把驱鬼除疫活动称为"难"（后来写作"傩"），进行傩鬼仪式的巫师叫"方相氏"。《周礼·夏官·方相氏》云："方相氏掌蒙熊皮，黄金四目，玄衣朱裳，执戈扬盾，帅百隶而时难，以索室驱疫。大丧，先柩。及墓，入圹，以戈击四隅，驱方良。"[2]

周代的傩鬼逐疫，文献记载较为简略。《后汉书·礼仪志》则比较详细地介绍了东汉的大傩活动。东汉的大傩叫做"逐疫"，在腊祭前一日举行。其仪式不仅有方相12兽舞，还有接力送火、作土牛送寒气、挂桃梗苇茭、九门磔禳等细目。张衡《东京赋》写逐疫的盛况云："卒岁大傩，驱除群疠。方相秉钺，巫觋操茢。侲子万童，丹首玄制。桃弧棘矢，所发无臬。飞砾雨散，刚瘅必毙。煌火驰而星流，逐赤疫于四裔。"《通典》引《东京赋》注云："卫士千人在端门外，五营千骑在卫士外，为三部更送至洛水。凡三辈，逐鬼投洛水中，仍上天池，绝其桥梁，使不得度还。"[3]送火的原始意义是改火送火鬼，在这里已经演变为送疫鬼。

《酉阳杂俎》续集卷4记云："俗好于门上画虎头，书聻字，谓阴刀鬼名，可息疫疠也。予读《汉旧仪》，说傩逐疫鬼，又立桃人、苇索、沧耳、虎等。聻为合沧耳也。"[4]关于这位阴刀鬼，唐时还附会出这样一则传说：

> 河东冯渐，名家子，以明经入仕，性与俗背，后弃官隐居伊水上。有道士李君以道术闻，尤善视鬼。朝士皆慕其能。李君后退隐汝颍，适遇渐于伊洛间，知渐有奇术，甚重之。大历中，有博陵崔公者，与李君为僚，甚善。李君寓书于崔曰："当今制鬼，无过渐耳。"是时朝士咸知渐有神术数，往往道其名。别后长安中人率以"渐"字题其门者，盖用此也。[5]

由此可知，在门上画虎、书写阴刀鬼的名字以驱逐疫疠，保护全家健康平安，是唐时的风俗。这种带有明显驱鬼和避邪巫术意味的习俗，起源很早，至唐代仍很盛行。

1 姜伯勤：《高昌胡天祭祀与敦煌祆祀》，载《敦煌艺术宗教与礼乐文明》，中国社会科学出版社1996年版，第477页。

2（清）阮元：《十三经注疏》，中华书局1980年版，第851页。

3（唐）杜佑：《通典》卷七十八，中华书局1988年版，第2124页。

4（唐）段成式撰，方南生点校：《酉阳杂俎》，中华书局1981年版，第232页。

5（宋）李昉等编：《太平广记》卷七十五，中华书局1961年版，第470页。

驱傩是唐代正规而典型的逐鬼避邪巫术。这种仪式多在腊月举行，有时也放在季春，后来逐渐由具有实用意义的驱鬼活动变为一种娱乐性的舞蹈。段安节《乐府杂录》"驱傩"条，对此有详细介绍：

> 用方相四人，戴冠及面具，黄金为四目，衣熊裘，执戈，扬盾，口作傩傩之声，以除逐也。右十二人皆朱发，衣白□画衣，各执麻鞭，辫麻为之，长数尺，振之声甚厉。乃呼神名，其有甲作食者，胇胃食虎者，腾简食不祥者，揽诸食咎者，祖明、强梁，共食磔死寄生者，腾根食蛊者等。侲子五百，小儿为之，衣朱褶素襦，戴面具，以晦日于紫宸殿前傩，张宫悬乐，太常卿及少卿押乐正到四阁门，丞并太乐署令、鼓吹署令、协律郎并押乐在殿前。事前十日，太常卿并诸官于本寺先阅傩，并遍阅诸乐，其日大宴三五署官，其朝寮家皆上棚观之，百姓亦入看，颇谓壮观也。[1]

这是有政府部门操办，动员大量从艺人员参加的大型乐舞表演，是每年的大事。

以文学作品形式描述驱傩之戏的，还有乔琳《大傩赋》和孙頠的《春傩赋》，[2]由此我们可以了解岁末之傩和春傩的不同情景。孙頠的《春傩赋》写岁末之傩云："命方相氏，出傩百神。丹首缫裳，辩发文身。拟（摐）金鼓以腾跃，执戈矛以逡巡。驱赤役于四裔，保皇家于万人。斯乃卒岁之傩也。"春傩在孙頠笔下更为壮观。乔琳的《大傩赋》用于具体描绘的笔墨较少，但强调每年的傩事是著于"成命"的国家盛典，与"一人垂拱，万方同庆"有直接的关系。从中可以看出举行大傩仪式的根本目的。

唐代诗文对这种驱傩活动也有反映。如杜光庭《录异记》卷二《异人》有云："赵燕奴者，合州石镜人也。……以捕鱼宰豚为业。每斗船驱傩及歌《竹枝》词较胜，必为首冠。"[3]孟郊《弦歌行》云："驱傩击鼓吹长笛，瘦鬼染面唯齿白。暗中崒崒拽茅鞭，裸足朱裈行戚戚。相顾笑声冲庭燎，桃弧射矢时独叫。"[4]

敦煌写卷中保存有驱傩《儿郎伟》的写卷计有 14 件之多，这说明当时驱傩活动在敦煌地区也很盛行。敦煌张氏和曹氏归义军时期，在除夕之日行大傩礼。傩礼离不开舞蹈，《儿郎伟》即是一种说唱之词。[5]

踏歌 《旧唐书》卷 29《音乐志》云："《石城》者，宋臧质所作也，石城在竟陵。"《石城乐》第二曲曰："阳春百花生，摘插鬟髻前，捥指踏忘愁，相与及盛年。"[6]疑此与刘禹锡所记赛神风俗相同。刘禹锡《竹枝词九首序》有云："四方之

1（唐）段安节《乐府杂录》，古典文学出版社 1957 年版，第 23 页。

2 乔琳《大傩赋》见《文苑英华》卷 23；孙頠《春傩赋》见《文苑英华》卷 22。

3 丁如明等校点:《唐五代笔记小说大观》，上海古籍出版社 2000 年版，第 1518 页。

4《全唐诗》卷 372，中华书局 1960 年版，第 4182 页。

5 姜伯勤:《沙州傩礼考》，载《敦煌艺术宗教与礼乐文明》，中国社会科学出版社 1996 年版，第 461 页。

6（宋）郭茂倩:《乐府诗集》第 47 卷，中华书局 1979 年版，第 689 页。

歌，异音而同乐。岁正月，余来建平（夔州）。里中儿联歌《竹枝》，吹短笛击鼓以赴节。歌者扬袂睢舞，以曲多为贤。聆其音，中黄钟之羽，卒章激讦如吴声。虽伧伫不可分，而含思婉转，有淇澳之艳音。”其又有《阳山庙观赛神》诗云：“荆巫脉脉传神语，野老娑娑起醉颜。日落风生庙门外，几人联蹋（踏）竹歌还。”[1]王建《赛神曲》云：“男抱琵琶女作舞，主人再拜听神语。新妇上酒勿辞勤，使尔舅姑无所苦。……纷纷醉舞踏衣裳，把酒路旁劝行客。”[2]裴铏《传奇·文箫》载：“钟陵有西山，山有游帷观，即许仙君逊上升地也。每岁至中秋上升日，吴、越、蜀人，不远千里而携挈名香、珍果、绘绣、金钱，设斋醮，求福佑。时钟陵人万数，车马喧阗，士女栉比，数十里若阛阓。其间有豪杰，多以金召名姝善讴者，夜与丈夫间立，握臂连踏而唱。其调清，其词绝，推对答敏捷者胜。”[3]《酉阳杂俎》卷14《诺皋记上》写某士人梦见屏风上众女子在其床前踏歌，齐声唱道：“长安女儿踏春阳，无处春阳不断肠。舞袖弓腰浑忘却，蛾眉空带九秋霜。”[4]反映出当年京中有春日踏歌之风。《说郛》卷77《景龙文馆记》曰：“内殿奏《合生歌》，其言浅秽。武平一谏曰：‘妖胡倡妓、街童士女谈妃主之情貌，列王公之名质，咏歌蹈舞，号曰‘合生’，不可施于宫禁。”[5]其中也说“合生”乃胡人所唱，但这种“异曲新声”很受人们喜爱，“始自王公，稍及闾巷”，莫不欢迎。武平一之谏，最终也未被采纳。敦煌S.4750卷《某寺破历》也有“寒食踏歌”的记载。

拜月风俗　在唐代，有两首著名的描写七夕传说和活动的诗歌，一是宋之问的《七夕》，一是崔颢的《七夕》。宋诗云：

> 传道仙星媛，年年会水隅。停梭借蟋蟀，留巧付蜘蛛。去昼从云请，归轮伫日输。莫言相见阔，天上日应殊。[6]

崔诗云：

> 长安城中月如练，家家此夜持针线。仙裙玉佩空自知，天上人间不相见。长信深阴夜转幽，瑶阶金阁数萤流。班姬此夕愁无限，河汉三更看斗牛。[7]

关于七夕节的起源及其性质，学术界看法不一。但与七夕相联系的神话传说，应

1《全唐诗》，中华书局1960年版，第4113页和第4057页。

2《全唐诗》，中华书局1960年版，第3377页。

3 丁如明等校点：《唐五代笔记小说大观》，上海古籍出版社2000年版，第1151页。

4 丁如明等校点：《唐五代笔记小说大观》，上海古籍出版社2000年版，第662页。

5（明）陶宗仪纂：《说郛》，中国书店1986年影印版。

6《全唐诗》卷53，中华书局1960年版，第657页。

7《全唐诗》卷130，中华书局1960年版，第1326页。

推牛郎织女为较早和较重要。牛郎（又称“河鼓”、“黄姑”）、织女（又称“婺女”）本是天上的两颗星星，在《诗经·小雅》的《大东》篇中就已出现，可见其来源之古。然而，不知何时，它们被神化，成为古代人们寄托愿望、祈求灵应的膜拜对象。汉崔寔《四民月令》云：

> 七月七日，曝经书，设酒脯时果，散香粉于筵上，祈请于河鼓、织女，言此二星神当会。守夜者咸怀私愿。或云，见天汉中有奕奕正白气如地河之波，辉辉有光耀五色，以此为征应，见者便拜乞愿，三年乃得。[1]

从对天象的观察开始，进而根据“天人感应”的观念，向被视为神明的河鼓、织女二星祈愿和乞求佑护，这表现出古代民俗节日得以形成的心理原因。晋周处《风土记》对七夕“乞愿”的内容有着进一步的说明，云：“乞富、乞寿，无子乞子。唯得乞一，不得兼求，三年乃得言之，颇有受其祚者。”（见首都师大《国学宝典·中国典籍库》电子文本）富贵寿考，多子多孙，是封建宗法制农耕社会发展到一定阶段，人们的普遍愿望。由此来看，当时的守夜祈愿者，还未限定于女子，应该也有男子。此时尚未用人伦关系去解释它们。而到东汉，这两颗星星的天文性质减退，人间色彩加重了。应劭《风俗通义·佚文十四》云：“织女七夕当渡河，使鹊为桥。”[2]此虽仍未说明牛郎织女为夫妇，但织女渡河以就牛郎，自然令人想到人间女子的出嫁从夫。而《古诗十九首》中“迢迢牵牛星”一首，已将他们的分离之苦，按人间夫妇睽隔的情景加以想象，并渲染得十分浓烈。大约在魏晋之间，牛郎织女已成为一对恩爱很深而难得一聚的夫妻，他们的命运也更为一般百姓所关切和同情。这种传说，后来又与“天帝”、“王母”等神话人物发生联系，成为神话与传说的杂糅。

除牛郎织女故事外，当时与七夕相关的民间传说还有很多。如所谓汉武帝七月七日生于猗兰殿的说法，很可能并非史实，而是一种传说，跟这位皇帝一生好神仙有关。由此进而产生了七夕之夜西王母降于汉武帝阙庭、此前派三青鸟报信、来时携千年仙桃并指窥牖偷看的东方朔“尝三盗此桃”等神话色彩颇浓的故事。[3]除汉武帝外，还有许多神仙人物也与七夕发生过关系。如六安铸冶师陶安公，七月七日被赤龙迎接上天，从此成仙；王子乔约定七月七日乘白鹤飞临缑氏

1（唐）欧阳询撰，汪绍楹校：《艺文类聚》卷四，上海古籍出版社 1965 年版，第 75~76 页。

2（东汉）应劭撰，吴树平校释：《风俗通义校释》，天津人民出版社 1980 年版，第 415 页。

3 参见佚名《汉武帝内传》、（晋）张华《博物志》卷八、（唐）欧阳询《艺文类聚》卷 4“七月七日”条引《汉武故事》等。

1（晋）张华撰，范宁校证：《博物志校证》，中华书局1980年版，第111页。

2（唐）赵璘：《因话录》卷第5，上海古籍出版社1957年版，第108页。

3 见《辇下岁时记》，作者佚名，一说为李绰。此书已佚，转引自《学海类编》第98册中明陈继儒《碎群录》。

4《大正大藏经》第17册，第546页。

上空，与家人相见；已得仙道的桂阳成武丁告诉弟弟，七月七日织女渡河暂诣牵牛，诸仙亦需还宫，等等。还有一个传说，放纵想象，精心设计，刻意打破天上和人间的隔阂，使凡人得以亲见牛郎织女和他们的生活环境，并将这故事附会于严君平这样富于传奇色彩的历史名人，以增强其"可信性"。晋张华《博物志》卷10有云：

> 旧说天河与海通。近世有人居海渚者，年年八月有浮槎去来，不失期。人有奇志，立飞阁于查（槎）上，多赍粮，乘槎而去。十余日中犹观星月日辰，自后茫茫忽忽，亦不觉昼夜。去十余日，奄至一处，有城郭状，屋舍甚严。遥望宫中多织女，见一丈夫牵牛渚次饮之。牵牛人乃惊问曰："何由至此？"此人具说来意，并问此是何处。答曰："君还至蜀郡访严君平则知之。"竟不上岸，因还如期。后至蜀，问君平，曰："某年月日有客星犯牵牛宿。"计年月，正是此人到天河时也。[1]

这则传说的故事发生在八月，按说与七夕没有直接关联，但因牵涉天河与牛郎织女，后来又与张骞出使西域、探寻河源的历史记载相附会，与由此生发出来的神话及宗教宣传相附和，而且连故事发生的时间也由八月改成了七月，这个传说也就成为后世诗人吟咏七夕时常用的典实[2]。敦煌歌辞《听唱张骞一新歌》应是这种传说进一步发展的表现。

从现存文献看，七月七日，特别是这天夜晚，成为一个女儿节，有一个漫长的历史过程，并非一开始就只限妇女参加，也不是一开始就只有妇女的乞巧祷祝活动。它的含义和活动方式是由杂多含混而渐趋单纯明朗，即由全民参与，由登高、曝衣、晒书、乞富、乞寿、乞子等活动，逐渐归一化为仅由妇女们穿针引线、向织女乞巧、向月亮祷祝，以此诉说她们的隐曲深衷。

与此同时，还有一种受佛教"化生"观念影响而产生的七夕民俗活动："七夕，俗以蜡作婴儿形，浮水中以为戏，妇女宜子之祥，谓之化生。"[3]佛教有"四生"的说法，如东晋时昙无兰译《五苦章句经》云："佛又说有四种生：一曰胎生，二曰卵生，三曰湿生，四曰化生。"[4]（见《瑜伽论》）以佛家之见，唯依业力而忽然现出者，谓之化生。妇女们，特别是那些结褵多年尚未生育的妇女，出于渴盼怀孕生子的愿望，在七夕时借浮于水中的蜡制婴儿向苍天、牛郎织女二星和佛菩萨等祈愿。一句话，向冥冥之中主宰她们命运或她们认为可能帮助自己的不可知力量祈求生育能力，是完全可以理解的。在古代，一个女子是否有宜子（亦即宜男）之相，无论出嫁前后，对于她的处境与地位实在是非常重要。这种观念深入人心，连女子自身也深信不疑，所以她们不能不在自己的节日里采取种种办法来进行祷祝祈求。唐人薛能《吴姬十首》之十云："身是三千第一名，内家丛里独分明。芙蓉殿上中元日，水拍银盘弄化生。"[1]所谓"水拍银盘弄化生"，所弄的就是寄托着生育愿望的蜡制婴儿。中元日是佛教节日，又称盂兰盆节，在每年的七月十五日，可见唐代妇女的"弄化生"还不止于七夕之夜。这种风俗流传到宋代而益盛，蜡制小儿又发展为泥制、陶瓷或木刻等种种类型，即风俗史上著名的"磨喝罗"或"摩睺罗"这种小工艺品。

1《全唐诗》卷561，中华书局1960年版，第6520页。

我国民间传说战国时无盐女因拜月而立为皇后，其拜月乃是乞美。唐人拜月，多在五月与七月，其旨在乞巧，乞遂人事。唐代拜月风俗产生了许多曲子词，《教坊记》有曲名即为《拜新月》、《七夕子》，《乐府诗集》"近代曲辞"中收李端与吉中孚妻张氏的歌辞《拜新月》5首，敦煌P.2838卷也存有双片体曲子词《拜新月》2首，敦煌S.1497卷《五更转·七夕相望》有"一更每年七月七"、"礼拜再三求"、"不知牵牛在那边，望得眼睛穿"等句。敦煌S.2607卷《捣衣声·三载长征》有云："三春月影照阶庭，帘前跪拜，人长命，月长生。"拜月也常常见于唐人诗文之中，如《全唐诗》中吉中孚妻《拜新月》，张夫人《拜新月》，徐夤《新月》，王昌龄《甘泉歌》，鲍溶《寄归》、《白露》，司空图《偶书五首》之第三，常浩《赠卢夫人》等，都对唐代女子拜月风习有所反映。敦煌S.2104卷有2首表现七月乞巧的诗歌，其一有云："七日佳人喜夜晴，各将花果到中庭。为求织女专心坐，乞巧楼前直至明。"由此可见唐代拜月风俗很普遍。

另外，佛教对民间歌唱的影响，同时还表现在对促进民歌体式的发展上。这突出体现在对七言句式的运用和发展。

佛经中的偈颂，一般都是以四句二行为一偈，每一句都是由整齐的八个音节构成，即以一偈十六言，有二行，以半偈八字为一句，则成四句二行。而偈中的韵律系由短音、长音交错而生。其中第一句与第三句韵律相同，第二句与第四句相同。在早期翻译的佛典中，七言偈颂大体上是以四句为一单元，而且可说是采用了两句再加上两句的方式来进行衔接连贯的。这种结构形式保存了印度梵偈每四句合成一个诗节的面貌，与我国当时的四言、五言诗多以四句为一递进单元也有类似之处，所不同的是佛教偈颂在篇幅上一般要比我国诗歌长得多。佛教偈颂，在经文里盈篇累牍，讽咏起来铺排夸张，一首四句偈接着一首四句偈回环反复，显得气势恢宏而富于表现力度。佛教偈颂进入中土，“给我们诗坛以清新的一种哲理诗的空气”[1]。

七言偈是我国佛典翻译中出现甚早的一种偈颂译文形式，在东汉支娄迦谶所译的《佛说般舟三昧经》里，就已经有数量不少的七言偈存在。在三国支谦、西晋竺法护译出的经文中，七言偈得到进一步的发展。佛教偈颂借助于梵语固有的音声之美，具有很强的音乐性和节奏感。而经过翻译后，又具备了某些与中国诗歌相近似的特点。

七言句式这种我国文学史上极有生命力的诗体形式，是在中土民间俗歌的土壤上萌生和兴起的。余冠英《七言诗起源新论》云：“七言诗体的来源是民间歌谣，七言是从歌谣直接或间接升到文人笔下而成为诗体的，所以七言诗体制上的一切特点都可在七言歌谣里找到根源。”[2] 正如陈允吉所云：“早期汉译佛典中数量众多的七言偈在中土流布，对于我国中古时代七言诗形式结构上的臻于成熟，作为一种旁助力量也确曾起过一定的促进作用。”[3] 标志着我国七言古诗开始成熟的梁代某些乐府诗歌，“正是因为它们吸收了佛家偈颂‘通体七言’与‘两句两句衔接转递’二者相互结合的既定程式，并使之成为其自身模式结构当中的核心部分加以固定下来，才促成了这一诗体经历数百年的曲折迁演而走上规范化的大道。”[4] 释太虚在《佛教对于中国文化之影响》一文中也云：“佛教之经典翻译到我国，或是五七言之新诗体，或是长行。长行之中，亦有说理、述事、问答，乃至譬喻等，与中国之文学方面，亦有极大之裨助。”[5] 可见佛经对我国文学影响之大。

南齐王融曾撰有《净住子颂》七言诗 11 首[6]，这是一组完整的七言诗歌，内容虽然充满佛教伦理教化思想，诗体形式上却呈现一种崭新的面貌，由此可以看出当时文士模仿佛教歌赞偈颂创作诗歌的概况。净住子即是南齐著名的贵族竟陵王萧子良。据释道宣《广弘明集》中《统略净住子序》所记，竟陵王子良尝自名

1 郑振铎:《插图本中国文学史》第 15 章《佛教文学的输入》，东方出版社 1996 年版。

2 余冠英:《汉魏六朝诗论丛》，上海古典文学出版社 1956 年版，第 157 页。

3 陈允吉:《古典文学佛教溯缘》，复旦大学出版社 2002 年版，22、23 页。

4 陈允吉:《古典文学佛教溯缘》，复旦大学出版社 2002 年版，第 37 页。

5 载《海潮音》13 卷 1期。

6 参见（唐）道宣:《广弘明集》卷第 27，上海古籍出版社 1991 年版，第 326~331 页。

"净住子"，著有《净住子净行法门》20卷，由琅琊王融为之作颂。严可均《全齐文》卷7萧子良《净住子序》篇末引《广弘明集》卷27上有云："《净住子》有专行本，张溥刻《竟陵王集》全载之，凡三十一章，今不具录，每章有王融颂，今编入王融集中。"[1]在散文体的论著中每一章都有诗颂，明显地表现出与佛经中韵、散相间的体制相一致。而且，佛经中的韵文，多为七言，原来都是用来吟唱的，这与音乐的关系也很密切。而且，七言后来成为佛教歌辞的一种主要形式之一。

总的说来，我国很早就有着发达的音乐文化。周代的礼乐制度，已经比较发达，除钟、鼓、柷、磬等打击乐器外，也有笙、箫、篪、籥等管乐器和琴、瑟等弦乐器，但主要用于宗庙祭祀，形成以雅乐为中心的传统音乐系统。自汉代起，一方面由于统治阶级对汉乐府民歌的重视，设立专署进行收集整理；另一方面佛教音乐开始传入，不仅为我国音乐提供了新的乐器，也带来了新的歌唱形式。在此影响之下，我国的传统音乐开始发生变化，"俗乐"逐渐兴盛。在魏晋六朝，佛教的各种仪式音乐包括呗赞、唱导等形式的音乐已经在中土流行，并受到广大民众的欢迎。同时随着少数民族乐舞的大量涌入，民间俗乐也十分兴盛，并逐渐成为音乐的主流。特别是到隋唐时期，俗乐已经十分流行，佛教音乐同民间音乐及少数民族声乐密切结合，并注意吸收民间歌唱的音乐形式，产生了新的音乐风格，在很大程度上改变了我国传统音乐的美学特征。佛教以庙会的形式为广大民众提供了大众性的娱乐场所，促进了民间娱乐歌舞活动的发展，大大丰富了我国民间习俗的内容以及民间娱乐歌舞形式。可以说，隋唐音乐文化的繁盛，既是我国古代各族人民共同创造的结果，也是中外音乐积极交流的结果，其中也包含有许多佛教音乐文化的成分。

1（清）严可均校辑:《全上古三代秦汉三国六朝文》，中华书局1958年版，第2829页。

第三章　敦煌佛教杂曲歌辞

1（宋）沈括著，胡道静校证：《梦溪笔谈校证》，上海古籍出版社1987年版，第232页。

2（宋）郭茂倩：《乐府诗集》，中华书局1996年版，第1107页。

3 吴熊和：《唐宋词通论》，北京商务印书馆2003年版，第6页。

魏晋六朝以迄隋唐五代，中亚、西亚、天竺乐舞同华夏乐舞相互交融，形成音乐歌舞繁荣竞胜的局面。在这一时期，雅乐的中心地位逐渐丧失，代之以俗乐的日趋壮大和流行。隋唐时代更是一个崇尚声乐、新声迭出的时代，也是我国乐舞文化大变革、大发展的时代。沈括《梦溪笔谈》卷5《乐律》云，自唐天宝十三载（公元754年）“以先王之乐为雅乐，前世新声为清乐，合胡部者为宴乐”[1]。雅乐、清乐、宴乐三种音乐，分别代表了历史上三个不同的音乐时期。雅乐指先秦之乐，即主要用于宫廷祭祀的仪式音乐。清乐是汉魏六朝时代俗乐的总称，配合清乐歌唱的歌词便是汉魏六朝的乐府歌辞，其中主要是相和歌辞和清商歌辞。宴乐，即燕乐，是一种燕享之乐，指隋唐时代盛行的音乐，它是由胡乐与中土音乐相交融而形成。《乐府诗集》卷79《近代曲辞》云：“一曰燕乐，二曰清商，三曰西凉，四曰天竺，五曰高丽，六曰龟兹，七曰安国，八曰疎勒，九曰高昌，十曰康国，而总谓之燕乐。声辞繁杂，不可胜纪。”[2]可见，燕乐有广义与狭义之分，狭义的燕乐是与清商乐、少数民族音乐以及外来音乐并称，而广义的燕乐则包括唐代雅乐之外的所有音乐。故吴熊和云：“隋唐燕乐，不复限于朝廷，它已扩大应用到一般公私宴集和娱乐场所，成了雅乐之外俗乐的总称，它几乎包含了隋以来雅乐之外的所有娱乐性的音乐。”[3]并认为这种由域外周边民族的音乐与中土音乐相互交融形成的新的声乐系统，应该称之为“唐乐”才更确切，它是唐代各民族共同创造的一种新乐。

隋唐时期广义燕乐形成的历史表明，地当丝路枢纽的凉州、敦煌、高昌、龟兹等地，曾经都是东西乐舞艺术争奇斗妍的大舞台。敦煌藏经洞为我们保存了隋唐五代的大量乐舞文献资料，结合绚丽多彩的敦煌壁画、彩塑等艺术形象，使我们能从中窥见当时乐舞繁盛的状况。敦煌写卷中数量不少的敦煌歌辞，便是引人注目的一个亮点。

敦煌歌辞是隋唐五代乐舞流行的产物，应属于唐代歌辞的一部分，它们为我们研究唐代乐舞提供了十分珍贵的原始资料。同时，我们也应该看到，敦煌歌辞不仅具有一定的地域性，而且佛教歌辞在其中占有很大的比重。这对于我们了解唐代佛教音乐的发展、佛教音乐对唐代乐舞和民间歌舞盛行的巨大推动作用，以及唐代乐舞流行的状况都有重要的意义。

第一节　敦煌佛教歌辞的形成及其调名特征

随着佛教的进一步发展和社会影响的日渐扩大，佛教教化的对象也越来越趋向广大民众。然而，呆板、枯燥的佛教经文不易为广大民众所接受，抽象的佛教义理更难于为人们所理解。在这种情况下，佛教采取更接近广大民众，更容易为广大民众接受和理解的方式进行宣传。因此，寺院不仅有定期举行的俗讲，而且也常常有各种歌舞表演。据此，有的学者据敦煌写卷，推断当日寺院兼学歌舞[1]。同时，唐代民间集体娱乐活动的场所——歌场，又称“戏场”，也设在寺院。钱易《南部新书》“戊”云：“长安戏场，多集于慈恩，小者在青龙，其次荐福、永寿。”[2]敦煌歌辞《皇帝感》有云：“新歌旧曲遍州乡，未闻典籍入歌场。”寺院不仅是梵呗、俗讲、音乐、舞蹈各类艺术的表演场所，也常常是广大民众进行集体歌舞活动的娱乐场所。

艺术手段是佛教传播的重要方式。为了诱俗传教，广罗布施，佛教常常通过种种“寓教于乐”方式，吸引更多的民众。寺院的俗讲生动活泼，采用有说有唱的形式，语言表现为口语化、通俗化、大众化，故事性和趣味性大大增强。内容题材也得到进一步的开拓，除讲经文之外，还出现了许多与广大民众所喜欢熟悉的历史演义和神话传说，如《舜子变》、《董永变文》、《孟姜女变文》、《伍子胥变文》、《王昭君变文》等；甚而有表现广大人民密切关切的当代时事，如《唐太宗入冥记》、《张淮深变文》、《张议潮变文》等，所以，在20世纪二三十年代敦煌学研究早期，敦煌学研究者往往把敦煌文学归于俗文学的范畴，称之为“敦煌俗文学”。许多文章的题目直接把敦煌文学与俗文学联系在一起，如郑振铎的《敦煌的俗文学》、向达的《记伦敦所藏的敦煌俗文学》，以及日本学者狩野直喜《中国俗

1 饶宗颐:《敦煌曲与乐舞及龟兹乐》，载《新疆艺术》1986年第1期。

2（宋）钱易撰，黄寿成点校:《南部新书》，中华书局2002年版，第67页。

文学史研究底材料》等，“敦煌俗文学”一时似乎成为敦煌文学所有作品的总名。这固然有对敦煌所有文学作品缺乏全面认识的一面，但这与敦煌文学自身的特征是分不开的。敦煌文学作品中有相当一部分是僧人面向广大民众而创作的，在这些作品中，佛教与广大民众的日常生活结合得是那么紧密，以至于我们无法将二者完全分开。这在敦煌歌辞中表现得尤为突出。

佛教在对广大民众的教化过程中十分注重声乐的作用，所以佛教与歌辞一直有着密切的关系。《乐府诗集》卷 61“杂曲歌辞”云：“杂曲者，历代有之，或心志之所存，或情思之所感，或宴游欢乐之所发，或忧愁愤怨之所兴，或叙离别悲伤之怀，或言征战行役之苦，或缘于佛老，或出自夷虏。”[1] 其中明确指出杂曲有“缘于佛老”者。王重民《敦煌曲子词集・叙录》云：“今兹所获，有边客游子之呻吟，忠臣义士之壮语，隐君子之怡情悦志，少年学子之热望与失望，以及佛子之赞颂，医生之歌诀，莫不入调。其言闺情与花柳者，尚不及半，然其善者，足以抗衡飞卿，比肩端己。”[2] 二者虽然概括的角度不同，一是从杂曲的来源及内容入手，一是从歌辞作者着眼，但二者都指出了佛教与歌辞之间的密切关系。

声乐不能没有歌辞。刘勰《文心雕龙・乐府第七》云：“乐辞曰诗，诗声曰歌。”又云：“诗为乐心，声为乐体。”[3] 作为声乐，美妙的乐音与表情达意的歌辞缺一不可。歌辞又称“乐辞”、“乐歌”、“曲辞”等。如晋石崇《思归引序》云：“崇少有大志，晚节更乐放逸。因览乐篇有《思归引》，古曲有弦无歌，乃作乐辞。”[4]《北史》卷 82《何妥传》何妥上表有云：“至于晋魏，皆用古乐。魏之三祖，并制乐辞。自永嘉播越，五都倾荡，乐声南度，以是大备江东。宋齐已来，至于梁代，所行乐事，犹皆传古。”[5]《南齐书》卷 11《乐志》第三云：“永明乐歌者，竟陵王子良与诸文士造奏之，人为十曲。道人释宝月辞颇美，上常被之管弦，而不列于乐官。”[6] 释宝月的歌辞今已不存，今存有谢朓、王融的各十首，沈约的残存一首，均见于《乐府诗集》卷 75 的“杂曲歌辞”[7]。

曲子是隋唐以来流行的新形式。《词苑萃编》卷之一《体制》“南歌子”条下引《乐府杂录》云：“隋唐以来曲多以子名。”[8]《教坊记》300 多种曲名中，以‘子’为名的就有 64 种。《教坊记》记隋大业末王令言与其子的一段对话云：“其（指王令言）子在家弹琵琶，令言惊问：‘此曲何名？’其子曰：‘内里新翻曲子，名《安

1（宋）郭茂倩：《乐府诗集》，中华书局 1996 年版，第 885 页。

2 王重民编：《敦煌曲子词集》，上海商务印书馆 1956 年版。

3 黄霖编著：《文心雕龙汇评》，上海古籍出版社 2005 年版，第 33 页、第 32 页。

4（宋）郭茂倩：《乐府诗集》卷 58“琴曲歌辞”，中华书局 1996 年版，第 838 页。

5（唐）李延寿：《北史》，中华书局 1974 年版，第 2758 页。

6（梁）萧子显：《南齐书》，中华书局 1972 年版，第 196 页。

7 王运熙：《乐府诗述论》，上海古籍出版社 1996 年版，第 62 页。

8 唐圭璋编：《词话丛编》，中华书局 1986 年版，第 1772 页。

公子》。'"[1]"曲子"一名见诸文献，此为最早。宋王灼《碧鸡漫志》卷第1《歌词之变》中有云："盖隋以来，今之所谓曲子者渐兴，至唐稍盛。"[2]正如有人指出："曲子的特征不仅在于它是从民间来的，它是配音乐的，它的形式是长短句的，也不仅是因为'歌者杂用胡夷里巷之曲'，而更重要的是它的社会基础，它的内容。它是从农村传到城市中来的新型歌曲。"[3]

曲子又称"杂曲"。杂曲，即单首零章之小曲。"杂曲"一名的来历，郭茂倩《乐府诗集》第61卷《杂曲歌辞》云："杂曲者，历代有之。……兼收备载，故总谓之'杂曲'。自秦汉已来，数千百岁，文人方士，作者非一。"[4]任半塘《唐声诗》第6章《与大曲关系》云："演奏时多曲杂陈，乃更有'杂曲'一名，与大曲相对。"又云："'杂曲'与'小曲'或'曲子辞'同，亦兼包声诗与长短句辞调二者在内。"[5]唐圭璋《云谣集杂曲子校释》云："杂曲子为唐人之词，以其出于隋唐曲子，故曰杂曲子。杂曲乃乐曲之本体，杂曲子乃依曲拍所制之词也。"[6]

唐代声乐中词与曲是不可分离的。"夫词，乃乐之文也。"[7]刘熙载《艺概》卷4《词曲概》云："词曲本不相离，惟词以文言，曲以声言耳。……古乐府有曰辞者，有曰曲者，其实词即曲之词，曲即词之曲也。"[8]清宋翔凤《乐府余论》"词曲一事"

1 丁如明等校点：《唐五代笔记小说大观》，上海古籍出版社2000年版，第128页。

2 唐圭璋编：《词话丛编》，中华书局1986年版，第74页。

3 廖辅叔：《中国古代音乐简史》，人民音乐出版社1985年版，第58页。

4（宋）郭茂倩：《乐府诗集》，中华书局1996年版，第885页。

5 任半塘：《唐声诗》，上海古籍出版社1982年版，第326页。

6 唐圭璋：《云谣集杂曲子校释》，载《"国立中央大学"文史哲季刊》（1943年）第1卷第1期；又见陈人之、颜廷亮编：《云谣集研究汇录》，上海古籍出版社1998年版，第60页。

7 孔尚任：《蘅皋词序》，见汪蔚林编：《孔尚任诗文集》卷6，中华书局1962年版，第464页。

8 刘熙载：《艺概》，上海古籍出版社1978年版，第132页。

条有云："以文写之则为词，以声度之则为曲。"[1]曲指音乐，词指文字，二者互为一体。任二北《敦煌曲初探》云："因郭集（指宋郭茂倩《乐府诗集》）乃专录歌辞、乐章，不录乐谱、舞谱等，故自首卷之郊庙歌辞起，以迄末卷之新乐府辞止，无不曰辞。"[2]由此可见，乐曲中歌辞与音乐都很重要。

在唐代，由于唐玄宗爱好音乐，将俗乐引入宫廷，设立内外教坊。教坊作为宫廷乐团，主宴享。不仅自己创作新的乐曲，而且还十分注意吸收域外、边地的胡夷之曲以及民间的里巷之曲，一时教坊成为盛唐乐曲的总汇。教坊曲的内容很丰富，有用于歌舞的，也有用于说唱以及扮演戏弄的。据《旧唐书》卷28《音乐志》云：玄宗"制新曲四十余，又新制乐谱"[3]，传说《春光好》、《夜半乐曲》、《还京乐曲》等，皆为玄宗所创。开元、天宝间的教坊曲，达324曲。其中杂曲278种，大曲46种，备载于崔令钦的《教坊记》。

敦煌写卷中题为"曲"或"曲子"达38处之多[4]。研究者还从敦煌写卷中发现了唐五代时期的舞谱、琵琶谱等珍贵的乐舞资料。迄今已发现至少有两件文书抄有舞谱：一是敦煌P.3501卷，存《遐方远》、《南歌子》、《南乡子》、《双燕子》、《浣溪沙》、《凤归云》6谱。饶宗颐据卷背牒书有"显德五年四月"等文字，认为此舞谱写于显德五年（958）以前[5]。一是敦煌S.5643卷，有《蓦山溪》、《南歌子》及《双燕子》三调。此外，敦煌P.3808卷还保存有约为晚唐五代时期的琵琶谱，其中保存有《倾杯乐》、《慢曲子》、《西江月》、《水鼓子》、《慢曲子心事子》、《慢曲子伊州》、《急胡相问》、《长沙女引》、《撒金砂》、《营富》等曲调名。这些都是当时敦煌地区寺院歌舞活动的产物。

敦煌曲子词，又称"敦煌曲"、"佛曲"、"俗曲"、词等，并由此产生了许多分歧和争论，这从侧面反映了敦煌歌辞内容的丰富性和形式的多样化，以致于很难用一个术语准确地揭示出敦煌歌辞的内涵。

概括说来，敦煌歌辞的研究存在着"主文说"和"主声说"两种观点。前者主张把歌辞限于"词"、"曲子词"的范围，云："曲子既成为文士摛藻之一体，久而久之，遂称自所造作为词，目俗治为曲子，于是词高而曲子卑矣，遂又统称古曲子为词。"[6]这种观点主张把文士词作与民间曲子分别开来，故在审定敦煌曲子词时，将《五更转》、《十二时》、《百岁篇》等民间俗曲，排除在外。王重民所编

1 唐圭璋编：《词话丛编》，中华书局1986年版，第2498页。

2 任二北：《敦煌曲初探》，上海文艺出版社1954年版，第218页。

3（后晋）刘昫等撰：《旧唐书》，中华书局1975年版，第1052页。

4 任二北：《关于唐曲子问题商榷》，载《文学遗产》1980年第2期。

5 饶宗颐：《敦煌曲与乐舞及龟兹乐》，载《新疆艺术》1996年第1期。

6 王重民：《敦煌曲子词·叙录》，上海商务印书馆1956年版。

的《敦煌曲子词集》和林玫仪的《敦煌曲子词斠证初编》体现了这种观点。后者则以任二北为代表，坚持由声定文、由乐定辞的原则，认为凡是能够歌唱，不论是民间的作品，还是文人的作品，都属于歌辞之列。这种观点以其《敦煌歌辞总编》为代表。其结果是把民间歌辞提高到与文人歌辞同等的地位，打破了那种轻视民间俗曲、俚词的传统看法。

由于对敦煌歌辞的看法不同，据此统计的敦煌曲子词调名的数量也有较大的差异。据王重民《敦煌曲子词集》所选160余首歌辞中，调名计有46种（其中包含大曲5种）：

《凤归云》、《天仙子》、《竹枝子》、《洞仙歌》、《破阵子》、《浣溪沙》、《柳青娘》、《倾杯乐》、《内家娇》、《拜新月》、《抛球乐》、《渔歌子》、《喜秋天》、《虞美人》、《菩萨蛮》、《西江月》、《献忠心》、《山花子》、《临江仙》、《酒泉子》、《望江南》、《感皇恩》、《谒金门》、《生查子》、《定风波》、《望远行》、《婆罗门》、《长相思》、《雀踏枝》、《送征衣》、《别仙子》、《南歌子》、《杨柳枝》、《捣练子》、《宫怨春》、《泛龙舟》、《郑郎子》、《水调词》、《乐世词》、《更漏子》、《更漏长》、《阿曹婆辞》(大曲)、《斗百草》(大曲)、《何满子辞》(大曲)、《剑器辞》(大曲)、《苏莫遮》(大曲)。

林玫仪对“曲子词”概念的界定更为严格，在《敦煌曲子词斠证初编》中所收作品都是确认合乎传统所谓“词”之性质者[1]，把大曲也排除在外。

任二北则把敦煌歌辞分为3类：1. 名存辞存者，调名56种。2. 名存辞佚者，调名13种。3. 辞存名佚者调名10种。这样，任氏所计敦煌歌辞的调名不仅包括王重民《敦煌曲子词集》中的所有调名，而且范围更加广泛。加上见于敦煌P.3803卷乐谱（没有歌辞）内的调名《急胡相问》，敦煌歌辞中发现之曲调名就达70种，其中见于《教坊记》者有46种[2]。

佛教歌辞在敦煌歌辞中占有很大的比重。任二北云：“综观五百余辞内，国计民生所系，人情物理所宣，范围不为不广：儒道释三教皆唱也；文臣、武将，边使、番酋，侠客、医师，工匠、商贾，乐人、伎女，征夫、怨妇，……无不有辞也。”[3] 任氏将545首敦煌歌辞之内容，分为疾苦、怨思等20类，而佛教歌辞一类就有298首，占总数的一半以上。由此可以看出佛教歌辞在敦煌歌辞中的重要地位。

1 林玫仪：《敦煌曲子词斠证初编·前言》，（台北）东大图书公司1986年版。

2 任二北：《敦煌曲初探》，上海文艺联合出版社1954年版，第7页和第455页。

3 任二北：《敦煌曲初探》，上海文艺联合出版社1954年版，第273页。

敦煌佛教歌辞的调名大体可以分为3类：

1. 见于《教坊记》的调名。有《浣溪沙》(不忘恩)、《杨柳枝》(老催人)、《望月婆罗门》、《回波乐》(断惑七首)、《喜秋天》(离尘土)等，歌辞仅十多首。《喜秋天》，任氏指出此调与北宋之《卜算子》相同，疑或为《卜算子》之原名[1]。

2. 俗曲调名。主要有《十二时》、《五更转》、《百岁篇》3种，此类歌辞却最多，仅佛教歌辞就达300多首。此外，以“十”命名的歌辞，如《十偈辞》、《十恩德》、《十无常》、《十种缘》、《十空赞》等，也当属于民间俗曲。俗曲歌辞在敦煌佛教歌辞中占半数以上。

3. 敦煌歌辞中相当一部分没有调名，也就是任二北《敦煌歌辞总编》中标为“失调名”者，这类佛教歌辞的数量也不少。这些歌辞很可能是根据当时民间流行的声腔来歌唱的。如变文中的歌辞，今天固然没有保存调名，但当时却应该都有一定的唱法。

在唐代，曲子词作为乐曲新声，不仅在音乐上有独特之处，而且篇幅短小，内容精密，字句高度凝练，以抒写情致、表达个性见长，因而深受文人士大夫的欢迎和喜爱。但从敦煌佛教歌辞的调名来看，佛教歌辞虽然也采用曲子词的调名进行歌唱，但数量并不多，内容也较单薄。相反，佛教歌辞更多的是采用民间俗调，如《十二时》、《五更转》、《百岁篇》以及以“十”命名的多种形式来歌唱，这类歌辞多为长篇联章形式，章法简单，在内容上更适合于铺叙。佛教对大众化民间流行俗曲乐调的重视，说明唐代佛教教化的对象重在民间。民间俗曲乐调为广大民众所熟悉，容易为他们所领会和掌握。另一方面，佛教歌辞是用中土民间乐调的形式来表现印度佛教的思想内容，佛教义理本身又很抽象、深奥，充满哲理。佛经善用譬喻阐释事理，宣讲故事，层层引申，反复辨析，注重铺叙陈述，说理透彻。民间俗调如《十二时》、《五更转》、《百岁篇》等，在结构上自然分章分段，层次分明，气度恢弘，适合于把复杂多样的思想感情表达得更为条理、深刻，从而使佛教中印度文学所具有的那种高度夸张、反复铺排和丰富想象等表现手法得到充分阐发。而曲子词篇章短小，不适合表达佛教思想，更不适合铺叙。龙沐勋《词体之演进》云：“词俱朴拙，务铺叙，少含蓄之趣。”[2]这正是敦煌佛教歌辞的一大特点。

1 任二北：《敦煌曲初探》，上海文艺联合出版社1954年版，第37页。

2 龙沐勋主编：《词学季刊》创刊号，上海书店1985年影印版，第33页。

第二节 敦煌佛教曲子词调名源流考辨

敦煌曲子词有力地说明了在宋词与乐府之间，唐代歌辞是承前启后的一个重要过渡阶段，这在某些方面打破了过去词学研究的传统观点，对中国词学的研究有重要意义。

敦煌佛教曲子词是指思想内容方面带有佛教色彩的敦煌曲子词，粗略统计大致有350首左右。我国第一部以“曲子词”命名的敦煌曲子词专集是王重民所编的《敦煌曲子词集》[1]。阴法鲁《敦煌曲子词集序》云：

> 就音乐文学史上说：配雅乐的歌词保存到现在的是《诗经》；配清乐的歌辞是“乐府诗”，配唐代燕乐的歌词是“曲词”或“曲子词”，或简称“词”。

由此我们也可以看出王重民选定敦煌曲子词的标准。该集分三卷编排：上卷所收皆为长短句曲子词，凡108首（其中10首残）。中卷所收为《云谣集杂曲子》，凡30首。下卷所收为大曲词，凡24首，总计162首。这是我国出现的第一部收录作品最多、校勘也颇为谨严的敦煌曲子词专集。

在敦煌曲子词中，《云谣集杂曲子》最为引人注目。朱孝臧《云谣集杂曲子跋》称：“其为词朴拙可喜，洵倚声中椎轮大辂，且为中土千余年来未睹之秘籍。”[2]《云谣集杂曲子》歌辞计有30首，调名13种，有《凤归云》、《天仙子》、《竹枝子》、《洞仙歌》、《破阵子》、《浣溪沙》、《柳青娘》、《倾杯乐》、《内家娇》、《拜新月》、《抛球乐》、《渔歌子》、《喜秋天》。唐圭璋《云谣集杂曲子校释》云：“集中所收词，共三十首，大率为唐代民间所流行之词。所用词调十三：除《内

1 王重民辑：《敦煌曲子词集》，上海商务印书馆1956年版。

2 朱孝臧：《彊村丛书》，1924年归安朱氏刻印本。又，陈人之、颜廷亮编《云谣集研究汇录》也收录，上海古籍出版社1998年版，第9页。

家娇》一调外，余十二调全见于崔令钦《教坊记》。”对于其题材内容，唐圭璋又云：“其间有怀念征夫之词，有怨恨荡子之词，有描写艳情之词，与《花间》、《尊前》之内容相较，亦无二致。即有俚俗之词，尚不如当时民间流传之《五更调》、《十二时》之甚，大抵已经文士润饰。”[1]《云谣集》内容广泛，反映了比较广阔的社会生活。王重民《敦煌曲子词集·叙录》云：

> 今兹所获，有边客游子之呻吟，忠臣义士之壮语，隐君子之怡情悦志；少年学子之热望与失望，以及佛子之赞颂，医生之歌诀，莫不入调。[2]

然而，实际上王重民此词集所收录的佛教曲子词甚少。

敦煌佛教曲子词大多数是任半塘所谓之拟调名和失调名者，这类歌辞当为释门佛子所吟咏唱叹。从某种意义上看，这些释子所吟唱的歌辞跟《云谣集杂曲子》、《尊前集》等曲子词在体制规模、内容唱腔等方面都有较大的不同，似乎定名为“佛曲”更为确切。敦煌歌辞中所保存的佛教曲子词调名较少，仅有《杨柳枝》、《望月婆罗门》、《回波乐》、《行路难》、《归去来》等几种，歌辞约50首左右。下面对这几种调名的源流及其歌辞在敦煌写卷中的保存状况进行考察。

1.《杨柳枝》

任二北云：“《杨柳枝》，即隋曲之《柳枝》，七言绝句也。”[3]《白居易集》卷70《醉吟先生传》云：“每良辰美景，或雪朝月夕，好事者相过，必为之先拂酒罍，次开箧诗。酒既酣，乃自援琴，操宫声，弄秋思一遍。若兴发，命家僮调法部丝竹，合奏霓裳羽衣一曲。若欢甚，又命小妓歌《杨柳枝》新词十数章，放情自娱，酩酊而后已。”[4]今存刘禹锡《杨柳枝词》9首，其一云：

> 塞北梅花羌笛吹，淮南桂树小山词。请君莫奏前朝曲。听唱新翻《杨柳枝》。[5]

白居易《杨柳枝词》云：

> 一树春风千万枝，嫩于金色软于丝。永丰西角荒园里，尽日无人属阿谁。[6]

1 陈人之、颜廷亮编：《云谣集研究汇录》，上海古籍出版社1998年版，第81页。

2 王重民：《敦煌曲子词集》之《叙录》，商务印书馆1956年版，第17页。

3 任二北：《敦煌曲初探》，上海文艺联合出版社1954年版，第109页。

4 顾薛颉校点：《白居易集》，中华书局1979年版，第1485页。

5（唐）刘禹锡撰，卞孝萱校订：《刘禹锡集》卷第27《乐府下》，中华书局1990年版，第360页。

6（唐）白居易撰，顾薛颉校点：《白居易集》，中华书局1979年版，第849页。

两词均为七言绝句。宋张炎《词源》卷1云："粤自隋唐以来，声诗间为长短句，至唐人则有《尊前》、《花间》。"[1]《蔡宽夫诗话》云："大抵唐人歌曲，本不随声为长短句，多是五言或七言诗，歌者取其辞与和声相叠成音耳。予家有古《凉州》、《伊州》辞，与今遍数悉同，而皆绝句诗也，岂非当时人之辞为一时所称者，皆为歌人窃取而播之曲调乎？"[2]王灼《碧鸡漫志》也云："唐时古意亦未全丧，《竹枝（词）》、《浪淘沙》、《抛球乐》、《杨柳枝》，乃诗中绝句，而定为歌曲。故李白《清平调》词三章皆绝句。元、白诸诗，亦为知音者协律作歌。……以此知李唐伶妓取当时名士诗词入歌曲，盖常俗也。"[3]由此可知，唐人所唱，除了句式长短不齐的词以外，还有齐言的诗和绝句，即声诗。

敦煌曲子词《杨柳枝》乃长短句，而非七言四句声诗，其辞云：

春去春来春复春，寒暑来频。月生月尽月还新，又被老催人。只见庭前千岁月，长在长存。不见堂上百年人，尽总化微尘。

（见P.2809卷）

此调名在敦煌歌辞中仅存一首。任二北认为歌辞内容乃宣扬佛家之"无常"[4]，风格清新别致，佛教色彩浅淡。

2.《望月婆罗门》

凡4首，歌辞见于敦煌S.4578、S.1589和P.2702卷。S.4578号卷原题作"咏月婆罗门"。按：每首歌辞第一句开始都冠以"望月"二字，任半塘据《教坊记》改名为"望月婆罗门"，今从。任半塘据歌辞内容推断为玄宗开元间作品，云："望月是众婆罗门之一项功课，彼此关系密切。"婆罗门以初生之月为进学渐满之象，望月乃其常课。东晋瞿昙僧伽提婆译《增一阿含经》卷第8《安般品》云："世尊告曰：犹如婆罗门，月末之末，昼夜周旋。但有其损，未有其盈。彼以减损，或复有时而月不现，无有见者。此亦如是。……犹如婆罗门，月初生时，随所经过日夜，光明渐增，稍稍盛满，便于十五日具足盛满。一切众生，靡不见者。"[5]佛教也常以月之明净来比喻僧人戒行严明或心地明澈。如宋施护译《佛说月喻经》有云："是时世尊，告诸苾刍（比丘）言：如世所见，皎月圆满，行于虚空，清净无碍。而诸苾刍，不破威仪，常如初腊者，具足惭愧，若身若心，曾无散乱。如

1（宋）张炎：《词源》，中国书店1985年影印金陵大学中国文化研究所排印疏证本。

2 胡仔：《苕溪渔隐丛话前集》卷21，人民文学出版社1984年版，第140页。

3 岳珍：《碧鸡漫志校正》卷一"唐绝句定为歌曲条"，巴蜀书社2000年版，第19页和第20页。又，此为《历代词话》卷一"唐词入歌曲"条所转引，字句略有不同。

4 任半塘：《敦煌歌辞总编》，上海古籍出版社1987年版，第516页。

5《大正大藏经》第2册，第584~585页。

其法仪，入日（白）衣舍，清净无染，亦复如是。”[1] 德辉《敕修百丈清规》卷第5也云：“戒师云：心源湛寂，法海渊深。迷之者永劫沈沦，悟之者当处解脱。欲传妙道，无越出家。放旷喻如虚空，清净同于皎月。修行缘具，道果非遥。”[2]

又，玄宗以垂拱元年（685年）八月五日生，从开元十七年起，此日定为千秋节，王公以下，献镜及承露囊，天下宴乐，所奏乐曲有《千秋乐》大曲及《千秋子》杂曲等。天宝二年起，改名天长节。《通典》及新、旧《唐书》、《唐会要》均言之甚详。赞宁《大宋僧史略》卷中“生日道场附”条云：“生日为节名，自唐玄宗始也。”游月宫之说，起于玄宗之《望女儿山》、《三乡陌》，发兴求仙，本为道家得意之事。辞中有云：“水精宫里乐轰轰，两边仙人常瞻仰。鸾舞鹤弹筝，凤凰说法听”，即带有明显的道家色彩。然此歌辞题名“婆罗门”，其辞又云“锡杖拨天门，双林礼世尊”，云“随佛逍遥登上界”等，当是释门僧人所作。吕澂《敦煌佛教歌辞校本》云：“曲文谓游月宫之以后，随佛逍遥上界，‘千秋似万秋’云云，似指玄宗之死而言，则此曲作时，应在玄宗死后。”任二北对此则持异议，云：“玄宗在世之时，即有人藉《婆罗门》曲子，歌咏其游月宫之神话，于当时之人情世故，实丝毫无忤。”[3] 进而认为玄宗游月宫之神话，在其生前已在民间流传。《碧鸡漫志》卷3备载《异人录》、《逸史》、《鹿革事类》、《开元传信记》、《杨妃外传》、《明皇杂录》、《仙传拾遗》、《幽怪录》诸书所记游月宫之事[4]。

又，《婆罗门大曲》一说乃开元中西凉节度使杨敬述所进。陈旸《乐书》卷184“婆罗门”条下云：“《婆罗门》舞，衣绯紫色衣，执锡镮杖。唐太和初，有康迺、米禾稼、米万槌，后有李百媚、曹触新、石宝山，皆善弄《婆罗门》者也。后改为《霓裳羽衣》矣。其曲开元中西凉府节度杨敬述所进也。”[5] 任二北云：“考玄宗朝，实先有《婆罗门》大曲，其调名上确无‘望月’二字。后从大曲内，摘遍为杂曲。”[6] 然似与敦煌之《望月婆罗门》不同。敦煌《望月婆罗门》其辞云：

望月婆罗门，青霄现金身。面带黑色齿如银，处处分身千万亿。锡杖拨天门，双林礼世尊。

望月陇西生，光明天下行。水精宫里乐轰轰，两边仙人常瞻仰。鸾舞鹤弹筝，凤凰说法听。

望月曲弯弯，初生似玉环。渐渐团圆在东边，银城周回星流遍。锡杖夺

1《大正大藏经》第2册，第544页。

2《大正大藏经》第48册，第1137页。

3 任二北：《敦煌曲初探》，上海文艺联合出版社1954年版，第241页。

4 岳珍：《碧鸡漫志校正》卷3“霓裳羽衣曲”条，巴蜀书社2000年版，第52页和第53页。

5《四库全书·经部》“乐类”之《乐书》。

6 任二北：《敦煌曲初探》，上海文艺联合出版社1954年版，第31页。

天关，明珠四畔悬。

望月在边州，江东海北头。自从亲向月中游，随佛逍遥登上界。端坐宝花楼，千秋以万秋。

（见 S.4578，S.1589，P.2702 卷）

四首辞是一个连续的整体，先写望月，天空化现世尊，礼佛；次叙游月，看到水精宫里声乐轰鸣，歌舞翩翩，仙人聚会，感得鸾鹤起舞、凤凰听法。然后由月宫内的喧闹转到月宫外的宁静：一弯新月渐渐变成一团明月，慢慢在东方天际升起。此时月宫像银城一样洁净，繁星如明珠般地布满四周。最后以想象中的永恒作结，“端坐宝花楼，千秋以万秋”，令人回味无穷。歌辞在内容上佛道杂糅，艺术构思很有特色，写天界，有动有静，有喧闹，有寂静，时间、空间在这里自由变化。想象丰富，比喻奇特，散发出清新的民间气息。

3.《回波乐》

计 7 首，原题为“王梵志回波乐”[1]。《北史》卷 48《尔朱荣传》有云：“（尔朱荣）见临淮王彧从容闲雅，爱尚风素，固令为《敕勒舞》。日暮罢归，便与左右，连手蹋地，唱《回波乐》而出。”[2] 可知《回波乐》调北朝时就很流行，而且可作踏歌用。

《回波乐》之调名也见于崔令钦《教坊记》，其云：

凡欲出戏，所司先进曲名，上以墨点即舞，不点者即否，谓之“进点”。……《垂手罗》、《回波乐》、《兰陵王》、《春莺啭》、《半社渠》、《借席》、《乌夜啼》之属，谓之“软舞”。[3]

据此可知，《回波乐》当是软舞曲。

郭茂倩《乐府诗集》第 80 卷《近代曲辞》收有李景伯的《回波乐》辞，题下有云：

《回波乐》，商调曲。唐中宗时造，盖出于曲水引流泛觞也。《本事诗》曰：“中宗之世，尝因内宴，群臣皆歌《回波乐》，撰辞起舞。时沈佺期以罪流岭表，恩还旧官，而未复朱绂。佺期乃歌《回波乐》辞以见意，中宗即以

1 项楚认为王梵志《回波乐》是删改梁代释宝志《大乘赞》而成的，并不是为了入乐歌唱而创作的，实际上也不是一首真正的《回波乐》，见《王梵志诗校注》之“前言”，上海古籍出版社 1991 年版。今按：敦煌写卷原题即为“王梵志回波乐”，且体式与唐代《回波乐》歌辞同为六言体，似很有可能是入乐歌唱的作品，故不从项楚之说。

2（唐）李延寿：《北史》，中华书局 1974 年版，第 1762 页。

3 丁如明等校点：《唐五代笔记小说大观》，上海古籍出版社 2000 年版，第 124 页。

绯鱼赐之，自是多求迁擢。”《唐书》曰：“景龙中，中宗宴侍臣，酒酣，令各为《回波乐》，众皆为谄佞之辞，及自要荣位。次至谏议大夫李景伯，乃歌此辞。后亦为舞曲。[1]

其辞云：

回波尔时酒卮，微臣职在箴规。侍宴既过三爵，喧哗窃恐非仪。

《太平御览》卷844所记与此大致相同，略有出入。值得注意的是，敦煌王梵志《回波乐》与《乐府诗集》所载李景伯之《回波乐》，同是六言体，都以“回波尔时”开头，王重民《敦煌曲子词集》却未予收录。敦煌写卷中王梵志《回波乐》辞云：

回波尔时六贼，不如持心断惑。纵使诵经千卷，眼里见经不识。不解佛法大意，徒劳排文数黑。头陀兰若精进，希望后世功德。持心即是大患，圣道何由可尅。若悟生死如梦，一切求心皆息。

法性大海如如，风吹波浪沟渠。我今不生不灭，于中不觉愚夫。憎恶若为是恶，无始流浪三途。迷人失路但坐，不见六道清虚。

心本无双无只，深难到底渊洪。无来无去不住，犹如法性虚空。复能出生诸法，不迟不疾容容（融融）。幸愿诸人思持，自然法性通同。

但令但贪但呼，波若法水不枯。醉时安眠大道，谁能向我停居。八苦变成甘露，解脱更欲何须。万法归依一相，安然独坐四衢。

凡夫有喜有虑，少乐终日怀愁。一朝不报明冥，常作千岁遮头。财□□缘不足，尽夜栖栖归求。如水流向东海，不知何时可休。

不语谛观如来，逍遥独脱尘埃。合眼任心树下，跏趺端坐花台。不惧前后二际，岂着水火三灾。只遣荣乐静坐，莫恋妻子钱财。称体宝衣三事，等身锡杖一枚。常持智慧刀剑，逢者眼目即开。

法性本来常存，茫茫无有边畔。安身取舍之中，被他二境回换。敛念定想坐禅，摄意安心觉观。木人机关修道，何时可到彼岸。忽悟诸法体空，欲似热病得汗。无智人前莫说，打破君头万段。

（见俄藏 Дx.1456号卷）

任二北云：“七首皆六言，惟其中四首各作十二句，三首作八句，无定格。”[2]内容都是宣讲佛理，充满说教气息，风格板滞。王重民《敦煌曲子词集》未予收录。

1（宋）郭茂倩：《乐府诗集》，中华书局1996年版，第1134页。

2 任半塘：《敦煌歌辞总编》，上海古籍出版社1987年版，第1039页。

从“我今不生不灭”、“无来无去不住，犹如法性虚空”等句看，其主要是宣扬大乘“空观”思想。硕法师《三论游意义》引《璎珞经》云：“二谛者，不生不灭乃至无来无去也。”[1]陈南岳思大禅师《法华经安乐行义》有云：“善男子，空法不来不去，空法即是佛。无生法无来无去，无生法即是佛。无灭法无来无去，无灭法即是佛。是故当知：眼界空故，空者即是常。眼空常故，眼即是佛。眼无贪爱，爱者即是流，流者即是生眼。无贪爱即无流动，若无流动，即无有生眼。不生故无来无去，无生即是佛眼。既无生即无有灭，灭者名为尽。眼既无灭，当知无尽眼既非尽。无来无去亦无住处，眼无尽即是佛。”[2]歌辞内容歌咏了悟“诸法体空”的思想，宣扬大乘佛教之“空观”。

在敦煌佛教曲子词中，现存调名的歌辞除王梵志《回波乐》外，其他歌辞的佛教色彩都很浅淡，且多带有民歌清新明快的特点。

从《望月婆罗门》和《回波乐》等调名来看，敦煌曲子词的内容与调名往往有着某种关系。南宋黄昇《花庵词选》中《唐宋诸贤绝妙词选》卷1李珣《巫山一段云》题下有云：“唐词多缘题所赋，《临江仙》则言仙事，《女冠子》则述道情，《河渎神》则咏祠庙，大概不失本题之意，后渐变失题远矣。”[3]《四库全书总目》也云：“考花间诸集，往往调即是题，如《女冠子》则咏女道士，《河渎神》则为送迎神曲，《虞美人》则咏虞姬之类。唐末五代诸词，例原如是。后人题咏渐繁，题与调两不相涉，若非存其本事，则词意俱不可详。”[4]唐圭璋云：“古词调即是题，题意与调名相合。后人填词，始别具题意，与调名无关。此集（按：指《云谣集》）无题，正是初期词体。《花间》无题，则仍保存初期体制也。”[5]并举敦煌歌辞《拜新月》、《天仙子》等16种歌辞调名为证。据任二北统计，敦煌曲中内容与调名相符之辞例，共15调47首。15调为《临江仙》、《赞普子》、《天仙子》、《拜新月》、《西江月》、《献忠心》、《感皇恩》、《谒金门》、《定风波》、《雀踏枝》、《别仙子》、《泛龙舟》、《散花乐》、《归去来》、《斗百草》[6]。可见，在唐代，调名与题意往往相符。但同时也存在另一种情况，人们称之为“借声以拟辞”。如《乐府诗集》卷85《杂歌谣辞》在温庭筠《黄昙子歌》题下有云：“凡歌辞考之与事不合者，但因其声而作歌尔。”[7]其中谓“因其声而作歌”，即不再顾及调名本义，只是依其声而另填新词。

1《大正大藏经》第45册，第116页。

2《大正大藏经》第46册，第699页。

3（清）冯金伯辑：《词苑萃编》卷三《品藻》，见唐圭璋编《词话丛编》，中华书局1986年版，第1820~1821页。

4《四库全书总目》卷198“克斋词”条下，中华书局1995年版，第1816页。

5 唐圭璋：《云谣集杂曲子校释》，见陈人之、颜廷亮编《云谣集研究汇录》，上海古籍出版社1998年版，第81页。

6 参见任二北《敦煌曲初探》，上海文艺联合出版社1954年版，第282页和第283页。

7（宋）郭茂倩：《乐府诗集》，中华书局1979年版，第1219页。

4.《行路难》

敦煌写卷保存有两组《行路难》歌辞，内容以劝人修道，阐释佛理为主，值得重视。按郭茂倩《乐府诗集》卷70《杂曲歌辞》录《行路难》34首，其中以南朝鲍照所作18首为歌辞最早。这些作品大抵是七言，而杂以其他句式。题解引《乐府解题》云："备言世路艰难及离别悲伤之意，多以君不见为首。"又引《陈武别传》云："武常牧羊，诸家牧竖有知歌谣者，武遂学《行路难》。"[1]《乐府诗集》卷41《相和歌辞》收《梁甫吟》5首，题下引《陈武别传》云："武常骑驴牧羊，诸家牧竖十数人，或有知歌谣者，武遂学《泰山梁甫吟》、《幽州马客吟》及《行路难》之属。"[2]陈武，后赵人，其事迹又见于《艺文类聚》卷19、《晋书》卷105《石勒载记下》和卷54《陆机传》及《太平御览》卷363等。《晋书》卷83《顾和列传》载："山松，少有才名，博学有文章，著《后汉书》百篇。衿情秀远，善音乐。旧歌有《行路难》，曲辞颇疏质，山松好之，乃文其辞句。婉其节制。每因酣醉。纵歌之，听者莫不流涕。初，羊昙善唱乐，桓伊能挽歌，及山松《行路难》继之，时人谓之三绝。"[3]其时已称之为旧歌，可见此时《行路难》曲调传唱已久，据此有的研究者认为早在公元321年以前,《行路难》就以歌谣的形式在民间流传。[4]

《行路难》发展到唐代，出现了许多文人的拟乐府之作[5]，其间虽有一些变化，有的题为《变行路难》、《从军中行路难》等，但不少题为《行路难》的作品仍有"君不见"、"行路难"等词句，带有《行路难》旧式歌辞的特点。其时《行路难》曲调尚在民间传唱。据《太平广记》卷489《冥音录》载：太和初，陇西人李侃外妇崔氏为广陵倡家，生二女，皆从其姨母学习筝艺。开成五年某日，长女夜梦已故姨母，知其在阴府簿籍教坊。随后姨母授之以宫闱中新翻之曲，其十曲中即有《行路难》[6]。此外,《行路难》也见于唐人歌咏[7]。

敦煌曲子词《行路难》(共住修道)，见于S.3017、P.3409卷，歌辞计8首，任二北将其定为普通联章。辞前有小序交代创作的起因，云："贵贱等蒙禅师说偈，兼与《五更转》。把得寻思，即爱慕禅师，不知为计，留得共住修道。贵贱等各自思维，各作《行路难》一首。"P.3409卷6首都有四句(14字)相同的和声辞。歌辞系8人依次唱出，所用调名与和声辞皆同。刘铭恕在《斯坦因劫经录》中云："此为所谓第六禅师某与修道人众所作诗文：前二种为禅师作，后一种为众人作，

1(宋)郭茂倩:《乐府诗集》，中华书局1979年版，第997页。

2(宋)郭茂倩:《乐府诗集》，中华书局1979年版，第605页。

3(唐)房玄龄等撰:《晋书》，中华书局1974年版，第2169页。

4 王小盾:《行路难与魏晋南北朝的说唱艺术》，载《清华大学学报》(社科版)2002年第6期。

5 参见(宋)郭茂倩:《乐府诗集》卷70、卷71《杂曲歌辞》，中华书局1979年版。

6(宋)李昉等编:《太平广记》，中华书局1961年版，第4021~4022页。

7 郭茂倩《乐府诗集》卷71《杂曲歌辞》收有韦应物《行路难》，其中有句云"上客勿遽欢，听妾歌《路难》"，见(宋)郭茂倩:《乐府诗集》，中华书局1979年版，第1011页。

但互相联系，未可分割。”[1]任半塘云：“八辞既于调名及和声辞内均著名为《行路难》，便是合乐歌唱之曲辞。”[2]饶宗颐《敦煌曲》云：“伯3409‘弟子蒙师说偈，各作《行路难》一首’，共七首（注：第六、七两首原卷连为一首），最为完整。”又云：“斯3017前半为《五更转》之第五更（原注：接5996），后半为《行路难》四首，每首末句为‘行路路难难道上无踪迹’。”依写卷抄写惯例，末句应为“行路难，路难道上无踪迹”。[3]其第一、第五如下：

> 丈夫恍忽忆家乡，归去来。归去从来无所住，来去百过空来去，不见一个旧住处。
>
> 住处皆是枷锁杻，劝君学道须避就。法界平等一如如，理中无有的亲疏。君不见，行路难，路难道上无踪迹。
>
> （《行路难·共住修道》第一）

> 众生常被色财缠缚，没溺爱河。沉沦生死，处处经过。八风常动，六识昏波。常念五欲，不念弥陀。
>
> 生天无分，地狱对门。循环六道，回换万身。欲得学道，须舍怨亲。君不见，行路难，路难道上无踪迹。
>
> （《行路难·共住修道》第五）

《行路难》（无心律），见敦煌S.6042卷和日本龙谷大学藏本。原作16首，每首皆有第号，第一至第四全缺，第五至第七首见于S.6042卷，唯第七尾部兼见日本龙谷大学藏本，残损均严重。其余9首仅见于日本龙谷大学藏本，较完整。合两本所有，得12首。任半塘将其定为重句联章。其第十一首如下：

> 君不见，无心之大施，旷然忘怀绝衰利。随缘聚散任五家，不计彼此之差二。开门任取不为限，缘起即主非关自。三事由来不预怀，岂简福田之渐次。一切无求无所欲，任运无施无不施。无心之心超世间，故得称为施中至。无心之人通法界，法界平等非殊异。若能悟此一体檀，即是无体檀那地。行路难，路难无心甚奇特。不见福田之是非，深达无利无功德。
>
> （《行路难·无心律》第十一）

两组《行路难》都袭用古乐府，以联章组曲形式，宣扬佛教思想。前组的共同特征是最后均以“君不见，行路难，路难道上无踪迹”作结。体式上长短参差，以七言为主，又有三言、四言、五言、六言、八言乃至十言，较多变化。在内容上，因是8人

1 日本学者入矢义高《征心行路难——关于定格联章的歌曲》（载《冢本善隆颂寿纪念佛教史学论集》）据敦煌P.3409卷，谓六禅师之名为远尘、离垢、庆照、净影、智积、圆明。见任半塘：《敦煌歌辞总编》，上海古籍出版社1987年版，第1414页和第1147页。

2 任半塘：《敦煌歌辞总编》，上海古籍出版社1987年版，第991页。

3 饶宗颐：《敦煌曲》，法国国立科学研究中心1971年版，第141页。

分唱之曲，佛理有深有浅，重点对象不同，有对众生凡夫的说教，有对释门僧徒的立言，也有对佛家内部的声闻、缘觉、菩萨的歌咏，较为芜杂。而且每首都相对独立成章，结构上联系不够紧密。任二北云：“《行路难》之佛唱并非一味鼓励苦行，亦非一味哀叹西方路上无人，较俗唱之感情复杂得多。”[1]后组12首歌辞的主旨都在发明“无心”，主题相对集中。在体式上，12首歌辞大致都是由首、中、尾三部分构成：（1）首部3句——概以“君不见”三言起，次句五言，概以“无心”二字起，第3句七言，与次句叶韵，或平或仄。（2）中部14句——概为七言，七韵，或平或仄。（3）尾部5句——概以“行路难”3字之叠句起，下接五言句，再次以“无心”二字开端，后接七言2句，与上五言句叶，或平或仄。首尾之韵一般独立，不与中部韵贯。

值得注意的是，齐僧宝月有拟乐府《行路难》，也分为三部分，开头以“君不见”领起，中间部分为七言句，最后部分以“行路难”叠句领起，与敦煌《行路难》（无心律）在体式上近似。宝月《行路难》歌辞如下：

> 君不见，孤雁关外发，酸嘶度阳（《乐府诗集》作“扬”）越。
>
> 空城客子心肠断，幽闺思妇气欲绝。凝霜夜下拂罗衣，浮云中断开明月。夜夜遥遥徒相思，年年望望情不歇。取（《乐府诗集》作“寄”）我匣中青铜镜，倩人为君除白发。
>
> 行路难，行路难，夜闻西城汉使度，使我流泪忆长安。[2]

此宝月为齐人[3]。同时，《乐府诗集》中收有此调名之下的唐五代拟乐府，有20余

1 任半塘：《敦煌歌辞总编》，上海古籍出版社1987年版，第992页。

2（宋）李昉等编：《文苑英华》卷200《乐府》，中华书局1966年版，第992页；又见（宋）郭茂倩：《乐府诗集》第70卷《杂曲歌辞》，中华书局1979年版，第1001页。

3 宝月疑有两人。《全唐诗》卷808诗人宝月下有小字注云：“宝月，开元时与无畏法师译经十余部。”又据《宋高僧传》卷2《唐洛京圣善寺善无畏传》云：“昔有沙门无行西游天竺，学毕言归，方及北印，不幸而卒。其所获夹叶悉在京都华严寺中，（善无）畏与一行禅师于彼选得数本，并《总持妙门》，先所未译。（开元）十二年，随驾入洛，复奉诏于福先寺译《大毘卢遮那经》。其经具足梵文有十万颂；畏所出者，撮其要耳。曰《大毘卢遮那成佛神变加持经》七卷。沙门宝月译语，一行笔受，删缀辞理，文质相半，妙谐深趣。”此为开元间僧人宝月。又据《南齐书》卷11《乐志》，也有沙门宝月。以上所引《行路难》歌辞《乐府诗集》署作者为“齐僧宝月”。

首[1]。据此，任二北认为敦煌《行路难》(无心律)也是拟乐府之作[2]。

5.《归去来》

"归去来"一语，当源于陶潜《归去来赋》。《晋书》卷94《隐逸·陶潜传》云：

> (陶潜)素简贵，不私事上官。郡遣督邮至县，吏白应束带见之。潜叹曰："吾不能为五斗米折腰，拳拳事乡里小人邪！"义熙二年，解印去县，乃赋《归去来》。[3]

陶潜认为，人既是秉承天地之灵气而生，就应努力摆脱世俗的袭扰。因此，隐居山林、躬耕田园最符合人的本性。该赋内容鄙弃世俗名教礼法，崇尚自然，主张返朴归真，追求天然自发的人生天伦之乐趣，受到后人的极大推崇，以致"归去来"成为一种曲调形式，付诸咏唱。如梁《鼓角横吹曲》有"逐郎归去来"，梁武帝时童谣有"逐欢归去来"，俱引"归去来"入曲。

到唐代，张炽有《归去来引》，其辞云：

> 归去来，归期不可违，相见故明月，浮云共我归。[4]

据题名中称"引"，可知其当是用琴来伴奏而进行歌唱的，此诗为琴曲歌辞。

敦煌《归去来》歌辞当是佛门僧侣利用或改造乐府歌曲而宣扬佛法，歌赞佛菩萨以及西方净土的曲辞。《归去来》辞多以"归去来"三字起句，体式有一定的变化，句数或多或少。有的歌辞为"三三七七三"，每首歌辞均以最后三字为和声辞。又敦煌P.2066卷有法照《出家乐赞》，也是以"归去来"三字起句，其云[5]：

> 归去来，宝门开，正见弥陀升宝座。菩萨散花称善哉，称善哉。
> 宝林看，百花香，水鸟树林念五会。哀婉慈声赞法王，赞法王。
> 共命鸟，对鸳鸯，鹦鹉频伽说妙法。恒叹众生住苦方，住苦方。
> 归去来，离娑婆，常在如来听妙法。指授西方是释迦，是释迦。
> 归去来，见弥陀，今在西方现说法。拔脱众生出爱河，出爱河。
> 归去来，上金台，势至观音来引路。百法明门应自开，应自开。
>
> (见P.2066卷)

1 见(宋)郭茂倩:《乐府诗集》第70卷和第71卷，中华书局1979年版。

2 任半塘:《敦煌歌辞总编》，上海古籍出版社1987年版，第1148页。

3 (唐)房玄龄等撰:《晋书》，中华书局1974年版，第2461页。

4 (宋)郭茂倩:《乐府诗集》卷68，中华书局1979年版，第976页。又见于《全唐诗》卷28。

5 任半塘《敦煌歌辞总编》拟题为"归去来·宝门开"6首。今按：任氏题名有误。敦煌P.2066卷题署"出家乐赞"，此歌辞是"出家乐赞"的后半部分。《大正藏》第85册《净土五会念佛诵经观行仪》卷中据敦煌P.2066卷收录，题作"出家乐赞"；又见于法照《净土五会念佛略法事仪赞》卷二，题为《出家乐赞文》，参见《大正藏》第47册，第483页，个别字句略有不同。

而P.2250等卷释法照的《归去来·归西方赞》的歌辞体式为“三七七七”，或为“三七七七七七”，无和声辞，如：

归去来，谁能恶道受轮回。且共念彼弥陀佛，往生极乐坐花台。

归去来，娑婆世境苦难裁。急手专心念彼佛，弥陀净土法门开。

归去来，谁能此处受其灾。总勤同缘诸众等，努力相将归去来。且共往生安乐界，持花普献彼如来。

归去来，生老病死苦相催。昼夜须勤念彼佛，极乐逍遥坐宝台。

归去来，娑婆苦处哭哀哀。急须专念弥陀佛，长辞五浊见如来。

归去来，弥陀净刹法门开。但有虚心能念佛，临终决定坐花台。

归去来，昼夜唯闻唱苦哉。努力回心归净土，摩尼殿上礼如来。

归去来，娑婆秽境不堪停。急手须归安乐国，见佛闻法悟无生。

归去来，三途地狱实堪怜。千生万死无休息，多劫常为猛焰燃。声声为念弥陀号，一时闻者坐金莲。

归去来，刀山剑树实难当。饮酒食肉贪财色，长劫将身入镬汤。不如西方快乐处，永超生死离无常。

（见P.2250，北图“文”字第89号，P.3373卷）

敦煌写卷中“归去来”三字也用于其他歌辞之中，如《行路难·共住修道》第一首云：

丈夫恍忽忆家乡，归去来。归去从来无所归，来去百过空来去，不见一个旧住处。

住处皆是枷锁杻，劝君学道须避就。法界平等一如如，理中无有的亲疏。（君不见，行路难，路难道上无踪迹。）

（见S.3017，P.3409卷）

由此可见，《归去来》歌调在六朝、隋唐五代以至宋初传唱非常普遍。

《归去来》歌辞，除敦煌写卷中的七言句外，也有五言体见于佛教史籍记载，如善导《观无量寿佛经疏》卷第3云：

归去来，魔乡不可停。旷劫来流转，六道尽皆经。到处无余乐，唯闻愁叹声。毕此生平后，入彼涅槃城。[1]

1《大正藏》第37册，第263页。

到宋代,《归去来》曲调又变为词调的一种，如柳永词集中收有《归去来》词。

综上所述，体制短小、语言浅直的民间曲子词并不适合传达佛教思想，佛教曲子词多采用大曲或组曲的形式来表现佛教的思想情感，这也许是佛教很少直接引用曲子词调名的主要原因之一。

最后需要指出的是，敦煌写卷中佛教曲子词多指收录在任半塘《敦煌歌辞总编》中的拟调名和失调名者，这类歌辞数量较多，大约有350首左右，而且多数是由当时释门佛子所歌咏吟唱。从某些方面来看，释门佛子所吟唱的这类歌辞跟《云谣集杂曲子》、《尊前集》等曲子词在体制规模、内容唱腔等方面都有很大的不同，定名为“佛曲”似乎更为确切。王重民《敦煌曲子词集》对此一概不予收录，故当置别论。

第三节 敦煌佛教联章歌辞

敦煌联章歌辞，是指保存在敦煌写卷中采用民间谣歌体式而创作的歌辞。从数量上看，敦煌歌辞是以佛教歌辞为主体，而联章歌辞则又是敦煌佛教歌辞的主体。敦煌联章歌辞内容丰富，从多个方面歌咏佛家生活，宣唱佛教义理，艺术形式活泼生动。结构上自然分章分段，层次分明。敦煌写卷中保存的联章歌辞种类较多，最常见的调名有《五更转》、《十二时》、《百岁篇》和以“十”命名的各种歌辞，如《十恩德》、《十种缘》、《十偈辞》、《十空赞》等，此外还有《好住娘》、《归去来》、《悉昙颂》、《散花乐》等，以及由此衍生而来的多种具有鲜明佛教色彩的歌辞，由此可以看出敦煌歌辞对民间歌唱体式的广泛吸收和充分应用。这些歌辞对于佛教的发展，特别是佛教在民间的传播发挥了重要作用，产生了广泛而深远的影响。下文拟对敦煌佛教歌辞的民间体式及其表现特征进行一些探讨。

一、敦煌《五更转》的歌辞体式特征

更漏之法起源很早，从文献记载来看，最初与军事有关[1]。汉代已有五更分时之法，用五更来分时在西汉末年已属较平常之事。此后直到近代，夜间分时基本上都是以五分夜为更的[2]。以五更分时来歌咏起于何时，目前还很难确定。宋代郭茂倩《乐府诗集》载有陈代伏知道的 5 首《从军五更转》，当是目前已知的最早的“五更转”歌辞，而产生五更调的实际时间当更早。《五更转》的各种民间小调，至今在我国许多农村地区仍有传唱。

敦煌《五更转》歌辞数量较多，目前所知有 12 套，共有 50 多个写卷。题名有《叹五更》、《太子五更转》、《维摩五更转》、《南宗定邪正五更转》、《无相五更

1 参见《周礼》“挈壶氏”条，（清）阮元：《十三经注疏》，上海古籍出版社 1997 年版，第 844~845页。

2 宋代官漏虽有过六更之分，但应用并不广泛。在敦煌写卷中，也未见到以六分夜歌咏的辞体。

转》、《菏泽和尚五更转》、《大乘五更转》、《五更转》、《五更调》、《五更转·太子入山修道赞》、《五更转·南宗赞》、《五更转兼十二时》等，其中除3套“七夕相望”、“缘名利”、“识字”非佛教歌辞外，其余皆为佛教歌辞。

《五更转》歌辞包括齐言和杂言两种，杂言有主曲、辅曲之别，其体式大致为每更一首，但每首的句式字数参差，变化较大，兼或又有双叠以及主曲、辅曲。敦煌杂言《五更转》多为“三七七七”句式，如：

一更浅，众恶诸缘何所遣。但依正观且□□，念念真如方可显。
二更深，菩提妙理誓探寻。旷彻清虚无去住，证得如如平等心。
三更半，宿昔尘劳从此断。先除过现未来因，栰喻成规超彼岸。
四更迁，定慧双行出盖缠。了见色空圆净体，澄如戒月莹晴天。
五更催，佛日凝然妙境开。超透四禅空寂处，相应一念见如来。

（《五更转·无相》五首，见S.6077卷）

一更初，太子欲发坐寻思。奈知耶娘防守到，何时度得雪山川。
二更深，五百个力士睡昏沉。遮取黄羊及车匿，朱骏白马同一心。
三更满，太子腾空无人见。宫里传声悉达无，耶娘肝肠寸寸断。
四更长，太子苦行万里香。一乐菩提修佛道，不藉你世上作公王。
五更晓，大地下众生行道了。忽见城头白马踪，则知太子成佛了。

（《五更转·太子成道》五首，见P.2483，P.3083卷）

同时敦煌杂言《五更转》又有三言、五言和七言之分，极多变化。
“三三七七七”、“三三三三七七”的体式如：

一更长，一更长，如来智慧心中藏。不知自身本是佛，无明障闭自慌忙。 了五蕴，体皆亡。灭六识，不相当。行住坐卧长作意，则知四大是佛堂。

一更长，二更长，有为功德尽无常。世间造作应不久，无为法会体皆亡。 入圣位，坐金刚。诸佛国，遍十方。但知十方原贯一，决定得入于佛行。

二更长，三更严，坐禅执定苦能甜。不藉诸天甘露蜜，魔军眷属出来看。 诸佛教，实福田。持斋戒，得生天。生天终归还堕落，努力回心取涅槃。

三更严，四更阑，法身体性本来禅。凡夫不念生分别，轮回六趣心不安。求佛性，向里看。了佛意，不觉寒。旷大劫来常不悟，今生作意断悭贪。

四更阑，五更延，菩提种子坐红莲。烦恼泥中常不染，恒将净土共金颜。佛在世，八十年。般若意，不在言。夜夜朝朝恒念经，当初求觅一言诠。

（《五更转·南宗赞》五首，见P.2963，北图“周”字第70号，S.4173，S.4654，S.5529，俄藏1363号，P.2984卷）

“三七七七”、“三三三三七七”的体式如：

一更初，涅槃城里见真如。妄想是空非有实，不言为有不言无。　非垢净，离空虚。莫作意，入无余。了性即知当解脱，何劳端坐作功夫。

二更催，知心无念是如来。妄想是空非实有，□□山上不劳梯。　顿见境，佛门开。寂灭乐，是菩提。□□□灯恒普照，了见馨香无去来。

三更深，无生□□（法忍）坐禅林。内外中间无处所，魔军自灭不来侵。　莫作意，勿凝心。人自在，离思熏。般若本来无处所，作意何时悟法音。

四更阑，□□□□□□□。□□共传无作法，愚人造化数数般。　寻不见，难□难。□袪似，本来禅。若悟刹那应即见，迷时累劫暗中观。

五更分，净体由来无我人。黑白见知而不染，遮莫青黄寂不论。　了了见，的知真。随无相，离缘因。一切时中常解脱，共俗和光不染尘。

（释神会《五更转·顿见境》五首，见S.6103，S.2679卷）

“五五七三”、“五五七三”、“五五七五”的体式如：

一更夜月凉，东宫建道场。幡花伞盖日争光，烧宝香。　共奏天仙乐，龟兹韵宫商。美人无奈手头忙，声绕梁。　太子无心恋，闭目不形相。将身不作转轮王，只是怕无常。

二更夜月明，音乐堪人听。美人纤手弄秦筝，貌轻盈。　姨母专承事，耶输相逐行。太子无心恋色声，岂能听。　轮回三恶道，六趣任死生。从来改却这般名，只是换身形。

三更夜月亭，嫔妃睡不醒。美人梦里作音声，往相迎。　出家时欲至，天王号作瓶。空中闻唤太子声，甚叮咛。　我是四天王，故来远自迎。朱骔便蹑紫云腾，共去夜逾城。

四更夜月偏，乘云到雪山。端身正坐欲向前，坐禅筵。　寻思父王忆，每想姨母怜。耶输忆我向门看，眼应穿。　便即唤车匿，分付与衣冠。将我白马却归还，传我言。

五更夜月交，帝释度金刀。毁形落发绀青毫，雀帝（绨）巢。　牧牛女献乳，长者奉香茅。誓当作佛苦海峤，眉间放白毫。　日食一麻麦，六载受勤劳。因充果满自逍遥，三界超。

（《五更转·太子入山修道赞》十五首，见P.3065，P.3061卷，李盛铎旧藏本等）

敦煌齐言《五更转》有七言四句、七言八句、七言十句以至七言十二句等变化，如：

一更静坐观刹那，生灭妄想遍娑婆。客尘烦恼积成劫，已（以）劫除劫转更多。

二更静坐息心神，喻若日月去浮云。未识心时除妄想，只此妄想本来真。　真妄原来同一体，一物两名难合会。合会不二大丈夫，历劫相随今始解。

三更静坐入禅林，息妄归真达本心。本心清净无个物，只为无物悉包融。　包融一切含万境，色空不异何相碍。故知万法一心如，却将法财施一切。

四更念定悟总持，无明海底取莲藕丝。取丝出水花即死，未取丝时花即萎。　二疑中间难启会，劝君学道莫懈怠。念念精进须向前，菩提烦恼难料简。　了解烦恼是痴人，心心法数不识真。一物不念始合道，说即得道是愚人。

五更隐在五荫山，丛林斗暗侵半天。无想道师结跏坐，入定虚凝证涅槃。涅槃生死皆是幻，无有此岸非彼岸。　三世共作一刹那，影见世间出三界。若人达此理真如，行住坐卧皆三昧。

（《五更转·禅师各转》十首，见S.5996，S.3017，P.3409卷）

敦煌《五更转》常常使用衬字，如《太子五更转》、《太子入山修道赞》等均有衬字。衬字的出现，可能主要出于口语体歌辞在咏唱上的需要。而《南宗赞》在句式上又有其特殊之处，辞文从二更起，加叠前更起句三字，如二更首句三字为"二更长"，则三更起句为"二更长，三更严"，四更起句为"三更严，四更阑"。这种形式，任二北名之为"转格"，许国霖名之为"别体五更转"。

敦煌《五更转》多为晚唐五代时期的歌辞，间或也有盛唐及盛唐以前的作品。

二、敦煌《十二时》和《百岁篇》的体式特征

《十二时》是指利用干支记时的方法，将一天分为12个时辰，进而分别加以歌咏的民间曲调歌辞。敦煌《十二时》也是按12个时辰的顺序依次歌唱，每组12首，每首均以12时辰的三个字开头。敦煌《百岁篇》和《十二时》，体式上大多直接继承民间原来的样式，句型变化不大。

歌辞的体式有两种："三七七七"体式和"三五五五"体式。"三七七七"体式如：

平旦寅，洗足烧香礼世尊。胡跪虔诚齐发愿，努力修取未来因。
日出卯，凭案寻经传圣教。过去诸佛舍轮王，妻儿眷属何须乐。
食时辰，纵然被骂莫生嗔。遍体脓血流不尽，总是浮囊虚坏身。
隅中巳，析食持斋莫贪利。暂时清净能护持，即获弥陀珍宝器。
正南午，努力勤修存防护。六根之际用功夫，莫教外境来相误。
日昳未，众生须作出罪意。莫言出家空剃头，不得随风逐浪去。
晡时申，若能观行最为珍。一切善法从心起，十方诸佛不离身。
日入酉，莫学渴鹿驱炎走。空□功夫漫波波，法水何时得入口。
黄昏戌，智慧明灯暗中出。千罗万绮归舍者，文殊师利方丈室。
人定亥，普劝众生莫造罪。释迦犹自入涅槃，岂有凡夫得长在。
夜半子，铜钟鸣晓即须去。不如闻早学修行，一报之身不空去。
鸡鸣丑，四大之身应不久。刹那造罪即无常，三途地狱没人救。

（《十二时·法体》十二首，见P.3113，S.5567，P.4028，P.2813卷）

"三五五五"体式如：

平旦寅，发意断贪嗔。莫教心散乱，虚度一生身。
日出卯，取镜当心照。明知内外空，更莫生烦恼。
食时辰，努力早出尘。莫念时时苦，回向涅槃因。
隅中巳，火宅难居止。专修解脱身，莫著求名利。
正南午，四大无梁柱。须知假合空，万物皆无主。
日昳未，造恶相连累。恒将败坏身，流浪生死地。
晡时申，须见未来因。自躯终不保，终归一聚尘。
日入酉，观身非长久。念念不离心，数珠恒在手。
黄昏戌，须臾归暗室。无明亦无际，何时逢慧日。

人定亥，吾今早已悔。驱驱不暂停，万物皆失坏。

夜半子，减睡还须起。端坐正观心，掣却无明被。

鸡鸣丑，擿木看窗牖。明来暗自除，佛性心中有。

（《十二时·禅门》十二首，见 P.3604，P.3116，P.3821，S.5567 卷，敦煌零拾）

另外还有“三七七七、七七七七”体式，如：

夜半子，夜半子，众生重重萦俗事。不能禅定自观心，何日得悟真如理。 豪强富贵暂时间，究竟终归不免死。非论我辈是凡夫，自古君王也如此。

鸡鸣丑，鸡鸣丑，不分年貶侵蒲柳。忽然明镜照前看，顿觉红颜不如旧。 眼暗咃羸渐加愁，头鬓苍茫面复皱。不觉无常日夜催，即看强梁那可久。

平旦寅，平旦寅，智慧莫把色为亲。断除三障及三业，远离六贼及六尘。 金玉满室非是宝，认辱最是无价珍。男子女人行此事，不染生死免沉沦。

日出卯，日出卯，浊恶世界多烦恼。欲得当来证果因，弃舍荣华急修道。 随时麻褐且充饥，锦铺罗衣莫将好。如来尚自入涅槃，凡夫宿夜谁能保。

食时辰，食时辰，六贼轮回不识珍。自恨生长阎浮提，恒为冤魔会须勤。 众生在俗须眼前，莫著沉沦守迷津。跋提河边洗罪垢，菩提树下证成真。

隅中巳，隅中巳，所恨流浪共生死。法船虽达涅槃城，二鼠四蛇从后生。人身犹如水上泡，无常煞鬼忽然至。三日病卧死临头，善恶二业终难避。

正南午，正南午，人命犹如草头露。火急努力勤修福，第一莫贪自迷误。 阎罗伺命难求嘱，积宝陵天无用处。若其放慢似寻常，历劫哀哉自受苦。

日昳未，日昳未，众生禀性惟求利。熟知猛火逼燃来，不解将身远相避。 无心诵读大乘经，执著悭贪怀思意。一朝病卧死王催，腾身直入到焦热地。

晡时申，晡时申，慈悲喜舍最为珍。被他打骂恒忍辱，当来获得菩提因。皮骨肉髓终莫惜，法水时时得润身。一切烦恼渐轻微，解脱逍遥出六尘。

日入酉，日入酉，观看荣华实不久。劫石尚自化为尘，富贵那能得长有。 愚人不悟守迷津，专爱杀生并好酒。无常不肯与人期，地狱刀山长劫受。

黄昏戌，黄昏戌，冥路幽深暗如漆。牛头狱卒把铁叉，罪人一入时出。智者闻声心胆惊，行人思量莫输失。欲得当来避险路，勤修般若波罗密。

人定亥，人定亥，罪福总是天曹配。善因恶业自相随，临渴掘井终难悔。荣华恰似风中烛，眼里贪色大痴昧。一朝冷落卧黄沙，百年富贵知何在。

（《十二时·劝凡夫》十二首，见 S.427，北图“鸟”字第 10 号卷）

需要说明的是，敦煌歌辞中最长的一篇歌辞《十二时·普劝四众依教修行》，体式较为复杂，每首重叠少则 9 次，多达 16 次，共 134 首，字数达 2300 字之多，但通篇都是“三三七七七”的句式，因为歌辞内容很长，今节录其“鸡鸣”和“平旦”两时之歌辞如下：

鸡鸣丑，鸡鸣丑，曙色才能分户牖。富者高眠醉梦中，贫人已向尘埃走。
或城隍，或村薮，矻矻波波各营构。下床开眼是欺谩，举意用心皆过咎。
或刀尺，或秤斗，增减那容夸眼手。只知劳役有为身，不曾戒约无厌口。
吃腥膻，饮醲酒，业壮痴心难化诱。也知寺里讲筵开，却趁寻春玩花柳。
舍亲邻，屈朋友，抚掌高歌饮醲酎。为言恩爱永团圆，将谓荣华不衰朽。
妻子情，终不久，只是生存诈亲厚。未容三日病缠绵，隈地憎嫌百般有。
嘱亲情，托姑舅，房卧资财暗中袖。更若夫妻气不和，乞求得病谁相救。
兄弟亡，男女幼，财物是他为主首。每逢斋七尚推忙，更肯追修添福祐。
平旦寅，天渐晓，钟鼓满城惊宿鸟。万户千门悉喧喧，九陌六街人浩浩。
或公私，或营讨，不拣高低皆扰扰。一生多是聚眉愁，百年少见开颜笑。
只知生，不知老，忧活忧家常苦恼。不信头中白发生，凭君自把青铜照。
火宅忙，何日了，朽树临崖看即倒。只忧闲事不忧身，蹉跎不觉无常到。
葬荒郊，安宅兆，古柏寒松荫荒草。津梁险路一无凭，合眼沉沦三恶道。
大丈夫，自支料，不用教人再三道。七十岁人犹自稀，何须更作千年调。
莫任运，要思忖，也须自觅些些稳。如今一向为生涯，前程将甚为支准。
要慈悲，莫悭吝，小小违情但含忍。听法闻经勉力为，持斋念佛加精进。
今日言，是衷恳，万计头头相接引。就中孤露要安存，切是临危莫相损。
自知非，须识分，步步无常渐相近。自家身事自家修，别人谁肯相哀悯。
抱忠贞，行孝顺，无利之谈休话论。但将好事让他人，早晚偻㑩胜百钝。
见师僧，要参问，我慢身心须戒慎。信喻之人若到来，为君雪出轮回本。
（《十二时·普劝四众依教修行》，见 P.2054，P.2714，P.3087，P.3286 卷）

敦煌 P.2054 卷在此歌辞后面有题记云：“同光二年甲申岁（924 年）蕤宾之月，蓂雕二叶，学子薛安俊书，信心弟子李吉顺专持念诵劝善。”此歌辞虽是僧人智严创作，但却流传于广大民众之中。

《百岁篇》是以10年为单位，分别用10首歌辞歌咏人生百年的民间曲调。敦煌《百岁篇》的体式都是整齐的七言，有《女人百岁篇》、《丈夫百岁篇》和《缁门百岁篇》和《禅门百岁篇》4种。如《女人百岁篇》云：

一十花枝两斯兼，优柔婀娜复厌纤。父娘怜似瑶台月，寻常不许出朱帘。
二十笄年花蕊春，父娘娉许事功勋。香车暮逐随夫婿，如同萧史晓从云。
三十朱颜美少年，纱窗揽镜整花钿。牡丹时节邀歌舞，拔棹乘船采碧莲。
四十当家主计深，三男五女恼人心。秦筝不理贪机织，只恐阳乌昏复沉。
五十连夫怕被嫌，强相迎接事厌纤。寻思二八多轻薄，不愁姑嫂阿家严。
六十面皱发如丝，行步龙钟少语词。愁儿未得婚新父，忧女随夫别异居。
七十衰羸争奈何，纵饶闻法岂能多。明晨若有微风至，筋骨相牵似打罗。
八十眼暗耳偏聋，出门唤北却呼东。梦中常见亲情鬼，劝妾归来逐逝风。
九十余光似电流，人间万事一时休。寂然卧枕高床上，残叶凋零待暮秋。
百岁山崖风似颓，如今身化作尘埃。四时祭拜儿孙在，明月常年照土堆。
（见S.2947，S.5549，P.3821，P.3168卷）

《丈夫百岁篇》云：

一十香风绽藕花，弟兄如玉父娘夸。平明趁伴争毬子，直到黄昏不忆家。
二十容颜似玉珪，出门骑马乱东西。终知不解忧衣食，锦帛看如脚下泥。
三十堂堂六艺全，纵非亲友亦相怜。紫藤花下倾杯处，醉引笙歌美少年。
四十看看欲下坡，近来朋友半消磨。无人解到思量处，只道春光没有多。
五十强谋几事成，一身何足料前程。红颜已向愁中改，白发那堪镜里生。
六十驱驱未肯休，几时应得暂优游。儿孙稍似堪分付，不用闲忧且自愁。
七十三更眼不交，只忧闲事未能抛。无端老去令人笑，衰病相牵似拔茅。
八十谁能料此身，妄前失后少精神。门前借问非知己，梦里相逢是故人。
九十残年实可悲，欲将言语泪先垂。三魂六魄今何在，霹雳头边耳不知。
百岁归原去不来，暮风骚屑石松哀。人生不作非虚幻，万古空留一土堆。
（见S.2947，S.5549，P.3821卷）

《缁门百岁篇》以幽默的笔法，叙写出家人的一生：

一十辞亲愿出家，手携经榼学煎茶。驱乌未解从师教，往往抛经摘草花。
二十空门艺卓奇，沾恩剃发整威仪。应法以堪师羯磨，五年勤学尽毗尼。

三十精通法论全，四时无暇复无眠。有心直拟翻龙藏，岂肯因循过百年。
四十幽玄总揽知，游巡天下入王畿。经论一言分擘尽，五乘八藏更无疑。
五十恩延入帝宫，紫衣新赐意初浓。谈经御殿倾雷雨，震起潜波卧窟龙。
六十人间置法船，广开慈谕示因缘。三车已立门前路，念念无常劝福田。
七十连宵坐结跏，观空何处有荣华。匡心直乐求清净，永离沾衣染著花。
八十虽存力已残，梦中时复到天关。还遇道人邀说法，请师端坐上金坛。
九十之身朽不坚，犹蒙圣力助轻便。残灯未灭光辉薄，时见迎雪在目前。
百岁归原逐鬼风，松楸叶落几春冬。平生意气今朝尽，聚土如山总是空。

（见 S.2947，S.5549，P.3821，P.4525 卷）

中国古代很早就有对于青春生命流逝的感叹，随着佛教的传入，这种思想逐渐染上了佛教苦空无常的色彩。特别是六朝僧人的唱导，注意吸收民间曲调，宣唱人生无常、百年迅速、因果报应等佛教观念，促进了《百年歌》这种专门歌唱人生百年歌辞的独立和成熟，使之成为一种定型的曲调，盛行一时。敦煌《百岁篇》对世俗男女和出家僧侣的人生历程进行了高度概括，简练生动，形象传神，表现出一种对生命意识的深入反思。

敦煌写卷中还保存有晚唐五代敦煌名僧悟真的《百岁诗》，题下有小序云："河西都僧统赐紫沙门悟真，年逾七十，风疾相兼。动静往来，半身不遂。思忆一生所作，有为实事，难竞寸阴。无为理中，功行缺少。独被习气，系在轮回。自责身心，裁诗十首。维非佳妙，狂简斐然。散虑摅怀，暂时解闷。鉴识君子，矜勿诮焉。"歌辞云：

幼龄割爱豫（预）投真，未报慈颜乳哺恩。子欲养而亲不待，孝亏终始一生身。
从师陶染向空门，惟忻温故乐知新。冰近（谨）专行八正路，犹恐辜负一生身。
盛年耽读骋风云，披检车书要略文。学缀五言题四句，务存遍计一生身。
丰衣足食苦辞贫，得千望万费心神。徒劳蓄积为他有，孤嗟役计一生身。
男儿特达建功勋，万里崎岖远赴秦。对策圣明天子意，承恩至立一生身。
□情往往显名闻，奢心数数往来亲。衣著绮罗贪锦绣，矜装坯器一生身。
迷情颠倒气贪嗔，还曾自赞毁他人。口过闲谈轻小罪，如今追悔一生身。
绍继传灯转法轮，三车引喻該迷津。智海常流功德水，些须浮泛一生身。
圆明正觉学无尘，罪根福性人齐均。参罗动植皆非相，无过反照一生身。
岁有荣枯秋复春，千般老病苦相奔。从兹更莫回顾恋，好去千万一生身。

（见 S.930，P.3821，P.2847 卷）

这首《百岁诗》不同于其他《百岁篇》，没有明确用具体数字标出各年龄段，但其内容却紧扣人生百年中的特征变化来歌咏，篇中又有“幼龄”、“盛年”、“老病”等年龄特征，与《百岁篇》的歌调、体裁、首数及其表现手法相近。每首句末又都以“一生身”三字作结，具有和声歌辞的特征，此当是《百岁篇》的变格。

此外，敦煌写卷中还有以“十”命名的多种联章歌辞，内容上大致分成10个种类，然后按照从一到十的顺序，依次进行歌咏。敦煌写卷这类歌辞有《十恩德》、《十种缘》、《失调名》（和菩萨戒文）、《十偈辞》、《十空赞》等多种，这是当时应用十分广泛的歌唱体式，这种歌辞体式明显也来源于民间。

三、敦煌重句联章歌辞的体式特征

敦煌重句联章歌辞的调名种类有《悉昙颂》、《散花乐》、《好住娘》、《归去来》等，因其同一歌辞中有叠句，或在同调的组辞中，相同位置有某句及数句重复，故任二北先生定名为“重句联章歌辞”，这也包括和声联章歌辞在内。歌辞的重句，或对句中关键文字重复，给予突出或强调；或在音节上重复，在歌唱时反复咏叹，增强感染力量，同时也便于记忆。下面分别对这几种歌辞进行简要考察。

1.《悉昙颂》

悉昙，又作“悉檀”、“悉谈”、“肆昙”等，是梵语siddhaṃ的音译。玄应《一切经音义》云：“悉昙，此云成就。”[1] 悉昙是记录梵语的书体之一。在我国，梵字之书体及字母统称为“悉昙”，梵语文法、语句解释等称为梵音或梵语。因《悉昙颂》是把梵文中的悉昙字母用于和声，故名。

敦煌写卷中有多种题名《悉昙章》的抄本，编号分别为S.4583、P.2204、P.2212、P.3099、P.3082卷（以上四卷均为《佛说楞伽经禅门悉昙章并序》）、北图“鸟”字第64号卷（原题为《俗流悉昙颂》）等，这些歌辞主要由释门僧侣唱诵。

敦煌《悉昙章》歌辞有三套，分别是《悉昙颂·俗流悉昙章》、《悉昙颂·禅门悉昙章》和《悉昙颂·神咒》，共计22首歌辞。其中两套歌辞都是中岳嵩山沙门定惠所作[2]。定惠禅师的两套《悉昙颂》歌辞，每套8首。一是针砭流俗，一是警悟禅门。任二北云：

1 释元应:《一切经音义》卷第2《大般涅槃经》第8卷“文字品”条下,《丛书集成初编》(上海商务印书馆1936年版）本，第81页。

2 定惠即寰中禅师，定惠是其塔名，俗姓卢，河东人，是中唐时期的一位著名禅僧。敦煌写卷中保存的两套《悉昙颂》，当创作于唐宪宗元和年间（806—820年）。

辞各八首。每首内，头、腹、尾各有和声，将曲辞分为三段。头部和声：皆三字叠句，如“现练现，现练现”或“颇罗堕，颇罗堕”是。腹部和声：甲，大抵七字，如“鲁留卢楼现练现”；乙，大抵十一字，如“摩底利摩、鲁流卢楼、颇罗堕”。尾部和声：甲则三至五字皆有，如“延连现贤扇”，或“佯良黄赏”等；乙则概作三字二句，而各系二言之曲辞，如“那罗逻、端坐，娑诃耶、莫卧”。[1]

1 任二北：《敦煌曲初探》，上海文艺联合出版社 1954 年版，第 72 页。

由此可以看出其咏唱音声之抑扬变化，活泼动听。

《禅门悉昙章》还表现出鲜明的禅宗思想，其歌辞云：

颇逻堕，颇逻堕，第一舍缘清净坐。万事不起真无我，直进菩提离因果。 心心寂灭无殃祸，念念无念当印可。可底利摩，鲁留卢楼颇逻堕。 诸佛弟子莫懒惰，自勤课，爱河苦海须渡过。忆食不餐常被饿，木头不钻不出火。那逻逻，端坐。娑诃耶，莫卧。

只领盛，只领盛，第二住心常看净。亦见亦闻无视听，生灭两亡犹未证。从师授语方显定，见佛法身无二性。性顶领径，鲁留卢楼只领盛。 诸佛弟子莫嗔倿，三毒忽起无佛性。痴狂心乱恼贤圣，眼贪色尘耳缚听，背却天堂向恶境，盈令令，修定。娑诃耶，归正。

复养浪，复养浪，第三看心须屏当。扫却垢秽除灾障，即色即空会无想。妄想分别是心量，体上识体实无谤。谤底利谤，鲁留卢楼复浪养。 诸佛弟子莫毁谤，一切皆有罪业障。他家闻声不相放，三寸舌根作没向。道长说短恼心王，心王不了说短长。求生业道受苦殃，羊良良，屏当。娑诃耶，净扫堂中须供养。

拂栗质，拂栗质，第四八识合六七。看心心本是禅室家，法身身法智非一。五眼六通光慧日，言下便悟实无密。密底利密，鲁留卢楼拂栗质。 诸佛弟子莫放逸，无始以来居暗室。生死流转不得出，只为愚迷障慧日。逸栗密，栗密。娑诃耶，真实。

晓燎曜，晓燎曜，第五实相门中照。一切名字妄呼召，如已等息貌非貌。非因非果无嗔笑，性上看性妙中妙。妙底里要，鲁留卢楼晓燎曜。 诸佛弟子莫嗔笑，忧悲嗔笑是障道。于此道门无嗔笑，澄心须看内外照。眼中有翳须磨曜，铜镜不磨不中照。遥燎料，作好。娑诃耶，莫恼。

按懒畔，按懒畔，第六心离禅门观。不来不去无岸畔，觉上着觉除定乱。佛与众生同体段，本原清净磨（尘）垢散。散底利叹，鲁留卢楼按懒畔。 诸佛弟子莫慢看，道上大有罗刹唤。愚人来去常系绊，染着色尘心撩乱。行住坐卧无体段，在于众中慢叫唤。得他劝谏即檄难。那逻逻，茶灌。娑诃耶，钝汉。

普路喻，普路喻，第七圆明大慧悟。四门十八离名数，生灭妙有悬通度。三界大师实难遇，生死涅槃不合渡。爱河逆上不留住，即心非心魔自去。去底利去，鲁留卢楼普路喻。　诸佛弟子常觉悟，一念净心无染污。一切魔军自然去，闾闾屡，专注。娑诃耶，大悟。

嗄略药，嗄略药，第八禅门绝斟酌。不高不下无楼阁，不出不入无城郭。是想显声即初学，生心动念勿令着。久坐用功作非作，无乐可乐是常乐。慧灯一照三千塬，定水常清八万泺。十方诸佛同开觉，觉底利博，鲁留卢楼嗄略药，　诸佛弟子自在作，莫制约，四维上下不可度。住寂涅槃同门廓，甚安乐，无著。娑诃耶，等觉。

（见 S.4583，P.2204，P.2212，P.3099，P.3082 卷）

其中“住心看净”，“从师授语方显定”，“澄心须看内外照。眼中有翳须磨曜，铜镜不磨不中照”，“佛与众生同体段，本原清净磨（尘）垢散”等句都讲求修持功夫，由此可见寰中禅师大致属于神秀北宗一系。

如果说《禅门悉昙章》主要是为出家僧人而作，《俗流悉昙章》则是针对悠悠凡庶：

现练现，现练现，第一俗流无利见。饮酒食肉相呼唤，谗言谄为相斗乱，怀挟无明不肯断。鲁流卢楼现练现。　贪爱愚痴无岸畔，眷属婚姻相继绊。三界牢狱作留难，俗流颠倒共嗟叹。延连现贤扇，努力各相劝。

向浪晃，向浪晃，第二俗流无意况。心中邪佞起欺诳，三毒四倒争势旺。鲁流卢楼向浪晃。　西方净土不肯向，欲含（贪）魔军相闭障。出离牢狱依无相，不生不灭速回向。佯良浪黄赏，各各修无上。

胡鲁喻，胡鲁喻，第三俗流世界住。恋着妻儿及男女，世世生生相嫁娶。鲁流卢楼胡鲁喻。　窈见俗流怜男女，幽闺内阁深藏举。竞为荣华选婚主，相见甜言及美语，有人借问佯不许。喻卢胡卢喻，被他催死去。

何罗何，何罗何，第四俗流愚者多。不自省觉谈说他，夫妻斗争相骂呵。鲁流卢楼何罗何。　张眉努目喧破罗，牵翁及母怕你么。皆不出离三界坡，将为此苦胜蜜多。那罗逻何，舍此恶法须舍□。

何乐镬，何乐镬，第五俗流广贪托。不知众生三界恶，男女妻子交头乐。积宝陵天不肯博，鲁流卢楼何乐镬。　春秋冬夏营农作，锄田劚地努筋膊。遍体血汗焦头莫，一朝命断深埋却。阎老前头任裁度，无善因缘可推脱。受罪从头只须作，缘牵不用诸绳索。药略镬铄，此言真不错。

何逻真，何逻真，第六俗流处六尘。不超无上清净门，恶业牵来地狱存。鲁流卢楼何逻真。　俗流者□佛果身，其中修习无苦勤。常业三途地狱因，那罗逻真，随意知心者莫嗔。

何逻移，何逻移，第七俗流多所疑。恒被身中六贼欺，不求解脱不思议。鲁流卢楼何逻移。 贪求财物养妻儿，勤苦艰辛亦不辞。入门妻儿云索衣，出户王官怪责迟，那何逻移，此苦真难提。

何逻空，何逻空，第八俗流佛性同。三乘演妙会真宗，鲁流卢楼何逻空。 无为法性妙开通，愚迷众生隔壁聋。容龙洪春，普劝同燃智灯。

（见北图“鸟”字第 64 号卷）

其中刻画众生百态，穷形尽相，针砭流俗，不遗余力，附以地狱轮回报应之苦，诱导人们脱离人生苦海，皈依佛门。辞句回环往复，声韵铿锵，具有很强的感染力。以上两套歌辞的体式较为复杂，句式变化也不相同。

敦煌写卷中还有一组题为“神咒”的《悉昙颂》，当是密宗咒语类的歌辞。郑樵《通志》卷 35《六书略》“论华梵中”条下云：“今梵僧咒雨则雨应，咒龙则龙见。顷刻之间，随声变化。华僧虽学其声，而无验者，实音声之道有未至也。”[1] 在唐代人们常常诵神咒，乃至仿效其声竟发展成为一种伎艺，以为娱乐。其中常常夹杂有“鲁流卢楼”、“娑诃耶”一类的衬字，这些衬字即是《悉昙章》中的字母。

《悉昙章》不仅在当时的僧侣、文人中广为流传，而且常常出现于通俗唱词之中，为普通民众所了解。时至今天，由于历史所造成的时空差距，却使这些概念的意义和它们所指代的内容变得越来越模糊不清了。

2.《好住娘》

敦煌《好住娘》歌辞在写卷中或题为《辞娘赞文》、《辞阿娘赞》、《辞娘赞说言》、《好住娘赞》等。内容是歌唱一个要去五台山出家修行的儿子，在与母亲离别之际，担忧母亲日后生活的心情，表现出深厚的中国传统孝养观念。“好住”乃唐宋人之习语，指离别时嘱托保重之意。“好住娘”三字，意在慰母安居，故事或与《目连救母变文》有关[2]。

敦煌《好住娘》歌辞共有 6 个写卷，体式为单一的“七三”句式，其歌辞云：

娘娘努力守空房，好住娘。
儿欲入山修道去，好住娘。
兄弟努力好看娘，好住娘。
回头顶礼五台山，好住娘。

1（宋）郑樵:《通志》，中华书局 1987 年版，第 511 页。

2 任二北:《敦煌曲初探》，上海文艺联合出版社 1954 年版，第 76 页；[日]加地哲定著:《中国佛教文学》，刘卫星译，今日中国出版社 1990 年版，第 178 页。

五台山上松柏树，好住娘。
正见松柏共天连，好住娘。
上到高山望四海，好住娘。
眼中泪落数千行，好住娘。
下到山坡青草里，好住娘。
豺狼野兽竞相亲，好住娘。
乳哺之恩未曾报，好住娘。
誓愿成佛报娘恩，好住娘。
耶娘忆儿肠如断，好住娘。
儿忆耶娘泪千行，好住娘。
舍却耶娘恩爱断，好住娘。
且须袈裟相对坐，好住娘。
舍却亲兄熟热弟，好住娘。
且须师僧同戒伴，好住娘。
舍却金瓶银叶盏，好住娘。
且须钵盂青锡杖，好住娘。
舍却槽头龙马群，好住娘。
且须虎狼师子边，好住娘。
舍却治毡锦褥面，好住娘。
且须乱草以壹束，好住娘。
佛道不远回心至，好住娘。
今身努力觅后姻，好住娘。

（见 S.1497，S.4634，S.5892，P.2713，北图“乃”字第 74 号卷）

歌辞中儿子心中有坚定明确的信念——出家五台山，誓愿成佛，但同时又割舍不下父母养育的拳拳深情，未能真正忘怀世俗，这种出家与世俗的矛盾，最终变成了“成佛报母恩”。出家也是为了报恩，这是佛教中土化在敦煌地区的典型表现。歌辞以人们生活中最常见的聚散离别为主题来吟唱，多方面地表现了母子离别时难舍难分的复杂思绪，感情真挚，形象感人。

3.《散花乐》

《散花乐》主要用于道场奉请佛陀菩萨，或礼佛赞叹。《散花乐》转入俗乐，似当在六朝之时。

敦煌写卷中题名（或拟题）为《散花乐》（或作《散华乐》、《散莲花落》等）

的写卷近20件[1]。关于这些写卷的性质，任二北先生名之为“散花乐和声联章”[2]，指出它们主要是佛教法会道场中所唱的佛曲。饶宗颐先生在《敦煌曲》中则认为它们不是佛曲而是赞文和声，理由是“散花乐”名称叫“乐”或“文”，无叫“曲”者。日本学者砂冈和子撰有《敦煌散花乐和声曲辑考》，对《散花乐》的演唱方式作了初步探讨，认为这是诸寺法会上所唱的一种佛赞[3]。

《散花乐》常用于道场仪式之中，在正式清净梵唱之前都要唱《散花乐》。而根据散花行仪的应用场合，敦煌本《散花乐佛曲》可分成以下三类：

（1）庄严叹佛类：属于这一类的敦煌写卷有S.4690、北图“周”字第90号、北图“制”字第5号、S.1781、S.6417、S.5572、S.5557、P.2563、S.668、P.3645、俄藏Дx.828号卷共11件，其中有的原题已佚，文字也不全，其内容则皆为赞叹佛陀八相成道。有的写卷有题记，如S.1781云：“己卯年二月三日金刚会书记之耳。”S. 6417云：“贞明陆年（920）庚辰岁二月一日金光明寺僧宝印写梵题记。”尤可注意的是北图“制”字第5号卷原题为“和戒文一本”，题记则云：“建隆三年（962）岁次癸亥五月四日律师僧保德自手题记，比丘僧慈愿诵。”由此可见《散花乐》不但用于寺庙法会上，亦可行于授戒行仪中。如S.4690卷《散花乐》云：

散花梵文一本

散莲花乐，散花林。
散莲花乐，满道场。
启首归依三学满，散花乐。
天人大世（圣）十方尊，满道场。
昔在雪山求半偈，散花乐。
不顾躯命舍全身，满道场。
巡历百城求善友，散花乐。
敲骨出髓不生嗔，满道场。
帝释四王捧马足，散花乐。
夜半逾城出宫围，满道场。
苦行六年成正觉，散花乐。
鹿苑初度五归（俱）轮，满道场。
弘誓慈悲度一切，散花乐。

1 关于敦煌本《散花乐》的校录，饶宗颐、戴密微《敦煌曲》中收录为11件，日本学者砂冈和子《敦煌散花乐和声曲辑考》中增为16件，李小荣从俄藏敦煌遗书中又得Дx.828号1件，共有17份抄本。

2 任二北:《敦煌曲校录》，上海文艺联合出版社1955年版，第101~103页。

3（日）砂冈和子:《敦煌散花和声曲辑考》，载《社科纵横》(增刊)(1996年)，第23~29页。

三乘设教济群生，满道场。
大众持花来供养，散花乐。
一时举首散虚空，满道场。

此《散花乐》又见于 S.5557 卷。S.4690 卷《散花乐》抄写于金刚神符方图及《忏悔文》之后，字迹较工整。其虽为汉文写本，题名中却注明“散花梵文一本”。据此推测，其所曲调当与梵曲有关。

（2）涅槃念师类：这类散花佛曲显然是受内典中用偈礼赞佛陀涅槃而来，带有悼词的性质，如敦煌 P.3120 卷，其歌辞云：

人生三五岁，花林。
父母送师边，花林。
师林（临）圆寂去，花林。
舍我逐清闲，花林。
送师至何处，花林。
置着宝台中，花林
送师回来无处见，花林。
唯见师空房，花林。
举手开师房，花林。
唯见空绳床，花林。
低头礼师座，花林。
泪落数千行，花林。
低头整师履，花林
操醋（措）内心悲，花林
与师永长别，花林。
再遇是何时，花林。
律论今无主，花林。
有疑当问谁，花林。
双灯台上照，花林。
师去照阿谁，花林。
愿师早成佛，花林。
弟子送师来，花林。

按，此处的和声词“花林”疑是 S.4690 号中的“散花林”之略。

（3）奉请诸佛菩萨类：属于这一类的佛曲文本有 P.3216、北图“果”字第 41 号、P.2130、S.2553 卷等。它们的共同特点是由“奉请某某”加上和声词“散花乐”构成，如 P.3216 卷云：

奉请释迦如来入道场，散花乐（三唱）。
奉请阿弥陀如来入道场，散花乐（三唱）。
奉请观音势至入道场，散花乐（三唱）。
奉请十方诸佛入道场，散花乐（三唱）。
西方极乐不思赞，散花乐（一唱）。
天上人间无数量，散花乐（一唱）。

另外，《转经行道愿往生净土法事赞》卷 1 有《请观世音赞》，五言二十句，每句后面均有和声“散花乐”三字，体式与此相近。其云：

奉请观世音（散华乐），慈悲降道场（散华乐）。
敛容空里现（散华乐），忿怒伏魔王（散华乐），
腾身振法鼓（散华乐），勇猛现威光（散华乐）。
手中香色乳（散华乐），眉际白毫光（散华乐），
宝盖随身转（散华乐），莲华逐步祥（散华乐）。
池回八味水（散华乐），华分戒定香（散华乐），
饥餐九定食（散华乐），渴饮四禅浆（散华乐）。
西方七宝树（散华乐），声韵合宫商（散华乐），
枝中明实相（散华乐），叶外现无常（散华乐）。
愿舍阎浮报（散华乐），发愿入西方（散华乐）。[1]

最后需要指出的是，《散花》不同于“落花”。“落花”原指佛门法事，非曲调专名，与六朝僧人之“唱导”有着密切的关系。《续高僧传》卷 31 云：

世有法事，号曰“落花”。通引皂素，开大施门，打刹唱举，抽撤泉贝。别请设坐，广说施缘。或建立塔寺，或缮造僧务，随物赞祝，其纷若花。士女观听，掷钱如雨。至如解发百数，数别异词，陈愿若星罗，结句皆合韵。声无暂停，语无重述。斯实利口之铦奇，一期之走捷也。[2]

1《大正大藏经》第 47 册，第 427 页。

2《大正大藏经》第 50 册，第 706 页。

1 任半塘将此歌辞分为《三冬雪》(望济寒衣)十五首和《千门化》(化三衣)七首，当误。参见任半塘:《敦煌歌辞总编》，上海古籍出版社1987年版，第1049页和第1057页。

其中所言法事包括佛家僧人“打刹唱举”、讲经说法，诱导世俗男女虔诚发愿、布施造福、乃至皈依佛门。随着这种法事的进一步扩大，到后来形成了一种专门的“落花法会”，而其旨在庙堂募化。

敦煌佛教重句联章歌辞还有如《秋吟》、《驱催老》、《抛暗号》等多种，在内容和结构上都很有特色。《秋吟》[1]歌辞前有小序：“沙门厶（某）言：如来典句，盖不虚然。令护命于九旬，遣加提于一月。是以共邀流辈，同出精蓝。讽宝偈于长街。□□怀于碧砌。希添忍服，望济寒衣。他时猊座，上答酬恩。此日轩阶，略陈雅韵。念菩萨。”其辞云：

远辞萧寺来相谒，总把衷肠轩砌说。一回吟了一伤心，一遍言时一气咽。
话苦辛，申恳切，数个师僧门仞列。只为全无一事衣，如何御彼三冬雪。
或秋深，严凝月，萧寺寒风声切切。囊中青缗一个无，身上故衣千处结。
最伤情，难申说，杖笠三冬皆总阙。寒窗冷榻一无衣，如何御彼三冬雪。
被蝉声，耳边聒，讲席绊萦身又阙。大业鸿名都未成，裸体衣单难可说。
坐更阑，灯残灭，讨义寻文愁万结。抱膝炉前火一星，如何御彼三冬雪。
师僧家，滋味别，不解经营无计设。一夏安居柰苑中，三秋远诣英聪哲。
律藏中，分明说，亲许加提一个月。若不今朝到此来，如何御彼三冬雪。
命同人，相提箧，总向朱门陈恳切。不是三冬总没衣，谁能向此谈扬说。
恨严凝，兼腊月，既是多寒且无热。怕怖忧煎将告来，垂慈御彼三冬雪。
诣英聪，访贤哲，伫望仁慈相允察。退故慊生惠与僧，教将御彼三冬雪。
尊夫人，也相谒，敬佛敬僧人尽说。背子衫裙百种衣，施交御彼三冬雪。
诸郎君，不要说，记爱打榜兼出热。酒沾墨污损伤衣，施僧御彼三冬雪。
小娘子，聘二八，月下花前避炎热。万般新好汗沾衣，施交御避三冬雪。
阿孩子，怜心切，满箧名衣皆罗列。倘要延年养北堂，施交御避三冬雪。
苦再三，轩砌说，未沐恩光难告别。回身检点箧箱中，施交御避三冬雪。

侧吟：
秋风忽尔入僧扃，又被蝉吟叫树鸣。故国未期愁悄悄，乡关思处泪盈盈。
寒衣未施无支拟，便觉秋风意不停。结侣共吟花院侧，遂将肝胆一时倾。
当星月，护含生，恰到秋深怆客情。雨漏再寻金口教，洪衢亲许谒人时。
千般琐细阶前说，一种微言砌畔呈。退故嫌生箱捧出，愿同山岳与沧溟。

平吟：
卅岁离家如幻化，不乐聚沙骑竹马。幸因雪岭得为僧，寒衣佛敕千门化。
三冬月，九旬罢，护戒金园僧结夏。赏劳施设律留文，三衣佛敕千门化。
久吟经，坐深夜，蟋蟀哀鸣吟砌下。□蝉早响诣朱门，三衣佛敕千门化。
睹碧天，珠露洒，颗颗枝头密悬挂。月冷风高□渐浓，三衣佛敕千门化。
雁来亲，燕去也，独对孤灯叹福寡。暂掩茅房下翠微，三衣佛敕千门化。
恋烟萝，不欲舍，只为严霜凋叶下。秋来未有御寒衣，加提佛敕千门化。
入王城，投长者，愿鉴野僧相恳话。不因五利佛留文，缁徒争敢千门化。
虽是僧，性闲暇，唯有炎凉未免也。除非证果离胞胎，这回不向千门化。

侧吟：
佛留明教许加提，受利千门正是时。两两共吟金口偈，三三同演梵音声。
暂离峰顶巡朱户，略出云房下翠微。送福吟经今日至，愿开恩惠赏加提。
（见 P.2704，S.5572 卷）

郭长城云：“此本于俗讲中较为特殊，其内容并非讲述佛经或故事，而系僧徒于安居解夏后，四出游行向民间募施寒衣之唱词。或者因吟唱时正值秋季，故题为《秋吟》。”[1] 潘重规《敦煌变文集新书》卷 4 校记云：“此卷为伯编 4980（今按：当为伯 2704）号，无标题。《敦煌遗书总目索引》题为‘劝人布施文’，又斯 5572 号卷子，仅残存数行，与此卷实同文异抄，《总目索引》题为‘三冬雪诗’，皆拟题失当。此卷与伯 3618《秋吟一本》，性质相同，皆僧侣安居解夏后，游行人间，募施寒衣之唱本。以吟唱时值秋季，故号曰‘秋吟’。唯伯 3618 卷有题，此卷则无题耳。……又斯 5572 残缺过多，无可参校。唯卷尾有题记云：‘显德叁年十月六日乙卯岁次八月二日书记之耳。’知为五代抄本耳。”[2]

此组歌辞乃僧人秋冬沿街募化寒衣时所唱，歌辞以“三冬雪”和“千门化”为重句，大体可以分为前后两部分。前半部分共计 20 首（其中包括“侧吟”4 首），体式均为“三三七七七”，其中有 11 首均以“御彼三冬雪”5 字作重句。前 10 首为一段落，内 5 首作重句，与 5 首不作重句者相间排列。后 6 首为一段落，则首首皆作重句。后半部分歌辞计有 10 首（其中包括“侧吟”两首），以“千门化”3 字作重句，歌辞体式也均为“三三七七七”。第一首尾句是“寒衣佛敕千门化”，接下来四首尾句皆为“三衣佛敕千门化”，后三首之重句则仅限末三字“千门化”。

1 郭长城：《敦煌变文集失收之三个与“秋吟一本”相关写卷叙录——S5572，S2704，P4980》，载台北《敦煌学》第 11 辑。此外，郭氏尚发表过讨论相关问题之论文《试论 P4980 及“秋吟一本”之相关写卷》，载台北《敦煌学》第 6 辑。

2 潘重规：《敦煌变文集新书》，台北文津出版社有限公司 1994 年版，第 829 页。

此组歌辞面对广大民众陈情，声哀辞切，呼求凄厉，具有较强的艺术感染力。前有骈文“入言”，歌辞后以“侧吟”七律作结，结构完整、谨严，带有明显的歌唱特征。

值得注意的是，此组歌辞《秋吟》与敦煌变文《秋吟》[1]主旨十分接近。最早注意到二者有密切关系者当是任半塘，他在《三冬雪》后校语有云：

> 从文笔与词汇看，彼此宜出于同时代之同一作者。但二艺之体裁，一变文，一歌辞，毕竟有别；并文字作用与修辞风格亦大异趣。《秋吟》（指敦煌变文）屡曰“盖以某官”、“伏维某官”，其募化对象专在统治者及其爪牙，或剥削者及其从属，故开端曰：“谨课芭（按：当为芜）词，略申赞叹。”此组歌辞则对一般社会普遍立言，从施主全家男女老幼设想，恣意鼓簧，以遂其贪婪之愿，不可不辨。[2]

同时，唐代僧人的募化吟唱的方式也富于变化，任半塘云：

> 《十偈词》与《三冬雪》、《千门化》两组较，实同为和尚化缘所唱，而一则街头召唤，民间风味，一则法会庄严，道场制度：募化之对象不同，于是因人因物而施，乃觉佛教歌辞之体用，变化多端。[3]

此外，《驱催老》和《抛暗号》则是结合历史或现实宣扬人生无常之观念[4]。《驱催老》计5首，均以“也遭白发驱催老”为重句作结，句式整齐。歌辞前面有散白云：“且人生一世，喻若漂蓬，贵贱虽殊，无常一概。上自帝王，下及庶民，富贵即有高低，无常且还一种。故《无常经》云，上生非想处云云。”开头点明歌辞的主旨，其歌辞云：

> 上三皇，下四皓，番岳美容彭祖少。将谓红颜一世中，也遭白发驱催（摧）老。
> 文宣王，五常教，夸骋文章丽词藻。将谓他家得长久，也遭白发驱催老。
> 说西施，妲己貌，在日红颜夸窈窕。只留名字在人间，也遭白发驱催老。
> 或是僧，或是道，清净莲台持释教。将谓无常免得身，也遭白发驱催老。
> 或经营，或工巧，文样尖新呈妙好。假饶富贵似石崇，也遭白发驱催老。
>
> （见P.2305卷）

1 王重民等编:《敦煌变文集》，人民文学出版社1984年版，第807页。

2 参见任半塘:《敦煌歌辞总编》，上海古籍出版社1987年版，第1051页。

3 任半塘:《敦煌歌辞总编》，上海古籍出版社1987年版，第975~976页。

4 此两组歌辞也收入王重民等编的《敦煌变文集》的“无常经讲经文”，项楚则归于“解座文集”二和八，参见项楚:《敦煌变文选注》，中华书局2006年版，第1532~1533页和第1582~1585页。

《抛暗号》计10首，每首两节，前两首以“只这个是无常抛暗号”作结，后八首以“犹不悟无常抛暗号”作结，而均以“无常抛暗号”为重句。其歌辞云：

> 休夸似玉如花貌，年去年来数便老。须知浮世片时间，莫作久长千岁调。 劈面言，劈面道，劈面道时合醒早。头上缘何白发多，只这个是无常抛暗号。
>
> 经营剋扣生机梏，分定不由人计料。富贵须知宿种来，如今必定难回拗。 莫逞聪明夸计较，计较得成身已老。更念眼暗达身边，只这个是无常抛暗号。
>
> 只趁事持夸窈窕，斗艳争辉呈面俏。酒肉茶庄尽恣情，见说讲开却失笑。 劫（幼）时光，且觅好，阿谁听你闲经教。看看面皱尚觅强梁，犹不悟无常抛暗号。
>
> 休趁闲行兼不绍，不绍教君沉恶道。如今尽狂乱施为，冥司业镜分明照。 那么时，无拗较，一任磨磨兼碓捣。况今情绪顿昏沉，犹不悟无常抛暗号。
>
> 人生百岁寻常道，阿那个得七十身不夭。才亡三日早安排，送向荒郊看（着）古道。 送回来，男女闹，为分财物不停怀懊恼。看看此事到头来，犹不悟无常抛暗号。
>
> 火宅驱牵长煎炒，千头万绪何时了。恰到病来卧在床，一无支准前途道。 心恫惶，生热恼，冤恨健时不预造。转动艰难声唤频，犹不悟无常抛暗号。
>
> 为人却要心明了，莫学掠虚多谛了。只磨贪婪没尽期，也须支准前程道。 莫恣怀，尽乱造，病来不怕君年少。直不病时耆年也耳聋，犹不悟无常抛暗号。
>
> 如今世上多颠倒，莫便准承他幼小。他缘寿命各差殊，影响于身先自夭。 却孤穷，无依靠，终日冤嗟怀懊恼。更添腰曲在身边，犹不悟无常抛暗号。
>
> 富贵奢华未是好，财多害己招烦恼。影响因兹堕却身，只为贪求心不了。 遇干戈，被鞭拷，地下深藏与他道。一一君亲眼见来，犹不悟无常抛暗号。
>
> 见他荣贵休生恼，富贵贫穷由宿造。但知稳自用身心，衣食自然长恰好。 慢佛僧，轻神道，争使这身人爱乐。直须折得形骸鬼不如，犹不悟无常抛暗号。
>
> （见P.2305卷）

歌辞后面还云：“十般道理与君宣，侧耳摩心静莫宣。总是门徒身上事，速行打扑锁心猿。若依前不肯抛贪爱，的没轮回去不还。倘若今朝相取语，西方必见礼金仙。”具有佛教讲唱劝导之特征。

总的说来，敦煌联章歌辞的内容多数都是阐释佛理，警悟众生，或诱导人们布施乃至归依佛法。在歌辞体式上有齐言，而更多的是杂言，结构上自然分章。句式多为三言、五言和七言，长短随意，自由灵活，艺术表现手法相当成熟。敦煌联章歌辞虽然数量众多，但风格丰富多样，语言平易自然，琅琅上口，音乐感强。摹写情状，常常声情并茂，韵味深长；绘写世态人生，幽默诙谐，同时发人深思。敦煌联章歌辞十分注重对于当时民间歌唱的吸收和运用，在运用或吸收民间歌唱的体式方面，既有构思精巧的短篇佳作，更多的是以联章组曲的形式进行宣唱，并有一定的创造和发展。特别是敦煌长篇歌辞杰作《十二时·普劝四众依教修行》，气势流畅，篇幅恢弘，堪称代表，体现出极大的创造性，可以说是歌辞史上的一座丰碑。由此可以看出当时敦煌联章歌辞艺术的高度发达和兴盛发展，也进一步说明了当时佛教宣唱形式相当活泼，不仅有变文宣讲，歌辞吟唱也很盛行。佛教正是借助广大民众十分熟悉的歌唱形式，把抽象难解的佛教义理，广泛深入地散播于广大民众之中。

从以上可以看出，敦煌佛教歌辞的艺术成就，在一定程度上取决于唐代僧人积极从民间歌唱中汲取艺术营养并不断努力创新，这也促进了唐代歌乐的兴盛发展及其艺术水平的提高。

第四章　敦煌写卷中的释门偈颂歌赞

古代印度十分重视歌咏、赞叹，并视之为一种隆重的礼敬形式。后秦时西域高僧鸠摩罗什论及西方辞体，云：

> 天竺国俗，甚重文制，其宫商体韵，以入弦为善。凡觐国王，必有赞德；见佛之仪，以歌叹为贵。经中偈颂，皆其式也。[1]

指出印度文制，“以入弦为善”，“以歌叹为贵”，并常常作为歌赞礼敬之仪式，用于重要正规的场合。同时也指出佛经中大量的偈颂歌赞，便是礼佛、颂佛的唱辞。

偈颂歌赞从西域传入之初，都是付于歌唱的，不仅有声腔曲调，还兼有乐器伴奏。慧皎《高僧传》卷13《经师》有云：

> 东国之歌也，则结韵而成咏；西方之赞也，则作偈以和声。虽复歌、赞为殊，而并以协谐钟律，符靡宫商，方为奥妙。[2]

为了表达对佛菩萨的虔诚敬意，礼佛时偈赞都配有音乐。道世《法苑珠林》卷36《呗赞篇》第34“述意部”云：

> 寻西方之有呗，犹东国之有赞。赞者，从文以结音；呗者，短偈以流颂。比其事义，名异实同。是故经言：以微妙音声歌赞于佛德，斯之谓也。[3]

偈颂配合梵呗歌唱，应属于佛教呗赞音乐系统。

可见，早期的偈赞，都是配乐歌唱，后来才逐渐脱离音乐，变成诗文的余响。偈颂随佛经传入中土后，不仅对俗讲及其民间讲唱有着重要影响，而且对中国文学，特别是小说、戏曲的体式也有深远的影响。

1（梁）释慧皎撰，汤用彤校注:《高僧传·鸠摩罗什传》，中华书局1992年版，第53页。

2（梁）释慧皎撰，汤用彤校注:《高僧传》，中华书局1992年版，第507页。

3《大正大藏经》第53册，第574页。

敦煌写卷中80%以上的文献资料都是佛教文献，其中偈颂歌赞一类作品，充满写卷。值得注意的是，这批佛教歌辞文献给我们留下了许多音乐的痕迹。其中保存有代表一定声腔曲调和乐曲节奏的歌辞形式、句式变化、声法标识以及声韵字声等，为我们研究偈赞音乐特点提供了重要依据。同时，在敦煌写卷中还发现了大量法照及其门徒创作的净土五会念佛赞文，也非常引人注目。法照创立的净土五会念佛法门在中晚唐曾经风行一时，影响很大，以致南宋的宗晓和志磐分别将他列为净土六祖中的第三祖和净土七祖中的第四祖。但由于法照著述久已亡佚，后人无从得知当时流行的情况，所以敦煌写卷中保存的这批歌赞作品，在历史文献学乃至宗教史研究方面都有着重要的意义。

第一节　佛教偈颂歌赞的性质及其内容

偈颂作为佛教12部经或九分教的经体之一，是佛教文献的重要组成部分，也是人们礼佛时所唱的颂词。“偈”又作“伽陀”、“偈陀”，意译“偈颂”或“颂”。一般以五言四句或七言四句为一偈，与诗歌的形式相近。

偈有广义与狭义之分，广义之“偈”，包括12部经或九分教中之伽陀与祇夜，两者均为偈颂体，但同时又有一定的区别：纯为诗体形式（韵文）的偈颂，称为“孤起偈”，即伽陀。如果是诗体与长行（散文体）间杂使用，则称为“重颂偈”，即祇夜。然而，在诸经论中，二者往往混用。狭义之“偈”，则单指梵语之gatha，音译为“伽陀”、“偈陀”等，意译为“讽诵”、“孤起颂”、“不重颂偈”、颂等。

隋吉藏《百论疏》卷上云：

> 偈有二种：一者通偈，二者别偈。言别偈者，谓四言、五言、六言、七言，皆以四句而成。目之为偈，谓别偈也。二者通偈，谓首卢偈。释道安云：盖是胡人数经法也。莫问长行与偈，但令三十二字满即便名偈，谓通偈也。[1]

据吉藏解释，偈有两种：其一，“通偈”，即由梵文32个音节构成，不问长行或偈颂，32字满便是一偈。其二，“别偈”，不问五言、六言、七言，但令四句满便是一偈。但实际上偈的种类较多，吉藏所称之“偈”，仅是常用的两种。佛教偈颂发展到后来，凡赞叹佛德，阐述佛理，有韵或无韵的诗，大体整齐，便都可称为“偈”。

偈与“颂”连称为“偈颂”，也即偈陀。梁曼陀罗仙共僧伽婆罗译《大乘宝云

1《大正大藏经》第42册，第238页。

经》卷第1云："无量天女于虚空中作天伎乐而供养佛，以是音乐出此偈颂，歌咏佛德。"[1]窥机《妙法莲花经玄赞》卷二云：

> 梵云伽陀，此翻为颂。颂者，美也，歌也。颂中文句，极美丽故，歌颂之故。[2]

颂即伽陀，汉译为"颂"，也即"偈"。这里训"颂"为"美也"，与作为《诗经》六义之一的"颂"颇为接近。《诗经》中的"颂"是宗庙乐歌之歌辞。《毛大序》云："颂者，美盛德之形容，以其成功，告于神明者也。"其中"颂"即是赞美盛德，告慰神明的祭歌。空海《文镜秘府论》中"六义"引王昌龄《诗中密旨》云："颂者，赞也。赞叹其功，谓之颂也。"[3]《文章辨体序说》也认为"颂之名，实出于《诗》"[4]。尽管佛经之偈颂也含有赞美、歌颂之意，并且也具有歌唱的性质，但佛教之偈颂与我国诗经"六义"中的"颂"，以及后来作为文体的"颂"有一定的区别。总的说来，佛经中偈颂作为一种韵文体是与修多罗（散文体）相对而言的，特别是后来的禅门偈颂，多是用来表达禅者了悟佛教真理而创作的诗歌，有时也称作"歌"，这就与我国传统意义上之"颂"越来越远了。

在佛经中，偈、赞也常常连称为"偈赞"。赞，梵语谓之"戍怛罗"（Stotra）。赞与偈的功用一样，均用于法会仪事道场中礼佛、赞佛的歌唱。"偈赞"意即以偈句赞叹佛菩萨等诸尊或他人之功德。如北凉昙无谶译《优婆塞戒经》卷第3《供养三宝品第十七》云：

> 凡所供养，不使人作，不为胜他。作时不悔心，不愁恼，合掌赞叹，恭敬尊重。若以一钱至无量宝，若以一綖至无量綖，若以一花至无量花，若以一香至无量香，若以一偈赞至无量偈赞，若以一礼至无量礼，若绕一匝至无量匝，若一时中乃至无量时，若自独作若共人作。善男子，若能如是，至心供养佛法僧者，若我现在及涅槃后，等无差别。[5]

齐昙景译《摩诃摩耶经》卷上云：

> 尔时摩诃摩耶，说偈赞已，而白佛言："诚知如来诸弟子众，……国王、大臣、长者、居士、婆罗门等，其数无量，所说偈赞，歌颂如来微妙功德，亦不可量。"[6]

1《大正大藏经》第16册，第243页。

2《大正大藏经》第34册，第684页。

3 王利器:《文镜秘府论校注》，中国社会科学出版社1983年版，第161页。

4 吴讷:《文章辨体序说》，人民文学出版社1998年版，第47页。

5《大正大藏经》第24册，第1051页。

6《大正大藏经》第12册，第1006页。

偈颂联美辞而颂之，赞体则“从文以结音”[1]，二者均采用佛教呗赞音乐。慧皎《高僧传》卷13《经师》云：

> 天竺方俗，凡是歌咏法言，皆称为‘呗’。至于此土，咏经则称为转读，歌赞则号为梵音。昔诸天赞呗，皆以韵入弦管。五众既与俗违，故宜以声曲为妙。[2]

其实，论赞类文体在我国出现的时间较早。《文章辨体序说》云：

> 按赞者，赞美之辞。《文章缘起》曰：‘汉司马相如作《荆轲赞》。’世已不传。厥后班孟坚《汉史》以论为赞，至宋范晔更以韵语。唐建中中试进士，以箴、论、表、赞代诗赋，而无颂题。迨后复置博学宏词科，则颂赞题皆出矣。……大抵赞有二体：若作散文，当祖班氏史评；若作韵语，当宗东方朔《画像赞》。[3]

刘知几《史通》卷4《内篇》“论赞第九”云：

> 《春秋左氏传》每有发论，假君子以称之。二传云“公羊子”、“穀梁子”，《史记》云“太史公”。既而班固曰“赞”，荀悦曰“论”，东观曰“序”，谢承曰“诠”，陈寿曰“评”，王隐曰“议”，何法盛曰“述”，扬雄曰“撰”，刘昞曰“奏”，袁宏、裴子野自显姓名，皇甫谧、葛洪列其所号。史官所撰，通称史臣。其名万殊，其义一揆，必取便于时者，则总归论赞焉。[4]

可见，赞类文体起源甚早，而颂一体则较晚。但需要说明的是，我国古代论赞乃是指一部书或一篇文章结尾处的文字部分，或是作者对文中所述内容的概括评论，或是对不足之处的补充说明。在这类文体中，往往是前文而后赞，前文是序，赞即后面的韵语部分。但佛经中长行终了的“偈赞”与作为文体的赞不同，不仅多采用诗体形式，具有音乐性，而且含有更多的称叹、颂赞之意，往往用来称赞佛菩萨之德行恩泽，或颂扬法会的盛大庄严等。佛经中以“赞”命名的，如《佛所行赞》、《赞法界颂》、《佛三身赞》、《佛一百八十名赞》、《佛吉祥德赞》等，大多都采用五言或七言的诗体形式，如法贤译《佛三身赞》中的《法身赞》：

> 我今稽首法身佛，无喻难思普遍智。
> 充满法界无罣碍，湛然寂静无等等。
> 非有非无性真实，亦非多少离数量。

1（唐）道世:《法苑珠林》卷36，上海古籍出版社1995年版，第285页。

2（梁）释慧皎撰，汤用彤校注:《高僧传》，中华书局1992年版，第508页。

3 吴讷:《文章辨体序说》，人民文学出版社1998年版，第48页。

4（唐）刘知几撰，（清）浦起龙释:《史通通释》，上海古籍出版社1982年版，第81页。

平等无相若虚空，福利自他亦如是。[1]

这首赞在形式上是整齐的七言八句。而马鸣造、北凉昙无谶译的《佛所行赞》则通篇都是五言，叙写释迦牟尼从出生到涅槃的所有事迹，简直就是长篇叙事诗。

在我国，称颂佛菩萨的颂赞出现较早，到三国六朝时数量已很多。如《广弘明集》卷15《佛德篇》收有支遁《释迦文佛像赞》、《阿弥陀佛像赞》、诸菩萨赞包括《文殊师利赞》、《弥勒赞》、《维摩诘赞》、《善思菩萨赞》赞词11首，此外还有《月光童子赞》等；范泰《佛赞》，谢灵运《和范光禄祇洹像赞三首》（包括佛赞、菩萨赞、缘觉声闻合赞）、《维摩诘经中十譬赞八首》等，此外还有如释慧远《晋襄阳丈六金像颂》（也称"赞"）、殷隐《文殊像赞》、谢灵运《和从弟无量寿佛颂》、梁简文帝《菩提树颂》等[2]。其中支遁的《释迦文佛像赞》、《阿弥陀佛像赞》，慧远《晋襄阳丈六金像颂》，殷隐《文殊像赞》，范泰《佛赞》，梁简文帝的《菩提树颂》的赞词均为四言句，谢灵运的《佛赞》、《菩萨赞》、《缘觉声闻赞》更是整齐的四言八句。而支遁的11篇菩萨赞以及《月光童子赞》均为五言句，谢灵运的《维摩诘经中十譬赞八首》除《焰》为五言六句外，其余的包括《无量寿颂》在内均为五言八句。由此可以看出，六朝时我国文人乃至僧人创作的佛教颂赞多采用四言和五言的诗体形式。相对来说，四言语气较为庄重，多用于佛赞、像赞、菩萨赞一类，这类赞文后来发展为铭赞一类的文体。如敦煌P.4660卷的《吴和尚赞》、《禅和尚赞》，P.2104、P.2105、S.4037等卷僧璨的《信心铭》，在形式上都采用了这种四言的体式。而五言诗体在六朝时则可用于菩萨乃至一般事物的歌赞，运用的场合比较广泛，这也体现了我国古代文体运用的观念。

隋唐时期，偈颂歌赞的音乐方面的特征高度发展，并且往往因地区风习和人们爱好的不同，歌唱特点也有所不同。唐初道宣在《续高僧传》卷第31《杂科声德篇》中"论"述当时歌赞云：

> 梵者，净也，实惟天音。色界诸天来觐佛者，皆陈赞颂。经有其事，祖而习之，故存本因，诏声为梵。然彼天音，未必同此。故东川诸梵，声唱尤多。其中高者，则新声助哀，般遮掘势（孙楷第疑为"般涉乞食"之异文也）之类也。地分郑魏，声亦参差，然其大途，不爽常习。江表关中，巨细天隔，岂非吴越志扬，俗好浮绮，致使音颂所尚，惟以纤婉为工？秦壤雍梁，音词雄远，至于咏歌所被，皆用深高为胜。然则处事难常，未可相夺。若都集道俗，或倾郭大斋，行

1《大正大藏经》第32册，第757页。

2（唐）道宣：《广弘明集》卷15《佛德篇》，上海古籍出版社1994年版，第204页。

1（唐）道宣:《续高僧传》，见《高僧传合集》，上海古籍出版社 1991 年版，第 380 页。

2《大正大藏经》第 32 册，第 244 页。

> 香长梵，则秦声为得，五众常礼，七贵恒兴。开发经讲，则吴音抑在其次，岂不以清夜良辰？昏漠相阻，故以清声雅调，骇发沈情。京辅常传，则有大小两梵；金陵昔弄，亦传长短两引。事属当机，不无其美。剑南陇右，其风体秦，虽或盈亏，不足论评。故知神州一境，声类既各不同，印度之与诸蕃，咏颂居然自别。义非以此唐梵，用拟天声，敢惟妄测，断可知矣！呗匿之作，颇涉前科，至于寄事，置布仍别，梵设发引为功，呗匿终于散席。寻呗匿也，亦本天音。唐翻为静，深得其理。谓众将散，恐涉乱缘，故以呗约，令无逸也。然静呗为义，岂局送终？善始者多，慎终诚寡，故随因起诫，而不无通议（义）。颂赞之设，其流实繁。江淮之境，偏饶此玩。雕饰文绮，糅以声华，随卷称扬，任契便构。然其声多艳逸，翳覆文词，听者但闻飞哢，竟迷是何筌目。[1]

由此可知，唐代礼佛时所唱的偈颂歌赞，不仅种类繁多，不同地区的偈颂歌赞也有着不同的音声特点。其中所云“颂赞之设，其流实繁。江淮之境，偏饶此玩。雕饰文绮，糅以声华，随卷称扬，任契便构。然其声多艳逸，翳覆文词，听者但闻飞哢，竟迷是何筌目”，说明唐代呗赞音乐在我国江南一带十分流行。它不仅注重文辞修饰，而且更注重音声的悦耳动人，以致使听众陶醉于婉转悠扬的乐声之中，忽视了歌赞的佛教内容。

鸠摩罗什译《成实论》卷第 1“十二部品第八”云：

> 问曰：何故以偈颂修多罗？答曰：欲令义理坚固，如以绳贯华，次第坚固。又欲严饰言辞，令人喜乐。如以散华，或持贯华，以为庄严。又义入偈中，则要略易解。或有众生，乐直言者，有乐偈说。又先直说法，后以偈颂，则义明了，令信坚固。又义入偈中，则次第相着，易可赞说，是故说偈。[2]

据此，偈颂在经文中的作用可以概括为四个方面：1. 可使佛经内容连贯，层次清晰，更容易为人们所掌握。2. 偈语注重语言修辞，音韵铿锵，节奏感强，更为人们所喜爱。3. 偈颂的音乐性具有强烈的感发人心的作用。4. 对经文内容进行重复强调，意思表达更为简要畅达，可以加强人们对佛教义理的理解。

总之，佛教的偈、颂、歌、赞相互之间起初有着一定的区别。偈颂作为佛教经体之一，是用来歌唱的韵文形式，有时也称之为“偈赞”，主要用于礼佛仪式中表示赞叹、称颂之意，具有较强的音乐性。在传入中土之后，特别是到隋唐以后，无论是其韵文体式，还是歌唱的性质，都有了不少改变。

第二节 法照与净土五会赞文

法照是唐代佛教净土宗发展史上很有影响的僧人，从宋代起就被列为净土祖师之一。然而，由于历史上记录法照生平活动的文献资料大多久已亡佚，特别是保存在《宋高僧传》中的有关法照的记录也语焉不详，又多为神奇灵异之说，进一步使作为历史人物的法照变得扑朔迷离，模糊不清。而在敦煌写卷中却保存了许多有关法照及其所创立的净土五会念佛法门的文献资料，自1900年敦煌莫高窟藏经洞的发现之后，随着有关文献资料的不断刊布，中外学者随之对其展开研究。早在20世纪30年代，日本学者矢吹庆辉、塚本善隆、望月信亨、佐藤哲英、广川尧敏等就对法照有所研究。其中塚本善隆在1933年出版的《唐中期之净土教》一书，可以称作是对法照及其净土五会念佛方面研究的重要成果。我国有关法照的研究起步较晚，先后有汤用彤、周叔迦、周一良、白化文、施萍婷、张先堂、刘长东等学者进行研究，并取得一定的成果。

法照的生卒年、家世，历史记载大都不详。《宋高僧传·法照传》云："释法照，不知何许人也。"并云："(法)照后笃巩其心，修炼无旷，不知其终。"[1]而在《净土五会念佛略法事赞》中"五会念佛"题下注有云"梁汉沙门法照"。又，敦煌P.4641卷《五台山圣境赞》云："南梁法照游仙寺，西域高僧入化城。"S.370卷《五台山赞》有云："梁汉禅师出世间，远来巡礼五台山。"延一《广清凉传》卷中《法照和尚入化竹林寺十六》也云法照"本南梁人也"[2]，可知法照为梁汉人。然而，学界对于梁汉究属何地，分歧较大[3]。近年来刘长东利用敦煌文献，结合前人的研究成果，经过精细考辨，认为法照生于唐玄宗天宝五载(746年)，卒于唐文宗开成三年(838年)，享年93岁。其籍贯就是今陕西省南部的汉中[4]，此外，陈扬炯

1（宋）赞宁撰，范祥雍点校:《宋高僧传》，中华书局1997年版，第538页。

2《大正大藏经》第51册，第1114页。

3 日本学者塚本善隆考定南梁或梁汉是指四川成都北部唐时的汉州。我国学者周一良、汤用彤以及日本学者小野勝年多从其说。任半塘认为南梁州在今湖南宝庆县，参见任半塘:《敦煌歌辞总编》，上海古籍出版社1987年版，第921页。

4 刘长东:《法照生卒、籍贯新考》，载《敦煌文学论集》，四川人民出版社1997年版，第440页。

1 陈扬炯:《中国净土宗通史》，江苏古籍出版社2000年版，第398页。

2《大正大藏经》第47册，第476页。

也认为梁汉即今陕西汉中市[1]，与刘长东所考相一致。

法照在唐代宗永泰元年（765年），因慕慧远之高风，入庐山结西方道场，修念佛三昧，接着便到衡山师事承远。承远原属净众宗处寂门下，后又投访高僧慧日，慧日授之《无量寿经》及念佛三昧。承远得慧日之亲传，“顿息诸缘，专归一念”，在天宝初年返回衡山后，乃自立门户，设立般舟道场，弘传净土法门，远近风闻。法照在南岳弥陀台般舟道场学习念佛，大历元年（766年）即依《无量寿经》，创立五会念佛。这些在文献中多有记载，如法照《净土五会念佛略法事仪赞》中“五会念佛”下有小字云：“梁汉沙门法照，大历元年夏四月中起，自南岳弥陀台般舟道场，依《无量寿经》作。”[2]敦煌P.2066卷所收法照《净土五会念佛观行仪卷中》，其中也说他是在永泰二年四月南岳弥陀台的念佛禅定中，弥陀佛授以五会念佛法门。

大历五年（770年），法照结伴数人到五台山，据传在佛光寺曾听文殊、普贤说法，并得摩顶受记。随后在并州（今山西太原）行五会念佛之法，教人念佛，声名远播。以至唐代宗把他迎请到长安，教宫人念佛，并尊之为国师。法照利用在宫廷的机会，为其师争得赐额的殊荣，还为竹林寺募化，使朝廷许可在竹林寺开戒坛。

法照何时离开长安到五台山建竹林寺，文献没有记载。据日本学者塚本善隆所著《唐中期之净土教》中的研究，认为竹林寺兴建于贞元十四年（798年）、十五年（799年）两年。竹林寺规模宏大，建筑华丽，像设齐全，是当时五台山的名刹，地点在传说中法照所见的竹林化现处。此后法照就在竹林寺弘传净土五会念佛法门，直到去世。法照有许多弟子，但其后传承不久就中断了。宋代宗晓《乐邦文类》卷3把法照列为净土六祖之三祖，志磐《佛祖统纪》卷26列为净土七祖之四祖。法照撰有《净土五会念佛诵经观行仪》3卷，《净土五会念佛略事仪赞》及《大圣竹林记》各1卷。

在唐代，净土五会念佛作为一种净土修行法门，由于法照及其门徒的大力弘传，从中唐开始，历经晚唐、五代，直至宋初，在北方许多地区广泛流传。法照认为，今时像（法）末（法）以后，浊恶世中五苦众生，唯有专心念佛，凭借佛的愿力，才能远离烦恼，永断生死。法照所言五会念佛，属称名念佛形式之一，这是法照对念佛形式的一种创造性发展，也是他的突出贡献。

由于净土五会念佛的文献资料大概在南宋时亡佚，以致南宋末期咸淳年间沙门志磐编撰《佛祖统纪》时，已经不详“五会念佛”的具体含义。《佛祖统纪》卷29中记述长安人李知遥“率众为五会念佛”时，文中自注云：“五会者，当是五日为一会耳。”[1]这种看法曾经为一些学者所引用。根据敦煌文献中发现久佚的法照《净土五会念佛诵经观行仪》（见P.2066、2130、3890等卷），学者们将其与日本所存《净土五会念佛略法事仪赞》进行比较研究，才真正了解“五会念佛”的含义，发觉了《佛祖统纪》中注释文字的错误。

所谓“五会念佛”，是指法照创立的、按照特定声调和音声缓急来念佛修行的方法。法照《净土五会念佛略法事仪赞》云：“此五会念佛声势，点大尽长者，即是缓念，点小渐短者，即是渐急念，须会此意。”并云：

第一会：平声缓念“南无阿弥陀佛”。
第二会：平上声缓念“南无阿弥陀佛”。
第三会：非缓非急念“南无阿弥陀佛”。
第四会：渐急念“南无阿弥陀佛”。
第五会：四字转急念“阿弥陀佛”。

可见，五会念佛就是用平声缓、平上声缓、非缓非急、渐急、四字转急等五种音声集会来颂念阿弥陀佛。法照十分重视礼赞阿弥陀佛，在其所撰的《净土五会念佛诵经观行仪》第八门即为“赞佛得益门”，对之进行特别陈说宣扬。

法照在《净土五会念佛略法事仪赞》“释五会念佛”云：“五者会（按：‘会’字当为衍字）是数，会者集会。彼五种音声，从缓至急，唯念佛法僧，更无杂念。念则无念，佛不二门也。声则无常，第一义也。故终日念佛，恒顺于真性；终日愿生，常使于妙理。”[2]

据法照在《净土五会念佛略法事仪赞》中的自述，五会念佛之法是受《无量寿经》的启发而创制的：

问曰：五会念佛出在何文？

1（宋）志磐：《佛祖统纪》卷29《往生庶士传》“李知遥”条。

2《大正大藏经》第47册，第476页。

1《大正大藏经》第85册，第1244页。

答曰:《大无量寿经》云：或有宝树，车渠为本，紫金为茎，白银为枝，琉璃为条，水精为叶，珊瑚为华，玛瑙为实。行行相值，茎茎相望，枝枝相准，叶叶相向，华华相顺，实实相当，荣色光耀，不可胜视。清风时发，出五会音声，微妙宫商，自然相和，皆悉念佛、念法、念僧。其闻音者得深法忍，住不退转至成佛道。

从慧日授承远《无量寿经》及念佛三昧，法照师事承远，在南岳衡山弥陀台般舟道场学习念佛，又自认五会念佛之法也源于《无量寿经》，可以看出他们之间的师承关系。

法照在论及“五会念佛”的功效，云：

问曰：五会念佛有何利益，复何所表？

答曰：即于此生，为能离五浊烦恼，除五苦，断五盖，截五趣，净五眼，具五根，成五力，得菩提，具五解脱，速能成就五分法身。五会念佛功力如斯，最胜无比。尽此一形，顿舍最后凡夫之身，生极乐国，入菩萨圣位，得不退转，疾至菩提，实为佛任，此事终不虚也。

（见《净土五会念佛略法事仪赞》）

五会念佛虽然只是靠念佛声调音节的巧妙转换，分五番唱念阿弥陀佛的名号，颂赞阿弥陀佛的功德，但因其唱法新颖、音声流转动听、调式优美、抑扬变化等特点，在当时僧俗间影响很大，并产生了一定的轰动效应。同时，这与佛教大力宣传赞佛的功德也是分不开的。法照《净土五会念佛诵经观行仪》卷中“第八赞佛得益门”云：

难曰：如说修行，理实明矣，仰信专行。今赞佛之时，有何益焉？答曰：利益无边，说不可尽。略而言之，旦诸佛世尊名闻满十方，饶益众生，称叹无穷尽。一切众生类。无不宗奉者何旨（者？），寔由过去为凡夫时，以身意口业赞佛，及众生不毁于他人，由斯赞功德，今速成佛道，还令众生恭敬尊重而赞叹。……赞佛功德，岂可称量？更有赞佛得益，具在诸经。今之四众，若赞佛时，现世为人恭敬仰瞻，命终之时佛来迎接，定生极乐世界。身真金色，舌相广长，词辩纵横，得无碍智。世界庄严，尽皆七宝，名闻广大，普遍十方。一切众生，无不尊重赞叹。何以故？由今赞佛，得生佛家，速成佛故，因感果故，智者当知。[1]

佛教大肆宣扬赞佛功德无量，不仅可以速成佛道，而且命终之时佛将来迎接，往生极乐世界。赞佛有如此大的功效，既不需要高深的学养，也不需要漫长的坐禅修行，简便易行，这对于广大民众来说，无疑有着巨大的吸引力。

净土五会念佛赞文是为了配合净土宗进行转经、礼忏、念佛等宗教活动而创作的，是供净土五会念佛道场唱诵的佛赞（歌辞）。据统计，有关净土五会念佛的敦煌写卷共有 64 个，又可分为两类：一类是整个写卷都是或大部分是抄写净土五会念佛仪轨和赞文的写本，这类写卷计有 21 个；一类是在其他内容之间夹抄有净土五会念佛赞文的写卷，这类写卷计有 43 个[1]。在这批有关净土五会念佛的写卷中，其中有 6 个写卷在题记、杂写中有幸保留了抄写者的名字。如见于 P.1973 卷的比丘僧善惠、见于 S.5527 卷的三界寺僧、见于 S.5652 卷的金光明寺僧延定、见于 S.6734 卷的尹松志、见于 P.2483 卷的保集、见于李氏鉴藏本和散录第 540 号卷的三界寺僧等，由此可以看出抄写者既有出家僧人，也有在家信徒。可见，敦煌写卷中保存的这批五会念佛赞文，除供五会念佛道场应用而当做范本外，有的也是为了适应净土五会念佛道场的要求，仅供敦煌地区的僧俗信徒在日常生活中练习唱诵使用的，由此也可看出净土五会念佛法门在敦煌地区的广泛盛行。

敦煌写卷中的净土五会念佛赞不仅数量大，大约有 70 种之多，而且内容十分丰富，涉及佛教生活的许多方面。如赞西方净土世界的有《西方礼赞文》、《西方赞》、《净土乐赞》、《随心叹西方赞》、《西方极乐赞》、《极乐宝池赞》、《极乐连珠赞》、《净土行行赞》等；赞往生有《往生乐愿文》、《厌此娑婆愿生净土赞》、《归西方赞》、《归向西方赞》、《往生极乐赞》、《归极乐去赞文》等。此外，还有《出家乐赞》、《无量寿佛赞》、《四十八愿赞》、《弥陀本愿赞》、《观经十六观赞》、《阿弥陀经赞》、《法照和尚赞》、《五台山赞文》、《净土法身赞》、《净土五会赞》、《极乐五会赞》、《散花乐赞》、《叹弥陀观音势至赞》、《念佛赞》、《念佛偈赞》、《西方念佛赞》、《较量坐禅念佛赞》、《佛母赞》、《兰若空赞》、《六根赞》、《大乘六根赞》、《鹿儿赞》、《涅槃赞》等。从题目即可看出，这些名目繁多的净土赞文，或赞佛、或赞祖师、或赞经、或赞法身、或赞五会念佛，内容上都是宣扬五会念佛的修行观念。有的还通过演绎佛经故事来咏唱，如敦煌的《鹿儿赞文》云：

1 张先堂:《晚唐至宋初净土五会念佛法门在敦煌的流传》，载《敦煌研究》1998 年第 1 期。

昔有一贤士，住在流水边，百鸟同一巢，相看如兄弟。有一旁河人，失脚堕流泉，手把无根树，口称观世音。鹿儿闻此语，跳入水中心，语汝上鹿背，将汝出彼岸。赵人出彼岸，与鹿作奴仆。鹿是草间虫，饥来食百草，渴则饮流泉，不用作奴仆，有人问此鹿，莫道在此间。

有一国王长大患，夜梦九色鹿，谁知九色鹿，分国偿千金。赵人闻此语，叉手向王前，臣知九色鹿，长在流水边。国王闻此语，处分九飞龙，将兵百万众，违（围）绕四山林。有一慈鸟树上叫，鹿是树下眠。国王张弓拟射鹿，听鹿说一言：大王是迦叶，鹿是如来身，凡夫不昔（惜？）贤，莫作圣人怨。国王闻此语，便即写（卸？）弓弦，弓作莲花树，剑作莲花枝，翅作莲花叶，忍辱颇思议，无人知鹿处，只是大患儿，报道黑头虫，世世莫与恩。

（见 S.1441、S.1973 卷）

九色鹿故事早在三国时吴支谦译的《佛说九色鹿经》中就已出现，敦煌莫高窟第 257 窟西壁即存有北魏九色鹿本生画一铺。赞文句式以五言为主，同时又有变化，其中有些句式语气同汉乐府叙事长诗《孔雀东南飞》非常相近，语言十分朴素，带有鲜明的民间口语化色彩。《鹿儿赞文》颂赞鹿儿勇于救人的品格，并对现实社会恩将仇报的势利小人进行了鞭挞，其主旨虽然是在宣扬佛教思想，但客观上也有着深刻的警世意义。

然而，净土五会赞文大多都是通过对佛祖及净土世界的描绘和赞叹，表达人们的虔诚信仰和归依之情，如敦煌 P.2250 卷法照的《归西方赞》云：

归去来，谁能恶道受轮回。且共念彼弥陀佛，往生极乐坐花台。

归去来，娑婆世境苦难裁。急手专心念彼佛，弥陀净土法门开。

归去来，谁能此处受其灾。总勤同缘诸众等，努力相将归去来。且共往生安乐界，持花普献彼如来。

归去来，生老病死苦相催。昼夜须勤念彼佛，极乐逍遥坐宝台。

归去来，娑婆苦处哭哀哀。急须专念弥陀佛，长辞五浊见如来。

归去来，弥陀净刹法门开。但有虚心能念佛，临终决定坐花台。

归去来，昼夜唯闻唱苦哉。努力回心归净土，摩尼殿上礼如来。

归去来，娑婆秽境不堪停。急手须归安乐国，见佛闻法悟无生。

归去来，三途地狱实堪怜。千生万死无休息，多劫常为猛焰燃。声声为念弥陀号，一时闻者坐金莲。

归去来，刀山剑树实难当。饮酒食肉贪财色，长劫将身入镬汤。不如西方快乐处，永超生死离无常。

（见 P.2250，北图“文”字第 89 号，P.3373 卷）

通过对人世生活之煎迫，生死无常之迅速，地狱轮回之恐怖的咏唱，盛赞西方净土世界的祥和快乐，从而敦劝人们念佛修行，往生极乐，佛教色彩十分浓重。可以想象，每当举行净土五会念佛法会时，当时僧众信徒都要按照佛教仪轨，置身于香烟缭绕的庄严道场，伴着深沉的钟鼓、清泠的梵响，以及铙、贝、钟、磬等各类乐器的击打吹奏，齐声唱诵充满“弥陀佛”、“阿弥陀佛”、“南无阿弥陀佛”、“净土乐”、“西方乐”、“愿往生”等词句的赞文，以表达他们对佛祖的礼敬、归依之情，以及对西方净土世界的向往。

据现存敦煌写卷中五会念佛赞文及五会念佛法门的相关内容，大致可以推知净土五会念佛法门在进行修行活动时的仪轨，包括礼拜、忏悔、念佛、转经等，都有一定的颂赞仪节。在敦煌 P.3216 卷原题为“沙门法照集”的《念佛赞文》中，把持颂诸赞认定为往生西方的必修功德之一，云：

> 若有□□□□生西方极乐国，心中常行平等，断却贪嗔，持颂诸赞，若无间断，现身不被诸横，亦不有殃祸来浸（侵），常得四天王及诸菩萨以为护念，命终定生西方。

对于参与五会念佛法事的僧众，法照也一再申明要精熟赞文，不得临时把本诵读，云：“其赞文行人总须诵取，令使精熟，切不得临时执本读之”，又云：“诸赞文总须暗诵，周而复始，经赞必须精熟，不得临时把本”等。

在五会念佛道场的法事活动中，诵赞的仪式是通过僧众群体合作共同进行的。念诵佛赞时为了统一众人的念诵，在五会念佛仪轨中还对领唱与和唱都有一定的规定。如 P.3120 卷《西方道场法事文》云：

> 若欲五会和赞，高声念佛时当须简好声六人以上，更不得差。

P.3216 卷《念佛赞一卷》云：

> 大众高声齐念阿弥陀佛二百口已，来打净，便作《散花乐》，一人唱请，大众齐和之。

1《大正大藏经》第47册，第475页。

《散花乐》既有领唱，又有众人和唱。和唱在许多赞文中都有体现，如在敦煌P.2066、P.2250、P.2963、P.3216等既抄有五会念佛仪轨，同时又抄有赞文的写卷中，许多赞文都注有和声词，这些和声词有“净土乐”、“西方乐”、“道场乐”、“愿往生”、“弥陀佛”、“阿弥陀佛”、“南无阿弥陀佛”等十多种。此外，在抄写五会念佛赞文的专卷、散卷中，有的也注有和声词，如敦煌S.779卷《辞道场赞》的单、双句尾交替小字抄写“道场”、“同学”，S.6631卷背有《归极乐去赞》，题下小字抄写“归去来，归去来”，P.3892卷《佛母赞》前三句句尾有小字云“双林里，泪落如云雨”，这些应是和声词。

五会念佛赞文运用于法会道场的宗教活动中，贯穿于道场法事的始终。法照《净土五会念佛略法事仪赞》云：

> 坐道场时，或有两坐、三坐乃至多坐。其弥陀、观经，一坐一启，《散华乐》及诸赞文总须暗诵，周而复始。经赞必须精熟，不得临时把本。唯五会妙音一坐，独作不得声，若准一坐，启经法事即广略看时，其诸依次诵之。《散华乐》为首。其散华乐一坐一句（按：此处原文“句”字脱，今据补）。诸《宝鸟》、《相好》、《维摩》、《五会》、《大小般若》、《般舟》、《涅槃》等赞，一坐两句为声，打磬。《净土乐》、《六根赞》、《西方乐》、《出家乐》、《礼赞》等，并四句为准。《道场乐》一句而已。从弥陀、观维（按：“维”字疑为衍字）经已后诸赞，皆须第三会念佛和之。诵诸赞了，欲散，即诵《道场乐》。音即高声，须第三会念阿弥陀佛三百余声，最后唱《西方礼赞》、《天台智者回向发愿文》，取散。[1]

可见，在道场法事开始时须唱《散花乐赞》，奉请西方佛主阿弥陀佛及其二胁侍菩萨观音、势至以及十方诸佛入道场；再唱《宝鸟赞》等赞，以“宝鸟临空赞佛会”的情景，点染法事庄严、神圣的气氛。在法事进行过程中穿插有大量的赞文，从各个方面表达广大信众对佛祖的礼敬赞颂以及渴望得到救度、往生之情。法事之末，还要唱《道场乐》、《西方礼赞》等。敦煌P.4597等卷中的《辞道场赞》有云：“汝若在先成佛去，莫忘今时诵赞人”，当也是最后辞别道场时所唱。

值得注意的是，有些净土五会赞文形式相同，而且使用相同的和声词，如收在《净土五会念佛略法事仪赞》中《相好赞》、《宝鸟赞》、《五会赞》等赞文都是整齐的七言句，且单数句和声为“弥陀佛”，双数句和声则是“弥陀佛弥陀佛”，在“弥陀佛”和声的基础上再重复一次。据此推断，这些赞歌可能都是使用相同的调式，相互间可以替换，而且这些赞文也并不是在一次法会中全部演唱，而是有所选择。

净土五会念佛赞文大都通俗易懂、自由灵活，语言直白浅显，而其中大量和声词、叠句以及套语的运用，反映出赞文歌唱的特点。如敦煌 P.2066 卷法照《出家乐赞》云：

出家乐，出家乐，无始起，乐诸著。今生植善隔亲缘，顿舍尘情断众恶，断众恶。 发身心，依圣学，除于结使下金刀，落发披衣餐宝药，餐宝药。怀法喜，加踊跃，谁其（期）长夜睡重昏。此日轻身忻大觉，忻大觉。

出家安，出家安，一切事，不相干。年登二十逢和尚，敬受尸逻遇净坛，遇净坛。 修定慧，证非难，悟若琉璃明内外，妙喻莲华恣总看，恣总看。 称释子，法门宽，出入往来无碍道，解脱逍遥证涅槃，证涅槃。

全辞采用“三三、三三、七七三，三三七七三，三三七七三”的句式，灵活多变。其中的三言句多重复出现，特别是每章最后三字，都要重复。由此可以推知，五会念佛赞文在歌唱时常常通过词句的反复以及和声的运用来加强音声效果。

总的说来，净土五会念佛赞文作为宗教活动的产物，具有很强的实践性和明确的宗教目的，它们都是要通过对净土世界的宣唱和赞美，传播佛教往生思想，要人们放弃现实人生，按照佛家的仪轨努力修行，追求虚无缥缈的来世。

此外，敦煌写卷中还保存了一批由法照门徒创作、编集的净土五会念佛赞文，这部分佛赞写卷大多没有保留作者的相关情况，唯有敦煌 P.3216 卷有《上都章敬寺西方念佛赞文》，从题目可以知道，这篇赞文当是章敬寺僧人所撰。另据《入唐新求圣教目录》收有《念佛赞》一卷，下有小字云“章敬寺沙门弘素述”。[1] 日本高僧圆仁《入唐求法巡礼行记》卷 3 有云：“会昌元年二月八日”条下云：

又敕令章敬寺镜霜法师于诸寺传阿弥陀净土念佛教。廿三日起首至廿五日，于此资圣寺传念佛教。又巡诸寺，每寺三日。每日巡轮不绝。[2]

章敬寺是法照被唐德宗迎入长安的挂锡之寺，也是他在长安弘传净土五会念佛的

1《大正大藏经》第 55 册，第 1084 页。

2 [日] 圆仁撰，顾承甫、何泉达点校：《入唐求法巡礼行记校注》，上海古籍出版社 1986 年版，第 147 页。

中心道场。据有的学者考证，镜霜即是法照的门徒之一[1]。由于他擅长阿弥陀净土念佛教，故被当朝皇帝敕命在长安诸寺巡回传念佛教。可见，唐代长安的章敬寺是传播法照所创立的净土五会念佛法门的重要道场，而且直到唐武宗会昌初年，仍有法照的门徒在此弘传。

1［日］塚本善隆:《唐中期の净土教·法照门徒》，载《塚本善隆著作集》第四卷，(日)大东出版社昭和51年(1976年)版，第371~375页。

第三节　敦煌偈颂歌赞及其音乐的发展

偈颂歌赞是佛教在中土逐渐流行和发展过程中，为适应宗教活动的需要而产生出来的新的文体形式，也是印度文化与中国文化相结合的产物。敦煌写卷中的佛教偈颂歌赞，据笔者统计，仅英藏和法藏敦煌文献抄有偈颂歌赞的写卷就有220多个。题名偈颂的作品，如敦煌P.2603卷《赞普满偈》，P.2850卷《无常偈》，P.2886卷《吉祥童子受草偈》，P.2939、P.3818、P.3828、P.3844卷《观音偈》，S.2165卷的《青峰山祖诫肉偈》、《先洞山祖辞亲偈》、《祖师偈》、《先青峰祖辞亲偈》、《龙牙祖偈》以及不知名偈等，S.3017、P.3409卷《劝诸人一偈》、S.3147卷《阎罗天子说偈》和道真的《阎罗王授记经偈赞》，S.3961卷《佛说十王经偈赞》、S.5475卷《慧能大师施法坛经偈》，S.5657、S.6631卷《卧轮禅师偈》，S.6229卷《行香偈》，P.3409卷《五蕴山偈》、《六禅师偈》，P.3904卷《四句偈》(原题)，S.3702卷《讲经和尚颂》，北图“闰”字第84号卷《寂和尚说偈》，北图“服”字第28号卷的沙门善导《愿往生礼赞偈》，P.2885、北图“河”字第17号卷的《入布萨堂说偈》、《受净水偈》、《浴筹说偈》、《受香水偈》、《唱行香说偈》、《受筹说偈》、《还筹说偈》、《皆共成佛道了说偈》、《清净说偈》、《布萨竟说偈》等，北图“闰”字第43号卷《午时偈》、《日暮偈》、《初夜偈》、《中夜偈》、《后夜偈》等。另外，还有S.2944卷《融禅师定后吟》等也应归于佛教偈颂。同时，敦煌写卷中还保存有许多无题名的偈颂作品。敦煌写卷中的偈颂作品不仅数量大，形式多样，内容也十分丰富。既有表现佛家日常生活的偈颂，如举行布萨活动时的受水、浴筹、受筹、受香汤时所说的偈颂，也有法会中的劝善募捐，请求布施，还有以佛家眼光静观世态人生的，同时还有不少禅偈，歌吟自身体道了悟的情趣等，内容相当广泛。

1《全唐诗》卷179。

2《全唐诗》卷214。

3 任半塘:《唐声诗》，上海古籍出版社1982年12月版，470页。

4 八斋戒，又作八关斋戒，八支斋法等，具体为：一，不杀。二，不盗。三，不淫。四，不妄语。五，不饮酒。六，身不涂饰香鬘。七，不自歌舞，又不观听歌舞。八，于高广之床座不眠坐。九，不过中食。此中前八者为戒，第九者正为斋戒，合八种之戒与一种之斋戒而名八斋戒。

偈颂的吟唱性质在敦煌写卷中也多有体现，如见于敦煌P.2107、S.5572卷的歌辞《三冬雪》前有小序云："共邀流辈，同出精蓝，讽宝偈于长街。"歌辞前平吟七言四句，其后两句又云："一回吟了一伤心，一遍言时一气咽"；敦煌P.2107卷歌辞《千门化》中也有云"两两共吟金口偈，三三同演梵音诗"，其中都说到"吟偈"，而这种"吟"是区别于诵念，带有明显的歌唱性质。敦煌P.2292、P.3079等卷《维摩诘经讲经文》有云"齐声而并演宫商，合韵而皆吟法曲"，法曲，指梵乐，即佛教呗赞音乐，从齐声并演宫商、合韵皆吟法曲来看，显然是指歌唱。而且在唐代，"吟"是一个音乐术语，《教坊记》所载诸曲名中，即有《浐水吟》、《碧霄吟》。此外，"吟"还常常出现于唐人诗文中，如李白《秋浦清溪雪夜对酒，客有唱山鹧鸪者》诗有"客有桂阳至，能吟《山鹧鸪》"[1]；高适《陪窦侍御灵云南亭宴诗得雷字》有云"常吟《塞下曲》，多谢幕中才"[2]，而《山鹧鸪》、《塞下曲》皆曲子名。这说明"吟"不仅依乐声而成歌调，而且还常用于曲子歌唱。故任半塘云："偈是吟唱之体，其发声之程度，不止于诵念。凡注明曰'偈'，或'偈诵'或'偈言'者，亦表示是吟唱。"[3]

敦煌写卷中保存的偈颂，有一部分是反映佛家内部生活，供僧人及其信众在某种特定场合或举行某种仪式中而使用的。如S.4218、P.3221、S.5918、北图"龙"字第28号等卷都保存有《菩萨布萨文》，这是僧众在每月初一、十五举行布萨仪式时必唱的偈颂。布萨是佛教的一种聚会名称，就比丘、比丘尼而言，是指说戒、忏悔的聚会；就在家信众而言，指各斋日的聚会。在这一天，同住比丘要集会一处，或齐集布萨堂（即说戒堂），请精熟律法之比丘讲说戒律，以反省过去半月内的所行各事是否合乎戒条规定，若有犯戒者，则于众前忏悔，佛教谓此可以使比丘能长住于净戒中，长养善法，增长功德。在家信徒在六斋日（即每月的八日、十四日、十五日、二十三日、二十九日、三十日）则受持八斋戒[4]，亦称布萨，佛教称此也能增长善法。敦煌S.4218卷《入布萨堂说偈文》包括有《受触水偈》、《受净水偈》、《受筹偈》、《还筹偈》等，其中《受净水偈》云：

香汤沐浴澡诸垢，法身具足五分充，般若圆照解脱门，群生同共法界融。

敦煌 P.3221、S.5918、北图“龙”字第 28 号等卷的《入堂布萨说偈文》则包括《受水说偈文》、《浴筹说偈文》、《受香汤说偈文》、《唱行香说偈文》、《受筹说偈文》、《还筹说偈文》、《清净妙偈文》、《布萨竟说偈文》等多种偈文。其《受香汤说偈文》则云：

香水熏沐澡诸垢，法身具足五分充，般若圆照解脱满，群生同会法界融。

此偈与 S.4218 卷《受净水偈》大致相同，只是改变了其中几个字而已，说明在布萨时这些偈颂的吟诵调式大致相同。《四分律删繁补阙行事抄》卷 4 云：

入堂时，便合掌，恭摄致礼说偈言：持戒清净如满月，身口皎洁无瑕秽，大众和合无违诤，尔乃可得同布萨。说已，各依位随次而坐。……六明维那行事，应年少比丘三五人，助辨所须，各具修威仪。维那取香水及汤，次第洗手已，持水汤至上座前，互跪盥上座掌已。取筹浴之，各说偈言：罗汉圣僧集，凡夫众和合，香汤浴净筹，布萨度众生。若上座老年，或不解时事者，维那自浴筹已。馀有净水香汤，随多随少，各取行之。令一年少比丘，将水行之，各说偈言：八功德水净诸尘，盥掌去垢心无染，执持禁戒无缺犯，一切众生亦如是。依安师古法，应左手执手巾上，右手持下行之，维那执筹，唱白者令馀人行之，及香汤净巾亦尔。又令一人持香汤行之，各说偈言：香水熏沐澡诸垢，法身具足五分充。般若圆照解脱满，群生同会法界融。此之二偈，各至座前说之。[1]

据此可知佛教布萨时所说偈颂极多，几乎进行每件事前都要说偈。值得注意的是，此中持香汤时所说偈，与敦煌写卷中的《受香汤说偈文》完全相同，而敦煌写卷略去了所有有关布萨仪式过程的叙述说明文字，所保存的可以说是佛教布萨偈颂的汇集。

敦煌写卷中还保存有专门歌咏佛教戒律的歌辞，如敦煌 S.6631、P.4597 等卷的《和菩萨戒文》，北图“文”字第 1 号卷的《八戒偈颂文》等，结合敦煌写卷保存的许多佛教律戒抄本，这都反映出唐代敦煌地区佛教内部对戒律的重视。《和菩萨戒文》，总计有 18 个写卷，可见其当时流行之广泛。敦煌 S.6631 卷和 P.4597 卷均题为《和菩萨戒文》。辞前辞后附语甚多，诸本所见，详略不一。S.6631 卷辞前云：

1《大正大藏经》第 40 册，第 37 页。

"经云：敬心奉持。和云：深心渴仰，专注法音，惟愿我师，广垂开演。经云'是菩萨波罗夷罪'"，下接第一首辞。S.4662卷辞后附语，乃以"和云"问，以"经云"答，凡七、八次，大抵问详答略。大致可以推断，歌辞与"经云"口气出于戒师所说，"和云"之请益口气出于僧众信徒。内容对杀生、盗、邪淫、妄语、沽酒、自说、毁他、多悭、多嗔、谤三宝等十戒一一进行歌咏，当为释门的唱戒偈。其内容如下：

戒杀生

诸菩萨，莫杀生，杀生必当堕火坑。杀命来生短命报，世世两目复双盲。劝请道场诸众等，共断杀业不须行。佛子。

盗戒

诸菩萨，莫偷盗，偷盗得物犹嫌少。死后即作畜生身，披毛戴角来相报。终日驱牵不停息，无有功夫食水草。犹恐迷心不觉知，是故殷勤重相报。佛子。

邪淫戒

诸菩萨，莫邪淫，邪淫颠倒罪根深。铁床岌岌来相向，铜柱赫赫竞来侵。举身遍体皆红烂，因何不发菩提心。佛子。

妄语戒

诸菩萨，莫妄语，妄语由来堕恶趣。不见言见诈虚言，铁犁耕舌并解锯。为利名誉惑众生，欺诳师僧及父母。若能忏悔正思维，当来必离波吒苦。佛子。

沽酒戒

诸菩萨，莫沽酒，沽酒洋铜来灌口。足下火出焰连天，狱卒持鏊斩两手。总为昏痴颠倒人，身作身当身自受。仍被驱将入阿鼻，铁壁千重无处走。佛子。

自说戒

诸菩萨，莫自说，自说喻若汤浇雪。造罪犹如一刹那，长入波吒而闷绝。连明晓夜下长钉，眼耳之中皆泣（沥）血。罪因罪果罪根深，乃被牛头来拔舌。不容乞命暂分疏，狱卒持叉使来膝。佛子。

毁他戒

诸菩萨，莫毁他，毁他相将入奈河。刀剑纵横从后起，跳入泥水便腾波。混沌犹如镬汤沸，一切地狱尽经过。皮肤血肉如流水，何时得离此波吒。佛子。

多　悭　戒

诸菩萨，莫多悭。多悭积宝纵似山，见有贫穷来乞者，一针一草不能拌。贪心不识知厌足，当来空手入黄泉。佛子。

多　嗔　戒

诸菩萨，莫多嗔，多嗔定受蟒蛇身。婉转腹行无手足，为缘前世忿怒因。八万个小虫来唼食，遗留白骨及皮筋。受斯痛苦难堪忍，何时却得复人身。佛子。

谤 三 宝 戒

诸菩萨，莫谤三宝。若谤三宝堕恶道，三百个长钉定钉心，叫唤连天声浩浩。谤佛谤法更加嗔，铜关铁棒来相拷。痛哉苦哉不可论，何时值遇天堂道。佛子。

（见 S.6631，P.4597，S.5557，S.5894，北图“宇”字第 59 号，北图“服”字第 30 号，S.1073，S.4301，S.4662，S.5977，P.3241，S.5457 卷）

此组歌辞在句法上属杂言，每首最后都有和声词“佛子”。在“三三七”句法下所续之七言句数不等，或四句（三首），或六句（六首），或八句（一首）。任半塘《敦煌歌辞总编》卷 4 将其收入“重句联章”。

敦煌写卷中还有体式上表现为联章体的歌辞，也题名“偈”。如敦煌 S.2603 卷圆鉴《赞普满偈》，全篇共 10 首，其云：

第　一　首

胜事难逢切要知，敢希聪鉴细寻思。新春法会开张日，四海干戈偃息时。佛事葺修惟在信，君恩酬报更何疑。同装普满浮图意，总在微僧十偈词。

第　二　首

巍峨长惹瑞烟浓，奇绝般输显盛踪。灿烂金□（轮）过百尺，玲珑斗拱叠千重。风高佛寺鸣天乐，雪霁神州耸玉峰。几度曾登瞻宇宙，一层内礼紫金容。

第　三　首

建立经今二百秋，细寻碑记见因由。通灵圣迹何方遇，冠古神功没处求。岁月渐遥缁侣惜，雨风频历信心忧。殊常圣境摧残后，满国人心总愿修。

第　四　首

何人逢此不开颜，几度遨游意自闲。里面睹如千圣窟，外边看似八珍山。云程渐喜将身上，月桂仍疑展手攀。每度下来回首望，如从天上到人间。

第 五 首

崔嵬霄汉出金轮，雁阵冲来到此分。势耸三层百里见，名通十绝八方闻。窗间客至风难立，影里僧居日易曛。经历岁深微故暗，再修今遇圣明君。

第 六 首

见说初修罗汉僧，夷门行化显威神。连淮接海求梁栋，似电如雷运斧斤。碑上细微镌盛事，佛前端正塑全身。当时宝塔新修日，此会争无见者人。

第 七 首

春天曾上看京华，景引吟情到日斜。极目树芳堆锦绣，近城河势曳云霞。箫韶美韵和风散，富贵朱门翠柳遮。西北凰楼连玉殿，紫云深处帝王家。

第 八 首

修后经今几岁华，恶风狂雨莫能遮。勾栏总落朱胶色，斗拱全消软互化。近日转加添破碎，是人无不起伤嗟。讲开敢望庄严就，全仗梁园百万家。

第 九 首

至德年修岁月遥，砖阶经雨滴来坳。画簷坏为多虫穴，丹臒昏缘足鸟巢。尘染御书悬户额，风飘蛛网挂林梢。今开讲会同严饰，施利全凭道首抄。

第 十 首

十首词章赞不周，其如端正更难俦。高低自有神灵护，昼夜争无圣众游。祥好已知通国惜，功多须是大家修。微僧敢劝门徒听，直待庄严就即休。

（见 P.2603 卷）

原卷题云“赞普满偈”4字，任半塘定名为《十偈辞》，收入《敦煌歌辞总编》卷3。词前有小序交代缘起，云：“再庄严普满塔六层囊网，别置两曾板舍。抽换勾栏，及内外泥饰，赤白软互等，都计料钱一千五百贯文，奉为□国及六军万姓。再修普满塔开赞，请一人为首，转化多人，每人化钱十文足陌。谨课偈词十首，便当疏头。”任半塘云：“十辞所以赞扬重修普满塔之一盛举，而采七言律诗十首为偈辞，既黏在募捐薄前，作为疏头，又供法会中劝善时宣扬吟唱之用。”[1]

需要注意的是，此词原卷题名“偈”，全篇十首通用整齐的七言律句，第一首内有云“十偈词”，最后一首又云“十首词章”。据此推断，“偈”可能是对通篇采用诗体形式而言，词乃指具体文句，但由此可知偈与词有时可以互用或并称，这表明偈颂已突破佛教原先“四句为一偈”的旧有模式，在形式上变得更为自由灵活。

1 任半塘:《敦煌歌辞总编》，上海古籍出版社1987年版，第937页。

敦煌写卷中《无常偈》的体式与《五更转》近似，全辞分黄昏、初夜、中夜、后夜、午夜五个时辰，依次歌唱，当是《五更转》之别格。杂录偈语，陈佛家无常之义。如S.4781卷《黄昏无常偈》云：

人间匆匆营众务，不觉年命日夜去。如灯风中焰难期，忙忙六道无定趣。未得解脱出苦海，云何安然不惊惧。各闻强健有力时，自策自励求常住。

其余各偈有五言八句、十句，七言四句等，这种五言、七言合用的形式，是偈的一种新形式，当也是为了歌唱的需要。

敦煌S.4472卷还保存有圆鉴的《十慈悲偈》，原题为《左街僧录圆鉴大师云辩大师进十慈悲偈》，有人据此认为是圆鉴进献给当时皇帝的偈诗[1]。结合敦煌P.2603卷题记有云："开运二年（945）正月日相国寺主上座赐紫弘演正言，当讲佐（左）街僧录圆鉴"，与《赞普满偈》同是僧人圆鉴所作。《十慈悲偈》内容分别对君王、为宰、公案、师僧、道流、山人、豪家、当官、军伍、关令之慈悲进行歌咏，内容较为广泛，今列四首如下：

公　案

公案若起也慈悲，不合规谋不合为。每看公案惊心碎，拟断危人痛泪垂。又与屈人能洗雪，事当不差与平持。如此用心常不退，子孙昌盛更何疑。

道　流

道流若也起慈悲，仙鹤灵龟步步随。未省合和伤命药，不曾吟咏讽人诗。书符专觅邪魔教，炼药常寻病士医。一行好心无退改，因兹满国号大师。

师　僧

师僧若也起慈悲，道德馨香远近知。密绢滤泉恐伤命，薄罗笼烛怕蛾痴。仪容淡净无暄杂，言语柔和无改移。怜念众生心不退，方便忍辱出家儿。

豪　家

豪家若也起慈悲，悲怜贫寒行好施。机上用机何要学，利中生利不须违。亲情久阙思怜取，奴婢辛勤体悉伊。处处用心除我慢，人生能得几多时？

1 汪泛舟:《敦煌僧诗校辑》，甘肃人民出版社1994年版，第100页。

1《大正大藏经》第51册，第771页。

此偈每首都是七言八句，而且均以"……若也起慈悲"一句开头，根据不同人的身份分别加以歌咏，佛教色彩浅淡。无论句式、语气，都与诗歌一样。

在敦煌写卷中还保存有不少禅僧的偈颂，如敦煌S.2165卷就保存有洞山良价禅师的《辞亲偈》，青峰山传楚禅师《青峰山祖诫肉偈》、《辞亲偈》，潭州龙牙山居遁证空禅师《龙牙祖偈》、传说印度第22祖摩拏罗的《祖师偈》，以及不知作者的佚名偈两首，还有见于P.3360、S.2165、S.6000卷的唐代高僧玄觉《真觉祖偈》5首，S.6631、S.6103卷《卧轮禅师偈》，S.1494等卷《卧轮禅师看心法》等，这些偈的作者有几个都是晚唐五代时期的著名禅师，这对佛教研究有重要的参考价值。如《祖师偈》云：

心随万境转，转处实能幽。
随流认得性，无喜复无忧。

此偈又见于《佛祖统纪》卷6、《传法正宗记》卷4等，而且常常被禅僧所运用。宋代僧人契嵩《传法正宗定祖图 》卷1云："第二十二祖摩拏罗，那提国人，姓刹帝利，乃其国王之子也，有大神力。父王命师婆修盘头出家，已得戒付法。游化自西天竺，以神通自举，至月支国，得鹤勒那比丘，即以法付之，寻般涅槃。其付法偈曰：心随万境转，转处实能幽。随流认得性，无喜复无忧。"[1]据此，此偈当是传说的西天第22佛祖的付法偈，所云祖师即是摩拏罗。

洞山良价、青峰山传楚禅师、潭州龙牙山居遁证空禅师都是晚唐五代的著名禅师。良价（807—869年），唐代著名禅僧，曹洞宗祖师。俗姓俞，会稽诸暨（今浙江绍兴）人。幼年时便在家乡的寺院出家，但经常与父母见面。后又在五泄山从灵默禅师正式出家，又参谒南泉普愿、潭州灵祐、云岩昙晟等著名禅师，大中末于丰山大行禅法，后盛化豫章高安洞山（今江西高安）。寂于咸通十年（869年），时春秋六十三，敕谥禅师曰悟本，塔号慧觉。事见《宋高僧传》卷12。从现存《洞山辞亲书》两件并《娘回书》一件，可以看出良价出家后，仍很怀念他的母亲，并且可能有较多往来。《辞亲书》中有云："欲报罔极深恩，莫若出家，功德截生死之爱河，越烦恼之苦海，报千生之父母，答万劫之慈亲。三界四恩，无不报矣。故经云：一子出家，九族升天。”想通过出家修行来超度祖先和一切众生的亡灵，为此表示今生誓不还家。在另一封信中又说：“人在（按：此字疑为衍字）居世上修己行孝，以合天心；僧在空门，慕道参禅而报慈德。”[1] 重申出家修道可以报答亲人之恩。因此良价还曾遭到后人的讥评[2]。敦煌 S.2165 卷所存良价的《辞亲偈》，与《辞亲书》的内容性质也非常相近，其偈云：

> 不好浮荣不好儒，愿乐空门舍俗徒。烦恼尽时愁火灭，恩情短（按：短疑为“断”）处爱河枯。六通戒定香曳引，一念无生慧力扶。为报北堂休怅望，譬如身死譬如如。

“为报北堂休怅望”一句，其中“北堂”即指称其母亲。一方面要摆脱人生烦恼，离俗出家，参禅慕道，同时又想行孝道，报母恩，甚而把出家也当做是为了报答慈亲的养育之恩。因此，敦煌《辞亲偈》可说是对史实又一补充。

敦煌 S.2165 卷存《龙牙祖偈》4 首。龙牙祖，即唐湖南潭州龙牙山居遁禅师（835—923 年），俗姓郭，抚州南城（今江西）人，先后曾参谒翠微山无学禅师、河北临济义玄禅师，后至洞山参谒良价，受到赏识。[3] 当时在长沙的后梁天策府楚王马殷尊崇佛教，听闻他的名声，就派人把他迎请到龙牙山妙济禅苑（一作寺），并奏请朝廷赐号居遁为“证空大师”。从后梁贞明初年（915 年）到湖南，直到后梁龙德三年（923 年）去世，居遁一直以龙牙山为传法中心，史称有徒五百余众，法无虚席[4]。可见其当时之影响。其偈云：

（一）

> 扫地煎茶并把针，更无余事可留心。山门有路人皆去，我户无门那畔行。

（二）

> 得道蒙师止却闲，无中有路隐人间。饶君会尽千经论，一句临时下口难。

（三）

> 得圣超凡不作声，卧龙长布碧潭清。人生若得常如此，大地那能留一名。

（四）

> 在梦哪知梦是虚，觉来方觉梦中无。迷时恰似梦中事，悟了还同睡起夫（按：夫，疑为“否”之讹）？

1 见宋子升等录《禅门诸祖师偈颂》卷四。另见《大正藏》第 47 册所载 18 世纪日本玄契所编《筠州洞山悟本禅师语录》后附《辞北堂书》、《后寄北堂书》及《附娘回书》。

2（南宋）圭堂居士：《新编佛法大明录》，转引杨曾文《唐五代禅宗史》，中国社会科学出版社 1999 年版，第 493 页。

3（宋）普济：《五灯会元》，中华书局 1997 年版，第 804 页。

4 参见（宋）赞宁：《宋高僧传》卷 30《梁抚州疎山光仁传》附“居遁传”，（宋）道元：《景德传灯录》卷 17《湖南龙牙山居遁禅师》，（宋）欧阳修：《新五代史》卷 66《楚世家·马殷传》。

《佛果圜悟禅师碧岩录》卷8也收有第三首："入圣超凡不作声，卧龙长怖碧潭清。人生若得长如此，大地那能留一名。"[1]汪泛舟认为敦煌写卷第3首第2句中的"长布"应为"藏布"，谓龙隐藏于瀑布之中[2]。今证之以《碧岩录》，"布"当为"怖"，怕怖之意，"卧龙长怖碧潭清"一句，意为卧龙不愿被人发现，故藏身于碧潭深水，但也害怕水太清而露形。

第四首偈混抄于《真觉和尚偈》之中，故有人误认为是玄觉所作，列之于《真觉祖偈》名下[3]。今按，《景德传灯录》卷29"赞颂偈诗"下收有《龙牙和尚居遁颂》18首，其中第10首云："在梦那知梦是虚，觉来方觉梦中无。迷时恰是梦中事，悟后还同睡起夫。"[4]《万松老人评唱天童觉和尚颂古从容庵录》卷6《第九十则仰山谨白》也引用此偈，并说明出自《龙牙颂》[5]，可知此偈当是龙牙居遁所作。

居遁传法也重在启示人们体悟自己的心性。当有僧问"如何是道"时，他答曰"无异人心"。认为"道是众生体性，未有世界，早有此性"，因而从本质上来说，"无法可得，无道可修"，一切诱导接引之词，"只是相承种种方便，为说出意旨，令识自心"。[6]

敦煌S.2165卷还有先青峰和尚《辞亲偈》和《青峰山祖戒肉偈》两种，《辞亲偈》主张辞亲出家修行，对缚身心于世俗的"为营资产为亲眷"者持批判态度。《青峰山祖戒肉偈》则反对杀生食肉，两偈都表现出较强烈的佛教倾向。

先青峰和尚，即陕西凤翔青峰山传楚禅师，泾州人。据《传法正宗记》卷7，为大鉴七世乐普（一作"洛浦"）元安禅师法嗣，其事又见《五灯会元》卷6。《景德传灯录》卷20称他"性淳貌古，眼有三角。承乐普开示心地，俾宰于众事"[7]。

此外，敦煌P.3360、S.2165、S.6000卷存有唐代高僧玄觉《真觉祖偈》四首。真觉祖，即唐代高僧玄觉（675—713年），俗姓戴，字明道，温州永嘉（今浙江温州）人。幼小出家，曾参谒曹溪慧能，号"真觉大师"，著有《永嘉集》，圆寂于先天二年（713年），时年49岁，敕谥"无相"，塔号"净光"[8]。今列其两首如下：

> 穷释子，口称贫，实是身贫道不平。贫即身常被缕褐，道即心藏无价珍。
> 无价珍，用无尽。随物应时时不吝。六度万行体中圆，八解六通心地印。

1《大正大藏经》第48册，第206页。

2 汪泛舟:《敦煌僧诗校辑》，甘肃人民出版社1994年版，第87页。

3 汪泛舟:《敦煌僧诗校辑》，甘肃人民出版社1994年版，第86页。

4《大正大藏经》第51册，第452页。

5《大正大藏经》第48册，第285页。

6（宋）惠洪:《禅林僧宝传》卷第9《龙牙居遁禅师传》。

7《大正大藏经》第58册，第369页。

8（宋）赞宁撰，范祥雍点校:《宋高僧传》卷8《唐温州龙兴寺玄觉传》，中华书局1987年版，第184页。

敦煌P.3360卷题《真觉和尚偈》，S.2165卷抄于《龙牙祖偈》后，题作“又，真觉祖云”，S.6000卷仅存一首，并且残缺最后一句。因两偈实是出自玄觉的《永嘉证道歌》，故任二北将前两首定为玄觉《证道歌》，收入《敦煌歌辞总编》卷3。

敦煌S.1494和S.646卷《卧轮禅师看心法》有云：“智者求心不求佛，了本生死即（一作“更”）无余。亦如求苏攒浓乳，不费功夫变成苏。种种辩说劳神虑，不如一心向身看。心中寂静无一物，无物不动性常安。”显然也是禅偈。其他的还有如见于敦煌S.5692卷的两首偈，也较有特点，其云：

其　一

要得离三途，　先须认本珠。
自来无体面，　莫遣使驱驱。
遇我凭君杀，　逢山但摒除。
记取山僧语，　只此是真如。

其　二

非佛非三途，　非假亦非珠。
本来无体性，　何谓有驱驱。
有我随他杀，　无人亦不除。
山僧若留语，　却自妄真如。

从句式、语气看，这两首偈明显表现出模仿当年弘忍门下神秀与慧能所作偈的倾向。

禅偈历来被看做是佛教体悟的表现，也是诱导未悟僧人而作的暗示性诗句。在禅门中，偈颂常常用来表现佛教真理，或自身的了悟境界。禅宗以不立文字、不依经典，直传佛之心印为宗旨，故又称佛心宗。所谓佛心即“传佛心印”、“即心是佛”，不主张用言语文字来传教，而是主张只修禅定，用自证三昧来彻见自己的心性。禅是梵语“禅那”之略称，意译为“定”、“思维修”、“静虑”，也称禅定，谓心专注一境，思维真理，安静念处。佛教为了开发智慧，首先要求进入禅定，静虑思维。所谓禅与智是相表里，不可分离的，智非禅不成，禅也非智不照[1]。学佛者必修的三学便是戒、定、慧，佛教的六波罗蜜也包括禅定与智慧，由此可见禅在佛教中的重要地位。

1 参见（梁）僧祐:《出三藏记集》卷9僧叡法师《关中出禅经序》，中华书局1995年11月版，343页。

1 徐湘霖:《敦煌偈赞文学的歌辞特征及其流变》，载《四川师范大学学报》1994 年第 4 期。

从敦煌写卷中的大量佛教偈颂作品来看，偈颂从印度传入中土后，无论是内容还是形式都发生了一定的变化。在内容上已远远超出仅仅礼佛、颂佛的应用范围，而是对世俗社会、现实人生乃至道家生活等各个方面进行歌咏。从形式上来看，也不限于四句一偈的体式，短则五言四句、七言八句，长则数十句，乃至上百句。敦煌写卷中最长的一首为北图“服”字第 28 号卷唐善导的《愿往生礼赞偈》，全偈 300 余句，以七言为主，杂以五、六、八言混合组成。而僧人圆鉴的《赞普满偈》10 首联章，每首七言八句，则完全是格律化的诗偈。乐府体、律绝体、排律体、骈赋体都可用于偈颂，五花八门，丰富多彩。这样，敦煌写卷中的释门偈颂作品，在很大程度上摆脱了原来佛教偈颂篇制格式的限制，表现出较大的自主性和灵活性，按意之所至而有短长，由此成就了敦煌佛教偈颂体作品的长篇巨制。这不仅说明了敦煌偈颂体作品本身的丰富多样性，同时也表现出佛教音乐在唐代的发展与流行程度。

敦煌写卷中的佛赞作品，除法照的净土五会念佛赞之外，其他方面的佛教赞文也还有很多，据统计大约有 190 多个写卷[1]。敦煌写卷中的佛赞包括有汉赞和梵赞两类，其中 P.3618 卷《梵音佛赞》，S.2975、S.3178 卷《莲花部赞叹三宝》为梵赞，其余均为汉赞。其内容十分丰富，如赞佛功德的敦煌 S.126、S.2204 卷《太子赞》，S.4654、S.5487、S.6537 卷《太子修道赞》，S.398 卷《降魔赞》，P.2722 卷《沙门思远赞佛文》，S.6923 卷《赞佛功德》等；称颂佛法的有 P.2094、P.2721 卷《开元皇帝赞金刚经功德赞》，S.5464、俄藏 Дx.296 号卷《金刚经赞》，P.2493 卷《金刚般若经旨赞》；称颂高僧的有 P.2775 卷《龙树菩萨赞》，S.276 卷《佛图澄罗汉和尚赞》，P.2680、S.6631 卷《大唐义净三藏赞》，S.6631 卷《罗什法师赞》，S.6631 卷《唐三藏赞》，S.5809 卷《禅师沙门定惠赞》等；赞叹出家的有 P.2690、P.3116、P.3824、S.5539、S.5572 、S.6923 卷《出家赞》，P.3011 卷《儿出家赞》，S.6631 卷《辞父母赞文》，S.5892、北图“乃”字第 74 号卷《辞娘赞文》，S.1497 等卷《好住娘赞》，S.4634 卷《辞阿娘赞》，P.2581、P.2713、P.2919 卷《辞娘赞》等；此外还有 P.3824、P.4608、俄藏 Дx.922 号、俄藏 Дx.2137 号、S.4039、S.5569、S.5539 卷《十空赞》，S.1494 卷《五阴山赞》，S.6631 卷《香赞文》，P.3445 卷《赞法门寺真身五十韵》，P.3470 卷《三宝赞》，北图“生”字第 25 号、北图“乃”字第 74

号卷《涅槃赞》,S.779、S.3287、S.6321、P.3288、俄藏 Дx.278 号卷《乐住山》,S.1497、S.3287、S.5966、S.6321、P.2658 卷《乐入山赞》、《入山赞》(P.2713、台北藏 139 号卷), S.5572 卷法照的《向山赞》, P.3056 卷《山中乐赞》, S.2553 卷《归命礼赞》, S.1947、P.3120 卷《送师赞》, S.5706 卷《十六弟子赞》, S.6006、P.3355 卷《十大弟子赞》, S.1042 卷《十弟子赞》, P.3405 卷《五洲五尊者颂》, S.4443 卷《维摩赞》、S.4037 卷贯休的《赞念法华经僧》等, 以及还有许多不知名的佛赞。由此可以见出唐代佛教赞文的发达。

敦煌赞文与偈颂比较起来, 带有更多的音乐歌唱方面的特征。如许多赞文中都有和声词, 常用叠句、衬字, 句多重复等, 或在形式上具有一定套式, 这都反映出敦煌佛赞歌唱的特点。如《出家赞》:

舍利佛国难为, 吾本出家之时。舍却耶娘恩爱, 惟有和尚阇梨。
舍利佛国难为, 吾本出家之时。舍却亲兄热妹, 惟有同学相随。
舍利佛国难为, 吾本出家之时。舍却钗花媚子, 惟有剃刀相随。
舍利佛国难为, 吾本出家之时。舍却胭脂胡粉, 惟有澡豆杨枝。
舍利佛国难为, 吾本出家之时。舍却罗衣锦绣, 惟有覆膊相随。
舍利佛国难为, 吾本出家之时。舍却高头绣履, 惟有草鞋相随。
舍利佛国难为, 吾本出家之时。舍却油毡锦褥, 惟有坐具三衣。
舍利佛国难为, 吾本出家之时。舍却金盘银盏, 惟有镔钵铜匙。
舍利佛国难为, 吾本出家之时。舍却高堂瓦舍, 惟有草庵相随。
舍利佛国难为, 吾本出家之时。舍却金鞍细马, 惟有锡杖相随。
(见 S.5573, S.6273, S.6923, P.4597, 俄藏 Дx.1365 号, 俄藏 Дx.1364 号, S.2143, 北图“周”字第 99 号, S.5539 卷)

此组计 10 首, 每首六言四句, 前二句完全相同, 第三句开头均曰“舍却”, 最后一句均以“惟有”开头, 句式严整。此组佛赞在体式上明显运用一定的套式, 据此表明它们在用于歌唱时使用了相同的曲调。

又如《送师赞》, 原赞为 4 首, 今列第一、第二首如下:

人生三五岁, 花林。
父母送师边, 花林。
师今圆寂去, 花林。

舍我逐清闲，花林。
送师至何处，花林。
置著宝台间，花林。
送师回来无所见，花林，
唯见师空房，花林。
举手开师户，花林。
唯见空绳床，花林。
低头礼师座，花林，
泪落数千行，花林。

（见 P.4597，P.3120, S.1947 卷）

全赞体式大致为“五言六句”，每句后面都有“花林”二字，当系和声辞。这种和声辞不入主辞，去掉和声辞，便是齐言。由此可见，和声也是促进佛教赞辞走向杂言的原因之一。

此外，值得注意的是，敦煌写卷中的许多佛赞都有和声词。如见于敦煌S.2204、S.126卷的《父母恩重赞》13首，每首后面均有“菩萨子”三字；见于S.2204、S.126、S.1523卷《太子赞》27首，每首后面均有“释迦牟尼佛”5字；见于P.4625、S.4429、北图“咸”字第18号、S.4039、S.5487、S.5473、S.5456、俄藏Дx.1269号卷的《五台山赞》18首，每首后面均有“佛子，大圣文殊师利菩萨，佛子”3句12字，等等。和声的运用是为了表达某种感情的需要，以此来增强音乐效果，同时也是音乐手段丰富性的表现。和声造成了曲调结构的多样化，使歌唱达到音曲谐美。由此可见，在敦煌佛赞中，和声是赞辞音乐的重要组成部分。

表现在体式上，敦煌佛赞的另一音乐特征便是多采用杂言形式，句式以三言、五言、七言为主，但又灵活多变。如《南宗赞》5首，其第一、第二首如下：

一更长，一更长，如来智慧心中藏。不知自身本是佛，无明障闭自慌忙。 了五蕴，体皆亡。灭六识，不相当。行住坐卧长作意，则知四大是佛堂。

一更长，二更长，有为功德尽无常。世间造作应不久，无为法会体皆亡。 入圣位，坐金刚。诸佛国，遍十方。但知十方原贯一，决定得入于佛行。

（见 P.2963，北图“周”字第70号，S.4173，S.4654，S.5529，俄藏Дx.1363号，P.2984卷）

此赞据题可知乃为阐明南宗教义而发。每首共11句，分两片，前片体式“三三七七七”，后片体式“三三、三三、七七”，体式上自由多变。从二更起句之三字，又自成一格，又如《十无常》十首，今录其第一、第二首如下：

每思人世流光速，时短促，人生日月暗催将，转忙忙。　容颜不觉暗里换，已改变。直饶便是转轮王，不免也无常。堪嗟叹，堪嗟叹，愿生九品坐莲台，礼如来。

伤嗟生死轮回路，不觉悟。巡环来往几时休，受飘流。　纵君人世心无善，难劝谏。愚痴不信有天堂，不免也无常。堪嗟叹，堪嗟叹，愿生九品坐莲台，礼如来。

（见S.2204，S.126卷）

此辞内容乃宣扬佛教无常思想。分上下片，句式均为三、七言，但自由灵活，极多变化，不仅有叠句、有和声，同时也使用衬字，音韵优美，节奏感强烈。任半塘论曰：“曲调甚好，乃后期《杨柳枝》所自出，短句随长句末字之平仄叶韵，甚少见。”[1]

此外，敦煌写卷中还有一批题名“歌”或“吟”的诗体形式作品，如S.3016卷《易易歌》，S.2702卷《三嘱歌》，S.5692卷《山僧歌》，S.4243卷《念珠歌》、S.4504卷《十愿歌》，P.2104卷《永嘉证道歌》，S.5692卷《离三途歌》，S.6074卷《劝孝歌》，P.3591卷《洞山和尚神剑歌》，P.3591卷《丹遐和尚玩珠吟》，S.5588卷《嗟世三伤吟》，S.2049、P.4993、P.2633、P.2555、P.2488、P.2544、P.3812卷《高兴歌》等，在形式上多为五言、七言体或三、七言混用，大多已收入任半塘《敦煌歌辞总编》。如S.3016卷《易易歌》云：

解悟成佛易易歌，不劳持颂外求他。若能扬簸贪嗔却，高升彼岸出泥河。
解悟成佛易易歌，轻贱自身贵重他。恭敬一切常行是，咨陈含识舍娑婆。
解悟成佛易易歌，无为自诤任从他。调心行是常为好，见闻欢喜若弥陀。
解悟成佛易易歌，不行寸步出娑婆。观身自见心中佛，明知极乐没弥陀。
解悟成佛易易歌，是心是佛没弥陀。是心作佛无别佛，明知极乐是娑婆。
解悟成佛易易歌，不劳辛苦漫多罗。销镕烦恼为船筏，还将运渡死生河。

1 任半塘:《敦煌歌辞总编》，上海古籍出版社1987年版，第1082页。

1 参见任半塘:《敦煌歌辞总编》，上海古籍出版社 1987 年版，1221 页。

解悟成佛易易歌，不忻极乐厌娑婆。一念无依百种足，何须净土觅弥陀。
解悟成佛易易歌，调心理念语温和。出言中煞皆合道，见闻回向顺伏他。
解悟成佛易易歌，雕镂贪嗔作释伽。庄严一切周圆足，见闻归命受教诃。

此组共 9 首，见于敦煌 S.3016 卷《心海集》。写卷《心海集》存迷执篇、解悟篇、勤苦篇、至道篇、菩提篇等，包含有许多齐言联章诗体作品，有七言、有五言。如“迷执篇”以“迷子”二字开头，有七言四句 7 首；“解悟篇”，以“解悟”二字开头，有七言四句 9 首。任半塘认为此组歌辞与敦煌 P.3921 卷原题“听唱张骞一新歌”的性质相同，非吟非诵，显然是歌辞[1]。

敦煌佛赞在形式上既有传统的四言、五言、六言，又有七言、杂言等多种体式，而且较多地采用杂言形式。因此，尽管这批歌赞作品总体上属于西域梵声系统，但由于它们较多地吸收了我国古代民间歌谣的营养，已经变成一种新型的佛教歌唱形式。

从以上的分析可以看出，佛教偈颂歌赞的发展，在形式上总体表现为愈来愈趋向多样化，而且长篇作品不断涌现。这种变化实际上就是从句式整齐、声调单一的礼佛赞叹，逐渐发展为一种注重音声的优美动听和曲折变化，也更富有音乐性的活泼自由的宗教歌唱，这是佛教音声自身不断丰富发展的结果，同时也是音乐发展的必然趋势。

同时，作为佛教音乐的偈颂歌赞，其自身的性质也在发生变化，这就是偈颂与歌赞的文辞开始出现区别。而偈颂与歌赞的区别，可以看做是曲调音乐形式差别的不同表现。因为不同的乐曲，需要配以不同的歌辞，这势必影响篇章的体制形式。作为音乐文学形式的偈赞，起决定作用的往往是音乐因素。由于音乐的作用，齐言可转化为杂言，杂言也可转化为齐言，这也是曲式变化影响文辞形式变化的一个重要原因。而偈颂音乐作为仪式音乐，调式单一，内容单纯，“四句一偈”的体式，篇幅短小，这些因素无论对其所表现的内容，还是对其歌唱形式都存在很大的局限性。尽管许多僧人乃至文人信徒都作了不少努力，如把原来单纯的五言四句、或七言四句增为六句、八句乃至更多，甚而采用组诗的形式，有时还间杂使用三言等，在内容方面由原来的礼佛、赞佛进一步扩大到社会生活的各个方面。然而，随着偈颂表现内容的不断扩大，并超出了佛教的范围，就与我国的传统诗歌越来越相近。特别是唐代后期以迄五代宋初，经过唐武宗会昌二年到五年（842—845年）的灭佛和后周世宗显德二年（955年）的沙汰僧尼，加上长期的战乱，北方佛教各宗派已经日渐衰落，南方只有禅宗与天台宗还有着一定的发展。但禅僧往往是用偈颂的形式来表现自身的参禅悟道，对其音乐形式却不太重视。这样，禅偈表意功能增强的同时，无疑也大大削弱了佛教偈颂原有的音乐性，促进了佛教偈颂的进一步诗歌化，以致后来人们称偈颂为“诗偈”。

可以说，偈颂被改造、吸收到我国文学系统以后，就与我国固有的文体形式相融合，这种融合的特征就是既要表现佛教文化的思想蕴涵，同时也要具有汉语言文学的形式外壳。演绎禅理之偈变作说理诗，叙述佛传之偈类似叙事诗，吟咏情思之偈近乎抒情诗，而称赞三宝的偈颂则发展成为佛教歌赞。

佛教歌赞也是偈颂在体式上发生变异的结果。随着佛教的发展，内容单一、形制短小的偈颂已经不能满足迅速发展的佛教宣传的需要，不仅有更多的佛教知识需要向社会各阶层广泛传播，同时也需要悦耳动听的音乐形式来吸引更多的民众。佛教歌赞正是适应佛教的这种发展需要而产生的。作为一种新的体式，佛赞不仅较好地继承了原来佛教偈颂音乐的特点，而且也注意吸收民间的俗曲歌调来丰富和增强自身。在形制上，佛赞不仅大大突破了偈颂体式短小的限制，而且可以根据内容表达和乐曲歌唱的具体需要，长短随意，句式灵活多变，并运用和声、重复、衬字等音乐手段，充分发挥音乐的感染效果。

此外，敦煌写卷中有许多联章体佛教歌赞，包含有丰富深广的佛教生活内容，如《太子入山修道赞》、《南宗赞》、《十空赞》等，说明当时释门僧人也常常采用组曲、套曲等歌赞形式来尽情咏唱。对于广大民众来说，这种优美的调式对他们往往具有一定的吸引力，而声情并茂、寓教于乐的作品，也更易为他们所喜爱和接受，这也是敦煌佛教歌赞特别发达的原因之一。

敦煌佛赞音乐上的显著特点是歌谣化和曲子化。佛教偈赞在长期的发展过程中形成了自己固有的歌唱特点，六朝时就有“三位七声”、“平折放杀”之法。在唐代，随着唱导、俗讲的兴盛，佛教与广大民众的联系日益密切，佛教呗赞音乐出现了向着民间化、通俗化发展的趋势，由此产生了偈赞新声。赞宁《宋高僧传》卷25《宋东京开宝寺守真传》后“论”云：“今之歌赞，附丽淫哇之曲，谂讚之音，加醟瓖辞，包藏密咒，敷为梵奏，此实新声”[1],《宋高僧传》卷25《唐睦州乌龙山净土道场少康传》后所附系词云：“(少)康所述偈赞，皆附会郑卫之声，变体而作，非哀非乐，不怨不怒，得处中曲韵。譬犹善医以饧蜜涂逆口之药，诱婴儿之入口耳。”[2]其中所称“偈赞新声”，“变体而作”，均可看做是呗赞音乐的变异，即偈赞的歌谣化和曲子化。从中也可看出佛教内部对此有着不同的看法，褒贬不一。而佛赞的这种通俗化的过程正表现出佛教讲唱艺术宣传向民间不断渗透的趋势。同时，我们也应看到，在整个佛教音乐通俗化的发展过程中，作为外来的呗赞之声，虽然发生变异，但这种变异并没有完全消融其自身固有的特点。相反，我们从大量的史料中还可看到佛教音乐对我国其他艺术门类的渗透，看到它不断普及，滋养、浇灌着五花八门的民间艺术的产生和发展。

在佛教歌赞的发展过程中，有两个方面值得注意：一是佛赞采用俗曲调式而进行演唱。北宋学僧道诚《释氏要览》卷3“法曲子”条云：“毗奈耶（即佛教律藏）云：王舍城南方，有乐人名臈婆，取菩萨八相，缉为歌曲，令敬信者闻，生欢喜心。今京师僧念梁州八相、太常引、三归依、柳含烟等，号‘唐赞’。又南方禅人作渔父、拨棹子，唱道之词，皆此遗风也。”[3]南宋吴曾在《能改斋漫录》卷2《事始》“八相太常引”条引述之，云：“京师僧念梁州，八相太常引、三归依、柳含烟等，号‘唐赞’。而南方释子作渔父、拨棹子、渔家傲、千秋岁唱道之辞。盖本毗奈耶云：‘王舍城南方，有乐人名臈婆，取菩萨八相，缉为歌曲。令敬信者，闻生欢喜。’”[4]八相，指佛陀一生所经历的重要事件，即下天、托胎、出生、出家、降魔、成道、转法轮、入涅槃。敦煌写卷中有关佛陀八相题名的作品有《八相变》、《八相压座文》、《八相成道俗文》等，此外还有具体讲述佛陀八相的佛传作品[5]。饶宗颐疑道诚所言“京师僧念梁州八相”，就是用梁州曲调谱述佛成道经过的八相故事[6]。而其中提到的《柳含烟》为唐代教坊曲名，《渔父》、《拨棹子》、《渔家傲》、《千秋岁》、

1（宋）赞宁撰，范祥雍点校：《宋高僧传》，中华书局1987年版，第647页。

2（宋）赞宁撰，范祥雍点校：《宋高僧传》，中华书局1987年版，第632页。

3《大正大藏经》第54册，第305页。

4（宋）吴曾：《能改斋漫录》，上海古籍出版社1979年版，第36~37页。

5 敦煌P.2999卷《太子成道经》和S.3711卷《悉达太子修道因缘》等作品，皆为佛传故事。

6 饶宗颐：《法曲子论》，载《敦煌曲续论》，台北新文丰出版股份有限公司1996年版，第79页。

《三皈依》均为俗曲名[1]。据此可知，在唐宋时期，僧人常采用这些民间曲调来咏唱禅理，故被纳入佛门系统，称为“唐赞”或“法曲子”。此外，据《频伽藏》中《偈颂歌赞序部》所著录的佛曲目录可以看出佛教大量采用民间俗曲的情况，如其中的《胜妙之曲》即《雁儿落》，《太平广曲》即《叨叨令》，《具庄严曲》即《得胜令》，《普法界曲》即《四季莲花落》，《尊重行曲》即《念奴娇》，《舍爱性曲》即《石竹子》，《舍十恶曲》即《山石榴》，《乐十善曲》即《醉娘子》等，说明佛教歌赞在后代也常常采用民间歌调来咏唱。此外，从敦煌文献资料中还可发现佛教俗讲、唱导大量采用民间乐曲，如《父母恩重讲经文》中有云“酒熟花开三月里，但知排打《曲江春》”；《大目乾连冥间救母变文》云“云中天乐吹《杨柳》，宫里缤纷下《落梅》”；《维摩诘经讲经文》云“紫云楼上排丝竹，皇囗庭前舞《柘枝》”，以及“琵琶弦上韵《春莺》，羯鼓杖头敲玉碎”。在唐代佛菩萨的音声世界中，竟然出现了这么多的流行曲调，这不仅说明释门讲唱僧侣十分熟悉这些曲调，而且也说明唐代寺院经常演奏这些曲调，民间俗乐已大量进入佛教歌赞体系。

佛教歌赞发展的另一方面，就是梵音逐渐演变为民间歌调。如在崔令钦《教坊记》所著录的曲名中有《望月婆罗门》，敦煌S.4578、S.1589、P.2702卷也保存有《望月婆罗门》歌辞4首，S.4578卷题作“咏月婆罗门”，但4首歌辞每首第一句开始都冠以“望月”二字，这当是唐代《望月婆罗门》无疑。从题名上即可看出此曲调应源自佛教。段安节《乐府杂录》在“文叙子”条下云：“长庆中，俗讲僧文叙善吟经，其声宛畅，感动里人。乐工黄米饭，依其念四声观世音菩萨，乃撰此曲。”[2]文叙，也作“文溆”。《资治通鉴》卷243“宝历二年（826年）”条下有云：“（六月）己卯，上幸兴福寺，观沙门文溆俗讲。”[3]据此知文溆是唐代著名的俗讲法师。《太平广记》卷204《乐二》“文宗”条引《卢氏杂说》云：“文宗善吹小管。时法师文溆为入内大德，一日得罪流之。弟子入内，收拾院中籍入家具辈，犹作法师讲声。上采其声为曲子，号‘文溆子’。”[4]赵璘《因话录》卷4云：“有文溆僧者，公为聚众谈说，假托经论，所言无非淫秽鄙亵之事，不逞之徒转相鼓扇扶树，愚夫冶妇乐闻其说，听者填咽寺舍，瞻礼崇奉，呼为‘和尚教坊’，效其声调，以为歌曲。”[5]也记载其声曲倾动朝野的盛况。据此可知唐代《文溆子》一曲，

1《三皈依》也是曲名，王安石有仿效佛赞之词作《望江南皈依三宝赞》（见《临川先生文集》卷37）。此外，敦煌S.4880、S.4508、S.4300卷也抄有“三皈依”歌辞，饶宗颐根据其起句为归依佛、归依法、归依僧，认为即是《释氏要览》所言的《三归依》法曲子，也是标准的唐赞中的《三归依》。参见饶宗颐：《法曲子论》，载《敦煌曲续论》，台北新文丰出版股份有限公司1996年12月版），第77页。

2（唐）段安节：《乐府杂录》，古典文学出版社1957年版，第40页。

3（宋）司马光编著，（元）胡三省音注：《资治通鉴》，中华书局1956年版，第7850页。

4（宋）李昉等编：《太平广记》，中华书局1961年版，第1546页。

5（唐）赵璘：《因话录》，上海古籍出版社1979年版，第94页。

乃是根据讲经僧文溆唱导梵呗之声创作，进而被之管弦。此外，唐南卓《羯鼓录》中的“诸佛曲调”和“食曲”，大部分曲名都与佛教有关，如《四天王》、《卢舍那仙曲》、《菩萨阿罗地舞曲》、《阿弥陀大师曲》、《无量寿》、《散花》、《蔓度大利香积》、《婆娑阿弥陀》、《恒河沙》、《悉家牟尼》、《毗沙门》、《大乘》、《大燃灯》等。这说明唐代有不少曲调是从梵音佛赞中演变而来的。

由此可以看出，佛教音乐的发展是一个双向交叉过程：一方面表现为佛教音乐对民间俗曲歌谣的借鉴和吸收，另一方面又表现为佛教音乐对我国其他艺术形式的渗透。

第五章　敦煌变文中的佛教歌辞

敦煌变文，通常主要是指《敦煌变文集》、《敦煌变文集新书》及《敦煌变文集补编》所收的变文作品。本书所说的敦煌变文中的佛教歌辞，主要是指敦煌变文中表现佛教思想内容的歌辞，也即其中的韵文歌唱部分。

敦煌变文中的诗体文基本都是用来歌唱的，这也是大多数研究者都认可的事实。在敦煌变文特别是押座文中，如《八相押座文》、《三身押座文》、《维摩经押座文》、《温室经讲唱押座文》、《故圆鉴大师二十四孝押座文》、《左街僧录大师压座文》等，通篇都是诗体，也即吟唱之文。而且有的变文如《无常经讲经文》，项楚《敦煌变文选注》题名为“解座文集”，并分为8个部分[1]。其中就包括许多佛教歌辞。任半塘在《敦煌歌辞总编》选录其中的歌辞有《驱催老》5首、《无常取》8首、《愚痴意》9首、《为大患》6首、《无厌足》6首、《先祇备》6首、《抛暗号》10首，计有50首。而且其中任氏所未收的部分，有的也是歌辞无疑。对此，王重民说：

> 这一篇是否是讲经文，以至是否是《无常经》的讲经文，都还有待考证。巴黎藏的题为“普劝四众，依教修行”的《十二时》，不但和这一篇有些词句相同；全篇都是三、三、七的句法，格式也几乎一样。[2]

三三七的句式也是敦煌歌辞中最为常见的歌唱体式之一。周绍良也说：

> 原卷无标题。《敦煌变文集》收，拟题作《无常经讲经文》，误。这份卷子，共录八篇解座文，大概是为随时取用而汇抄在一起的。[3]

此外，《敦煌变文集补编》中的《赞僧功德经》，通篇是诗体形式，从某方面来看，归于佛赞更合适。这样，敦煌变文中的歌辞与敦煌歌辞存在着密切的关系，而且

1 项楚：《敦煌变文选注》，中华书局2006年版，第1526~1586页。

2 王重民：《敦煌遗书论文集》，中华书局1984年版，第177页。

3 周绍良：《敦煌文学刍议及其它》，台北新文丰出版股份有限公司1992年版，第57页。

在某种程度上很难区分。

在唐代，有许多著名诗句常被其他诗歌所套用，敦煌写卷中的诗歌也有许多化用、套用唐代诗人名句以及前代诗句的现象。如：

塞上无媒徒苦辛，不如归舍早宁亲。
纵令百战穿金甲，他自封侯别有人。

（佚名《七言十七首》其四）

以上第三句应是化用王昌龄《从军行》中诗句“黄沙百战穿金甲”。

功勋不敢邀麟阁，形影何曾接雁行。

（佚名《七言十七首》其九）

以上是化用李白诗歌。李白《塞下曲》之三有云：“功成画麟阁，独有霍骠姚。”

八月金风万里愁，起飘罗帐不缘愁。
与想长安闺里妇，悔交夫婿觅封侯。

（佚名《七言十七首》其十二）

以上第四句直接引用王昌龄《闺怨》中诗句“悔教夫婿觅封侯”。

又，敦煌 P.2544 等卷佚名《大漠行》一诗里也有云“杨叶楼中不寄书，莲花剑里空流血”，此两句又见于唐代诗人李昂的《从军行》。[1]

从以上可以看出，敦煌诗歌中套用前代及当代著名诗句，有的采取改变其中个别字句的方式来运用，也有把原来某一诗句直接移来运用，但与原来诗句所表达的意思有较大出入。如果摒除留存在我们头脑中原先诗歌的影响，我们甚而感觉不到他是套用，而是诗人的创造。

此外，P.2119 卷有失题诗歌云：

自从塞北起烟尘，礼乐诗书总不存。

1《全唐诗》卷 120 第二句作“莲花剑上空流血”，中华书局 1960 年版，第 1209 页。

1《齖魺书》现存3个写卷，即S.4129卷、P.2564卷和P.2633卷。

不见父兮子不子，不见君兮臣不臣。
暮闻战鼓雷天动，晓看带甲似鱼鳞。
只是偷生时倘过，谁知久后不成身。

原卷诗题和作者均佚，而此诗同时又见于敦煌变文《齖魺书》[1]。同时，在唐代传奇小说中，这种现象也比较普遍，而且其中有的诗歌在许多时候也可以独立使用。

我国是诗的国度。在我国丰富灿烂的古代文化中，就包含有大量格言、警句式的韵文，人们不仅耳熟能详并常常能谙诵成章，有时也运用在特定场合给予强调。早从《诗经》时代起，人们就注意吟诵并应用《诗经》中的诗句，也常常将其中诗句用于外交礼仪的场合。从六朝时代起，特别是到隋唐时代，我国诗歌极度发达，不仅是诗人，而且上至帝王将相、贵族文人，下到青楼歌伎、樵夫野民，都能吟诗或创作，喜爱诗歌成为当时的时代风气。诗歌有时也应用于实际场合，但更多的是作为一种爱好，用来陶冶情操，培养文学修养。同时，文人也自觉不自觉地将广泛流传、脍炙经典的诗句或诗歌应用于自己的创作之中。这类诗歌自然可以放在当时诗歌兴盛的大背景下来进行整体考察。敦煌变文中的歌辞，许多都是当时变文讲唱过程中所吟咏歌唱的。同样，敦煌变文中的佛教歌辞也应当可以成为敦煌佛教歌辞的一个方面。

当然，敦煌变文佛教歌辞是否可以完全独立出来单独吟唱，另作别论，但结合变文作品更有利于我们从整体上综合理解歌辞内容。因此可以说敦煌变文歌辞与散体内容连为一体，同时又独具特点。本书在分析敦煌变文中的佛教歌辞时，也是从敦煌佛教歌辞的整体着眼，并结合变文赋体甚至散体内容来具体考察敦煌变文中所吟唱的佛教内容及其特征。

第一节　敦煌变文的名称及其文体来源

各种敦煌变文的思想内容和文体特征并不统一。从体式上看，有纯诗体韵文，也有纯散文，有韵散结合，还有一些变文杂有赋类文体，甚至整篇都是赋体[1]。从内容上看，有阐释佛经内容或讲述佛家故事，也有叙写我国古代历史故事，甚至讴歌现代当地人物或事件[2]。由于变文并非严格意义上的"文学体裁"概念，这一名称所包括的文本内容及文体分类标准很不一致，在研究过程中曾经有过较大的分歧和争议，甚至有的研究者对变文这一名称也产生怀疑，指出这是"一种约定俗成，习是而非的认识"[3]；还有人提出变文有狭义和广义之分，把狭义"变文"限制为那种有说有唱、逐段铺陈的文体[4]。王重民总结说，敦煌变文写本给我们带来了许多原题：

> 这些原题，往往前题和后题（即尾题）不同，甲卷和乙卷有异，经过比较研究，我们知道有全名，有简名，有因变文形式的命名，有因变文内容的命名，还有一些因袭着旧名，如佛教故事称"缘起"，历史故事称"传文"之类。[5]

由此可见敦煌变文题目的繁复纷杂。

敦煌写卷中题名标为"变"或"变文"的篇名有：

1.《汉将王陵变》，抄存于 S.5437 等卷，P.3627 卷尾题有云"汉八年楚灭汉兴王陵变一铺"。

2.《舜子变》，抄存于 P.4654 等卷，P.2721 卷尾题有云"舜子至孝变文一卷"。

3.《刘家太子变一卷》，抄存于 P.3645 卷，文前题云"前汉刘家太子传"，尾题有云"刘家太子变一卷"。

1 如《韩朋赋》是用白话作成的韵文赋，全篇以四言为主，故事性很强。

2 如敦煌变文有《张义朝变文》和《张淮深变文》，而张义朝（一般作张议潮）、张淮深都是敦煌归义军领袖。

3 伏俊连：《关于变文体裁的一点思索》，载项楚主编：《敦煌文学论集》，四川人民出版社 1997 年版，第 107 页。

4 项楚：《敦煌变文选注·前言》，中华书局 2006 年版。

5 王重民：《敦煌变文研究》，载《敦煌遗书论文集》，中华书局 1984 年版，第 185 页。

4.《八相变》，抄存于北图“云”字第24号卷背。

5.《降魔变押座文》，抄存于P.2187卷，尾题有“破魔变一卷”。

6.《降魔变文》，S.4389卷题为“降魔变一卷”，又见于S.5511卷尾题。

7.《大目乾连冥间救母变文并图一卷并序》，S.2614卷、P.2319卷尾题有云“大目犍连变文一卷”；北图“盈”字第76号卷题云“目连变”。

8.《频婆娑罗王后宫彩女功德意供养塔生天因缘变》，见S.3491等卷，题后接押座文，后接抄有简题云“功德意供养塔生天缘”。

9.《上来所说丑变》，抄存于P.3048卷尾题，同卷原题为“丑女缘起”。S.4511卷尾题云“金刚丑女因缘一本”，S.2114卷尾题云“丑女金刚缘”。

这些敦煌写卷中名为“变”或“变文”者，在《敦煌变文集》分别定名为《汉将王陵变》、《舜子变》、《前汉刘家太子传》、《八相变》、《破魔变文》、《降魔变文一卷》、《大目乾连冥间救母变文并图并序》、《频婆娑罗王后宫彩女功德意供养塔生天因缘变》、《丑女缘起》。《舜子变》大体是六言韵语，《前汉刘家太子传》是通篇散说，这两篇也不涉及佛教内容。而其他作品韵散相间的体式特征都比较明显，因而有人认为现存敦煌写卷中的“讲经文”、“缘起”、“词文”、“话”等的体制形式与题为“变”、“变文”的文体形式有很大程度的相同性[1]。

王重民在《敦煌变文研究》中对“变文”的内容和体式总结云：

> 《敦煌变文集》根据变文的形式和内容分成两大类：一类是讲唱佛经和佛家故事的，一类是讲唱我国历史故事的。第一类又可分成三种：一是按照佛经的经文，先作通俗的讲解，再用唱词重复地解释一遍；二是讲释迦牟尼太子出家成佛的故事；三是讲佛弟子和佛教的故事。后两种都是有说有唱。第二类也可分为三种，但不以故事内容分，而是按体裁分的。第一种有说有唱，第二种有说无唱，第三种是对话体。

同时指出：

> 这一分类和分类的排列次序，也正好反映了变文的发生、发展和转变为话本的全部过程。[2]

1 俞晓红：《佛教与唐五代白话小说研究》的李时人《序言》，人民出版社2006年9月版。

2 以上所引见王重民：《敦煌遗书论文集》，中华书局1984年版，第175页。

这句话比较简明地概括说明了变文的内容形式及其发展历史。王氏最后又对"变文"这一名称总结说：

> 在不同的阶段之内，曾采用过各种不同的名称；在不同的题材之内，又带来了一些旧有的名称。但在变文的全盛时期，则都用变文来概括这一类的文学作品，而作为当时的公名来使用。这就是在今天我们大家为什么又认为只有用"变文"这一名词来代表敦煌所出这一类文学作品，为比较适宜、比较正确的主要原因。[1]

而且随着研究的深入，"变文"这一名称逐渐为越来越多的研究者所认同。台湾学者潘重规先生指出：

> 变文是一时代文体的通俗名称，它的实质便是故事；讲经文、因缘、缘起、词文、诗、赋、传、记等不过是它的外衣。……变文所以有种种的异称，正因为他说故事时用种种不同文体的外衣来表达的缘故。[2]

这也是潘氏经过深入研究之后所得出的令人信服的结论。

此外，项楚认为用"变文"统称敦煌写卷中的这类通俗文学作品是可取的，也是必要的[3]。迄今为止，研究这类文体没有不用"变文"这一名称，而且可以说，还没有一个更好的名称来代替"变文"这种称呼，这也是不争的事实。这从一个侧面也说明只有"变文"这一历史概念才可能蕴涵如此丰富繁复之作品。

变文脱胎于佛教的讲经，从最初的佛教讲经到变文成熟，其间应有一个具体的历史发展过程，其间变文自身也在发生变化并不断趋向完善。因此，对变文不从源流上考察，而是仅对变文作品本身的一些文学、文体因素进行讨论，结果往往会扑朔迷离，从而变得更加复杂，以致很难得出较为准确切实的结论。而且，任何文体不是一开始出现就有严格的标准，相反，严格标准的文体形式应该是多种作品成熟并充分发展以后才出现的。从另一个侧面来看，正是这芜杂不一的"变文"文本作品，体现了敦煌变文的历史发展和真实面貌。

敦煌变文文体的来源，很长时间以来一直有多种说法。比较有代表性的说法大致可以归为两种：一种是外来说，认为敦煌变文这一文体源于佛经，是从国外

1 王重民:《敦煌变文研究》，载《敦煌遗书论文集》，中华书局1984年版，第185页。

2 潘重规:《敦煌变文集新书·后记》，台北文津出版社1994年版。

3 项楚:《敦煌变文选注·前言》，中华书局2006年版。另外，黄征、张涌泉也持有近乎相同的观点，参见黄征、张涌泉:《敦煌变文校注·前言》，中华书局1997年版。

传入的；一种是本土说，认为变文体式源于中国固有之文体。主张本土说主要有程毅中、王庆菽、冯宇等，其代表性的观点列举如下：

程毅中云："变文这种文学形式，主要是由汉语特点所规定的四六文和七言诗所构成的。……变文作为一种说唱文学，远可以从古代的赋找到来源。"并云："变文是在我国民族固有的赋和诗歌骈文的基础上演进而来。"[1]

王庆菽云："因为中国文体原来已有铺采摛文体物叙事的汉赋，也有乐府民歌的叙事诗，用散文和韵文来叙事都具有很稳固的基础。而且诗歌和音乐在中国文学传统上就不怎样分开的。因此遇到那些用散文说经中故事，用韵文中梵呗歌赞的体制，很快就为那些俗讲僧人和民间艺人把二者结合起来，于是产生'变文'。所以我认为变文是当时民间采取俗讲的方法来说历史传说和故事的一种话本，而俗讲也可能采用当时民间形式的歌曲和说服方式，以求引人入胜的。"[2]在这里，他把变文的文体渊源指向我国固有的文学形式。

冯宇云："我国远在战国和汉代文学中，就有过散韵夹杂的文学作品——赋。那时人们就能将韵文和散文结合着写物、叙事与抒情。并且有的赋又具有一定的故事性，如宋玉的《神女赋》。这便是唐代变文产生的最早根源，但是汉赋里的散文和韵文就更揉和的细致一些，而到了唐代变文，散文与韵文已能有计划地交替运用。"[3]认为赋为变文的文体渊源。

主张外来说的主要有梁启超、陈寅恪、郑振铎、饶宗颐、周叔迦等，其代表性的观点如下：

梁启超《翻译文学与佛典》概述佛典文体与我国固有者显著相异者有十，其第九为"一篇之中，散文诗歌交错"，第十为"其诗歌之译文为无韵的"[4]。而散文与诗歌交错是变文的基本特征之一。

陈寅恪云："案佛典制裁长行与偈颂相间，演说经义自然仿效之，故为散文与诗歌互用之体。后世衍变既久，其散文体中偶杂以诗歌者，遂成为今日章回体小说。其保存原式仍用散文诗歌合体者，则为今日之弹词。此种由佛经演变之文学，贞松先生特标以佛曲之目。……今取此篇与鸠摩罗什译《维摩诘所说经》原文互勘之，益可推见演义小说文体原始之形式，及其嬗变之流别，故为中国文学史绝

1 程毅中：《关于变文的几点探索》，见周绍良、白化文编：《敦煌变文论文录》，上海古籍出版社1982年版，第375页和378页。

2 王庆菽：《试谈"变文"的产生和影响》，见周绍良、白化文编：《敦煌变文论文录》，上海古籍出版社1982年版，第266页。

3 冯宇：《漫谈变文的名称、形式、渊源及影响》，见周绍良、白化文编：《敦煌变文论文录》，上海古籍出版社1982年版，第368页。

4 梁启超：《佛学研究十八篇》，上海古籍出版社2001年版，第199页。

佳资料。”[1]

郑振铎《中国俗文学》第六章云:“变文的来源，绝对不能在本土的文籍里来找到”，“讲的部分用散文；唱的部分用韵文。这样的文体，在中国是崭新的，未之前有的”[2]，认为散韵相间属于由佛经传入的新文体，而变文则袭取了这一文体形式。

饶宗颐《史诗与讲唱》云:“印度人讲故事随时插入诗歌，用一边讲一边唱之表达方式，表现于佛经中为散文与偈颂杂陈。通过翻译传入中国，引起一般僧人及文士注意和仿效。”[3]进一步肯定了变文韵散交错的印度渊源。

周叔迦《漫谈变文的起源》指出佛经“十二部经”中，涉及文体的有长行（也称契经），即论述义理的散文；有重颂（应颂），即重复叙述长行散文所说的诗歌；有伽陀（偈颂），即不依长行而孤起直叙事义的诗歌，因此说:“从文体上来说，佛经为了反复说明真理，多半是长行与重颂兼用的。”进而云:“佛经的体裁既然是长行与重颂兼用，自然在变文中也是散文与韵文兼用，而说唱同时了。”[4]

从以上可以看出，主张外来说者多对佛教有着一定的研究，主张中土说者则多认为变文与赋的演变发展有关。

敦煌变文与佛教有密切的关系，不仅表现在内容方面，体式上也有一定的影响，这是研究者大体都承认的。但变文究竟在多大程度上接受了佛教和中土文学的影响，这点才是众多观点发生较大争议的主要症结所在。正如陆永峰所说:“只有认清了变文体式上受外来文学、本土文学影响的不同方面，才有可能对其渊源作出较贴切的结论。”[5]下面就结合佛经体式，从变文的体式上具体进行阐述。

佛典无论是按照九分教还是十二部经的分法，都包括祇夜与伽陀这两类经文。祇夜即梵语 geya 的音译，是佛教九部经之一，也是十二部经之一，又作“岐夜”、“祇夜经”，其意为诗歌、歌咏，旧译为“重颂”、“重颂偈”，新译为“应颂”，意指在经典前段以散文体叙说之后，再以韵文附加于后段者。因其内容与经文相同，故称“重颂”、“重颂偈”或“应颂”（与经文相应之颂）。伽陀即梵语 gâthâ之音译，也属于佛教九部经和十二部经，又作“伽他”、“偈佗”、偈，意译为讽诵、讽颂、造颂、偈颂、颂、孤起颂、不重颂偈。“伽陀”一词，广义指歌谣、圣歌，狭义则指于教说之段落或经文之末，以句联结而成之韵文，内容不一定与前后文有关。

概言之，祇夜又称“应颂”或“重颂”，是以偈的形式将前面长行（亦即散文

1 陈寅恪:《〈维摩诘经·文殊师利问疾品演义〉跋》，见周绍良、白化文编:《敦煌变文论文录》，上海古籍出版社 1982 年版，第 447 页。

2 郑振铎:《中国俗文学史》，东方出版社 1996 年版，第 150 页。

3 饶宗颐:《澄心论萃》，上海文艺出版社 1996 年版，第 37 页。

4 周叔迦:《漫谈变文的起源》，见周绍良、白化文编:《敦煌变文论文录》，上海古籍出版社 1982 年版，第 25 页和第 254 页。

5 陆永峰:《敦煌变文研究》，巴蜀书社 2000 年版，第 150 页。

部分）所说的内容重新申述一遍。伽陀又称“讽颂”、“孤起颂”，是宣说长行之外意思的偈颂。祇夜与伽陀，实际上是佛经偈散结合的两种方式。这两种形式在敦煌变文中的表现十分明显。

佛教为何采用古印度社会通行的偈颂弘法，姚秦鸠摩罗什译《成实论》卷第1《十二部经品第八》论及此，云：

> 佛法分别有十二种：一修多罗，二祇夜，三和伽罗那，四伽陀，五忧陀那，六尼陀那，七阿波陀那，八伊帝曰多伽，九阇陀伽，十鞞佛略，十一阿浮多达磨，十二忧波提舍。修多罗者，直说语言。祇夜者，以偈颂修多罗，或佛自说，或弟子说。问曰：何故以偈颂修多罗？答曰：欲令义理坚固，如以绳贯华，次第坚固；又欲严饰言辞，令人喜乐，如以散华或持贯华以为庄严。又义入偈中，则要略易解，或有众生乐直言者，有乐偈说；又先直说法后以偈颂，则义明了，令信坚固。又义入偈中，则次第相着，易可赞说，是故说偈。或谓佛法不应造偈，似如歌咏。此事不然，法应造偈。所以者何？佛自以偈说诸义故。又如经言，一切世间微妙言辞，皆出我法。是故偈颂有微妙语。[1]

释慧皎《高僧传》卷2《译经中·晋长安鸠摩罗什》载鸠摩罗什语云：

> 天竺国俗，甚重文制，其宫商体韵，以入弦为善。凡觐国王，必有赞德，见佛之仪，以歌叹为贵，经中偈颂，皆其式也。[2]

以上指出偈颂不仅言简意明，便于记忆，可以进一步强调佛教义理，而且古代印度俗重歌赞，常用偈颂赞叹地位很高的国王或佛陀，以此表达敬重之意。释慧皎《高僧传》卷13《经师》“论”有云：

> 东国之歌也，则结韵以成咏；西方之赞也，则作偈以和声。虽复歌赞为殊，而并以协谐钟律，符靡宫商，方乃奥妙。[3]

指出了印度是以偈颂进行歌赞，并注意其音声效果。大体说来，配合佛经偈颂的音乐属于佛教呗赞音乐。

需要指出的是，早期印度文学，大体都是以语音作为存在方式，以口耳作为

1《大正大藏经》第32册，第244页。

2（梁）释慧皎撰，汤用彤校注：《高僧传》，中华书局1992年版，第53页。

3（梁）释慧皎撰，汤用彤校注：《高僧传》，中华书局1992年版，第507页。

传播的工具。为了便于记诵，韵文（诗）成了最主要的文体形式，各类著作要么全用韵文，要么韵散结合。因此韵文这种文体形式得到了高度的发展，仅在吠陀和古典时期，常用的诗律就有达百种之多。偈散结合交替叙事因此也成为古印度最为通行的文艺形式。但印度古典韵文与传统的汉语韵文（不包括格律诗）有很大的区别，前者的韵律基础是音量，后者的韵律基础是重音，即汉语主要以押韵来取得音律变化和谐的效果，梵诗则主要是以音节的数量和在相同音节数量的排比形式中长短元音的合理搭配取得和谐的音律效果。而偈颂的这种体式随佛典翻译一起传入我国，基本保持了原来佛经的文体语言形式。对此，朱庆之云：

> 古代对佛经的翻译是在相当大的程度上保留了原典的形式和语言风格。前者包括散文与偈颂合用的文体和在书写时散文连写而偈颂部分分句提行，这些中土前所未有的东西都是从原典照搬的；后者则主要是口语化。[1]

这从另一方面说明了韵散结合的体式在中土前所未有。在这种佛经文体中散文和韵文部分交替出现，散文部分主要用来叙述故事情节；韵文部分主要是用来抒发感情或描绘场景，起烘托渲染的作用。韵文往往还重复散文内容，有时也叙述事件。可以说，韵文的运用比散文更为宽泛，这在敦煌变文中也多有体现。孙昌武师从译经的文体方面进一步指出：

> 在（佛经）翻译过程中，不仅输入了外来语文成分，而且形成一种既保持外来语文风格，又为中国人所接受的华梵结合、韵散结合、雅俗共赏的文体，俗称“译经体”，对中国语文产生了一定影响，是文体史上的一个成就。[2]

译经体一方面强调的是语言，另一方面更注重文体形式。其中韵散结合、雅俗共赏便是敦煌变文的突出特点之一。

变文是中外文化交流发展的产物。偈散结合是汉译佛经的一大特色，这与梵文原典偈散交替的文体特征相对应，体现出译经者忠实原典的客观态度。变文散韵相间的文体特征袭用了佛经的形式——长行与偈颂交错，在具体发展过程中，又吸收了如辞赋、骈文、诗歌以及民间文学艺术的传统等中土的文学观念和固有

1 朱庆之:《敦煌变文诗体文的换“言”现象及其来源》，见项楚主编:《敦煌文学论集》，四川人民出版社1997年版，第94页。

2 孙昌武:《中国佛教文化》，南开大学出版社2000年版，第78页。

样式。陆永峰说：

> 特别在韵文格律上。改变汉译佛经偈颂不押韵的特点，由散偈交错进化为散韵交错，并且保持着与时代潮流的接近，使其诗歌多有与近体（诗）接近处，成为具有中国特性的文学样式。变文在其体式上，既显示出佛经的特点，又反映出本土文学的特点。[1]

敦煌变文最初源自佛教的讲经文。王重民说：

> 讲经文是变文中最初的形式，它的产生时期在变文中为最早。……最早的变文是讲经文，而一般的变文是从讲经文派生出来的。所以首先把讲经文的各个组成部分作具体分析，并说明历史发展源流，也就自然显示出了变文的起源。[2]

讲经文主要用来阐释佛经，是佛经通俗化的体现。萧登福云：

> 讲经的过程中，有法师依序分、正宗分、流通分三门分别，解释经文；并回答听众疑难。有都讲咏读经文，对扬法师。有维那师检校道场，维持秩序。有梵呗僧吟唱偈赞；香火僧清理道场，添续香火、灯具。在讲经所需的器物上，则有麈尾、如意、柄香炉、高座等。讲经时并依一定的仪轨进行。[3]

讲经时一般都是先唱诵经文，接着以散文解说，再以韵文吟唱，反映在文本上就是韵散相间的体式。变文是对讲经文的进一步通俗化阐释或演绎。敦煌变文韵散结合的体式特征与讲经文十分相近。在引入韵文前，往往还使用“入韵套语”。敦煌变文中多用“……之时，有（道）何言语”和“……处，若（谨）为陈说”两种套式。如“当尔之时，道何言语”、“于此之时，有何言语”、“当此之时，有何言语”等，在敦煌变文中随处可见。

佛教传入中土之后，特别是在六朝隋唐时期，适值我国文学思想史上的转变关头，佛教思想和富于文学性的佛典被文人所接受，成为促进文学观念转变的一个重要因素。在翻译或讲解佛经的过程中，由于语言、风俗传统等不同，对于如何既不失原经的题旨，又方便中土人士的接受，曾有过多次对翻译要求和标准的

1 陆永峰:《敦煌变文研究》，巴蜀书社2000年版，第154页。

2 王重民:《敦煌变文研究》，载《敦煌遗书论文集》，中华书局1984年版，第178页和第192页。

3 萧登福:《敦煌俗文学论丛》，台北商务印书馆股份有限公司1988年版，第1页。

热烈讨论和探索[1]。这也启发和刺激了中土已有的文学观念的发展。敦煌变文即是脱胎于讲经文的一种新形式，并且注意吸收传统文学作品以及民间文学的积极因素，从而促进了我国古代文学在内容和体式方面的丰富和发展。

从现存敦煌变文作品来看，敦煌变文的内容经历了从单纯宣讲佛教教义的讲经文，向我国历史和民间故事、乃至当地现实生活事件的发展转变过程，艺术表现手法不断完善，文学性随之也在不断加强。随着这种活泼生动的讲唱体式的发展，变文能够越来越紧密地结合我国社会历史现实及文学文化，在总体上呈现出五彩缤纷、斑驳杂异、体式上很难统一的新型文学样式，这正是学者对变文产生众多分歧的主要原因所在。

另外，佛教本身的开放性决定其注重多方面地汲取各种养分来丰富和发展自身，特别是积极从民间汲取多种有益的养料，佛教在信仰层次方面也需要有广大民众的支持，这也有利于在更加广泛的社会层面上宣传佛教思想观念，由此产生的变文这种新型的艺术形式，受到朝野的欢迎，流行一时。

从敦煌变文的发展来看，变文发展到后来越来越接近我国历史现实，也越来越接近民间，而渐渐远离佛教抽象教义，这也体现出变文发展在逐渐“中国化”。但同时也不可否认，非佛教变文也程度不同地浸染着佛教色彩，这也是佛教已经相当深入地融入我国文化的表现之一。

最后需要说明的是，本书所说的变文佛教歌辞，相对说来，大多是敦煌变文早期保持讲经文形式的歌辞部分。

1 如早期译经借用中国学术已有词语来翻译佛教概念，这种方法称之为“格义”，后来道安论译梵文经，有“五失本”和“三不易”之说（参见道安《摩诃钵罗若波罗蜜经抄序》），隋明则有《翻经仪式》，彦琮谓译才须有“八备”，玄奘有所谓的“五种不翻”等。

第二节　唐代俗讲的盛行和变文的产生

随着佛教、佛经的传入，就有了讲解佛经的发生。唐代佛家盛行讲经，而讲经方式大体可分为两种：一是“僧讲”，一是“俗讲”。日本沙门圆珍《佛说观普贤菩萨行法经记》卷上有云：

> 言讲者，唐土两讲：一俗讲。即年三月就修之，只会男女，劝之输物，充造寺资，故言俗讲（僧不集也云云）。二僧讲。安居月传法讲是（不集俗人类也。若集之，僧被官责）。上来两寺事皆申所司（可经奏，外申州也。一日【月】为期）。蒙判行之，若不然者，寺北官责（云云）。[1]

其中“僧讲”是正式讲经，以讲解经文为主，一般是在出家人安居月期间举行，即在夏季的3个月中，僧徒们聚集在一起集中学习佛法。所讲内容是佛教的经、律、论、义疏等具有一定学术性的佛教义理，听众主要是出家僧尼、居士信众等，主讲者称为座主大和尚。“俗讲”则以讲说佛经故事为主，演说无常苦空及地狱轮回因果报应之理，听众以世俗男女为主。目的是设讲募缘，让信众布施输物，主讲者称为导化俗法师，或化俗法师。前者系沿袭六朝传统之讲经而来，后者当是由正式讲经转化而来的，重在导俗化众。圆仁《入唐求法巡礼行记》卷1对此有较为详细的记载，其云：

> 又有化俗法师，与本国道“飞教化师”同也。说世间无常苦空之理，化导男弟子、女弟子，呼道化俗法师也。讲经、律、论、记、疏等，名为座主、和尚、大德。若纳衣收心，呼为禅师，亦为道者。持律偏多，名律大德，讲为律座主，余亦准尔也。[2]

1《大正大藏经》第56册，第237页。

2［日］圆仁撰，顾承甫、何泉达点校：《入唐求法巡礼行纪》，上海古籍出版社1986年版，第21页。

"俗讲"一名，始见于唐初。而到中晚唐之际，俗讲已相当流行。圆仁《入唐求法巡礼行记》卷 3 记云：

> 改年号，改开成六年为会昌元年。又敕于左、右街七寺开俗讲。左街四处；此资圣寺令云花寺赐紫大德海岸法师讲《花（华）严经；保寿寺令左街僧录、三教讲论、赐紫、引驾大德体虚法师讲《法（花）华经》；菩提寺令招福寺内供奉、三教讲论大德齐高法师讲《涅槃经》；景公寺令光影法师讲。右街三处：会昌寺令内供奉、三教讲论、赐紫、引驾起居大德文溆法师讲《法花（华）经》。城中俗讲，此法师为第一。惠日寺、崇福寺讲法师未得其名。[1]

会昌元年（841 年）敕令长安城内七寺同时举行俗讲，自"正月十五日起首，至二月二十五日罢"，前后进行了一个月，可见其声势规模之大，而且，俗讲在当时已被国家作为一种节庆活动而加以提倡。其中提到当时号为"俗讲第一"的法师文溆，段安节《乐府杂录》"文叙子"条下有云：

> 长庆中，俗讲僧文叙（溆）善吟经，其声宛畅，感动里人。[2]

赵璘《因话录》卷 4 又云：

> 有文淑僧者，公为聚众谭说，假托经论所言，无非淫秽鄙亵之事。不逞之徒，转相鼓扇扶树。愚夫冶妇，乐闻其说，听者填咽。寺舍瞻礼崇奉，呼为和尚。教坊効其声调，以为歌曲。其甿庶易诱，释徒苟知真理，及文义稍精，亦甚嗤鄙之。近日庸僧以名系功德使，不惧台省府县。以士流好窥其所为，视衣冠过于仇雠，而淑僧最甚，前后杖背，流在边地数矣。[3]

文淑即文溆，文溆以俗讲为务，为迎合广大听众的兴趣和心里，借俗讲而主谈琐事，舍论疏而重讲果报。佛家讲经，常要求听众奉钱布施，其中俗讲尤甚，更有甚者"徒以悦俗邀布施"[4]，因此遭到当时士人的轻诋非议。这种讲唱底本，今已不传。敦煌写卷中保存的讲经文类的变文正是当时以俗讲方式讲唱佛经的底本。

俗讲与六朝的斋讲相类[5]，是应用转读、梵呗和唱导形式所进行的佛经通俗讲

1［日］圆仁撰，顾承甫、何泉达点校：《入唐求法巡礼行纪》，上海古籍出版社 1986 年版，第 147 页。

2（唐）段安节：《乐府杂录》，古典文学出版社 1957 年版，第 40 页。

3（唐）赵璘：《因话录》，上海古籍出版社 1979 年版，第 94~95 页。

4《资治通鉴》卷 243《唐纪》"敬宗宝历二年（826 年）六月"条云："己卯，上幸兴福寺。观沙门文溆俗讲"，胡三省注云："释氏讲说，类谈空有，而俗讲者又不能演空有之义，徒以悦俗邀布施而已。"中华书局 1956 年版，第 7850 页。

5 中国佛教协会编：《中国佛教》（第 2 辑），东方出版中心 1996 年版，第 367 页。

演。俗讲是依据佛经来讲说的一种形式，其目的在于导俗化众，对象侧重于在家信众和悠悠凡庶。俗讲为使人们更容易了解佛教，吸引听众的兴趣，在语言上追求通俗化，内容则多因果报应及地狱轮回之说，具有一定的娱乐性。俗讲也有讲师与都讲，讲师讲说，都讲唱经，这跟正式讲经的形式基本相同。在法师讲说之后，都讲唱经之前，往往要吟唱一段诗偈，这些诗偈通常是用来解释经义，有的是复述法师所讲的内容，在偈末常有“唱将来”、“唱唱罗”等提示都讲唱经的催唱词。

六朝以来，释氏讲经多以唱导、转读来宣扬佛教，阐释佛教内容。唱导有说唱教导之意，即从讲解经论义理，变为杂说因缘譬喻，是一种对佛经内容加以通俗化的宣传形式，并注意说、唱两种方式的结合使用，故有的研究者称之为目前“可从史料中加以考知的我国讲唱文学最原始的形态”[1]。俗讲中“唱经”与“吟偈”虽然同是吟唱，但在唱腔上则有所不同。“唱经”又称转读或转经，俗讲的吟唱诗偈，则与讲经中的梵呗接近。讲经之梵呗主在赞佛，俗讲之吟偈则重在解经。释慧皎《高僧传》卷13《经师》“论”云：

> 天竺方俗，凡是歌咏法言，皆称为呗。至于此土，咏经则称为转读，歌赞则号为梵呗。[2]

释慧皎《高僧传》卷5《晋长安五级寺道安》云：

> 初经出已久，而旧译时缪，致使深藏隐没未通，每至讲说，唯叙大意，转读而已。[3]

其中明言转读是读唱经文，梵呗则是歌咏偈颂。又云：

> 转读之为懿，贵在声文两得。若唯声而不文，则道心无以得生；若唯文而不声，则俗情无以得入。故经言，以微妙音歌叹佛德，斯之谓也。[4]

转读是自印度传入的讲经方式，其特点是抑扬其声以讽诵经文，在音声、句读方面都有较高的要求。如能声文两备，情词并茂，即音声跟文辞谐协相配，转读方称妙善。慧皎云：

1 陈允吉:《中古七言诗体的发展与佛偈翻译》，载《古典文学佛教溯缘十论》，复旦大学出版社2002年版，第38页。

2（梁）释慧皎撰，汤用彤校注:《高僧传》，中华书局1992年版，第508页。

3（梁）释慧皎撰，汤用彤校注:《高僧传》，中华书局1992年版，第179页。

4（梁）释慧皎撰，汤用彤校注:《高僧传》，中华书局1992年版，第508页。

> 若能精达经旨，洞晓音律，三位七声次而无乱，五言四句契而莫爽。其间起掷荡举，平折放杀，游飞却转，反迭娇哢，动韵则流靡弗穷，张喉则变态无尽。故能炳发八音，光扬七善，壮而不猛，凝而不滞，弱而不野，刚而不锐，清而不扰，浊而不蔽。谅足以起畅微言，怡养神性。故听声可以娱耳，聆语可以开襟。若然可谓梵音深妙，令人乐闻者也。[1]

这种音声深妙、令人乐闻的印度式转读，有一定的声腔调门，颇具音乐美和感染力。但后来随着俗讲的发展和向民间的不断深入，转读也在不断吸取中土及民间的声腔调式，以更适应听众的喜好。道宣《续高僧传》卷 31《杂科声德篇》“论”云：

> 爰始经师为德，本实以声糅文，将使听者神开，因声以从回向。顷世皆捐其旨，郑卫珍（弥）流，以哀婉为入神，用腾掷为清举，致使淫音婉娈，娇哢颇（频）繁。世重同迷，尠宗为得，故声呗相涉，雅正全乖。纵有删治，而为时废。物希贪附，利涉便行，未晓闻者悟迷，且贵一时倾耳。斯并归宗女众，僧颇嫌之。而越坠坚贞，殊亏雅素。得惟随俗，失在戏论。且复雕讹将绝，宗匠者希。[2]

转经之作用在于“以声糅文，将使听者神开”。可见，俗讲与正式讲经除内容语言上的不同外，俗讲还广泛应用梵呗唱颂，注重用音声来打动听众。当时的转读已经融入不少中土音乐成分，讲唱者已注意应用动听悦耳的音声来吸引和打动听众，这也推动了俗讲的流行并使俗讲逐渐成熟。

俗讲仪式有作梵[3]、礼佛、押座、唱释经题、说经本文、念佛赞、回向、发愿诸法等程式。讲说经文时，常以讲说、吟偈和唱经三种方式来进行，大体上继承了正式“讲经”的传统仪式。敦煌写卷中尚保存有对俗讲仪式较为具体的记述，S.4417 卷和 P.3849 卷背有云：“夫为俗讲，先作梵了，次念菩萨两声，说押坐（座）了，素唱[4]《温室经》。法师唱释经题了；念佛一声了；便说开经了；便说庄严了。念佛一声，便一一说其经题字了；便说经本文了；便说十波罗蜜等了；便念佛赞了；便发愿了；便又念佛一会了；便回向、发愿取散云云。已后便开《维摩经》。……讲《维摩》，先作梵；次念观世音菩萨三两声；便说押座了；便素唱经文了。唱曰法师自说经题了；便说开赞（讲）了；便庄严了；便念佛一两声了。

1（梁）释慧皎撰，汤用彤校注：《高僧传》，中华书局 1992 年版，第 508 页。

2（唐）道宣：《续高僧传》，见《高僧传合集》，上海古籍出版社 1991 年版，第 380 页。

3 在佛教讲经、受戒、诵经等宗教仪式中举唱梵呗，称为“作梵”。见中国佛教协会编：《中国佛教》（第 2 辑）“赞呗”条，东方出版中心 1996 年版，第 379 页。

4 “唱” 字 P.3849 卷作 “旧”。

法师科三分经文了；念佛一两声；便一一说其经题名字了；便入经说缘喻了；便说念佛赞。”由此可知，讲经文的讲唱形式，仍较多地保留了佛家讲经的宗教仪式。向达在《唐代俗讲考》中对俗讲仪式已有详细的考述，在此不再赘述。

一般说来，俗讲和正式讲经的区别，主要体现在所讲说的内容、语言、方式以及听讲对象等方面。正式讲经重在阐释佛理，讲说方式大抵是依字解经。俗讲则旨在导俗化众，追求通俗化，将经文加以通俗阐释，从而使普通民众也可以理解接受，有时还能够结合具体历史现实来解释经文。俗讲还很注意讲唱的配合，特别是注重以音声效果来打动听众。正式讲经的听众以出家僧众及对佛学有素养者为主，而俗讲当以在家信众或普通百姓，伴有一定的娱乐消遣成分。但从史料记载来看，俗讲和正式讲经的对象似无严格的区分。如释慧皎《高僧传》卷5《竺法汰传》有云：

> （竺法）汰下都瓦官寺，晋太宗简文皇帝深相敬重，请讲《放光经》。开题大会，帝亲临幸，王侯公卿，莫不毕集。汰形解过人，流名四远，开讲之日，黑白观听，士女成群。[1]

其中竺法汰讲经时“黑白观听”，说明讲经时除出家僧人之外，世俗人士也可以参加。在座者可向法师质疑求解，法师随机作出解说。解经时往往可以临机发挥，随俗就便，有时甚至可以偏离佛教教义内容，表现出较强的世俗趣味。道宣《续高僧传》卷6《义解篇·慧开传》云：

> （释慧开）后忽剖略前习，专攻名教，处众演教，咸庆新闻。及至解名析理，应变无穷。虽逢劲敌巧谈，罕有折其角者。讲席棋连，学人影赴。[2]

慧开主要活动于齐代，据此知慧开讲经之深受欢迎，主要在于他所宣讲的“新闻”内容以及应变无穷的“巧谈”，这些都使严肃的讲经内容趋向趣味化、伎艺化和世俗化。这种讲经形式以后逐渐发展成为趋时的俗讲甚至纯粹的民间讲唱娱乐。

唐代俗讲在一定程度上也继承了六朝“唱导”导俗化众的宗旨，同时吸收了正式讲经的仪式。萧登福说：

1（梁）释慧皎撰，汤用彤校注:《高僧传》卷5《义解》，中华书局1992年10月版，第193页。

2（唐）道宣:《续高僧传》，见《高僧传合集》，上海古籍出版社1991年版，第152页。

> 唐世的俗讲，系由魏晋六朝的唱导演变而来的。两者皆重“讲”、“唱”，皆以导俗为务。将六朝唱导中的“唱”、“导”二技，运用于讲经中，便成为“俗讲”。[1]

此文正道出了唱导和俗讲的密切关系。唱导由“唱”、“导”二技组成，其中“唱”主要是指咏唱经文者，即经师；“导”当是指导化俗众者，称为“导师”。吟经和导化可以分为二职，有时也可由一人兼任。释慧皎《高僧传》卷13《唱导》“论”云：

> 唱导者，盖以宣唱法理，开导众心也。昔佛法初传，于时齐集，止宣唱佛名，依文致礼。至中宵疲极，事资启悟，乃别请宿德，升座说法。或杂序因缘，或傍引譬喻。其后庐山释慧远，道业贞华，风才秀发，每至斋集，辄自升高座，躬为导首。先（广）明三世因果，却辩一斋大意。后代传受，遂成永则。故道照、昙颖等十有余人，并骈次相师，各擅名当世。夫唱导所贵，其事四焉：谓声、辩、才、博。非声则无以警众，非辩则无以适时，非才则言无可采，非博则语无依据。至若响韵钟鼓，则四众惊心，声之为用也。辞吐后发，适会无差，辩之为用也。绮制雕华，文藻横逸，才之为用也。商榷经论，采撮书史，博之为用也。若能善兹四事，而适以人时。如为出家五众，则须切语无常，苦陈忏悔。若为君王长者，则须兼引俗典，绮综成辞。若为悠悠凡庶，则须指事造形，直谈闻见。若为山民野处，则须近局言辞，陈斥罪目。凡此变态，与事而兴。可谓知时知众，又能善说。虽然故以恳切感人，倾诚动物，此其上也。

又云：

> 至如八关初夕，旋绕行周，烟盖停氛，灯惟靖耀，四众专心，叉指缄默。尔时导师则擎炉慷慨，含吐抑扬，辩出不穷，言应无尽。谈无常，则令心形战栗；语地狱，则使怖泪交零。征昔因，则如见往业；核当果，则已示来报。谈怡乐，则情抱畅悦；叙哀戚，则洒泪含酸。于是阖众倾心，举堂恻怆；五体输席，碎首陈哀；各各弹指，人人唱佛。爰及中宵后夜，钟漏将罢，则言星河易转，胜集难留。又使人（遑）迫怀抱，载盈恋慕。当尔之时，导师之为用也。[2]

慧皎同时指出，唱导之醒众方式“虽于道为末，而悟俗可崇”[3]。这种以“与事而兴”的方式来演绎佛教空有之义的“唱导”，使抽象的佛教义理变得通俗有趣，其

1 萧登福:《敦煌俗文学论丛》，台北商务印书馆股份有限公司1988年版，54页。

2 以上所引见（梁）释慧皎撰，汤用彤校注:《高僧传》，中华书局1992年版，第521页和第522页。

3（梁）释慧皎撰，汤用彤校注:《高僧传》，中华书局1992年版，第522页。

中的“声”也起着十分重要的作用，比起“止宣唱佛名，依文教理”的讲经说法，更容易取悦听众，收到感动人心的更大效用。

需要注意的是，唱导往往并不是依经解说，导师常常可以临机自由发挥。这不仅表现在所讲说的内容上，在音乐声腔方面也可以自由选择，加以发挥。道宣《续高僧传》卷31《杂科声德篇》“论”云：

> 至如梵之为用，则集众行香，取其静摄专仰也。梵者，净也，寔惟天音。色界诸天来觐佛者，皆陈赞颂……印度之与诸蕃，咏颂居然自别。义非以此唐梵，用拟天声，敢惟妄测，断可知矣。呗匿之作，颇涉前科。至于寄事，置布仍别，梵设发引为功，呗匿终于散席。寻呗匿也，亦本天音，唐翻为静，深得其理。谓众将散，恐涉乱缘，故以呗约，令无逸也。然静呗为义，岂局送终？善始者多，慎终诚寡，故随因起诫，而不无通议。颂赞之设，其流寔繁。江淮之境，偏饶此玩。雕饰文绮，糅以声华；随卷称扬，任契便构。然其声多艳逸，翳覆文词。听者但闻飞哢，竟迷是何筌目。[1]

印度梵呗赞颂之功用，本在“集众行香，取其静摄专仰也”，后来逐渐变为追求声乐之悦耳动听，从而使佛教音乐趋向娱乐化，对原本的佛教内容反而有所忽略。相传陈思王曹植“深爱声律，属意经旨。既通般遮之瑞响，又感鱼山之神制。于是删治瑞应本起，以为学者之宗。传声则三千有余，在契则四十有二”[2]。三千，不一定是确数，但由此可见当时盛行的声律之多，音声之发达，而其中能够契合佛教经旨的仅有42种。唐道宣《续高僧传》卷31《杂科声德篇》“论”云：

> 且大集丛闹，昏杂波腾，卒欲正理，何由可静？未若高扬洪音，归依三宝，忽闻骇耳，莫不倾心。斯亦发萌，草创开信之奇略也。世有法事，号曰落花，通引皂素，开大施门，打刹唱举，抽撤泉贝。别请设坐，广说施缘。或建立塔寺，或缮造僧务。随物赞祝，其纷若花，士女观听，掷钱如雨。至如解发百数，别异词陈，愿若星罗，结句皆合韵，声无暂停，语无重述，斯实利口之铦奇，一期之赴捷也。[3]

在举行大型法会之际，讲唱佛家世俗因缘，伴以繁声急弦，歌吹动地，大肆渲染，劝众布施。而其中唱颂的多是中土之音声，大量的中土音乐特别是民间音乐

1（唐）道宣:《续高僧传》，见《高僧传合集》，上海古籍出版社1991年版，第380页。

2（梁）释慧皎撰，汤用彤校注:《高僧传》卷十三，中华书局1992年版，第507页。

3（唐）道宣:《续高僧传》，见《高僧传合集》，上海古籍出版社1991年版，第381页。

进入佛教歌赞，与佛教音乐交融竞奏，甚而完全用中土音乐代替了佛教的赞呗音乐。这种逐渐偏离佛教主旨，转向民众娱乐的法会，引起了佛教人士的不满。道宣《续高僧传》卷31《杂科声德篇》“论”云：

> 向叙诸赞，呗绩由声。余闻非声无以达心，非声不扬玄理，故歌咏颂法，以为音乐。斯言何哉？必有此陈，未闻前喻，义须镕裁节约，得使文质相胜。词过其实，世谤（彦）所非；声覆法本，佛有弘约。何得掩清音而希激楚，忽雅众而冒昏夫，斯诚耻也。京辇会坐，有声闻法事者，多以俗人为之。[1]

赞宁《宋高僧传》卷25《读诵篇》“论”云：

> 今之歌赞，附丽淫哇之曲，泜滯之音，加酿瓌辞，包藏密呪，敷为梵奏，此实新声也。如今启夹，或曰开题，只知逐句随行，那辨真经伪造？岂分支品，未鉴别生，能显既知，所诠须体。当闻舍筏，适足归宗。[2]

佛教音乐本是歌赞的一种陪衬，其目的主要是为了宣扬佛教义理。后来随着俗讲讲唱的发展，在内容和音乐上越来越趋向大众娱乐，中土音乐不断进入佛教声乐系统，且不断扩展，佛教的本旨玄理，反而完全淹没在一片响亮热烈、欢腾喧闹的声乐之中，歌赞时激动的声乐逐渐取代了讲说佛理的中心地位，也难怪遭到正统僧俗的极力反对。由此我们可以看出，唱导音乐的发展踪迹：越来越中土化，越来越世俗化，也越来越接近大众喜欢的流行乐调。

需要指出的是，唱导虽然以因缘果报诱民，随类宣化，但大体遵从佛教义理，广引经论以应讲说。而俗讲原本据经讲说，敷衍成篇，以化俗为务，后来也渐趋于媚俗，杂以调笑戏谑，甚至有时公然要求听众布施。如《三身押座文》云：

> 今朝法师说其真，坐下听众莫因循。
> 念佛急乎归舍去，迟归家中阿婆嗔。

《无常经讲经文》有云：

1（唐）道宣:《续高僧传》，见《高僧传合集》，上海古籍出版社1991年版，第381页。

2（宋）赞宁撰，范祥雍点校:《宋高僧传》，中华书局1987年版，第647~648页。

莫辞暖热成持，各望开些方便。
还道讲来数朝，施利若无大段。
念佛各自归家，明日却来相伴。

有时俗讲与唱导区别也不明显，故向达云："俗讲与唱导，论其本旨，实殊途而同归，异名共实者也。"[1] 陈允吉也云：

> 论唱导的体制形式特点，今考诸旧籍，可知它同后来的变文一样是韵散间隔，有说有唱，这一体裁实际上即从转读、梵呗发展而来，说到底皆本诸于佛经之"长行"和"偈颂"的互相配合。[2]

唱导、俗讲向变文的转变，有两方面的变化起了重要作用：一是音声的变化，逐渐脱离原来印度的佛赞音乐，代之以吸收大量的中土声乐；一是内容的变化，逐渐偏离佛教义理，注重演绎佛经故事或历史传说。

王文才在《敦煌曲初探》之"序"中云：

> 讲经文的兴起，从佛教传统上来说，是继承了"唱导"的作用，"转读"的方法，佛经散文中夹用"赞"、"偈"和全为叙述诗的形式。但从其产生的意义上来说，应是利用和结合民间原有的唱词形式，以取得社会群众的喜好，而便于传教，才创立了说唱兼用的特殊体裁。

尽管说得不完全正确，但仅就其中指出讲经文与唱导、转读及民间艺术方面的密切关系，大致不差。他进一步说：

> 转读、唱导与梵呗三者，对于讲经文皆有密切的关系。由于转读的转唱经颂，和唱导的根据经义应机立说，而又结合民间词文（即后来称为变文的初期作品）的体裁，把这三者的声唱、作用、形式统一起来，便成了最早的宗教性讲经文。[3]

向达也云：

> 唐代俗讲话本，似以讲经文为正宗，而变文之属，则其支裔。[4]

1 向达:《唐代俗讲考》，见周绍良、白化文编:《敦煌变文论文录》，上海古籍出版社 1982 年版，第 47 页。

2 陈允吉:《中古七言诗体的发展与佛偈翻译》，载《古典文学佛教溯缘十论》，复旦大学出版社 2002 年版，第 38 页。

3 以上所引见王文才:《敦煌曲初探》之"序"，上海文艺出版社 1954 年版。

4 向达:《唐代俗讲考》，载周绍良、白化文编:《敦煌变文论文录》，上海古籍出版社 1982 年版，第 56 页。

而据现存敦煌变文中的讲经文来看，虽然讲经文也运用了民间流行的歌唱形式，但其受印度梵呗佛曲的影响也很显著。

总的说来，变文的出现是传统讲经形式通俗化的结果，是自六朝以来转读、唱导、梵呗等通俗讲经形式在讲唱实践过程中逐渐演化而来的。变文作品中，当以讲经文为最早。早期变文引据经文，穿插故事，注意说唱声音的抑扬顿挫和语言运用的浅显直白，并以通俗化的方式既说且唱，表现在文体上就是韵散相间。韵散结合的这种经式文体，后来不断变化和发展，或分流，或独立，或产生各种变异，就成为了纯散文、纯韵文、或韵散程度不同的结合体式。在其发展过程中，同时也很注意从中土文学中汲取营养。由于俗讲面向广大听众讲唱，所以特别注意吸收民间文学或调式，最后由讲经文演化成为讲佛经故事、讲历史故事、甚至讲述当代重要事件的变文，而注重故事性则是其重要特色之一。要言之，他们都是在讲经文这种形式下滋生和发展独立的。

变文作为佛教的一种宣传方式，通过浅易通俗、有说有唱的艺术形式，赢得了中土人士、特别是广大民众的青睐。随后变文逐渐走出寺院，走向社会，深入民间，有力地促进了佛教向社会大众的传播和渗透，使佛教逐渐融入人们的日常生活和思想血脉之中，从而大大推动了佛教的普及发展。

第三节 敦煌变文佛教歌辞的内容及艺术表现

早期变文（即讲经文）是以佛教为中心，内容主要是据经讲说，虽然法师讲唱时有一定的发挥，但也有一定的限度，还是以宣扬佛教思想观念为主。佛教讲经文一般由三个部分组成：一是经文。在讲经之前，都讲先把要讲的经文唱读出来，叫做唱经。二是讲经。法师或依据旧的注疏义记，或结合当时社会风尚、政治背景，把都讲唱出来的经文，以通俗易懂的方式加以解释。从敦煌变文来看，讲经文的体例仍沿用道安的科分方法，即把经文分为“序分、正宗、流通”三个部分，然后循此次序进行阐释。三是唱经。包括俗曲、诗词及新歌，有五言、六言、七言和“三三七”体式之别，有的唱词上方标有“断”、“平”、“侧”等字样，表明讲唱时的曲调形式，这也是讲经的主要部分，大体都是散韵结合，说唱兼行。后来逐渐产生了以讲述我国古代的民间传说、历史故事，以及歌颂当代君王、现实人生或“孝道”等题材为主的变文，抛开佛教内容，至此变文与我国文化已经完全融为一体。因本书主要是考察敦煌佛教歌辞，所以比较侧重于敦煌早期变文，尤其以讲经文中的佛教歌辞为重点。

变文作为一种由阐释佛教义理衍变滋生出来的新文体，主要是阐释佛经，宣扬佛教，因而其思想内容散发着浓郁的宗教气息，甚而有的变文与佛经有着密切的关系，带有明显的依经讲说的特征。有的讲经文在韵文前面的散体说明比较长，如S.4571卷之《维摩诘经讲经文》韵文前面的说明就很详细。如阿难称“我闻”者，有何道理？下面接着解释说：

一切诸经律部，选甚大乘小乘，皆于往日之时，亲向佛边听受。我于毗耶国内，或于王舍城中，鹫峰之大阐三乘，祇树之广谈四谛。自后或于旷野，或在山林，金言而句句亲闻，玉偈而行【行】听受，三藏教法，无不通明，一历耳根，未曾忘失。今则传持末代，利益众生，为于佛处亲闻，故唱“我闻”之字。

《金刚般若波罗蜜经讲经文》所讲的内容乃是根据姚秦三藏鸠摩罗什所译的《金刚般若波罗蜜多经》，并且通篇结构相同，散体简要说明，而以韵文来展开和阐释经义。其中有云：

上来有三：一序分，二政（正）宗，三流通。初从“如是我闻”至“敷坐（座）而座（坐）”为序分；二、从“须菩提在大众中”至“应作如是观”已来，为正宗分也。三从“佛说是经已”至“信受奉行”名流通分。三段不同。就流通分有三：第一、标佛化毕，即“佛说是经文者”是也。第二、表众同闻，即“长老须菩提闻佛所说”是也。第三、欢喜奉行，即“皆大欢喜信受奉行”是也。三段不同，总是一卷经文。[1]

最后还有题记云“贞明六年正月□日，食堂后面书抄清密，故记之尔”，交代抄写的时间地点。可以看出，这是保存比较完整的一篇讲经文，也是很接近讲经原貌的抄本。

敦煌《佛说阿弥陀经讲经文》、《妙法莲华经讲经文》、《父母恩重经讲经文》等讲经文，大量吸收佛门唱经的偈赞形式，还保留有“上来所唱《阿弥陀经》”、“此下唱经”、“此唱经文”，以及“唱将来”等套语，这都说明讲经文还保留着利用佛曲唱经的某种表现形式。

讲经文的体式结构往往都有“经”字提示内容，先以散体说明经文或交代经文，有时也先概括原因。如P.2133卷《金刚般若波罗蜜经讲经文》开头散文部分说明承接前面的内容，交代下文要讲的经文，有时还要简要介绍经文结构，概括所讲的佛教义理。“经”是用散体交代，所阐释的经文大体都是运用诗歌体式来吟咏。这也表现出了讲经的固定程式和结构。但有时也有一定的变化，如《降魔变文》，开头部分敷演释迦牟尼故事，渲染当日问法的热烈情景。以押韵铺排之文体，绘写说法盛事。接着插入赞扬大唐圣主开元天宝圣文神武应道皇帝（唐玄宗）“化越千古，声超百王，文该五典之精微，武折九夷之肝胆，八表总无为之化，四

1 王重民等编:《敦煌变文集》，人民文学出版社1984年版，第446页。

方歌尧舜之风，加以化洽之际，每弘扬于三教”等一段话，然后才正式交代所讲的题名、解题，说明此经的来历，再正式开始讲经。

敦煌变文佛教歌辞的内容十分广泛，也比较复杂，大体可以分为以下几个方面。

一、宣扬佛教教义

作为一种宗教宣传品，敦煌变文对佛经具有一定的依附性，因此其中有大量的歌辞是对佛教教义的歌咏，多方面、多层次地阐释佛教教理，并且注意应用通俗化的语言和方式。如歌咏“如来说诸心”云：

一心能起几千心，九转十翻那畔寻。
继绊网罗不用入，无明颠倒莫教侵。
现在未来并过去，作用思维事转深。
佛意总教除断却，此身菩萨大道心。
拣却邪心不用流，无明妄相也须休。
持念金刚般若法，百年之后便何忧。
须转念、若蹉跎，知是漂沉不要过。
眼暗耳聋看即是，要身曲台又如何。
直得剩转金刚教，般若无过遍数多。
施惠万般求福德，三千七宝唱唱罗。[1]

（见《金刚般若波罗蜜经讲经文》）

歌咏如来色身与法身的关系，云：

色法虽无本是一，法身无相本无形，现相权宜佛有情。
身色端严长丈六，八十种好自然明。慈悲处处垂方便，
喜舍头头愿早成。但得众生等果位，便是天平与地平。
深观浊世苦偏多，恶业持身不那何。诸相未知何似许，
文中应有唱唱罗。[2]

（见《金刚般若波罗蜜经讲经文》）

1 王重民等编:《敦煌变文集》，人民文学出版社1984年版，第427页。

2 王重民等编:《敦煌变文集》，人民文学出版社1984年版，第429页。

歌咏“善法平等”云：

菩萨大道本来圆，妙法多能助世间。
不减不增平等义，无高无下尽同旅。
六道身中无欠少，诸佛身上不偏多。
草木以来沾般若，丛林尽有六波罗。
悲愿泣，或叹歌，或时相遇或蹉跎。
悟了还同佛境界，迷时依旧却成魔。
也刚筑，也柔和，虚空逼塞满娑婆。
此如来平等义，修何善法唱将来。

（见《金刚般若波罗蜜经讲经文》）

歌咏“法相”云：

俗谛门中事相多，真空道理没偏颇。
晓悟大乘无相理，自然心里伏天魔。
又将七宝依前施，不禁演说事如何。
无量阿僧祇劫数，清令雅调唱将来。

（见《金刚般若波罗蜜经讲经文》）

歌咏“空”云：

声香味触本来空，空与不空总是空。
法界元来本清净，都不关他空不空。

（见《佛说阿弥陀经讲经文》）

阐释佛教的迷与悟，强调重在于“心”，其如：

悟了只于心上取，心迷何处漫追寻。
心明自在来还去，心乱空论古与今。

（见《维摩诘经讲经文》）

其他如P.2931卷拟题“佛说阿弥陀经讲经文”，结构与P.2133卷《金刚般若波罗蜜经讲经文》相近，也主要是以韵文来演绎阐释佛经，韵文除七言外，还同时运用六言。总的来说，敦煌变文歌辞对佛教义理的歌咏，侧重于通俗性的文学阐释，较少对佛理进行抽象思辨的吟咏。

二、对地狱的刻意渲染

佛教教化常有两个方面：一是以地狱之惨烈严酷来威慑人心，一是以天堂之美妙安乐来诱导民众。这在敦煌变文佛教歌辞中的表现也很突出。通过对地狱里狰狞鬼怪、令人触目惊心的种种酷刑，以及恐怖阴森、可怕景象的描绘和渲染，激发人们从善向佛。《大目乾连冥间救母变文并图一卷并序》有以赋体绘写地狱情状，其云：

> 其阿鼻地狱，且铁城高峻，莽荡连云，剑戟森林，刀鎗重迭。剑树千寻，以（似）芳拨针？相楷；刀山万仞，横连谗（巉）嵒乱倒。猛大（火）掣浚，似云吼咷踉满天；剑轮簇簇，似星明灰尘模（蓦）地。铁蛇吐火，四面张鳞。铜狗吸烟，三边振吠。蒺蔾空中乱下，穿其男子之胸；锥钻天上旁飞，剜刺女人之背。铁杷踔眼，赤血西流；铜叉剉腰，白膏东引。于是刀山入炉炭，髑髅碎，骨肉烂，筋皮析，手胆断。碎肉迸溅于四门之外，凝血滂沛于狱垆之畔。声号叫天，岌岌汗汗；雷〔□□（震动）〕地，隐隐岸岸。向上云烟，散散漫漫；向下铁锵，撩撩乱乱。箭毛鬼喽喽窜窜，铜嘴乌咤咤叫唤。狱卒数万余人，总是牛头马面。饶君铁石为心，亦得亡魂胆战。

而更多的是以诗体形式来吟咏地狱。如 P.2122、P.3210 等卷拟题《佛说阿弥陀经讲经文》的开头部分，有题为“地狱苦吟”一段，其云：

> 欲明大教之由渐，先须赞叹大德。
> 慈悲化道多般，练行修因三劫满。
> 亲说一乘真实教，为度群生归本净。
> 娑婆世界不堪居，巡历三途转轮苦。
> 剑树刀山霜雪白，有人见者总心寒。
> 尽是前身不孝身，受报罪根何日息。
> 火起烧身生复死，何时得受福人身。
> 畜生修罗也不堪，饿死不闻浆水字。
> 更有铁城千万丈，四门烟起火炎炎。
> 东西驰走苦声高，南北交分空里叫。
> 今劝门徒分果报，先须孝顺二慈亲。

若说生身父母恩，出血书经皮作纸。
身肉悉皆尽供养，经过千劫不为难。
今日成长作人身，一一皆从父母得。
愿舍家缘来听法，不作三途罪根身。
此经难遇复难逢，若有得闻皆作佛。
大宝花王成正觉，永舍凡夫恶业身。

其题云“吟”，文中尚有云“清凉商调唱将来”等句，歌唱特征特别明显，而且韵文部分基本是独立的。其中明言“娑婆世界不堪居”，并以地狱轮回受苦劝人孝顺父母，听法学佛。

敦煌变文绘写地狱受苦恐怖之状，更是古今罕见。如《大目乾连冥间救母变文并图一卷并序》云：

刀山白骨乱纵横，剑树人头千万颗。
……
此狱东西数百里，罪人乱走肩相掇。
业风吹火向前烧，狱卒把叉从后插。
身手应是如瓦碎，手足当时如粉末。
沸铁腾光向口颠，着者左穿如右穴。
铜箭傍飞射眼睛，剑轮直下空中割。

女卧铁床钉钉身，男抱铜柱胸怀（坏）烂。
铁钻长交利锋刃，馋牙快似如锥钻。
肠空即以铁丸充，唱喝还将铁汁灌。
蒺藜入腹如刀擘，空中剑戟跳星乱。
刀剜骨肉斥斥破，剑割肝肠寸寸断。

《目连变文》云：

冥间母受多般苦，穿刺烧蒸不可量。
铁硙硙来身粉碎，铁叉叉得血汪汪。
饥飡猛火伤喉胃，渴饮溶铜损肝肠。
钱财岂肯随己益，不救三途地狱殃。

刀山、剑树、铁床、铁钻、铁丸、蒺藜、铁硙、业火、沸水、飞箭、溶铜铁汁，剑割刀擘，对地狱惨景的描绘，触目惊心，穷形尽相，突出表现地狱的极端恐怖。

敦煌变文中这种文学的极端描写和表现，从另一方面又大大丰富了我国传统文学中描绘地狱的表现方法和技巧。夸张和想象的文学手法，在变文中已经表现得相当纯熟。如《地狱变文》表现人在地狱里的凄惨情景，有云：

行似破车声，卧如枯木倒。
遍身烟焰生，口里如烟道。

还有以杂言形式歌咏阿鼻地狱，如：

我见如今人，终日怀嗔喜。个个美顺言，人人愁逆耳。贪财何日肯修，爱色即是能止！笙歌兮美女万人，富贵兮金轮千子。衣着香熏，锦帏玉扆。男意气兮凌云，女端严兮皓齿。若说骄奢，谁人到此。未容旬日欢娱，已道某人身死。生前不曾修福，死堕阿毗地狱。永属冥司，长受苦毒。或铁乌啄髓，或铜蛇噉肉。恶业现兮万生万死，痛苦逼兮千啼万哭。或尸粪煻煨，或磨摩碓捣。终日凌迟，多般捶考（拷）。饥吞铁丸，渴饮铜汁。剑数利兮森森，刀山耸兮岌岌。免斯因缘，有何方术？除非听受《法华经》，如此灾殃方得出。

（见 P.2305 卷《妙法莲花经讲经文》）

写仁慈的佛主来到地狱之中解救受尽种种折磨，痛苦万状的“前生”造孽、罪业深重的人们，云：

哀愍众生类，闲于地狱游。
刀山青似镜，剑树白如银。
炉炭停烟焰，镬汤罢沸腾。

仍具有摄人心魄之巨大震撼力量。

三、歌咏佛家生活，赞叹佛陀菩萨庄严相好及天神出行仪仗

敦煌变文歌辞中也有不少赞叹佛菩萨庄严相好，歌咏极乐或世间佛家生活。如《佛说弥勒菩萨上生兜率天经讲经文》写弥勒菩萨，云：

说弥勒菩萨，当在内宫，所现形后，甚生端正。莫不眉匀绿柳，目净青莲，耳称垂珰，鼻直截竹。如雪如珂之齿，一口分明；似花似玉之容，两脸齐美。胸题万字，足蹈千文。十指纤长之网缦，双臂修直而绵覆。白毫照处，一轮之秋月当天；绀发旋时，如片之春云在岳。相好巍巍看不尽，十由旬更六由旬。

其中若除去佛所专有的白毫等神相外，在人性方面完全是一副女性之妆饰。描写佛陀，着重突出其神通，表现其能力非凡，造福人类，想象丰富：

神通修具足，功德悉因圆。
巨海毛中吸，须弥掌内安。
……
尽步婆娑界，黄金梦不难。
或逢饥馑劫，化出米鱼山。

（见《维摩诘经讲经文》）

在《维摩诘经讲经文》中歌吟文殊菩萨，重写其辩才和妙德，云：

三千界内总闻名，皆道文殊艺解精。
体似莲花敷一朵，心如明镜照漂清。
常宣妙法邪山碎，解演真乘障海倾。
今日筵中须授敕，与吾为使广严城。

写兜率天之极乐生活，《佛说弥勒菩萨上生兜率天经讲经文》云：

可中修善到诸天，居处生涯一切全。
要饭未曾烧火烛，须衣何省用金钱。
花开花合分朝暮，龙起龙眠辨岁年。
忽若共君生那里，寻常自在免忧煎。

天上的生活是“居处生涯一切全”，足衣足食，无忧无虑。只看花开花合，即知朝朝暮暮，表现的是一种无事自在、寂静永恒之乐。缺少生命气息，枯然索寞。天上男女变成只叙道情之兄妹，无欲无求，云：

此时天上解修行，盖为从前习性成。
男见女时如见妹，女逢男处似逢兄。
免于花下生他意，唯向云间畅道情。
欲乐既能无所染，自然知足得其名。

（见《佛说弥勒菩萨上生兜率天经讲经文》）

性别差异在这里已经没有意义。

相反歌咏世间的僧家生活，描写僧侣身着袈裟，托钵巡化，上求佛法，下化迷人，云游四方，自在洒脱，形象生动而又充满诗意。其《佛说阿弥陀经讲经文》有云：

一件袈裟挂在身，威仪去就与常人。
周游云水为家舍，到处青山与作邻。
禁制贪嗔除妄想，经行树下广修真。
上从诸佛求真法，下化迷途出苦津。
周游云水不为难，掌钵巡门化一餐。
百衲遍身且过日，一瓶添了镇长闲。
看经每向云中寺，欹（倚）枕遥思海上山。
观此世徒（途）浑似梦，谁能终日带愁颜。

而敦煌变文中写佛家生活，最为生动的当是绘写天神大众前去听法的热烈情景，声势浩大，场面极其壮观。如《维摩诘经讲经文》云：

这日地摇六（大？）振，天雨四花，十方之圣贤俱臻，八部之龙神尽至。于是人天皓皓（浩浩），圣众喧喧，空中三（散）新色之衣，地上排七珍之宝，帝释梵王之众，捧玉案于师子座前。龙王夜叉之徒，执宝幢于世尊四面。各各尽辞于天界，一时总到□庵园。螺钹击挣（筝）摐之声，音乐奏嘈嘈之曲。更有阿修罗等，调飒玲玲之琵琶，紧那罗王，敲驳荦荦之羯鼓。乾闼婆众，吹妙曲于云中。迦楼罗王，动箫韶于空里。齐来听法，尽愿结缘。

同名讲经文又云：

> 会上有八千个菩萨，筵中五百个声闻，见文殊问疾毗耶，尽愿相命为伴。三三五五，皆愿随车。不论天众夜叉，咸道陪充侍从。于是人天浩浩，龙众喧喧，空中散百种之花，地上排七珍之宝，帝释梵王之众，捧玉幢于师子座前；龙王夜叉之徒，执宝幢于菩萨四面。虽即未离于佛会，威仪已出于庵园。螺钹击琤拟之声，音乐奏嘈嘈之曲。阿修罗等，调飒玲玲之琵琶；紧那罗王，敲驳荦荦之羯鼓。乾闼婆众，吹妙曲于云中。迦楼罗王，奏箫韶于空里。

可以看出，二者文字略有改动，当出同一底本。说明敦煌变文在讲唱过程中并不是固定不变的，而是有一个不断完善的过程。而且注重文字表达之简练传神和声韵之铿锵动人。又云：

> 行也行也，去时去时，万家之邻女随后，满路之箫韶前引。喧天丝竹，惊回碧落之云；匝地绮罗，映榭（谢）青春之蕊。

其以诗体形式歌咏云：

> 浩浩轰轰队仗排，梵王天众下天阶。
> 分分（纷纷）空里弦歌闹，簇簇云中锦绣堆。
> 龙恼（脑）氤氲香扑扑，玉炉簇捧色皑皑。
> 抛却宫殿骄奢事，入向庵园听法来。

同时也伴着充满美妙乐声的盛况空前的仪仗：

> 乾闼婆众亦归依，歌乐长于心上爱。
> 每向佛前奏五音，恰如人得真三昧。
> 琵琶弦上韵春莺，羯鼓杖头敲玉碎。
>
> 梵螺奏呗音嘹亮，钹磬轰敲韵响催。
>
> 无限乾闼婆，争捻乐器行。
> 琵琶弦上急，揭（羯）鼓杖头忙。

竞奏箫兼笛，齐吹笙与簧。

（以上均见《维摩诘经讲经文》）

另外北图“光”字第94号卷及P.3079卷《维摩诘经讲经文》，写天魔波旬从万二千天女状，欲恼圣人，飞临下界，乐声遍地，描绘也十分精彩，其云：

广设香花申供养，更将音乐及弦歌。
清泠空界韵嘈嘈，影乱云中声响亮。
胡乱莫能相比并，龟兹不易对量他。
遥遥乐引出魔宫，隐隐排于霄汉内。
香艺烟飞和瑞气，花擎缭乱动祥云。
琵琶弦上弄春莺，箫笛管中鸣锦凤。
羯鼓杖头敲碎玉，秦筝丝上落珠珍。
各装美貌逞逶迤，尽出玉颜夸艳态。
个个尽如花乱发，人人皆似月娥飞。

又云：

波旬是日出天来，乐乱清霄碧落排。
玉女貌如花艳坼，羡美质徒恼圣怀。
鼓乐弦歌千万队，相随捧拥竞徘徊。
夸艳质，逞身材，窈窕如花向日开。
十指纤纤如削玉，双眉隐隐似刀裁。
擎乐器，又吹嶉，宛转云头渐下来。
箫笛音中声远远，琵琶弦上韵哀哀。
歌沥沥，笑咍咍，围绕波旬匝迎排。
队杖恰如帝释下，威仪直似梵王来。

这种描绘出行之雄壮场面，气势恢弘，几乎达到了文学铺排渲染之极致，对我国后代文学，特别是小说，有着深远的影响。

四、描写佛弟子与天魔的斗法

佛教传说中有释迦牟尼成佛之际，引起天魔的恐慌，所以天魔用种种手段，竭力来扰乱佛陀，或施行种种伎俩来诱惑佛陀堕落。在敦煌变文中，如《破魔变文》、《降魔变文》及《维摩诘经讲经文》中都有关于天魔波旬恼乱圣人及与佛陀弟子较量、斗争过程的描写。《维摩诘经讲经文》写佛弟子舍利弗受命前去与劳度叉斗法时的盛状，十分精彩。其中先以赋体渲染舍利弗出行时队杖的神威，云：

舍利弗忽从定起，左右不见余人，唯见须达大臣，兼有龙神八部，前后捧拥，四面周回，阿修罗执日月以引前，紧那罗握刀枪而从后。于时风师使风，雨师下雨，湿却嚣尘，平治道路。神王把棒，金刚执杵，简择骁雄，排比队伍。然后吹法螺，击法鼓，弄刀枪，振威怒，动似雷奔，行如云布。亦有雪山象王，金毛师子，震目扬眉，张牙切齿，奋迅毛衣，摇头摆尾。队杖映天，抢戈匝地。诤能各拟逞威神，加被我如来大弟子。

接着以诗体形式歌咏云：

舍利弗与众而辞别，是日登途便即发。
毗楼天王执金旌，提投赖吒持玉节。
家杖全身尽是金，刀箭浑论纯用铁。
青面金刚色黯然，大头金刚瞋不歇。
钟鼓轰轰声动天，瑞气明明而皎洁。
天仙空里散名花，赞呗之声相趁迭。
降魔杵上火光生，智惠刀边起霜雪。
但愿诸佛起慈悲，邪憧不久皆摧折。
神力不经弹指间，须臾即至皇城阙。

最为精彩的当是舍利弗与魔王斗法时神通变现的描写，十分激烈，难分胜负，气氛热烈：

六师忿怒在王前，化出水牛甚可怜。
直入场中惊四众，磨角掘地喊连天。
外道齐声皆唱好，我法乃遣国人传。
舍利座上不惊忙，都缘智惠甚难量。
整理衣服安心意，化出威稜师子王。
哮吼两眼如星电，纤牙迅抓利如霜。

意气英雄而振尾，向前直拟水牛伤。
慑㨶登时消化了，并骨咀嚼尽消亡。
两度佛家皆得胜，外道意极计无方。

文学手法纯熟，描写十分生动。这种神通变化的描写，对我国明代著名的神魔小说——吴承恩《西游记》中写孙悟空的神通变化及其与天神、魔怪的斗争都有较大的影响。

值得注意的是，其中对魔女变现出来的天女美貌的描写，十分生动。其《维摩诘经讲经文》有云：

眉弯春柳，舒扬而宛转芬芳；面若秋蟾，皎洁而光明晃曜。

又云：

况此天女一个个形如白玉，一个个貌似鲜花。妖桃而乃越姮娥，艳质而休夸妲妃。能歌律吕，行云而不竟低垂；解奏宫商，织女而忽然亭（停）罢。绣成盘凤，对芙蓉而争承嚬羞；刺出鸳鸯，并芍药而岂无惭耻。鬓钗斜坠，须凤髻而如花倚药栏；玉貌频舒，素娥眉而似风吹莲叶。亦能奉侍，偏解祇承，低眉而便会人情，动目而早知心事。四时汤药，亦解调和，逐日斋餐，深知冷暖。禅堂扫洒，清风而不起埃尘；幽室铺陈，满座而旋成瑞气。……闷即交伊合曲，闲来即遣唱歌。

又《难陀出家缘起》也云：

脸似桃花光灼灼，眉日细柳色辉辉。

明写魔女，实绘天女，或是人间聪慧美貌，多才多艺，而又善解人意，勤劳体贴之理想侍女。妖娆之神貌，体贴之情意，是仙是魔，是神是人？真有点使人迷离恍惚，不知所之了。然其描写更接近人性之理想。《维摩诘经讲经文》对魔女美貌之描写也十分精彩：

其魔女也，一个个如花菡萏，一人人似玉无殊。身柔软兮新下巫山，貌

> 娉婷兮才离仙洞。尽带桃花之脸，皆分柳叶之眉。徐行时如风飒芙蓉，缓步处似水遥莲亚（芽）。朱唇旖旎，能赤能红；雪齿齐平，能白能净。轻罗拭体，吐异种之馨香；薄縠挂身，曳殊常之翠彩。排于坐右，立在宫中。青天之五色云舒，碧沼之千般花发。罕有罕有，奇哉奇哉。……更请分为数队，各逞逶迤。擎鲜花者殷勤献上，焚异香者备切虔心。合玉指而礼拜重重，出巧言而诈言切切。或擎乐器，或即吟哦；或施窈窕，或即唱歌。休夸越女，莫说曹娥。任伊持世坚心，见了也须败退。大好大好，希哉希哉。如此丽质婵娟，争不妄生动念。自家见了，尚自魂迷；他人睹之，定当乱意。任伊修行紧切，税调着必见回头；任伊铁作心肝，见了也须粉碎。……擎乐器者喧喧奏曲，响聒青霄；艺香火者洒洒烟飞，氤氲碧落。竟作奢华美貌，各申窈窕仪容。擎鲜花者者共花色无殊，捧珠珍者共珠珍不异。琵琶弦上，韵合春莺，箫笛管中，声吟鸣凤。杖敲羯鼓，如抛碎玉于盘中；手弄秦筝，似排雁行于弦上。轻轻丝竹，太常之美韵莫偕，浩浩喝（唱）歌，胡部之岂能比对。妖容转盛，艳质更丰。一群群若四色花敷，一队队似五云秀丽。盘旋碧落，宛转青霄。还看时意散心惊，近睹者魂飞目断。从天而降，若天花乱雨于乾坤；初出魔宫，似仙娥芬菲（纷飞）于宇宙。

正如蒋述卓在《佛经传译与中古文学思潮》中指出："佛经翻译也带进了一些艳情的因素，影响到齐梁的浮艳文风。"[1]并指出这种描写与古代印度的传统极有关系。引用马鸣著、鸠摩罗什译《大庄严论经》卷四所载偈语：

> 咄哉此女人，仪容甚奇妙。
> 目如青莲花，鼻佣眉如画。
> 两颊悉平满，丹唇齿齐密。
> 凝肤极软懦，庄丽甚殊特。
> 戚相可悦乐，炜耀如金山。[2]

指出此偈内容是写一淫女前去听法场所惑乱听众。但这与敦煌变文中所写魔女之冶容妖娆美貌相比，则显得较为呆板，远不及敦煌变文描写技法纯熟。

张伯伟也指出，佛经中的这些描写尽管其用意在于表现释迦佛不为诱惑所动，但其描写方式却是"艳情诗"式的[3]。在佛教兴盛的时期，这种风气对社会风气、文学艺术也产生了一定的影响。

敦煌变文中对美貌和丑陋采用"绝对化"的描写方式，美貌则美得超凡脱

1 蒋述卓:《佛经传译与中古文学思潮》，江西人民出版社 1990 年版，第 102 页。

2《大正大藏经》第 4 册，第 277 页。

3 张伯伟:《禅与诗学》，浙江人民出版社 1993 年版，第 192 页。

俗，出神入化，十全十美，达到了一种理想的极致。同时形容丑也丑化得入木三分，深入骨髓，达到一种淋漓尽致的效果。敦煌变文中也多吟咏丑女之貌，其中以《丑女缘起》较为集中，其云：

丑陋世间人总有，未见今朝恶相仪。
穹崇踽蹜如龟鳖，浑身又似野猪皮。
饶你丹青心里巧，彩色千般画不成。
兽头浑是可憎貌，国内计应无比并。

女缘丑陋世间希，浑身一似黑干皮。
双脚跟头皴又僻，发如驴尾一枝枝。
看人左右和身转，举步何曾会礼仪。
十指纤纤如露柱，一双眼似木槌离（梨）。

新妇出来见王郎，都缘面貌多不强。
彩女嫔妃左右拥，前头掌扇闹芬芳。
金钗玉钏满头妆，锦绣罗衣馥鼻香。
王郎才见公主面，闻来魂魄转飞扬。

在《破魔变文》中，写魔女轻恼于佛，世尊垂金色臂，指魔女身，三个一时化作老母，状其丑陋之貌云：

且眼如珠盏，面似火曹，额阔头尖，胸高鼻曲，发黄齿黑，眉白口青，面皱如皮裹髑髅，项长一似筋头（食＋追）子。浑身锦绣，变成两幅布裙，头上梳钗，变作一团乱蛇。身腾项缩，恰似害冻老鸱，腰曲脚长，一似过秋榖（鹿＋鸟）。浑身笑具，甚是尸骸，三个相看，面无颜色。心中不忿，把镜照看，空留百丑之形，不见千娇之貌。姊妹三个，道何言语：

不是天为孽，都缘自作灾。
娇容何处去，丑陋此时来。
眼里睛如火，胸前瘿似魁。
欲归天上去，羞见丑头腮。

由此可以看出，敦煌变文多立足于民间大众，更重视的是语言表现的形象性、通俗性以及声韵的铿锵悦耳，这也显示了敦煌变文的讲唱特点。而这种极端的文学描写方式对后世文学特别是民间文学，有着深远的影响。

五、宣扬忠孝观念，劝化世人礼佛学法

自从佛教传入我国起，就产生了两种文化怎样交融的问题。我国古代社会以儒家思想为正统，儒家的忠孝观念一直得到统治阶级的大力提倡，孝道思想尤其在中下层社会更是根深蒂固。为此，佛教宣传中注意把儒家忠孝观念融于佛教之中，把忠孝思想同佛教的因果报应、地狱轮回以及民众的浅俗追求紧密结合在一起，重新给予强调宣扬。如《维摩诘经讲经文》中有云：

忠既行，孝既展，必见高官名位显。
善神密护镇随身，自然灾行常除遣。

在《目连缘起》最后，也大力鼓吹孝道，其云：

奉劝座下弟子，孝顺学取目连。
二亲若也在堂，甘旨切须侍奉。
父母忽然崩背，修斋闻法酬恩。
莫学一辈愚人，不报慈亲恩德。
六畜禽兽之类，由（犹）怀乳哺之恩。
况为人子之类，岂不行于孝顺。

不仅突出了《目连缘起》的孝道主题，同时结合现实人生宣扬佛教，这样也更易为广大信众所接受。

《故圆鉴大师二十四孝押座文》通篇则更是不遗余力地宣扬孝道，甚至将如来教化与孔子所说的内容并提，其云：

如来演说五千卷，孔氏谭论十八章。
莫越言言宣孝顺，无非句句述温良。
孝心号曰真菩萨，孝行名为大道场。

孝行昏衢为日月，孝心苦海作梯航。
孝心永有清凉国，孝行常居悦乐乡。
孝行不殊三月雨，孝心何异百花芳。
孝心广大如云布，孝行分明似日光。
孝行万灾咸可度，孝心千祸总能禳。
孝为一切财中宝，孝是千般善内王。
佛道孝为成佛本，事须行孝向耶娘。

认为佛经与孔子所谈无非都不过是孝顺温良而已，孝心是真菩萨，孝行是大道场，孝是成佛本，竭力把儒家孝道与佛教观念融合在一起加以宣扬。

敦煌变文中也有对当世皇帝的歌咏，近乎谀颂，《长兴四年中兴殿应圣节讲经文》中有云：

吾皇福德重如山，四海无尘心自闲。
圣应君临千载内，秋丰夏稔十年间。
禹汤道德应难比，尧舜仁慈稍可攀。
每到重阳僧与道，紫烟深处见龙颜。

儒家忠孝观念在佛教中得到突出强调，这也是佛教与儒家思想相互交融的一大主题。在此基础上，佛教又以人生短暂、生死无常来诱导人们礼僧学法，写经造像，积极营斋布施，多做佛家功德，以求后世福佑。《维摩诘经讲经文》云：

见僧常礼重，求法每精专。
起敬倾家产，营斋请附体。
写经兼铸像，谋后世良缘。

规劝人们礼僧学法，营斋求福，以便下世脱离六道轮回，往生极乐，享受天上之安宁与快乐。对天堂地狱的歌咏，也含有不少劝世或警示世人的歌咏，如《大目乾连冥间救母变文并图一卷并序》其中有云：

言作天堂没地狱，广杀猪羊祭鬼神。
但悦其身眼下乐，宁知冥路拷亡魂。

有时吃，有时著，莫学愚人多贮积。
不如广造未来因，谁能保命存朝夕。
两两相看不觉死，钱财必莫于身惜。
一朝掷手入长棺，空浇塚上知何益。
智者用钱多造福，愚人将金买田宅。
平生辛苦觅钱财，死后总被他分擘。

《维摩诘经讲经文》则通过对世事无常的反复歌咏，讽咏世人莫贪恋人间富贵荣华，云：

天宫未免得无常，福德才徽却堕落。
富贵骄奢终不久，笙歌恣意未为坚。
任夸玉女貌婵娟，任逞月娥多艳态。
任你奢华多自在，终归不免却无常。

任夸锦绣几千重，任你珍羞（馐）餐百味。
任你所须皆总到，终归难免却无常。

任教福德相严身，任你眷属长围绕。
任你随情多快乐，终归难免却无常。

任教清乐奏弦歌，任使楼台随处有。
任遣妃嫔随后拥，终归难免也无常。

任伊美貌最希（稀）奇，任使天宫多富贵。
任有花开香满路，终归难免却无常。

这近乎是一首“无常歌”，据原卷此歌前有“古吟上下”四字，这样不仅表明是歌吟所用，就是体式内容方面与歌辞也很难区分开来。

另外，敦煌变文《大目乾连冥间救母变文并图一卷》中云：

阿娘，归去来，阎浮世界不堪停。生住死，本来无住处，西方佛国最为精。

这与敦煌写卷中《归西方赞》相类。P.2066卷《归西方赞》云：

> 归去来，谁能恶道受轮回。旷劫已来流浪久，今日相将归去来。借问家乡何处是，极乐池中七宝台。

二者内容都是劝化世人向佛，追求极乐世界。由此可以看出敦煌变文有时也灵活运用佛教偈赞来宣扬佛教。

六、宗教、文学、民间传说、历史故事相互交融，有着对现实人生社会的深刻体会和思考，又充满生活情趣

敦煌变文中的佛教歌辞内容广泛，充满感情，恳切动人，具有较强的艺术感染力。如《降魔变文》写长者须达欲亲见佛陀尊颜，注想慈尊，思念嗟叹，云：

> 崇楼高峻下重关，行路清霄阻往处。
> 思谒尊容未得见，踌躇瞻望力难攀。
> 每恨生居邪见地，未蒙智杵碎邪山。
> 幸愿慈尊垂汲引，专心伫望礼尊颜。

在结构上是承接上文的交代，歌辞内容则重在表现须达内心的渴仰之情，并注意运用常见的佛教词语，结合人物内心，并进行充分的文学想象，感情笃厚，真切感人，起到了进一步加强和渲染的效果。从某方面来看，虽说是变文，内容上跟讲经文并无多大差别，但情感更具体、丰富，也较深沉。摈弃了原先印度佛经文本文意繁密的结构框架，运用我国民族通行的语言和广大听众熟悉喜欢的讲唱形式，这样在情感上跟广大听众更接近。变文采用的这种叙述方式，可以说在当时是相当普遍的。

在宣扬佛教时，注意通过现实人生的生活感受，抓住日常生活中事物的变化，来表达人物的心理和思想。如《妙法莲花经讲经文》写人生如梦之境，云：

> 寒更漏永睡绸缪，魂梦将心处处游。
> 或见欢娱花树下，或逢寂寞远江头。

或归乡井心中喜，或梦他乡客思游。
恰被晓钟警觉后，梦中行处一时休。

十分生动形象。有些变文同时还经常寓佛理于日常事理之中，如《妙法莲花经讲经文》有云：

须觉悟，早修行，浮世终归不久停。
煞鬼岂曾饶富贵，无常未肯怕公卿。

又云：

鹰在人家架上，心专长在碧霄。
众生虽在凡间，真性本同诸佛。

绘写现实，警悟人生，比喻生动，语气质朴，形象贴切，从而冲淡了其浓厚的佛教思想色彩。《佛说阿弥陀经讲经文》写提舍申其罪过云：

小辈非常罪过，不和妄申彼我。
为对国王大臣，不免便升高座。
客主也合相饶，不合望外折挫。
慈悲愿赐爱怜，今日特来酬贺。
纵有言辞轻触处，幸垂佛眼悉相□。

谦卑之情，溢于言表，十分贴切形象。

《维摩诘经讲经文》写愁思病苦和离别劝慰，令人心酸，而又诗意盎然：

况已时光寂寞，窗前之潇洒清风；节序凋零，砌畔之芬菲黄叶。满枕之蝉声聒聒，盈门之秋色浓浓。偃卧高床，虺羸坏空。……临临取别，依回而愁结双眉；渐渐分襟，攀仰而泪垂丹脸。看天失色，望月无光。凝思而惆怅盈怀，暗想而鸣呼满抱。皆和泪语，总带愁颜。切须保摄精勤，莫使缠眠（绵）更甚。

形于吟咏云：

况当时景已秋深，刮（聒）第蝉声出晚林。
露缀晚松千滴玉，菊摇寒砌（气）一丛金。
清风冷淡牵愁思，黄叶凋零打病心。

把佛教无常观念的宣扬融入对人生病苦的歌咏，而且比喻贴切、形象：

人身病，似枯树，苦恼灾危成积聚。
看看即是落黄泉，何处令人能久住。

《佛说弥勒菩萨上生兜率天经讲经文》写苦读，也很形象：

拟觅朝廷一品荣，读书进业莫敢停。
长斋冷饭充朝夕，缦绢粗絁盖裸形。
五月吟诗嫌日短，三冬为赋恨天明。
如斯辛苦无劳倦，必得人间第一名。

《长兴四年中兴殿应圣节讲经文》歌咏农家生活之辛苦而忙碌：

蚕家辛苦尚难裁，终日何曾近镜台。
叶似蝇头□得大，蚕如蚁脚养将来。
半罗茧就新蝉叫，一络丝成旧债催。
所以圣人诫宫女，莫将罗绮扫尘埃。

每念田家四季忙，支持图得满仓箱。
发于鬓上刚然白，麦向田中方肯黄。
晚日照身归远舍，晓莺啼树去开荒。
农人辛苦官家见，输纳交伊自手量。

而《频婆娑罗王后彩女功德意供养塔生天因缘变》歌咏人生迅急之变化，与敦煌《百岁篇》之歌咏无常相近，其云：

年来年去暗更移，没一个将心解觉知。
只昨日腮边红艳艳，如今头上白丝丝。
尊高纵使千人诺，逼促都缘一梦期。
更将老年腰背曲，驱驱犹自为妻儿。

在更大的时空观照之下，就会惊叹人生之无常，变化之迅急，一种深刻的悲哀隐隐作痛，同时也在深深地警示世人。

此外，敦煌变文歌辞吟咏物象，也别有风味，如《妙法莲花经讲经文》写莲花，诗意盎然：

碧水清波映石台，白莲花蕊不全开。
游人四散还嫌晚，蝴蝶高飞恨未栽。

《维摩诘经讲经文》写宝盖装饰之工巧，令人惊叹：

白玉斫成龙凤巧，黄金缕（镂）出象牙边。
烟霞飞晃光明耀，珠网叮当响韵连。

敦煌变文《丑女缘起》的故事性很强，把世俗生活深深植根于佛教因果轮回之下的劝化而展开，富有浓郁的民间气息，并带有后世章回小说的笔法。这同时也反映出变文发展的轨迹，以及变文对我国后世文学的深刻影响。在内容上以高度概括的笔法来描写丑女的生活境况，其云：

自叹前生恶业因，致令丑陋不如人。
毁谤圣贤多造罪，敢昭容貌似烟熏。
生身父母多嫌弃，姊妹朝朝一似嗔。
夫主入来无喜色，亲罗未看见殷勤。
时时懊恼流双泪，往往咨嗟怨此身。

丑女把自身的形貌丑陋与佛教的因果报应联系起来，内心懊悔不已，由此可以窥见佛教在世俗民间的深入和影响。人生万象皆聚于佛家讲经之中。

敦煌变文歌辞还注重通过对人们熟悉的历史典故或人物故事的歌咏来说明道理，充满世间情意。如《维摩诘经讲经文》写富贵长寿有云："假饶富贵似石崇，持为长如彭祖寿"；写魔女美貌云："一个个如花菡萏，一人人似玉无殊；身柔软兮新下巫山，貌娉婷兮才离仙洞"，"休夸越女，莫说曹娥"；写天女："一个个形如白玉，一个个貌似鲜花，妖娆而乃越姮娥，艳质而休夸妲己。"《无常经讲经文》有云："上三皇，下四皓，潘岳美貌彭祖少"；"说西施，妲己貌，在日红颜夸窈窕"；"说姮娥，谈洛浦，美貌人间难比喻。"《目连缘起》宣扬孝道有云："且如董永卖身，迁殡葬其父母，感的织女为妻。郭巨为母生埋子，天赐黄金五百斤。孟宗泣竹，冬月笋生。王祥卧冰，寒溪鱼跃。"总之，敦煌变文佛教歌辞在运用这些生动而又在民间广泛流传的人物故事时，不仅贴切自然，而且同佛教的思想观念紧密地结合在一起，增强了佛教讲唱的感染力，也进一步密切了佛教与现实人生的关系，更为贴近广大民众。

综上所述，敦煌变文作为一种新型的文学样式，是中外文学联姻的产儿，也是几种艺术形式的"混血儿"。敦煌变文佛教歌辞的内容十分丰富，艺术表现形式也多种多样，在艺术上突出表现为以下四个方面：

1. 强烈的文学性

这主要表现在夸饰、想象、譬喻等手法的大量运用，以及极端的文学描写手法，注重文学渲染烘托。

佛教被中土广为接受，与佛典传译有密切关系。而佛经翻译"既是一种宗教经典的翻译，又是哲学理论的翻译，同时还是一种文学的翻译"[1]。蒋述卓云：

> 佛经翻译可以作为文学翻译来看，这不仅仅是指它翻译了一些文学故事，而且还指它的语言翻译本身也是一种文学意义上的翻译。作为文学，佛经翻译自然逐渐为中国文学所吸收，并被融进中国文学中去，成为中国文学的一部分。而随着佛经翻译的发展所建立起来的佛经翻译理论，则多是从文学角度去讨论翻译的。[2]

汉译佛典给我国带来了许多全然不同的作品和文风。

1 蒋述卓:《佛经传译与中古文学思潮》，江西人民出版社1993年版，第4页。

2 蒋述卓:《佛经传译与中古文学思潮》，江西人民出版社1993年版，第4页。

佛教对我国文学的影响是十分巨大而复杂的，印度民族富于想象，常用故事说理，佛经譬喻故事充满丰富的文学想象，惯于运用夸张，具有浓厚的文学情趣。这在佛经中表现得十分明显。佛陀本人就是一位很有文学才能的人，在佛教宣传中善于利用形象的、文学的形式进行教化。早期佛教经典如《阿含经》就包含一定的文学因素。后来到大乘佛教，佛典玄想的、夸饰的特征愈加发展，文学性更加强烈。其中许多作品可以视作是文学作品，如《本生经》的许多譬喻故事多取自古代印度民间文学，或借鉴民间文学的形式。许多佛传和赞佛作品是以佛陀为主人公的传记文学。大乘经典更富于文学想象，如《法华经》以善用譬喻说法而出名，著名的“法华七喻”就是7个生动的故事，流传非常广泛。有人则称《华严经》为“神魔小说”。正如孙昌武师所说：

> 佛教能广泛而深入地影响中国文学，于佛教和佛典本身的特点很有关系。[1]

受此影响，敦煌变文也表现出强烈的文学性。同时也注意借助中国自汉代以来形成的赋体形式，想象、夸张、铺排渲染到极致，极大地丰富了敦煌变文的表现方式。

另外，敦煌变文注意对我国传统赋体“铺采摛文”[2]表现手法的借鉴，经常以通俗的骈文或辞赋体，运用华丽的辞藻来大肆铺排渲染，带有一定的程式化色彩。这也表现出敦煌变文注意汲取中土传统文学的营养来适应文化程度较低的民众的艺术趣味。

敦煌变文大多属于宗教文学作品，这类作品不仅在佛教史上具有重要意义，它也以自己独特的内容和形式而具有重要的文学价值，并在我国文学发展史上留下了一定的影响。

2. 注重故事性和娱乐性

敦煌变文紧密结合广大民众的兴趣，从选材、剪裁等方面很注意突出故事性、趣味性，因此敦煌变文佛教歌辞也具有较强的故事性和娱乐性。如《大目乾连冥间救母变文并图一卷并序》，与佛经相比，增加父死入天堂、母死入地狱的对照。而且目连入地狱所见种种凄惨之状以及借佛杖入地狱救母等情节，也为经中所无。这些都是为了突出地狱之恐怖，劝诫人们敬佛施僧、学佛向善而设计和

1 孙昌武:《中国佛教文化》，南开大学出版社2000年版，第184页。

2 黄霖编著:《文心雕龙汇评・诠赋第八》，上海古籍出版社2005年版，第35页。

1 孙昌武:《敦煌写卷〈维摩诘经讲经文〉的文学意义》, 载敦煌研究院编:《2000年敦煌学国际学术讨论会文集·历史文化卷》, 甘肃民族出版社2003年版, 第476~496页。

安排的。还有，敦煌写卷现存7件《维摩诘经讲经文》，均为长篇作品中的片段，在内容方面集中于经文的前5品。这部分人物交锋激烈，故事情节至“问疾”达到全文的最高潮。讲经文作为宗教文学，虽然对经文有较强的依附性，但《维摩诘经讲经文》却表现出很大的灵活性。如为了表现讥弹小乘、宣扬弘通开放的大乘思想和居士观念，《维摩诘经讲经文》极力突出维摩，从而把他与佛陀对立起来，从而改变了本经的人物关系。在《维摩经》里，维摩是佛陀思想的体现者；而在《维摩诘经讲经文》里，却着力突出他和佛陀及其弟子的对峙、对抗。敦煌变文中被维摩讥弹的不只有十大声闻和包括弥勒在内的四位菩萨，还有在他们背后的佛陀本人。在结构上，经文里维摩是在《方便品》（第二品）被加以介绍出场的。这样，维摩故事也就是在佛陀说法的框架之内发展的。但在敦煌变文中，一开始维摩就上场了，同时还插入编造了维摩入宫教化五百太子，并引导他们归心向佛的情节。把维摩的出场提前，这就说明敦煌变文是有意要提高维摩在整个作品中的地位，而且在变文中对维摩诘的描写，从形象到教法，从辩才到神通，也都极尽夸饰之能事。在抬高维摩的同时，更明确说弟子受辱是“辱着世尊”，即被讥呵的弟子实际是佛陀的代言人。这就造成了讲经文思想内容上对经文的重大改变[1]。

在敦煌变文中，对于具体内容题材的处理上也表现出对故事性和娱乐性的重视。如对经文中宣扬义理的部分，一般都是给予简要阐释，即使运用诗体形式，大多也只是利用铺张的方法加以通俗的解释；而对经文中富于故事情节的部分，则一般都要运用诗体形式，扩张开来重点加以渲染，这往往也是变文歌辞中最为精彩的部分。这些都显示出敦煌变文作为讲唱艺术所关注之所在。

3. 鲜明的佛教色彩

敦煌早期变文本身就是讲经文，内容上具有明显的宣扬佛教的倾向。跟佛教正式讲经相比，尽管敦煌变文后来在内容或仪式上都有一定的变化，甚至插入一些时事或当代生活内容，但宣扬佛教的主旨基本不变。这从敦煌变文的题目上就可以看出，《金刚般若波罗蜜经讲经文》、《佛说阿弥陀经讲经文》、《妙法莲花经讲经文》、《维摩诘经讲经文》、《佛说观弥勒菩萨上生兜率天经讲经文》，以及《八相变》、《难陀出家因缘》、《太子成道经》、《太子成道变文》等多种佛传故事，都是以通俗的方式讲解佛教经文的变文，其中充斥着对佛教名词概念或佛教教义如“空”、“法相”，以及种种佛教词语或观念的阐释，其中也包括不少宗教说教。敦煌变文佛教歌辞同时还保存了一些佛教讲经的形式和套语。后来随着变文逐渐深入民间，讲唱变文从由俗讲师转到民间艺人，场所也从寺院走向民间，甚至有了佛教变文与世俗变文的区分，冲淡了佛教的色彩，但对地狱天堂、因果报应、地狱轮回等观念的宣扬，可以说一直伴随着变文的始终，甚至影响远及明清文学。这是敦煌变文发展的历程，同时这也是变文逐渐中国化、民间化的过程，以致对我国后来的讲唱艺术发生了深远的影响。

4. 歌唱特征明显

敦煌变文具有一定的讲经形式，特别是散体与韵文的紧密结合。敦煌变文中韵文的运用十分广泛，凡叙事、渲染、夸张往往都可用韵文部分给予突出或强调。而韵文部分多是变文讲唱时的唱词，也即本书所称之“歌辞”。

敦煌变文常常用散体作简要说明，然后用诗体形式重复歌咏。这种形式最接近佛典十二部经中的“祇夜”。祇夜最鲜明的特点是以偈的形式将前面长行（即散文）所说的内容重申一遍。鸠摩罗什译《成实论》卷 1《十二部经品第八》所云：“祇夜者，以偈颂修多罗，或佛自说，或弟子说。”[1] 如《目连缘起》在前面交代事情的起因后，紧接着又以七言形式重复吟咏，云：

目连慈母号青提，本是西方长者妻。
在世悭贪多杀害，命终之时落泥犁。
身卧铁床无暂歇，有时驱逼上刀梯。
碓捣硙磨身烂坏，遍身恰似淤青泥。

再如散体云：

于是世尊闻，唤目连近前：汝今谛听吾言，不要聪聪（匆匆）啼哭。汝母在生之日，都无一片善心，终朝杀害生灵，每日欺凌三宝。自作自受，非天与人。今既堕在阿鼻受苦，何时得出。

1《大正大藏经》第 32 册，第 244 页。

下文接着以诗偈形式歌咏，云：

我佛慈悲告目连，不要匆匆且近前。
汝母在世多杀害，悭贪广造恶因缘。
三途受苦应难出，一堕其中万万年。
自作只是还自受，有何道理得生天。

这种形式在敦煌变文中多有体现。这也是敦煌变文受佛教文体影响的鲜明特征之一。

此外，敦煌变文还有两节诗偈内容接近，但诗体不同，一六言，一七言，二者连续吟咏的形式，如：

慈母生前修善，将为死后生天。
今日堕在阿鼻，此时有何所以。
目连虽证罗汉，神通智慧未全。
不了慈亲罪因，雨泪佛前启告。
神通弟子目犍连，摄步登时白佛言。
唯愿世尊慈愍我，得知慈母罪根源。
母在世时修十善，将为死后得生天。
自从一旦身亡后，何期慈母落黄泉。

这种形式也是为了加重渲染，进一步突出其效果。七言与五言合用的现象在敦煌变文中较为常见，此外还有七言和六言合用、七言和四言合用。朱庆之把敦煌变文中这种现象称为“换言”，并指出，敦煌变文中的诗体文（即变文歌辞）基本是用来唱的，换言的同时曲调可能也有改变[1]。他还说：

> 敦煌变文诗体文的换言现象与变文整个的文体一样都是受印度文体深刻影响的产物。其间佛经翻译可能充当了最重要的媒介，因为早在变文出现之前数百年，这种文体已经随着佛经的翻译被介绍了进来。敦煌变文虽然在形式上是外来的，但从内容看没有翻译作品，即使是佛教题材，也都是中国人的创作，而大量的佛教题材本身也正好说明了它的直接来源应当是汉译佛典，当然最终来源还是印度。[2]

1 朱庆之:《敦煌变文诗体文的换“言”现象及其来源》，载项楚主编:《敦煌文学论集》，四川人民出版社1997年版，第87页。

2 朱庆之:《敦煌变文诗体文的换“言”现象及其来源》，载项楚主编:《敦煌文学论集》，四川人民出版社1997年版，第101页。

敦煌变文歌辞有着明显的歌唱特征。如敦煌 P.2122 卷拟题为《维摩诘经讲经文》通篇都是诗体。《父母恩重讲经文》与敦煌歌辞《十恩德》内容相同，可以说只是《十恩德》的另一种讲唱形式而已，其中在歌咏时重复“万般一切由心识”和“一时总到庵园会”、“当日到庵园”或“当日在庵园”及“恰如父母忧怜病”等句，自然分节，表现出演唱的特点。

敦煌变文的韵文前面也有许多明显的歌唱标记。如敦煌变文《维摩诘经讲经文》和《欢喜国王缘》中多有“断”、“平”、“侧”、“韵”、“断诗”、“侧吟”、“经平”、“吟上下”等语，尽管现在已经无法确切考知其唱法，但这些当都是提示讲唱腔调之语。

同时变文唱词中也经常出现音乐歌唱的提示语和声腔调式。如《佛说阿弥陀经讲经文》有“都讲阇黎道德高，音律清泠能宛转。好韵宫商申雅调，高著声音唱将罗”，“能者谦恭合掌着，清凉商调唱将来”等语。《无常经讲经文》有云：“韵清泠，声旖旎，听着令人皆出离。”《妙法莲华经讲经文》云：“此唱经文……风吹丛竹兮韵合宫商，鹤笑孤松兮声和角徵。”《维摩诘讲经文》云：“齐声而竞演宫商，合韵而皆吟法曲。”由此可见，讲唱变文也要像唱经一样遵循五音规律，并以清泠“雅调”和“法曲”见长。

敦煌变文佛教歌辞还保存了一些音乐歌唱的仪式和内容。如《妙法莲华经讲经文》有云：“便上高楼，扣其钟鼓，钟声哄哄兮皆闻，鼓声蓬蓬兮满路。钟鼓声中，出其言语。”“楼上搥钟建道场，六时不绝艺名香。日日满空呈瑞彩，时时四远有祯祥。天龙数数垂加护，贤圣频频又赞扬。……未审谁人能为说，是何名字唱将来。”这说明讲经文也要在钟鼓齐鸣的道场里讲唱。《佛说观弥勒菩萨上生兜率天讲经文》有“绿窗弦上拨伊州，红锦筵上歌越调”；“方响罢敲长恨曲，琵琶休拨想夫怜”；“诗赋却嫌刘禹锡，令章争笑李稍云”等语。《佛说阿弥陀经讲经文》有“更兼好酒唱三台。”《维摩诘经讲经文》云：“闷即交伊合曲，闲来即遣唱歌”；“琵琶弦上弄春莺，箫笛管中鸣锦凤。羯鼓杖头敲碎玉，秦筝似上落珠珍”；“紫云楼上挑丝竹，皇宫庭前舞柘枝”等语。这说明讲唱敦煌变文还很注意吸收当时中土流行的曲调和乐章。

从对敦煌变文佛教歌辞的分析中可以看出，佛教的传入，一方面固然以高度理论思辨的形式和内容来影响中土思想文化，同时佛教附带的新奇故事、高度想象和新鲜警策的譬喻故事以及新的艺术形式等也一起涌入我国文化。而且从讲经文向变文的逐渐变化，正显示出佛教越来越接近民间，揭示了佛教越来越接近广大民众生活的事实。这也是佛教发展的历史过程。同时我国文化对佛教的多方接纳和吸收，也刺激了中土文化的发展，这在文学方面大大丰富了我国传统文学的内容和表现手法，影响深远。特别是敦煌变文注意运用诗体形式来铺排渲染情节，这种方式成为我国后代小说很长一段时间内的一种固定形式。

第六章　敦煌佛教歌辞的思想表现

1（北齐）魏收：《魏书》，中华书局1974年版，第3032页。

2（宋）范晔撰，李贤等注：《后汉书》，中华书局1965年版，第2142页。

自汉代张骞“凿空”，汉武帝设立敦煌郡，开通丝绸之路以来，敦煌便成为东西交通贸易之枢纽。它既是印度及西域僧人东行弘法的必经之地，也是汉民族最早接触佛教的地方。东来西往的僧人都要驻足敦煌，因此敦煌很早就受到佛教文化的熏染。《魏书》卷114《释老志》云：“凉州自张轨后，世信佛教。敦煌地接西域，道俗交得其旧式，村坞相属，多有塔寺。”[1]可见北魏时佛教在敦煌地区已经相当流行。

我国古代幅员辽阔，历史上各地区之间的发展极不平衡，丝路开通之后，河西五郡就形成了自己相对独特的地方历史，主要表现在有着较长的安定发展时期。我国历史上的几次动荡，从西汉的赤眉起义（公元22—24年）、东汉的黄巾军起义（公元184—192年），到西晋十六国时期的混战（公元301—349年），以及隋末的瓦岗军起义（公元616—618年），河西五郡都处于割据势力扼黄河以自保的状态，较少遭受大规模战乱灾难的冲击，而敦煌地处河西五郡的最西端，相对更为安定，因而传统文化在这里得到较好的保存和发展。

敦煌历史上有着良好的儒学文化传统。早在2世纪初，敦煌就出现了历史名人张奂。他不仅为保卫我国西北边疆和处理民族关系上有着重要贡献，而且在文化上也很有成就，《后汉书》卷65《张奂传》称“养徒千人，著有《尚书记难》三十余万言”[2]。张奂的儿子张芝，好学善书，创制了今草和游丝草，书体精劲绝伦，晋代书法家王羲之对之也称羡不已。同时，张芝的弟弟张昶的书法也很有名。东汉末年，另有一位敦煌文人侯瑾，出身下层，为人佣作为生，燃柴读书，后来成为著名学者，撰有《矫世论》、《应宾难》、《皇德传》30余篇著作，时人尊称他为“侯君”。到了十六国时期，敦煌的文化传统已经有了相当深厚的积淀，《晋书》卷87《凉武昭王李玄盛传》中记西凉国王李暠迁都酒泉后给儿子的诫谕中云：“此郡世笃忠厚，人物敦雅，天下全盛时，海内犹称之，况复今日，实是名邦。”[1] 北凉时见于史传的就有刘昞、索敞、索紞、张穆、张湛、索靖、宋纤、宋繇、阚骃、氾腾等一大批著名学者，他们为敦煌地区学术文化的发展作出了巨大贡献。

正是由于敦煌地区社会相对安定，经济文化等各方面都具有较为深厚的基础，因此有条件留住许多过往僧人。佛教史上早期的著名译经僧竺法护、昙无谶、昙摩蜜多等，都与敦煌有着密切的关系，竺法护甚至被称为“敦煌菩萨”。《正法华经》在我国的第一部译经，就是竺法护在敦煌翻译的。竺法护的弟子竺法乘，也是在敦煌传播佛教的重要人物之一。竺法乘起初随竺法护往来于敦煌与长安之间，后来定居敦煌，并积极建立寺院，开设讲筵，教授僧徒，最后寂于敦煌。北凉时期沮渠氏佞佛，客观上对敦煌佛教的发展，也有一定的推动作用。慧皎《高僧传》卷2《昙无谶传》云：“蒙逊素奉大法，志在弘通，欲请出经本，谶以未参土言，又无传译，恐言舛于理，不许即翻，于是学语三年，方译写《初分》十卷。时沙门慧嵩、道朗，独步河西，值其宣出经藏，深相推重，转易梵文，嵩公笔受。道俗数百人，疑难纵横，（昙无）谶临机释滞，清辩若流。兼富于文藻，辞制华密。嵩、朗等更请广出诸经，次译《大集》、《大云》、《悲华》、《地持》、《优婆塞戒》、《金光明》、《海龙王》、《菩萨戒本》等，六十余万言。”[2] 昙无谶先在凉州学习汉语3年，翻译《大涅槃经初分》10卷，后又组织译场，和慧嵩、道朗、沮渠兴国等翻译佛教经典60余万言。此外，著名高僧单道开也曾在敦煌修行习法。外来僧人与当地人民密切交流，互相学习，影响所及，十六国时期，敦煌就出现了竺昙猷、释道法、释法颖、释超辩等一批见于僧传的著名高僧。

隋唐五代时期，敦煌佛教的发展达到极盛，寺院林立，僧尼众多，佛事活动十分频繁。据敦煌出土的塞语文献《使河西记》（钢和泰藏卷）载，五代时于阗贵人萨木都在沙州（敦煌）礼佛，到过121寺，现在可以考知的寺院也有80多所。隋唐以后，敦煌的豪门世族，造窟成风。莫高窟现存隋代（公元581—618年）石窟约70窟，唐代石窟226窟之多，其中初唐（公元617—624年）44窟、盛唐（公元705—780年）78窟、吐蕃时代（公元781—847年）44窟，晚唐（公元848—906年）60窟，五代石窟（公元907—959年）32窟，总计达328窟[3]。敦煌地区出现了上层人物代代造窟，下层人民世世代信仰的崇佛风气，佛教思想在广大民

1（唐）房玄龄等撰:《晋书》，中华书局1974年版，第2262页。

2（梁）释慧皎撰，汤用彤校注:《高僧传》，中华书局1992年版，第77页。

3 敦煌文物研究所编:《敦煌莫高窟内容总录》，文物出版社1982年版，第179~182页。

众的精神生活中占有十分重要的地位。敦煌 S.4359 卷卢潘《奉送盈尚书诗》有云：“莫欺沙州是小处，若论佛法出彼所。”道出了唐代敦煌人民深以佛教自豪的心声。

敦煌文化具有多民族文化和多宗教信仰的内涵，其中蕴含的深厚的中土传统文化和外来佛教文化则是其两大主体。敦煌佛教歌辞是敦煌佛教文化的重要组成部分，其中不少作品是对佛菩萨的颂赞歌唱，表现僧侣信徒的虔诚信仰和对佛国世界热烈向往的宗教情感，同时也有歌咏佛家日常生活、劝化世俗，以及讥刺人生之作。其所具体表现出来的思想也是复杂的、多方面的，其中既有对渺茫天国的祈求希冀，也有严酷现实的体验感受和隐藏在内心的悲哀恐惧，以及对世态人生的看法，并流露出种种矛盾无奈的思绪，所有这些都融进歌辞之中，内容广泛，色彩纷呈，感情真挚，形成了敦煌佛教歌辞特有的思想内蕴。结合铿锵的韵律，敦煌佛教歌辞唱出当年生活在敦煌这片土地上的人们的心声，在今天我们犹能感受到他们充满艰辛的探索和不屈奋进的精神。

第一节　唐代敦煌地区弥勒信仰的盛行及其在敦煌歌辞中的表现

大乘佛教兴起时，从佛教本生故事中演化出“自利利他”的本愿思想，宣扬上求菩提、下化众生的“四弘誓愿”菩萨救济精神，一时出现了崇拜信仰菩萨的风气，各种本愿纷纷出现。如后汉支娄迦谶译《阿閦佛国经》中有阿閦佛20愿，曹魏时康僧铠译《无量寿经》中有阿弥陀佛48大愿，西晋竺法护译《弥勒菩萨所问本愿经》中有弥勒奉行十善愿，唐玄奘译《药师如来本愿功德经》中有药师佛12愿，唐义净译《药师琉璃光七佛本愿功德净》中有七佛药师44愿等。本愿所描绘的内容便是净土的蓝图，菩萨的本愿一旦实现，净土也就建成，菩萨随即成佛。净土是本愿的具体化，一佛一净土，因而随之产生了阿閦佛净土、阿弥陀佛净土、弥勒净土、药师佛净土等许多净土，逐渐汇成了净土思潮，其中又以阿弥陀净土和弥勒净土影响最大，弥陀净土后来又蔚然而成净土宗。

弥陀类经典在后汉时就已传入中土，弥陀信仰也约在2世纪末传入内地。现存大乘经论中，记述阿弥陀佛及其净土之事的，有200多部，约占大乘经论的1/3。汉地最早宣传阿弥陀佛信仰的经典则是东汉支娄迦谶在汉灵帝光和二年（公元179年）所译的《般舟三昧经》。东汉以后弥陀经典译本增多，其中最有影响的是所谓“三经一论”，即《无量寿经》、《观无量寿经》、《阿弥陀经》及《无量寿经论》，这也是净土宗主要依据的经典。

净土宗，又称“念佛宗”，是指宣扬信仰阿弥陀佛、称念其名号以求死后往生其净土的佛教派别。净土即佛国，全称“清净土”、“清净国土”、“清净佛刹”等。在佛典中，净土世界是一个脱离一切恶行、烦恼和垢染，和平安乐，充满快乐和

1《大正大藏经》第12册，第272页。

2《大正大藏经》第12册，第347页。

幸福的美妙无比的所在。净土是与秽土相对而存在的。秽土即我们生活的现实世界，从佛教观点来看，其中善少恶多，污秽不净，业障蒙蔽，受苦无量，充满烦恼，故称“秽土”，也称娑婆世界。出离秽土，往生净土，是印度大乘佛教的理想，同时也是中土净土宗的直接渊源。

弥陀经典把往生净土的修行方法简单化，主要集中于念佛一法，同时又把念佛之法扩展开来，成为内容丰富的修行之法。三国时康僧铠所译《佛说无量寿经》卷下称有三种人死后可往生弥陀净土，但都要称念无量寿佛，也即称念阿弥陀佛，云：

> 十方世界诸天人民，其有至心，愿生彼国。凡有三辈：其上辈者，舍家弃欲，而作沙门，发菩提心，一向专念无量寿佛，修诸功德，愿生彼国。此等众生，临寿终时，无量寿佛与诸大众，现其人前，即随彼佛往生其国。便于七宝华中自然化生，住不退转，智慧勇猛，神通自在。……其中辈者，十方世界诸天人民，其有至心，愿生彼国。虽不能行作沙门，大修功德，当发无上菩提之心，一向专念无量寿佛，多少修善，奉持斋戒，起立塔像，饭食沙门，悬缯燃灯，散华烧香，以此回向，愿生彼国。其人临终，无量寿佛化现其身，光明相好具如真佛，与诸大众现其人前，即随化佛，往生其国。住不退转，功德智慧，次如上辈者也 。……其下辈者，十方世界诸天人民，其有至心，欲生彼国，假使不能作诸功德，当发无上菩提之心，一向专意，乃至十念，念无量寿佛，愿生其国。若闻深法，欢喜信乐，不生疑惑，乃至一念，念于彼佛，以至诚心，愿生其国。此人临终，梦见彼佛，亦得往生，功德智慧，次如中辈者也。[1]

姚秦时鸠摩罗什译《佛说阿弥陀经》卷一也云：

> 若有善男子、善女人，闻说阿弥陀佛，执持名号，若一日、若二日、若三日、若四日、若五日、若六日、若七日，一心不乱，其人临命终时，阿弥陀佛与诸圣众，现在其前。是人终时，心不颠倒，即得往生阿弥陀佛极乐国土。[2]

由此可见念佛之法在净土修行中的重要作用。大致说来，诸多念佛之法，可以分为三类：1. 实相念佛。所谓实相，即指如来法身，念实相佛，即是念十方诸佛法身。2. 观想念佛。于心思上浮现佛之功德及佛相，称为观想念佛。3. 称名念佛。

指称念阿弥陀佛名号，既包括口念，也包括心念，一般指心口同念。

南北朝时，弥陀信仰与弥勒信仰曾经一并流行，当时弥勒信仰势力很大，我国佛教史上的著名高僧道安便信仰并大力弘扬弥勒净土。弥陀信仰在此时也日渐兴盛。见于文献记载的最早的弥陀信仰者是西晋的阙公则和卫士度[1]，其中卫士度是西晋有名的般若学者，在晋惠帝时还曾删略支娄迦谶所译的《道行般若经》（10卷）为《摩诃般若波罗蜜道行经》（2卷）。弘扬弥陀信仰的名僧有东晋的慧远及东魏的昙鸾。后来净土宗追溯祖师，宋代的宗晓、志磐等以慧远为初祖，而日本的净土宗及净土真宗则以昙鸾为中国净土宗的初祖。在我国佛教史上，慧远是使佛教中国化的重要人物之一，而昙鸾实为净土宗的奠基者，他所创立的二道二力说为净土宗提供了判教的依据，论述往生净土可以成佛，并以称名念佛为重，简化了修行方法，把印度的弥陀信仰改造为我国的净土学说，对以后净土宗的形成有着重要贡献。

隋唐时期，弥陀信仰成为净土信仰的主流，净土宗也在此时正式形成一个佛教宗派，与其他宗派相并列。隋代摄论学者净影慧远、天台宗智𫖮，唐初的三论宗吉藏、法相宗窥基等都纷纷弘扬弥陀信仰。他们或以弥陀净土为化土，或认为凡夫只能入事净土，或以为弥陀净土在三界之内，或认为弥陀净土同时也是秽土，或以观想念佛为重，等等。尽管与后来的净土宗的弥陀信仰主旨并不完全一致，但这无疑扩大了弥陀信仰的影响。道绰不仅从理论上论述称名念佛的重要性，并在实践中努力推行，最终在真正的意义上确立了净土宗称名念佛的特色。在唐代，善导进一步发展了昙鸾、道绰的净土思想，在他的著述中，主张弥陀净土为报土，并认为凡夫具备一定的条件，乘着弥陀的本愿力，就能往生极乐净土。此外，善导还制定了法事、六时礼忏、般舟三昧、观念法门等一套完整的宗教修行仪轨，使净土宗以完全成熟的宗教形态，风行天下。善导还被后人称为“弥陀化身”[2]。善导的弟子怀感、怀恽等在当时也很知名。

善导之后，净土宗分化为三流：专称佛名的少康流，重悟解的慧远流和教禅戒净兼休的慈愍流。历来认为慧远流以吸引上根者为主，慈愍流以吸引中根者为主，少康流以吸引下根者为主。

无论从修行方式还是教理内容来看，净土宗都是带有浓厚民众化色彩的佛教

1（唐）道世《法苑珠林》卷42《感应缘》，上海古籍出版社1991年版，第323页

2（明）释袾宏辑:《往生集·善导赞》，见《大正大藏经》第51册，第130页。

派别。在中国佛教各宗里，净土宗哲理最少，念一句“南无阿弥陀佛”或“阿弥陀佛”便是修行的内容，最简便易行。佛教号称八万四千法门，无论哪个法门都需要经历多年以至多劫的艰苦修行才能得道，唯独净土法门仅需念佛即可仗佛力往生获得解脱以至成佛，故称之为“易行道”。净土宗又专修念佛中的称名念佛，认为只要口称“阿弥陀佛”或“南无阿弥陀佛”，即可灭八十亿劫生死大罪，死后弥陀接引往生极乐，并大力宣扬弥陀净土为报土、凡夫能入报土的思想，为普通民众打开了天国的大门，因而在下层人民中有着深远的影响。

净土宗的高僧大德，如昙鸾、道绰、善导、慧日、法照、怀感等，都是当时的学者、思想家，他们悲天悯人，胸怀博大，学问渊深，创建或丰富了净土宗教义，把难信之法变为广大民众深信之法。其内容不仅博采佛教经论，而且旁采道家、儒家经论以及民间信仰；不但运用佛家中观学派及瑜伽学派的基本哲学理论，而且吸收了我国天台、华严、法相、禅宗、三论、律宗、密宗的教义和行仪，论证八万四千法藏，六字（指“南无阿弥陀佛”六字）全收，四字（按：指“阿弥陀佛”四字）洪名，万德具备的道理，从而赢得了信众，使净土宗风行天下。

我国净土宗与其他佛教宗派相比，在理论上没有深奥的义理，而是比较注重具体的修持实践，主张凭借阿弥陀佛的“愿力”和自身修行而往生极乐净土。净土宗在修行中不仅注重口称阿弥陀佛名号，念诵净土之经，而且还注重运用赞文来表达对阿弥陀佛及其西方净土的礼敬、赞美和皈依的宗教情感。因而赞文的创作、运用成为净土宗礼佛修行的一个有机组成部分，形成了礼佛赞叹的历史传统，构成其鲜明的宗派特征。净土宗奠基人北魏昙鸾不仅撰《往生论注》、《略论安乐净土义》，从理论上阐述净土教义，而且创作《赞阿弥陀佛偈一卷》，开我国净土赞文之先河。净土宗的实际立宗者唐初善导，不仅撰《无量寿经疏》、《观念阿弥陀佛相海三昧功德法门》，从理论上阐述净土教义和修行方法，而且奉行自己“欲生净土，必须自劝劝他广赞净土”的主张，创作了《依观经等明般舟三昧行道往生赞一卷》，编撰《安乐行道转经愿生净土法事赞二卷》、《往生礼赞偈一卷》，收集编撰古印度天亲、龙树及我国隋代僧人彦琮的净土赞文。同时，他自己也创作净土赞文，并将这些赞文运用于具体修行时的念诵、礼拜、忏悔、念佛、转经等场合，由此又制定出一套净土法事仪轨，使净土宗的宗教修行活动系统化、规范化。到中唐，法照在继承善导净土礼赞仪轨的基础上，又创五会念佛法门。法照比以往的净土宗师更加重视赞文的功用，他编撰《净土五会念佛诵经观行仪三卷》、《净土五会念佛略法事仪赞一卷》，其中不仅汇集了隋末至中唐知名的净土僧人彦琮、善导、慈愍、净遐、神英、灵振、惟休及其他佚名作者的净土赞文 52 种，而且收集了他自己创作的净土赞文 16 种，这使他成为净土赞文创作、运用的集大成者。

敦煌写卷中除保存了前面所说的有关法照的净土五会念佛的大量文献外，还保存有其他净土宗祖师的有关资料，如净土宗初祖北魏昙鸾的《赞阿弥陀佛偈》、《略论安乐净土义》的残本（见 S.2723 卷、日本龙谷大学藏赤松连城劝学纪念图书本），唐初善导的《往生礼赞偈》有 12 个写卷（见 P.2066、P.2722、P.2963、P.3814、S.2553、S.2579、S.2659、S.5227、北图 8345 号卷，大谷本、守屋本）。敦煌 P.2003 卷有《佛说阎罗王授记四众预修生七往生净土经》，P.2185 卷有《佛说净土盂兰盆经》等。1909 年，日本橘瑞超在新疆吐峪沟（高昌国故址）附近，也发现善导《往生礼赞偈》及《阿弥陀经》的写卷残片，后面还附有善导的《发愿文》，可见其流传区域之广泛。

此外，在敦煌写卷中还有不少写经题记反映了敦煌地区净土信仰的流行状况，如 S.2838 卷《维摩诘经卷下》尾题有云：

> 经生令狐善愿写，曹法师法惠校，法华斋主大僧平事沙门法焕定。……愿圣体休和，所求如意，先亡久远，同气连枝，见佛闻法，往生净土。

P.2055 卷有翟奉达抄经题记云：

> 奉请龙天八部、救苦观世音菩萨、地藏菩萨、四大天王、八大金刚以作证盟，一一领受福田，往生乐处，遇善知识，一心供养。

P.2805 卷有天福六年（941 年）辛丑岁十月十三日抄经尾题云：

> 今遭卧疾，始悟前非，伏乞大圣济难拔危，鉴照写经功德……往生西

方，满其心愿，永充供养。

S.5544 卷《佛说阎罗王授记令四众逆修生七斋功德往生净土经》有题记云：

奉为老耕牛一头，敬写金刚一卷，受记一卷，愿此牛身领受功德，往生净土，再莫受畜生身。六曹地府，分明分付，莫令更有雠讼。辛未年正月。

在古代，人们常常把抄写经卷看做同建塔、造像乃至立寺一样，都当做是修功德之事。敦煌写卷中的抄经者不仅可以为亲人及自己抄写经卷，发愿要往生净土，还有为耕牛抄经，并发愿希望它下世也往生净土，莫受畜生之身，这一方面见出主人对耕牛的深厚爱惜之情，同时也反映出净土信仰流行之广泛。

敦煌写卷中有的"施舍疏"也表现了一定程度的净土信仰，如敦煌 P.2837 卷背有抄写于公元 836 年的"施舍疏"中有康为"为亡母，愿神生净土，请为念诵，施道场白杨树一根，施入修造"。S.1128 卷抄写于公元 895 年的"施舍疏"中有康贤者"为亡父母，神生净土，合家保愿平安，施道场粟三硕，施入修造"。S.1128 卷抄写年代不明，其中有云韩骨子"为合家保愿平安，亡父神生净土，施道场槐一梗（根）"。这些都反映了唐代敦煌地区净土流行的状况。

唐代敦煌地区的净土信仰还较多地反映于敦煌歌辞中，有的是对弥陀净土的热烈礼赞，充满感情，表达了渴望往生的虔诚信仰。如敦煌 P.2066 卷《出家乐赞》[1] 云：

归去来，宝门开，正见弥陀升宝座，菩萨散花称善哉，称善哉。
宝林看，百花香，水鸟树林念五会，哀婉慈声赞法王，赞法王。
共命鸟，对鸳鸯，鹦鹉频伽说妙法，恒叹众生住苦方，住苦方。
归去来，离娑婆，常在如来听妙法，指授西方是释迦，是释迦。
归去来，见弥陀，今在西方现说法，拔脱众生出爱河，出爱河。
归去来，上金台，势至观音来引路，百法明门应自开，应自开。

有的则是通过歌咏人世无常以至地狱之苦状，以及西方净土之安乐，从而表达念佛供养、渴望往生的宗教情怀。如释法照《归去来·归西方赞》云：

1 任半塘:《敦煌歌辞总编》拟题为"归去来·宝门开"，误。此歌辞当是"出家乐赞"之后半部分，原卷题署"出家乐赞"，题下有小字云"依出家功德经通一切处诵"。

归去来，谁能恶道受轮回。且共念彼弥陀佛，往生极乐坐花台。

归去来，娑婆世境苦难裁。急手专心念彼佛，弥陀净土法门开。

归去来，谁能此处受其灾。总勤同缘诸众等，努力相将归去来。且共往生安乐界，持花普献彼如来。

归去来，生老病死苦相催。昼夜须勤念彼佛，极乐逍遥坐宝台。

归去来，娑婆苦处哭哀哀。急须专念弥陀佛，长辞五浊见如来。

归去来，弥陀净刹法门开。但有虚心能念佛，临终决定坐花台。

归去来，昼夜唯闻唱苦哉。努力回心归净土，摩尼殿上礼如来。

归去来，娑婆秽境不堪停。急手须归安乐国，见佛闻法悟无生。

归去来，三途地狱实堪怜。千生万死无休息，多劫常为猛焰燃。声声为念弥陀号，一时闻者坐金莲。

归去来，刀山剑树实难当。饮酒食肉贪财色，长劫将身入镬汤。不如西方快乐处，永超生死离无常。

（见 P.2250，北图“文”字第 89 号，P.3373 卷）

有的歌辞内容比较复杂，既有对地狱、人世之感叹，也有对忏悔、持斋、听法等宗教生活的咏唱，礼赞弥陀净土，敦劝众生及早修行。而释智俨《十二时 · 普劝四众依教修行》，其中充满对弥陀佛的热烈礼赞：

罪谁无，要猛烈，一忏直教如沃雪。求生净土礼弥陀，九品花中常快活。

难后人，须庆喜，百分之中无一二。幸于乱世遇弥陀，又喜残年逢舍利。
学持斋，究经义，亲近大乘生慧智。夜夜长燃照佛灯，朝朝勤换淹花水。
念观音，持势至，一串数珠安袖里。目前灾难不能侵，临终又如眠相睡。
利益言，须切记，功果教君不虚弃。若非净土礼弥陀，定向天宫睹慈氏。

少颜回，老彭祖，前后虽殊尽须去。无常一件大家知，争奈人心不惊悟。
减功夫，抛世务，勤听弥陀亲法宇。看看四大逼来时，何事安然不忧惧。

醉昏昏，迷兀兀，将为长年保安吉。忽然福尽欲乖张，寒暑交侵成卧疾。
四王来，去仓卒，前路茫茫黑如漆。业绳牵入铁城中，万柜千箱阿谁物。
舍华堂，埋土窟，一善不修身已卒。有亲男女为追斋，七分之中唯得一。
若姑姨，或弟侄，一分之中也兼失。争如少健自家修，闲来更念弥陀佛。
弥陀佛，功力大，能为劳生除障盖。猛抛家务且勤求，看看被送荒郊外。

（见 P.2054，P.2714，P.3087，P.3286 卷）

1《大正大藏经》第47册，第429页。

2《大正大藏经》第47册，第433页。

有的则是通过对人生无常的感叹，歌唱弥陀净土之美好快乐，如敦煌S.2204，S.126卷《十无常》云：

> 人居浊世逢劫坏，恶世界。星霜暗改几多时，作微尘。　生居浊世人之苦，须怕怖，饶君铁柜里稳潜藏，不免也无常。堪嗟叹，堪嗟叹，愿生九品坐莲台，礼如来。
>
> 分明招引经云教，净土好。论情只是胜娑婆，有弥陀。　直须早作行程路，休疑误。常知佛国寿延长，决定没无常。堪嗟叹，堪嗟叹，愿生九品坐莲台，礼如来。

敦煌歌辞在热烈礼赞弥陀及其净土的同时，往往伴有对地狱轮回、因果报应等内容的强烈渲染，这反映了唐代净土信仰往往包含有地狱观念的特征。

净土理论本身就是建立在因果报应基础上的，而地狱思想是构成善导净土学说的重要内容之一。地狱是佛教十界中最恶之界，佛教地狱不仅数量多，种类繁杂，而且刑法极其惨酷，令人不寒而栗。正如善导在《转经行道愿往生净土法事赞》中所云："今闻佛说阿鼻地狱，心惊毛竖，怖惧无量。"[1]善导在《般舟赞》中以偈的形式对地狱诸苦进行具体描绘，着意渲染地狱恐怖、凄惨之情景。在《转经行道愿往生净土法事赞》卷一中，他又进而论述地狱为一切众生必受之苦果，人死后都要堕于地狱，遭受地狱轮回之折磨痛苦，无有出期。同时指出，唯有诚心忏悔，至心归命阿弥陀佛，才能脱离苦海，往生净土。可以看出，善导把地狱思想引入净土信仰，又把众生凡夫明确定为造恶无量之罪人，加重众生的危机感，再把地狱从六道轮回中提出来与净土进行对比，其目的正是为了促使人们追求净土。他在《转经行道愿往生净土法事赞》卷2所言："誓愿顿舍世间荣，普愿回心生净土。"[2]也正因如此，自善导之后，唐代净土教对于地狱诸苦的宣传大大增强了。敦煌歌辞中所体现的地狱思想，正是净土教大力宣传的内容之一，这与净土教的发展历史相一致。

在敦煌歌辞中，弥陀与弥勒有时并列使用，彼此不分。如智俨《十二时·普劝四众依教修行》有云：

> 弥陀国，兜率院，要去何人为障难。十斋八戒有功劳，六道三途无系绊。

利益言，须切记，功果教君不虚弃。若非净土礼弥陀，定向天宫睹慈氏。

敦煌P.2305卷有歌辞也云：

便殷勤，能精练，虔恳身心频发愿。不唯空见阿弥陀，定住天宫兜率院。[1]

南北朝时弥勒信仰在中土曾经十分流行，影响很大。从隋代开始，就已出现了区分弥勒净土与弥陀净土优劣的言论。如智顗是弥勒、弥陀并崇，但在两者之间往往又更偏重弥陀之西方净土，他在《净土十疑论》中表现出扬弥陀、抑弥勒的倾向[2]。道绰则公然宣扬西方净土远比兜率净土更优[3]。这反映出弥勒信仰已经开始衰落，而弥陀信仰逐渐兴盛。特别是在唐代净土宗形成以后，弥陀之西方净土盛极一时。一般认为，在隋唐间由于下层民众常常利用弥勒下生信仰举行起义，引起最高统治者的警觉，因此，到唐玄宗时还颁布了《禁断妖讹敕》，禁止民间“假托弥勒下生”的名义进行各种活动，进一步限制弥勒信仰的发展。加之弥陀净土信仰思想的内部冲击，弥勒信仰日渐衰落了。但需要说明的是，唐代也有不少人信仰弥勒净土，如武则天自称是弥勒下生转世，进行政治活动，为她的登基制造舆论。唐代著名僧人玄奘、窥基等，也都信仰弥勒净土。

我国民众宗教信仰的特点是重实际而轻理性。民众信仰佛教，凡佛、菩萨都信，他们只求得到佛神保佑，获得心灵的安慰，而对于两种净土间的区别，却不大在意。从南北朝时期的北方造像来看，一般民众对弥陀的西方净土与弥勒的兜率净土在根本上也很难区分。在弥勒经典中，有上生和下生两类，弥勒信仰因此也分为上生和下生两派。信仰弥勒菩萨，愿求往生兜率天净土的，为上生信仰。而相信弥勒将下生此世界，在龙华树下三会说法，救度众生，为下生信仰。而普通民众对弥勒下生救度众生更感兴趣，因而下生信仰在民间比较流行。汤用彤指出，净土教可分为两种：净土崇拜和净土念佛。净土崇拜以礼佛建功德为主，或礼弥勒，或礼弥陀，以至崇拜接引佛如观世音等，造像建塔，为父母等发愿往生乐土。此乃普通民众之信仰。净土念佛者，以念佛禅定为主，礼拜附之。因禅定力，得见诸佛，得生安乐土。此则以修持为要目[4]。而从敦煌写经题记来看，敦煌

1 任半塘:《敦煌歌辞总编》，上海古籍出版社1987年版，第1114页引。

2 王青:《魏晋南北朝时期的佛教信仰与神话》，中国社会科学出版社2001年版，第69页。

3 唐道绰:《安乐集》卷下。

4 汤用彤:《汉魏两晋南北朝佛教史》，北京大学1997年版，第578页。

地区的弥勒信仰应属于佛菩萨崇拜。

弥勒信仰在敦煌地区的发展有着较为长久的历史，早从北凉时代起，弥勒信仰就已流行。沮渠蒙逊之子沮渠兴国组织译经，在《优婆塞戒经后记》云："太岁在丙寅（北凉玄始十五年，426 年），夏四月二十三日，河西王世子、抚军将军、录尚书事大沮渠兴国，与诸优婆塞等五百人，共于都城之内，请天竺法师昙摩谶译此在家菩萨戒。……愿此功德，令国祚无穷，将来之世，值遇弥勒。"[1] 见于文献记载南北朝时期的敦煌地区的僧人如慧览、道法等，也都信仰弥勒。慧皎《高僧传》卷 11《慧览传》云：

> 释慧览，姓成，酒泉人。少与玄高俱以寂观见称。览曾游西域，顶戴佛钵，仍于罽宾从达摩比丘谘受禅要。达摩曾入定往兜率天，从弥勒受菩萨戒。后以戒法授览，览还至于填（阗），复以戒法授彼方诸僧，后乃归。[2]

《高僧传》卷 11《道法传》云：

> 释道法，姓曹，敦煌人。弃家入道，专精禅业，亦时行神咒。……后入定，见弥勒放齐中光照三途果报。于是深加笃励，常坐不卧。[3]

此外，从敦煌莫高窟壁画图像资料来看，唐代敦煌地区弥勒信仰的发展虽然不很均衡，但似乎一直没有间断，而且在中晚唐时期也很流行。这与唐代中原地区的弥勒净土信仰已经呈现出大大衰落的趋势不同。据统计，敦煌弥勒经变画共有 87 铺，是莫高窟现存经变画最多的一种，而且时间跨度也较大，自隋代起，中间经初唐、盛唐、中唐、晚唐、五代，一直到宋代都有，其中又以中晚唐时期的弥勒经变画最多，计有 40 铺之多。而敦煌壁画中的《观无量寿经变》壁画共 84 铺，仅唐代就有 73 铺，中晚唐时期的有 51 铺。《阿弥陀经变》计有 63 铺，唐代共 39 铺，其中中晚唐 19 铺[4]。从北魏起，莫高窟就有画有莲花、宝池的大型说法图，实际上就是早期的西方净土变。到隋代，净土壁画才多起来，但一般都构图简略。而到初唐时才有明确的《观无量寿经变》[5]。从图像上看，它的两侧比阿弥陀经变画多出了未生怨于十六观故事画，下部画有九品往生。由此可以看出，弥陀的西

1（梁）释僧祐撰，苏晋仁、萧錬子点校：《出三藏记集》，中华书局 1995 年版，第 340~341 页。

2（梁）释慧皎撰，汤用彤校注：《高僧传》，中华书局 1992 年版，第 418 页。

3（梁）释慧皎撰，汤用彤校注：《高僧传》，中华书局 1992 年版，第 420 页。

4 敦煌文物研究所编：《敦煌莫高窟内容总录》，文物出版社 1982 年版。

5 史苇湘：《关于莫高窟内容总录》，见敦煌文物研究所编：《敦煌莫高窟内容总录》，文物出版社 1982 年版，第 187 页。

方净土信仰在唐代才比较盛行，而到中晚唐时期在敦煌地区曾经特别发达，一度远远超过了弥勒净土信仰，表现出骤然而起的强劲势头。但在总体上唐代敦煌地区的弥陀净土与弥勒净土是并行发展的，而且弥勒信仰流行的时间较长一些。如敦煌 P.4640 卷有张球撰写于咸通十年（869 年）的《吴和尚赞》，其中有云："兜率天上，独步巍巍。"敦煌 P.3541 卷《张善才和尚邈真赞》也云："龙华会上，奉结良缘。图形写影，无异生前。"张善才为敦煌归义军时期释门正僧政，说明晚唐五代时期弥勒信仰仍在敦煌流行，反映出敦煌地区佛教发展的独特性。

敦煌写卷中有关净土宗的文献资料十分丰富，特别是其中保存了大量的法照及其弟子创作、编集的净土五会念佛赞文，反映了法照及其门徒前后相继、努力弘传净土五会念佛法门的宗教活动历史。净土宗在修行实践中不仅注重念诵阿弥陀佛的名号，而且还特别注重以歌赞形式来表达对阿弥陀佛及其西方净土的礼敬、赞叹和皈依之情，以致使唱颂赞文成为净土修行的一个有机组成部分。净土不像天台、华严那样深具玄旨，而是强调念佛修行，因此特别注重念诵歌赞之音声的抑扬顿挫，悦耳动听，这不仅受到广大民众的欢迎和喜爱，为净土宗吸引了更多的信众，扩大了净土教的影响，同时对佛教音乐的发展也有着一定的贡献。这也表现了净土宗独特的修行方式。

第二节　从敦煌歌辞看唐代敦煌地区禅宗的流传与发展

禅宗是隋唐时期形成的佛教宗派之一，也是最为典型的中国化佛教宗派，因重于禅，主参禅，故名“禅宗”。又因主张“以心传心”，直传佛的心印，所以也名“佛心宗”。唐中期之后，禅宗以其独特的传教方式及其僧团组织形式得以大力发展，成为我国影响深远、势力强大的佛教宗派。作为佛教派别，禅宗称“教外别传”，否认佛教经典、佛祖权威，也否认佛菩萨以至净土的实际存在。正如杜继文等所云：“禅宗唯一信仰的是‘自心’——迷在自心，悟在自心，苦乐在自心，解脱在自心；自心创造人生，自心创造宇宙，自心创造佛菩萨诸神，自心是自我的本质，是禅宗神化的唯一对象，是它全部信仰的基石。”[1] 禅宗这种不崇拜任何偶像，不信仰任何外在的神，在我国历史上有着特殊的影响。

禅宗最为发达的时期约在公元7世纪末到11世纪，约从唐武则天时代起，直到北宋末期。敦煌禅宗逐渐盛行的时代约在公元8世纪末到10世纪。在敦煌写卷中约保存有100种，300件左右有关禅宗的文献资料。胡适曾指出：保存古代（唐前及唐代）禅学史料的，一为唐代敦煌的材料，一为日本的材料[2]。由此可见敦煌文献在禅宗研究中的重要地位。胡适也是第一个利用敦煌文献资料研究禅宗史的学者，他的佛学研究成果，主要表现为对于禅宗史的批判研究，最大贡献是对禅宗七祖神会和尚的研究。他运用实证主义的治学方法，重新肯定了神会在禅宗史上的重要地位，说明正是由于神会的积极作用，使得慧能南宗一系能够在禅宗中取得主流地位。尽管胡适的一些观点不一定为人们所同意，但他在研究过程中所表现出来的严谨态度和科学精神，包括许多研究结论，至今仍为中外学者所称道钦佩。

1 杜继文、魏道儒：《中国禅宗通史·导言》，江苏古籍出版社1995年版。

2 胡适：《中国禅学的发展》，见《近现代著名学者佛学文集·胡适集》，中国社会科学出版社1995年版，第232页。

敦煌写卷中表现禅宗的歌辞，既有南宗的，也有北宗的，也有表现二者融合的，这些都反映了唐代敦煌地区禅宗的历史发展状况。其中有署名神会歌赞南宗的歌辞，非常引人注目。如S.6103卷和S.2679卷都保存有神会的《五更转》。另外，《南宗定邪正五更转》也是神会的作品，共计有9个写卷：北图“咸”字第18号、北图“露”字第6号、S.2679、S.4634、S.6083（两种）、S.6923（两种）、P.2045、S.4654、P.2270卷。神会的作品传世不多，宣扬南宗的佛教歌辞湮没千年之久，因而非常宝贵。

神会是禅宗六祖慧能的晚期弟子，菏泽宗的创始人，也是创建南宗的重要人物。他率先提出南宗顿教优于北宗渐教的说法，指出达摩禅的真髓存于南宗的顿教。开元十二年（724年）正月十五日，神会在滑台（今河南滑县）大云寺设无遮大会，与当时的著名学者崇远大开辩论，建立南宗宗旨。此后，他大力宣扬慧能才是达摩以来的禅宗正统，北宗的“师承是傍，法门是渐”。由于他的弘传，使曹溪的顿悟法门大播于洛阳而流行于天下。天宝四年（745年），神会以78岁的高龄入住东都菏泽寺。安史之乱后，肃宗诏令入内供养，并敕建菏泽寺的禅宇以居之，故时人称他所弘传的禅学为菏泽宗。上元元年（760年）5月13日，神会寂于洛阳菏泽寺，谥曰真宗大师。

敦煌歌辞中的神会作品，都是阐扬南宗思想，如神会《五更转·南宗定邪正》云：

一更初，妄想真如不异居。迷则真如是妄想，悟则妄想是真如。　念不起，更无余。见本性，等空虚。有作有求非解脱，无作无求是功夫。

二更催，大圆宝镜镇安台。众生不了攀缘病，由斯障闭心不开。　本自净，没尘埃。无染著，绝轮回。诸行无常是生灭，但观实相见如来。

三更侵，如来智慧本幽深。唯佛与法乃能见，声闻缘觉不知音。　处山窟，住禅林。入空定，便凝心。一坐还同八万劫，只为担麻不重金。

四更阑，法身体性不劳看。看则住心便作意，作意还同妄想持。　放四体，莫攒顽。任本性，自观看。善恶不思即无念，无念无思是涅槃。

五更分，菩提无住复无根。过去舍身求不得，吾师普示不望恩。　施法药，大张门。去障膜，豁浮云。顿与众生开佛眼，皆令见性免沉沦。

（见北图“咸”字第18号，北图“露”字第6号，S.2679，S.4634，S.6083，S.6923，P.2045，S.4654，P.2270卷）

此辞计有 9 个写卷，可见当时曾经十分流行。值得注意的是，敦煌 P.2045 卷的《南宗定邪正五更转》附见于《南阳和尚顿悟解脱禅门直了性坛语》之后。由于神会于开元八年敕配南阳龙兴寺，当时南阳太守王弼和著名诗人王维等都曾问法于他，这时他的声誉已高，所以以“南阳和尚”称他。据此我们判定此卷抄写年代距神会的生活年代不会很远。把《南宗定邪正五更转》附于《南阳和尚顿悟解脱禅门直了性坛语》之后，说明抄卷人当是一个虔诚的南宗僧人，故把南宗的作品抄录在一起。

神会的另外一首《五更转·顿见境》云：

一更初，涅槃城里见真如。妄想是空非有实，不言为有不言无。非垢净，离空虚。莫作意，入无余。了性即知当解脱，何劳端坐作功夫。

二更催，知心无念是如来。妄想是空非实有，□□山上不劳梯。顿见境，佛门开。寂灭乐，是菩提。□□□灯恒普照，了见馨香无去来。

三更深，无生□□（法忍）坐禅林。内外中间无处所，魔军自灭不来侵。莫作意，勿凝心。人自在，离思熏。般若本来无处所，作意何时悟法音。

四更阑，□□□□□□□。□□共传无作法，愚人造化数数般。寻不见，难□难。□袒似，本来禅。若悟刹那应即见，迷时累劫暗中观。

五更分，净体由来无我人。黑白见知而不染，遮莫青黄寂不论。了了见，的知真。随无相，离缘因。一切时中常解脱，共俗和光不染尘。

（见 S.6103，S.2679 卷）

S.6103 卷原题为“菏泽和尚五更转”，菏泽和尚即神会。歌辞全篇宣传南宗顿悟，反对作意凝心和端坐禅定，均与慧能一系的南宗宗旨相符。

敦煌写卷中还有一套歌辞，题名为《五更转·南宗赞》，也是歌赞南宗的，但从其中所云“坐禅执定苦能甜”、“今生作意断悭贪”等句来看，显然与神会所称的南宗不同。而且，歌辞中同时还提倡净土念佛，反映出唐代禅宗流行之时，净土念佛信仰也十分兴盛。其歌辞云：

一更长，一更长，如来智慧心中藏。不知自身本是佛，无明障闭自慌忙。了五蕴，体皆亡。灭六识，不相当。行住坐卧长作意，则知四大是佛堂。

一更长，二更长，有为功德尽无常。世间造作应不久，无为法会体皆亡。入圣位，坐金刚。诸佛国，遍十方。但知十方原贯一，决定得入于佛行。

二更长，三更严，坐禅执定苦能甜。不藉诸天甘露蜜，魔军眷属出来看。诸佛教，实福田。持斋戒，得生天。生天终归还堕落，努力回心取涅槃。

三更严，四更阑，法身体性本来禅。凡夫不念生分别，轮回六趣心不安。求佛性，向里看。了佛意，不觉寒。旷大劫来常不悟，今生作意断悭贪。

四更阑，五更延，菩提种子坐红莲。烦恼泥中常不染，恒将净土共金颜。佛在世，八十年。般若意，不在言。夜夜朝朝恒念经，当初求觅一言诠。

（P.2963，“周”字第 70 号，S.4173，S.4654，S.5529，苏藏 1363，P.2984）

此外，敦煌写卷中还有其他歌颂南宗的歌辞，如见于敦煌 S.5588 卷《求因果·修善》，其中有云：

怕罪之人心改变，翻恶回为善。故犯之人不避殃，自作自身当。 自从发意礼南宗，终日用心功。一法安心万法同，无不尽消溶。

敦煌 S.5588 卷《求因果·息争》，其中也有云：

煞缚熟持三五度，也合知甘苦。累经著棒更赔钱，渐渐软如绵。 识字少年抄取读，长智多风俗。总是南宗内教言，袁（原）自善根源。

值得注意的是，以上这三组歌辞，虽然都是歌咏南宗，但却又讲求坐禅、用心、作意甚至念经，这正好与前面神会所说南宗反对坐禅作意相反。可见，敦煌文献中的“南宗”并不都是指慧能、神会一系的南宗禅法思想。正如姜伯勤指出，敦煌文献中的“南宗”有多种解释，不能因为敦煌文献中有“南宗”字样，就一概理解为慧能一系[1]。净觉的《注般若波罗蜜多心经》，李知非作序云：“古禅训曰，宋太祖之时，求那跋陀罗三藏禅师，以楞伽传灯，起自南天竺国，名曰南宗。”其中南宗即指求那跋陀罗、菩提达摩以来的北宗禅。印顺据《神会集》中的《南宗定是非论》有云“何故不许普寂禅师称为南宗？……普寂禅师实是玉泉学徒，实不到韶州，今口妄称南宗，所以不许”等句，认为作为神秀弟子的普寂，也曾自称南宗，进而推断“南宗”一词，本与南能北秀无关。而且神秀系本来也是南宗，但在南能北秀的对立下，也就渐渐地被公认为北宗了[2]。

1 姜伯勤:《敦煌艺术宗教与礼乐文明》，中国社会科学出版社 1996 年版，第 375 页和第 376页。

2 印顺:《中国禅宗史》，江西人民出版社 2000 年版，第 69 页。

确实，不仅敦煌写卷中的南宗并不都指慧能、神会一系，而且敦煌写卷中的所称的禅宗“七祖”，也并不专指神会，有时也指普寂。如敦煌 P.3065、P.306 卷有歌辞《证无为·归常乐》9 首，其中第 7 首云：

> 七祖遇曹溪，传法破愚迷。暗传心地证菩提，愚者没泥黎。

此辞中“七祖”指慧能一系，当是神会。但敦煌 S.2512 卷保存有《第七祖大照和尚寂灭日斋赞文》，其中云：

> 东夏传灯，七祖光乎皇运。我第七祖三朝国师大照和尚，出二边境，越诸地心，得如来慈，入佛知见。

大照禅师即普寂（651—739 年），是北宗神秀的嗣法弟子，此为敦煌文献中的又一“七祖”。普寂把神秀作为直承五祖弘忍的第六世，而自许为第七世传人，这与普寂在当时的显赫地位和佛教中的巨大影响分不开的，这种说法在北方十分盛行。敦煌 S.530 卷《大唐沙洲释门索法律义辩和尚修功德记碑》有云：“能、寂之应西旋，腾、兰之风东扇。”其中慧能与普寂并称，可见普寂在敦煌地区声望之高，俨然是北宗的代表人物。李邕《嵩岳寺碑》（见《全唐文》卷 263）和净觉的《楞伽师资记》都认为是神秀继承弘忍，普寂继承神秀。敦煌写卷正反映了唐代敦煌地区禅宗流行发展的历史。

敦煌高僧也有出于北宗者，如敦煌 P.3972 卷《大晋河西敦煌郡张和尚写真赞》有云：

> 一从秉义，律澄不犯南宣。静虑修禅，辩决讵殊于北秀。

赞词云：

> 四禅澄护而冰雪，万法心台龟镜明。

姜伯勤云：

> 此“万法心台龟镜明”句，属于北宗神秀“心如明镜台”一路，而不属于南宗慧能“明净亦非台”一路，“辩决讵殊于北秀”句，即谓“张和尚的修禅岂有不同于北宗神秀之处？”可知其为北宗信徒。[1]

此言极是。

敦煌歌辞中也有强调澄心静虑、努力修行，提倡神秀的北宗禅法思想，如释寰中《悉昙颂·佛说楞伽经禅门悉谈章》8首，其第五首云：

> 晓燎曜，晓燎曜，第五实相门中照。一切名字妄呼召，如已等息貌非貌。非因非果无嗔笑，性上看性妙中妙。妙底里要，鲁留卢楼晓燎曜。　诸佛弟子莫嗔笑，忧悲嗔笑是障道。于此道门无嗔笑，澄心须看内外照。眼中有翳须磨曜，铜镜不磨不中照。遥燎料，作好。娑诃耶，莫恼。
>
> （见 P.2204，P.2212, S.4583，P.3099, P.3082 卷）

此套歌辞前原有小序云：“诸佛子等，合掌至心听，我今欲说大乘楞伽悉谈章。悉谈章者，昔大慧在楞伽山，因得菩提达摩和尚。元嘉元年从南天竺国将楞伽经来至东都。跋陀三藏法师奉诏翻译。其经总有五卷，合成一部。文字浩瀚，意义难知。达摩和尚慈悲，广济群品，通经问道，识览玄宗，穷达本原，皆蒙指受。又嵩山会善沙门定惠翻出悉谈章，广开禅门，不妨慧学，不著文字，并合秦音，亦以鸠摩罗什法师通韵鲁留卢楼为首。”吕澂据其中主张“看心”、“磨镜”皆禅宗北宗之主张，中岳原为北宗本山，神秀一传景贤，即住会善寺，判定定慧是其法系[2]。这样，此套歌辞的作者当是北宗僧人所作。敦煌写卷中还保存有寰中的另一套歌辞《悉昙颂·俗流悉昙章》八首，其中第六首云：

> 何逻真，何逻真，第六俗流处六尘。不超无上清净门，恶业牵来地狱存。鲁流卢楼何逻真。　俗流者□佛果身，其中修习无苦勤。常业三途地狱因，那罗逻真，随意知心者莫嗔。
>
> （见北图“鸟”字第 64 号卷）

1 姜伯勤《敦煌艺术宗教与礼乐文明》，中国社会科学出版社 1996 年 11 月版，371 页。

2 龙晦:《论敦煌词曲所见之禅宗与净土宗》，载《世界宗教研究》1986 年第 3 期。

其中所言“修习无苦勤”，要求通过努力修行来获得禅悟，也当属于神秀一系。

敦煌写卷还有一套《五更转·假托禅师各转》，内容也是宣扬北宗禅法思想，其歌辞云：

> 一更静坐观刹那，生灭妄想遍娑婆。客尘烦恼积成劫，已（以）劫除劫转更多。
> 二更静坐息心神，喻若日月去浮云。未识心时除妄想，只此妄想本来真。
> 真妄原来同一体，一物两名难合会。合会不二大丈夫，历劫相随今始解。
> 三更静坐入禅林，息妄归真达本心。本心清净无个物，只为无物悉包融。
> 包融一切含万境，色空不异何相碍。故知万法一心如，却将法财施一切。
> 四更念定悟总持，无明海底取莲藕丝。取丝出水花即死，未取丝时花即萎。
> 二疑中间难启会，劝君学道莫懈怠。念念精进须向前，菩提烦恼难料简。
> 了解烦恼是痴人，心心法数不识真。一物不念始合道，说即得道是愚人。
> 五更隐在五荫山，丛林斗暗侵半天。无想道师结跏坐，入定虚凝证涅槃。涅槃生死皆是幻，无有此岸非彼岸。
> 三世共作一刹那，影见世间出三界。若人达此理真如，行住坐卧皆三昧。
>
> （见 S.5996，S.3017，P.3409 卷）

歌辞分五更分述：一更写静坐观心；二更静坐息心；三更入禅，息妄归真；四更、五更写禅悟；直到最后达到“行住坐卧皆三昧”的最高境界。正如张悦《大通禅师碑铭》所云：“其开法大略，则专（一作慧）念以息想，极力以摄心。……趣定之前，万缘尽闭；发慧之后，一切皆如。特奉《楞伽》，递为心要。”[1] 神秀禅法是以《楞伽经》的思想作为禅法的要旨，主张通过坐禅“息想”、“摄心”，摒弃一切情欲和对世界万象所持的生灭、有无等差别观念，达到与“实相”或“真如”相契合的精神境界。李邕的《大照禅师碑铭》中也云：“其始也，摄心一处，息虑万缘。或刹那便通，或岁月渐证。”普寂的禅法继承神秀，也是通过集中精神坐禅，断绝对世界万有的思念，或在极短时间，或用很长时间，便可进入觉悟境界。神会曾批评北宗禅法是“凝心入定，住心看净，起心外照，摄心内证”[2]。神秀、普寂一系的北宗禅法的一大特征，就是重视坐禅，在禅定中“观心”、“摄心”、“住心看净”。观心、看净也是一个心性修行的过程，通过观空、息想，息灭妄念，深入认识自己本具清净的佛性，达到与空寂无为的真如佛性相应的觉悟境界。龙晦据歌辞“一物不念始合道”与“喻若日月去浮云”，认为正合乎神会的“无念禅”，因此定为南宗教徒所作[3]。但歌辞主旨似与神

1（清）董诰等编《全唐文》，中华书局1983年版，第2335页。

2（唐）独孤沛：《菩提达摩南宗定是非论》，见杨曾文编《神会和尚禅话录》，中华书局1996年版，第15~21页。

3 龙晦：《敦煌词曲所见之禅宗与净土宗》，载《世界宗教研究》1986年第3期。

会所云“无念”不合。神会解释无念云:“云何无念?所谓不念有无,不念善恶,不念有边际、无边际,不念有限量、无限量。不念菩提,不以菩提为念。不念涅槃,不以涅槃为念。是为无念。是无念者,即是般若波罗蜜。般若波罗蜜者,即是一行三昧。”(见神会《南宗定是非论》)神会在《坛语》中对“无念”又进一步阐释云:“但不作意,心无有起,是真无念。毕竟见不离知,知不离见”正如杨曾文所云:“神会过分强调无念,无非是要人接受南宗禅法,置修行于自然无为,寄禅定于日常生活之中。”[1]歌辞中所云“一物不念始合道,说即得道是愚人”,当是指禅者内心体证到的一种不可言说、不着于任何名相的觉悟境界,而非神会之“无念禅”。由此来看,此套歌辞内容应属北宗禅法,而非南宗。

在敦煌文献中还保存有表现敦煌僧人兼修南北宗禅法的内容,如P.4600卷悟真《前河西都僧统翟和尚邈真赞》有云:

> 五篇洞晓,七聚芬香。南能入室,北秀升堂。戒定慧学,鼎足无伤。俗之褾袖,释侣提纲。传灯暗室,诲喻浮囊。五凉师训,一道医王。

翟僧统法荣在公元863—869年在位,据此可知翟法荣在9世纪后半期兼习禅宗南北宗。敦煌P.4660卷悟真撰《金光明寺索法律邈真赞》赞词也有云“灯传北秀,导引南宗”。饶宗颐曾指出,8世纪末在沙洲滞留的神会弟子摩诃衍所讲的“大乘顿悟”说,本质上就是融合南北宗而成的[2]。此外,敦煌博物馆藏敦煌写卷的禅籍也表现出南北二宗调合的倾向[3]。这正如姜伯勤所言:“八、九世纪敦煌流行的禅宗有南北宗调和的趋势,至十世纪归义军时期,除了继续有南宗、北宗、保唐宗杂陈的形势,南宗影响日渐加强。”[4]

敦煌写卷中还保存有释真觉的《证道歌》,真觉即玄觉。据杨亿《无相大师行状》云:“温州永嘉玄觉禅师者,永嘉人也,姓戴氏,……因左溪朗禅师激励,与东阳策禅师同诣曹溪,初到振锡携瓶,绕祖三匝……翌日下山回温州,学者辐辏。号真觉大师,著《禅宗修悟圆旨》……庆州刺史魏静辑而成十篇,目为《永嘉集》,及《证道歌》一首,并盛行于世。”玄觉于先天二年圆寂,比神会略早。在敦煌文献中玄觉的《证道歌》计有6个写卷,其辞云:

1 杨曾文:《唐五代禅宗史》,中国社会科学出版社1999年版,第221页。

2 饶宗颐:《神会门下摩诃衍之入藏兼论禅门南北宗之调合问题》,见《香港大学五十周年纪念论文集》,香港大学出版社1964年版,第173页。

3 邓文宽、荣新江编:《敦博本禅籍录校·前言》,江苏古籍出版社1999年版,第30页。

4 姜伯勤:《论禅宗在敦煌僧俗中的流传》,载《敦煌艺术宗教与礼乐文明》,中国社会科学出版社1996年版,第377页。

君不见，绝学无为闲道人，不除妄想不求真。无明实性即佛性，幻化空身即法身。法身觉了无一物，本源自性天真佛。五蕴浮云空去来，三毒水泡虚出没。要证实相无人法，刹那灭却阿鼻业。若将妄语诳众生，自招拔舌尘沙劫。顿觉了如来禅，六度万行体中圆。梦里明明有六趣，觉后空空无大千。无罪福，无损益，寂灭性中莫问觅。比来尘镜未曾磨，今日分明须剖析。谁无念，谁无生，若实无生无不生，唤取机关木人问，求佛施功早晚成。放四大，莫把捉，寂灭性中随饮啄。诸行无常一切空，即是如来大圆觉。决定说，表真乘，有人不肯任情征。直截根源佛所印，摘叶寻枝我不能。摩尼珠，人不识，如来藏里亲收得，六般神用空不空。一颗圆光色非色，宗亦通，说亦通，定慧圆明不滞空。非但我今独达了，河沙诸佛体皆同。

（见 P.2104，P.2105，P.3360，S.2165，S.4037，S.6000 卷）

此歌也见于《宋高僧传》卷 8。全歌由 63 首偈颂组成，多数由 4 句组成，少数由 6 句组成。《证道歌》的内容主要歌颂南宗的禅法思想，如宣扬人人生来就具有佛性，云："法身觉了无一物，本源自性天真佛。"鼓吹无念禅法，有云"绝学无为闲道人，不除妄想不求真。无明实性即佛性，幻化空身即法身"等。但今传《证道歌》有后人增加的成分。

敦煌 S.3017，P.3409 卷有《劝诸人一偈》，据其内容反对坐禅，提倡"无心"，当也属于南宗，其辞如下：

劝君学道莫言说，言说行恒空。不断贪嗔爱，坐禅浪用功。 用功计法数，实是大愚庸。但得无心想，自合太虚空。

还有敦煌 S.1494 卷的《卧轮禅师看心法》有云："智者求心不求佛，了本生死更无余。……种种辩说劳神虑，不如一心向佛看。心中寂静无一物，无物不动性常安。"据其中"心中寂静无一物"等，也应属于慧能的南宗。

此外，在敦煌写卷中还有一些泛咏禅趣的歌辞，如敦煌 P.3156 卷《失调名·禅唱》2 首，其云：

般若波罗自不多，谈空说道恋娑婆。欲陈其事无人听，眼对长空口唱歌。

能观自在是禅那，风不垂前水不波。有情欲拔三途苦，无意将身入乃（奈）阿（河）。

从敦煌歌辞来看，敦煌地区的禅法思想总体上表现出南北杂陈、兼容并包，而且有调和发展的倾向。在吐蕃统治敦煌的八九世纪之交，敦煌地区流行以摩诃衍为代表的禅法思想。摩诃衍宣扬大乘顿悟说，主张一念不作之功德及不见不观之看心，本质上也是融合南北宗而成。尽管晚唐五代时“南能顿教”已经在敦煌流行，在归义军时期南宗影响日盛[1]，但慧能、神会的南宗一系并没有占据绝对压倒北宗的优势。这也反映出唐代敦煌地区佛教的宽容平和，更注重信仰、实用等方面的宗教特点。

对于禅宗来说，不论南北、顿渐，都与《金刚经》和《楞伽经》这两部经有着一定的关系。禅宗的哲学基础是包括两经在内的许多类似经典在我国传统思想上的综合，这集中反映在《大乘起信论》中。《大乘起信论》把世间和出世间的本体，统归为一切众生平等具有的“一心”。此“一心”从“二门”考察，一名“真如门”，其性“不生不灭”，是绝对的“不动”(静)，永恒的存在(常)。二名“生灭门”，其性为“动”，生灭无常，是“不觉”的基本特征。作为真如门之“心”，在这里成为对治“不觉”的内在因素，转名为“觉”。“一心”之由“静”到“动”，由“本觉”到“不觉”是生死之路，为世俗世界的根本因；由“始觉”到“究竟觉”，由动到静，则是解脱之路，为出世间的根本因。禅宗讲求“明心见性”，特别重视“心”之作用。玄觉《禅宗永嘉集》云：“心是万法之根本也。”[2]《佛果圜悟禅师碧岩录》也云：“心是万法之主。”[3]追求向内心求解脱的实践路线，这也是禅宗最为本质的思想属性。黄檗山断际禅师《传心法要》云：“此心即是佛，更无别佛，亦无别心。此心净明，犹如虚空，无一点相貌。举心动念，即乖法体，即为着相。”[4]最后要达到自性清净的大圆镜智。这样的心不在众生之心外，也不在众生之心内之某处，而是一念不生之心，即超越一切限量、言语、踪迹、对待的当体之心。

敦煌写卷中的禅籍资料虽不乏高妙深奥的禅理，但相对来说要少得多，特别是作为宗教宣传的敦煌佛教歌辞，主要是面向广大民众，宣扬佛教思想。大体包括两方面的内容：一是歌咏释门内部的宗教修行实践，表现修行体证的禅趣、禅悟；一是面对广大民众在信仰层面所进行的种种宗教诱导劝化，歌咏天国世界的幸福安乐景象，附以因果报应、地狱轮回思想的威慑等，广泛进行宣传。它们大多都以浅显直白的语言，采用活泼生动、音乐歌唱的形式，所以深受民众的喜爱。

1 姜伯勤：《论禅宗在敦煌僧俗中的流传》，载《敦煌艺术宗教与礼乐文明》，中国社会科学出版社1996年版，第372页。

2《大正大藏经》第48册，第389页。

3《大正大藏经》第48册，第145页。

4《大正大藏经》第48册，第380页。

第三节 敦煌佛教歌辞中儒释思想的调和

1 史苇湘:《敦煌历史与莫高窟艺术研究》，甘肃教育出版社2002年版，第498页。

2 史苇湘:《敦煌历史与莫高窟艺术研究》，甘肃教育出版社2002年版，第498页。

从汉代起，儒家思想文化就已在敦煌地区扎根传播，形成忠君孝亲的道德人伦观念，这也是古代敦煌人民的基本生活准则。佛教作为一种外来文化，在敦煌这样一个有着较为深厚儒学文化积淀的地区扎根、发展，很大程度上取决于它与当地固有的传统文化的成功结合，进而转化为敦煌地区广大民众一千多年来生活、信仰、习俗的有机组成部分，盛开出灿烂的人类文明之花。

但是，任何两种文化之间发生碰撞的结果都是相互影响、相互作用的，不可能是用一种文化代替另一种文化，而且外来文化往往只能通过影响本土文化来发生作用。正如史苇湘所说："佛教在各地的传播，无不取决于当地群众的需要，从主导方面讲，总是社会生活支配着宗教信仰，而不是宗教信仰支配着社会生活。"[1]唐代的敦煌文化中，佛教也仅仅只能是当地社会思想文化的一部分，并不占主导地位，而传统的儒学文化才是它的真正核心和灵魂。许多僧人也是先从儒家经典中获取知识，然后再出家为僧。一些文化上有成就的僧人，还主掌寺学，教育儿童们读书，四书五经等儒家经典往往就是他们所选用的课本。汉晋儒学形成的以忠孝观念为核心的封建宗法社会的根，始终深插在敦煌这片为大沙漠所封闭的绿洲中[2]。敦煌P.530卷《大唐沙洲释门索法律义辩和尚修功德记碑》叙写唐代敦煌地区的风习人情，云："人驯俭约，风俗儒流。性恶工商，好生去煞。耽修十善，笃信三乘。唯忠孝而两全，兼文武而双美。多闻龙像，继迹繁兴，得道高僧，传灯相次。"可见古代敦煌不仅佛教盛行，儒家思想文化的传统更是源远流长，影响深刻而广泛。

作为儒家基本道德伦理观念的"孝亲"观念，在古代敦煌得到了特别的提倡和发扬。《后汉书》卷58《盖勋列传》载宋枭对盖勋云："凉州寡于学术，故屡致反暴。今欲多写《孝经》，令家家习之，庶或使人知义。"[1]可知西北地区最晚在东汉时已有《孝经》传入。在敦煌写卷中，抄有《孝经》的写卷就有S.728、S.1386、S.3993、S.5545、S.5821、S.6177、P.2545、P.2674、P.2715、P.2721、P.3378、P.3382、P.3428、P.3698、P.4775、P.4897卷等20多件。《孝经》注疏类的作品，有敦煌S.3824卷《御注孝经集义并注》，P.3274卷《御注孝经疏》，P.3369、P.3830卷《孝经白文》等，同时，还有敦煌S.6074卷《劝孝歌》，S.5739卷《孝经赞》，P.3680卷《孝子传》，P.3943、P.4560卷《孝顺乐赞》，P.3910卷《新合孝经皇帝感辞》，P.2633、P.3386、P.3582卷《杨满山咏孝经十八章》，P.2418卷《失调名·阿娘悲泣》歌辞3首等创作的诗文作品，宣扬孝亲观念。此外，《敦煌变文集》中所收的《董永变》、《父母恩重讲经文》、《目连变》等，也都是以"孝亲"为中心而进行的讲唱宣传。由此可见儒家的孝亲观念在唐代敦煌地区十分流行。

在此风气影响之下，敦煌释门僧侣也往往以孝见称。如P.4660卷《阴法律邈真赞并序》中称许作为"释教栋梁，缁门石柱"的阴法律"孝悌先树"；同卷《河西管内都僧统邈真赞》赞辞也云："恭唯守节，孝悌不赊"；《沙洲释门都教授炫阇梨赞》称毗尼大德是"孝过董永"；同卷《李教授和尚赞》称"美哉仁贤，忠孝自天"；同卷《敦煌三藏法师图真赞》称"仁行则忠孝芳菲，慈悲则戒香芬馥"等，这些释门高僧大德也都有着孝行美誉。而P.2991卷《张灵俊和尚写真赞》云："博通儒述，辩若河悬"；P.3556卷《都僧统氾福高和尚邈真赞并序》云："长自天聪，丱岁而乃尘埃永罢。儒宗习礼，三冬豹变而日新。"P.3556卷《都僧统陈法严和尚邈真赞并序》云："三冬豹变，业就儒宗。"这些当地著名僧人，包括佛教的最高领袖都僧统在内，都是兼宗儒学，"儒释双披玩，声名独见跻"[2]，正是他们生活经历的真实写照。敦煌写卷中僧人云辨的《故圆鉴大师二十四孝押座文》云："如来演说五千卷，孔氏谈论十八章，莫越言言宣孝顺，无非句句述温良。孝心号曰真菩萨，孝行名为大道场。孝行昏衢为日月，孝心苦海作梯航。孝心永有清凉国，孝行常居悦乐乡。孝行不殊三月雨，孝心何异百花芳。孝心广大如云布，孝心分明似日月。孝行万灾咸可度，孝心千祸总能禳。孝为一切财中宝，孝是千般善内王。佛道孝为成佛本，事须行孝向耶娘。见生称意免轮回，孝养能消一切灾。能向老

1（宋）范晔撰，（唐）李贤等注：《后汉书》，中华书局1965年版，第1880页。

2 见敦煌P.2555卷佚名"组诗六十首"之《春日羁情》。

亲行孝足，便同终日把经开。”[1] 不仅把佛经与《孝经》相提并论，其内容简直就是在不遗余力地宣扬儒家之孝。

佛教起初并不十分重视“孝道”。佛教提倡出家修行，释门弟子都要剃须除发，离情弃俗，不能婚娶。佛教主张轮回，所谓：“识体轮回，六趣无非父母；生死变易，三界孰辨冤亲？”[2] 认为：“无始以来一切众生，于六道中互为父子，亲疏何定？”[3] 因此主张怨亲平等。《中起本经》卷1《度瓶沙王品》云：“子非父母所致，皆是持戒完具，乃得作人。为恶行者，死堕地狱、畜生、饿鬼。自从行致，不由他生。”[4] 宣称自己的受生是持戒完具，并非父母所致。这就与中土传统的“忠孝”观念发生激烈冲突。而我国古代统治阶级为了巩固统治，都大力提倡孝道，特别是自西汉时文帝设置《孝经》博士以来，对《孝经》越来越重视，而且《孝经》一直都是两汉选拔官吏的必考科目。《孝经》卷1《开宗明义章》云：“孝，德之本也。……身体发肤，受之父母，不敢毁伤，孝之始也。”《孝经》卷2《士章第五》云：“资于事父以事君，而敬同……故以孝事君则忠”。卷7《广扬名章第十四》云：“君子之事亲孝，故忠可移于君。”由此可以看出，统治阶级提倡“孝”的目的在于要“移孝于君”。《孟子》卷7《离娄》也云“不孝有三，无后为大”。佛教毁弃伦常，因此被冠以“不知君臣之义，父子之情”的不忠不孝之罪，遭受儒道两家的非难和攻击。对此佛教采取调和的方式，在佛典中寻找依据，试图说明佛教并不反对忠孝，努力把佛教教义同中土的伦常道德统一起来。

其实，孝亲思想在佛典中多有体现。如《长阿含经》卷29云：

> 四天王若见世间有孝顺父母，敬事师长，勤修斋戒，布施贫乏者，还诣善法堂。白帝释言：世人有孝顺父母，敬事师长，勤修斋戒，布施贫乏者。帝释及忉利诸天闻是语已，皆大欢喜。唱言：善哉。世间乃有孝顺父母，敬事师长，勤修斋戒，布施贫乏者，增益诸天众，减损阿须伦众。[5]

从中完全可以看出帝释要求人们孝顺父母。再如东晋昙无兰译《佛说戒德香经》也云：

> 佛言：若于郡国、县邑、村落，有善男子、善女人，修行十善，身不

1 王重民等编:《敦煌变文集》，人民文学出版社1984年版，第838页。

2 释法琳:《辨正论》，见《广弘明集》卷13《十喻篇》，上海古籍出版社1994年版，第187页。

3（唐）道世《法苑珠林》卷52《离著部》，上海古籍出版社1995年版，第378页。

4《大正大藏经》第4册，第153页。

5《大正大藏经》第1册，第135页。

杀、盗、淫，口不妄言、两舌、恶口、绮语，意不嫉妒恚痴。孝顺父母，奉事三尊，仁慈道德，威仪礼节，东方无数沙门梵志歌颂其德，南西北方、四维上下沙门梵志咸歌其德。[1]

1《大正大藏经》第 2 册，第 507 页。

这里把修行十善，孝顺父母、奉事三尊并称，可见佛教也很重视孝顺父母。

由于敦煌自西汉以来一直较好地保持了儒家文化传统，又是佛教传入中土的第一站，在这里，佛教文化与中土传统文化发生碰撞。但是，一种外来文化要在其他地区立足、发展，首先必须容纳一定的当地文化成分，并且要经过较长历史时期的相互交流，相互影响，才能为人们所接受。而佛教宣传中进一步强化孝亲观念，便是为了适应中土的文化传统，自我改造的表现。这在敦煌佛教歌辞中也多有表现，如释愿清《十恩德·报慈母十恩德》10 首歌辞，选取 10 个方面进行歌咏：第一怀耽守护恩，第二临产受苦恩，第三生子忘忧恩，第四咽苦吐甘恩，第五乳哺养育恩，第六回干就湿恩，第七洗濯不净恩，第八造作恶业报，第九远行忆念恩，第十究竟怜悯恩。其歌辞如下：

第一怀耽守护恩

说着气不苏，慈亲身重力全无，起坐待人扶。如恙病，喘气粗，红颜渐觉焦枯。报恩十月莫相辜，佛且劝门徒。

第二临产受苦恩

今日说向君，苦哉母腹似刀分，楚痛不忍闻。如屠割，血成盆，性命只恐难存。劝君问取释迦尊，慈母报无门。

第三生子忘忧恩

说着鼻头酸，阿娘腹肚似刀剜，寸寸断肠肝。闻音乐，无心观，任他罗绮千般。祈求母子面相看，只愿早平安。

第四咽苦吐甘恩

今日各须知，可怜慈母自家饥，贪喂一孩儿。为男女，母饿羸，纵食酒肉不肥。大须孝顺寄将归，甘旨莫教亏。

第五乳哺养育恩

抬举近三年，血成白乳与儿餐，犹恐更饥寒。闻啼哭，坐不安，肠肚万计难潘。任他笙歌百千般，偷眼岂须看。

第六回干就湿恩

干处与儿眠，不嫌污秽及腥膻，慈母卧湿毡。专心缚，怕磨研，不离孩儿体边。记之慈母苦忧怜，恩德过于天。

第七洗濯不净恩

除母更教谁，三冬十月洗孩儿，十指被风吹。慈乌鸟，绕林啼，衔食报母来归。枝头大有百般飞，不孝也应师。

第八造作恶业报

为男女作姻，杀个猪羊屈闲人，酒肉会诸亲。信果报，下精神，阿娘不为己身。由他造业自难陈，为男为女自沉沦。

第九远行忆念恩

此事实难宣，既为父母宿因缘，肠肚悉勾牵。防秋去，往征边，阿娘魂魄于先。儿身未出到门前，母意过山关。

第十究竟怜悯恩

流泪百千行，爱别离苦继心肠。忆念是寻常，十恩德，说一场，人闻争不悲伤。善男善女审思量，莫教辜负阿耶娘。

（见北图“周”字第 87 号，S.289，S.4438，S.5591，S.5601，S.5687，S.6274，S.5564，P.2843，P.3411 卷）

此歌辞共计有 10 个写卷，可见在当时传唱之广。内容从母亲怀胎守护写起，通过歌咏怀胎、临产、哺育，一直到儿女长大成人，还需为他们操劳婚嫁大事、出门又要担忧想念等十个方面，极力渲染父母养育儿女的艰辛不易和疼爱有加、无微不至的关心护持，生动感人。与此类似的还有敦煌 P.2843 卷的《孝顺乐》12 首，其歌辞云：

人生一世大堪伤，浮生如似电中光。道场今日苦相劝，是须孝顺阿耶娘。孝顺乐，孝顺乐，孝顺向耶娘。孝顺乐。

起初第一是怀胎，阿娘日夜数般灾。日夜只忧分离去，思量争不泪漼漼。孝顺乐，孝顺乐，孝顺向耶娘。孝顺乐。

第二临产更艰辛，须臾前看丧其身。好恶只看一晌子，思量争不鼻头辛。孝顺乐，孝顺乐，孝顺向耶娘。孝顺乐。

第三生子得身安，多般苦痛在身边。眼见孩儿生草上，阿娘欢喜□百般。孝顺乐，孝顺乐，孝顺向耶娘。孝顺乐。

第四咽苦更难言，驱驱育养转加难。好物阿娘不□吃。调和香义（美）与儿餐。孝顺乐，孝顺乐，孝顺向耶娘。孝顺乐。

就中第五更难陈，阿娘日夜受□勤。胜处安排与儿卧，心中犹怕练儿身。孝顺乐，孝顺乐，孝顺向耶娘。孝顺乐。

洗濯第六遇天寒，腥脓不净阿娘看。十指冻来疑欲落，阿娘日夜转焦干。孝顺乐，孝顺乐，孝顺向耶娘。孝顺乐。

须臾第七又恛惶，三年乳哺痛悲伤。吐热免寒抬举大，争令（合）辜负阿耶娘。孝顺乐，孝顺乐，孝顺向耶娘。孝顺乐。

苦哉第八长成人，杀害命祸姻□亲。儿大长成娶新妇，女还长大是（事）他门。孝顺乐，孝顺乐，孝顺向耶娘。孝顺乐。

远行第九切心酸，儿行千里母行千。只见母心随儿去，不见儿身在母前。孝顺乐，孝顺乐，孝顺向耶娘。孝顺乐。

第十男女不思量，高言忤逆阿耶娘。约束将来尽不肯，曾参日夜泪千行。孝顺乐，孝顺乐，孝顺向耶娘。孝顺乐。

并劝面前诸弟子，是须孝顺阿耶娘。愿得今生行孝道，□□□□□□□。孝顺乐，孝顺乐，孝顺向耶娘。孝顺乐。

与此近似还有见于敦煌 S.2204、S.126 卷的《十种缘・父母恩重赞》13 首。以上这些歌辞的内容性质与敦煌变文《父母恩重经讲经文》相同，都是佛教宣扬孝亲思想之作，只是一为讲唱变文，一为佛教歌辞。

敦煌佛教歌辞有时还把孝亲思想融进人们对佛陀的敬仰爱戴之情中。如 P.2418 卷《失调名・佛母同恩》云：

佛惜众生，母恋男女。一例承情，从头爱护。佛如母意无殊，母似佛心堪谕。今日座中人，分明须会取。

歌辞把佛陀怜惜众生看做同母亲疼爱自己的儿女一样，进行歌咏，要求人们敬奉佛陀、孝顺父母的主旨十分显明。此外，还有敦煌 P.2418 卷《失调名・须报恩》，表现出尊卑上下间恭顺服从的儒家礼仪道德规范，云：

今既成人，还须报赛（？）。莫学愚人，反生逆害。约束时只要谛听，嗔骂则莫生祇对。何假生西方，自生极乐界。

敦煌写卷中佛教宣扬的有时并不是佛理，而是完全以“孝”为中心的儒家说教。唐代敦煌写卷出现如此大量宣传孝道的作品不是偶然的，这是受时代风气影响的结果。唐代最高统治者大力提倡“孝道”，《唐会要》卷 36 云：“开元十年（722 年）六月二日，上（唐玄宗）注孝经，颁于天下及国子学。至天宝二年（743 年）五月二十二日，上重注，亦颁于天下。”[1]同书卷 35 在“天宝三载（744 年）十二

1（宋）王溥：《唐会要》，中华书局 1990 年版，第 658 页。

月”条下云：“自今已后，宜令天下家藏《孝经》一本，精勤教习，学校之中，倍加传授，州县官长，明申劝课焉。”[1]为此还编成歌辞《皇帝感》在民间传唱。敦煌P.2721，P.3910，S.289，S.5780等卷的《皇帝感》（新集《孝经》18章）云：“新歌旧曲遍州乡，未闻典籍（指孝经）入歌场。新合《孝经皇帝感》，聊谈圣德奉贤良。开元天子亲自注，词中句句有龙光。白鹤青鸾相间错，连珠贯玉合成章。历代以来无此帝，三教内外总宣扬。先注孝经教天下，又注老子及金刚。立身行道得扬名，君臣父子礼非轻。事君尽忠事父孝，感得万国总欢情。爱亲行道普温恭，他亲亦与己亲同。德教流行遍天下，形于四海悉皆通。”正是在这种弥漫全国上下的孝道极度高扬的时代环境之中，佛教迎合现实政治的需要，也在大力宣扬孝道。中唐僧人宗密在《佛说盂兰盆经疏上》开头云：“始于混沌，塞乎天地，通人神，贯贵贱，儒释皆宗之，其唯孝道矣。”[2]明确指出孝道是与宇宙万物相始终，充塞天地，通于人神，儒释皆宗，在任何时候都是不可缺少的，为“孝”披上了一层神秘的外衣。敦煌《父母恩重经讲经文》引曾子曰：“百行之先，无以加于孝矣。夫孝者，是天之经地之义。孝感于天地也，通于神明。孝至于天，则风雨顺序；孝至于地，则百谷成熟；孝至于人，则重则来；孝至于神，则冥灵佑助。”可说是对宗密所说孝道的进一步注解。其中又云：“经书之内，皆说父母之恩，奉劝门徒，大须行孝。”[3]敦煌P.3361卷圆鉴大师《二十四孝押座文》也云：“如来演说五千卷，孔氏谭论十八章，孝心号为真菩萨，孝行名为大道场。”甚而直接宣称“孝为成佛本”[4]，其主旨是显而易见的。范文澜认为唐代儒佛于孝至少在形式上相一致[5]，正说明佛教和儒家一道共同宣扬我国传统的儒家道德伦理。这是佛教中国化的一种表现，同时带有更多的为王道政治服务的色彩。

敦煌佛教歌辞中所表现的善恶报应观念，也与儒家思想有关。善恶报应之说中国古来就有。《尚书》卷8《商书·伊训第四》有云：“惟上帝不常。作善，降之百祥；作不善，降之百殃。”[6]《周易》卷1“坤”条下云：“积善之家，必有余庆；积不善之家，必有余殃。”[7]《晏子春秋》卷1《景公异荧惑守虚而不去晏子谏第二十一》也云：“人行善者天赏之，行不善者天殃之。”[8]但儒家所称的这种善恶报应之说与佛教的因果报应有着较大的区别。释慧皎《高僧传》卷1《译经·康僧慧传》记三国时吴主孙皓与康僧会的一段对话，云：

1（宋）王溥：《唐会要》，中华书局1990年版，第645页。

2《大正大藏经》第39册，第505页。

3 以上所引见王重民等编：《敦煌变文集》卷5，人民文学出版社1984年版，第680页。

4 王重民等编：《敦煌变文集》卷7，人民文学出版社1984年版，第837页和第838页。

5 范文澜：《中国通史简编》第3编，人民出版社1965年版，第613页。

6（清）阮元校刻：《十三经注疏》，中华书局1980年版，第163页。

7（清）阮元校刻：《十三经注疏》，中华书局1980年版，第19页。

8 吴则虞编著：《晏子春秋集释》，中华书局1962年版，第77页。

（孙）皓问曰："佛教所明，善恶报应，何者是耶？"会对曰："夫明主以孝慈训世，则赤乌翔而老人见；仁德育物，则醴泉涌而嘉苗出。善既有瑞，恶亦如之。故为恶于隐，鬼得而诛之；为恶于显，人得而诛之。《易》称积善余庆，《诗》咏求福不回。虽儒典之格言，即佛教之明训。"皓曰："若然，则周孔已明，何用佛教？"会曰："周孔所言，略示近迹。至于释教，则备极幽微，故行恶则有地狱长苦，修善则有天宫永乐。举兹以明劝沮，不亦大哉！"[1]

其中大略指出了中土的善恶报应与佛教善恶报应的不同。周孔"略示近迹"，即指周孔之说关注现实社会人生。孔子之学也称"仁学"，仁者，人也，就是关于人的学问。它是以人为中心，探讨人的本性、修养等方面的问题，目标是成贤作圣。孔子注重人事，很少谈天道。在他看来，天道玄远难测，鬼神死事难明，语之无益，不如人事更为实际。《论语》载子路问及事鬼神和死时，孔子答之曰："未能事人，焉能事鬼？"又云："未知生，焉知死？"[2]这都表现出其"重人事，远鬼神"的倾向。由此逐渐形成的以孔孟为代表的儒家学说，就是关于世间人与人关系的伦理学说。它为历代统治者所提倡，在传统的思想文化中一直占有主导地位。在此影响之下，形成了我国重人事、远鬼神，重现实、少玄想的思想文化传统。

佛教则把人生看成是苦海，或喻之为"火宅"，因此要寻求解脱之道。由于佛教较为关注来世和前世，因此人们称之为"出世间法"，而把儒家学说称为"世间法"。佛教对前世的思考，目的是探讨造成世间生死及其痛苦的原因，由此形成了所谓"三世因果"之说。三世即指一个人现在生存的现世、出生以前生存的前世和命终以后生存的来世。三世因果，指贯穿连接过去、现在、未来三世的因果业感。盖以过去之业为因，招感现在之果；复由现在之业为因，招感未来之果。如是因果相续，流转无穷。佛教认为，任何事物的发生和存在都是有条件的，都是因缘变化的结果，"此有故彼有，此起故彼起"[3]，因此又有"十二因缘"之说，并以此来解释人生。在所有的因缘变化之中，"业"起着决定作用。一切行为意志的作用，就是"业"。"业"可以形成业力，它由过去的一切作为所形成，并且可以一直继承发展下去，由此又产生了现在和将来的果报。"业"分身、口、意三种，指人通过身体动作、说话、意识活动所产生的果感。佛教轮回报应即是有情众生造业感果，流转不息而形成的。

1（梁）释慧皎撰，汤用彤校注:《高僧传》，中华书局 1992 年版，第 17 页。

2 程树德撰，程俊英、蒋见元点校:《论语集释》卷 22《先进》，中华书局 1990 年版，第 760 页。

3《杂阿含经》卷 12，见《大正大藏经》第 2 册，第 85 页。

1《大正大藏经》第12册，第271页。

正是由于佛教对因果报应、地狱轮回有着极为细致甚而烦琐的解说，注重前生和来世的幽微难明之事，因此康僧会称“释教备极幽微”。修善行恶，一则天堂快乐，自在享受；一则地狱长苦，流转沉沦，各得其所。尽管佛教与我国传统儒家的善恶观并不相同，善恶报应的具体内容也有较大的区别。但佛教的这种因果报应思想与我国古代“赏善罚恶”的精神是一致的。因此，佛教的因果报应、地狱轮回等观念在中土非常盛行，并且逐渐与中土的报应思想相融合。如魏康僧铠译《佛说无量寿经》云：

> 世间帝王，人中独尊，皆由宿世积德所致。慈惠博施，仁爱兼济，履信修善，无所违诤，是以寿终，福应得升善道，上生天上，享兹福乐。积善余庆，今得为人，遇生王家，自然尊贵，仪容端正，众所敬事，妙衣珍膳，随心服御，宿福所追，故能致此。[1]

其中把封建帝王的福乐富贵，解释为宿世积德所致，美称“积善余庆”。这表现了佛教对王权政治迎合取容的一面，说明二者之间有着相互需要、相互利用的关系，同时也表现出佛教也在努力用中土思想文化来解释说明佛教经义的倾向。

敦煌佛教歌辞中的善恶报应思想，往往着重宣扬的是佛教的因果报应、地狱轮回观念，带有较强的佛教教化色彩。如敦煌S.5588卷《求因果·修善》有云：

> 日日搥钟吹法蠡，修善意轻罗。一前一步踏莲窠，诸佛竞来过。　此是上方行步处，识者皆来聚。下界凡夫［路］得遇摩，修善最喽啰。
>
> 有福之人登彼岸，免受三途难。无福之人被业随，未有出缘期。　努力回心归善道，地狱无人造。轮回烦恼作菩提，生死离阿鼻。
>
> 普劝阎浮世界人，修善莫因循。切须钦敬自家身，莫遣受沉沦。　今生果报前生种，惭愧生珍重。来生更望此生身，修取后来因。
>
> 一失人身万不复，堕在三途狱。万般千种受灾殃，痛苦彻心肠。　在生不学分毫善，恶事专心羡。死后轮回受苦忙，自作自身当。
>
> 劝君努力志修行，离却淤泥坑。守执贫生恋世荣，究竟有何成。　世荣虽好还生老，终是轮回道。学善修禅离死生，诸佛会中行。
>
> 劝善本来无恶意，学取如来智。同向菩提会里行，清净了无生。　但知学善莫狐疑，生死与君期。段（断）除三毒变慈悲，诸佛当时知。
>
> 十恶不生名十善，便是如来见。忍辱包含并总齐，便是佛菩提。　上

十二千人众悟，识佛知门户。扫洒堂中修善台，清净没尘埃。

有福之人拱着手，衣食原来有。无福之人终日忙，少食没衣裳。 今生受苦犹尚可，修取来生果。如今不解礼当阳，累劫受灾殃。

怕罪之人心改变，翻恶回为善。故犯之人不避殃，自作自身当。 自从发意礼南宗，终日用心功。一法安心万法同，无不尽消溶。

见说善言并善语，志意思惟取。耳中闻恶便佯聋，走过疾如飞。 今生得达摩提岸，惭愧无头畔。愧要修心作佛人，教得善因缘。

需要说明的是，其中所言“修善”，是指佛教修行，在很大程度上与现实社会所称之行善并不相同。佛教所言“十善”，乃是指身、口、意三业中所行之十种善行，也称“十善道”。反之，就称为“十恶”，即杀生、偷盗、邪淫、妄语、两舌、恶口、绮语、贪欲、嗔恚、邪见。这些都是佛教戒律所禁止的行为，又称“十恶业道”、“十黑业道”等。离开十恶，则为十善，即“十恶不生名十善”。歌辞“劝君努力志修行，离却淤泥坑。守执贫生恋世荣，究竟有何成”，意在敦劝世人通过佛教修行，求得最终的人生解脱——涅槃，此乃超越生死之境界，也是佛教追求的终极实践目的。到达此境界，就不再有生老病死之烦恼，也不再经受沉沦地狱之痛苦，而且可以永享安乐，但其中含有脱离现实人生的意味。鼓吹今世之一切都是前生因缘之结果，所表现的人生观，如“有福之人拱着手，衣食原来有；无福之人终日忙，少食没衣裳”，十分消极，这与儒家积极进取的现实人生是格格不入的。

又如同卷的《求因果·息争》10首云：

忆昔当时心未悟，万恶心头聚。如今学善减精神，柔耎耎如人。 自从礼佛归香火，绝得争人我。受若（瘦弱）依依胜得强，自己审思量。

太易太刚全易折，枉用斤头铁。何如和和少添刚，软硬恰相当。 遍见索强争意气，全是凡夫智。不能方便礼圆融，刚强作悤悤。

父母发肤何要毁，只为无明嘴。结终两个竞虚空，相骂不成功。 一身被毁犹尚可，父母何愆过。祖大（代）先灵作骂门，被毁失精神。

恶口秽言相点污，出口难申吐。亲情中内懒听闻，著懟（羞赧）见他人。 假如有理教申雪，一一当头说。也莫言词抑压人，闪赚自家身。

便能忍辱经官断，不是喽啰汉。因何泼口骂尊亲，笑煞四边人。 世间好事无心学，志（至）老无知别。出语争强说是非，人我竟相欺。

自若敬他还自敬，大智菩提性。若也欺他也自欺，料算没便宜。 索强之人风火性，爱共人争竞。等闲村戆便争论，追领入公门。

有理有钱多破用，官典相原纵。有理无钱吃棒人，自损自家身。 根本两家全是可，只为争人我。村戆终当不肯休，经县又经州。

枷禁日多全不问，钱物消磨尽。争竞烦恼赌□牛，知□大攸攸（悠悠）。多言多语多有过，多事多饶祸。少祸无过少发言，少事少因缘。

煞缚熟持三五度，也合知甘苦。累经著棒更赔钱，渐渐软如绵。 识字少年抄取读，长智多风俗。总是南宗内教言，原自善根源。

不学之人无心照，见说何方笑。学者专加苦用心，钦敬重如金。 多饶不共人争竞，忍辱修心性。万般千种发狂心，守在总持林。

歌辞采用回忆的形式，以止息纷争为中心，旨在宣扬佛家的忍辱修心、礼佛行善，但所包含的内容十分广泛。既有对世间谩骂斗嘴、逞强好胜等恶习的生动刻画，也有对世态人生的形象描摹，揭露吏治黑暗，下层人民冤屈难申、求告无门的苦况，还有不少是作者自身丰富生活经验的总结，在平静的诉说中隐含着下层人民内心的沉痛和辛酸。整首歌辞宣扬佛家的消极退让，不愤怒、不结怨的忍辱精神，同时儒家的孝亲、礼让的思想在其中也有体现。

可以看出，敦煌佛教歌辞中的儒家思想，往往与佛教思想发生密切交融，附着于佛教义理的宣扬传播之中。佛教为了自身的生存和发展，努力在两种文化中寻找契合之处，对共同的伦理内容给予强调和突出，并注意吸收儒家的思想观念，迎合中土的伦理道德，从而缩短了两种文化的差距，使佛教容易为广大人民接受，甚而被统治者所利用。佛教还努力用中土的传统道德伦理阐释自身的思想义理，如用中土固有的善恶报应解释佛教因果报应、地狱轮回之说，敦煌S.5588卷《求因果·真悟》用“忧道不忧贫”来说明佛教追求之“禅悟”等。同时佛教又把自身的思想如因果报应、地狱轮回等观念糅进了儒家思想，进而得以大肆宣扬，既给了世人天堂的诱惑，也有地狱的威慑，增强了宣传效果。《太平广记》卷212“吴道玄”条记吴道子画成地狱变图，“都人咸观，皆惧罪修善。两市屠沽，鱼肉不售”[1]，可见其影响之大。其结果一方面是佛教经义中融进不少儒家思想，出现了佛教的中国化、儒学化，另一方面又大大丰富发展了中土传统思想文化的固有内容，最终使佛教思想观念大量融入中土文化，成为中土文化的有机组成部分，风行中土。

1（宋）李昉等编:《太平广记》，中华书局1961年版，第1622页。

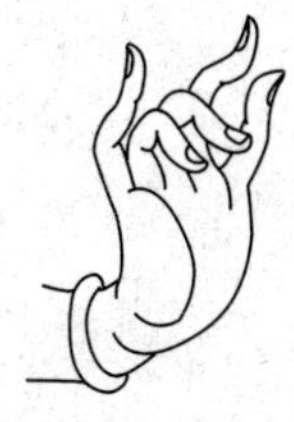

第七章　敦煌佛教歌辞的特征及其影响

佛教的流传和影响，一般认为主要得力于两方面的因素：一是僧团的传教活动，一是佛典的传译与流通。而还有一个方面人们往往不大重视，那就是佛教为了吸引更多的民众而举行的各种面向广大民众的通俗宣传活动。确实，诚如有的学者所说，对于具有悠久的文化传统和高度文化修养的我国知识阶层来说，佛典的精密义理、恢弘想象及其华美表现较之宗教宣传具有更大的吸引力，因而在社会上层或者知识群体中具有较大的影响。然而，任何宗教活动都不能缺少广大民众的支持，从某种角度来说，正是由于广大民众的参与才构成了佛教的深厚群众基础，而且他们注重参加各种宗教实践，信仰也比较虔诚，因而是宗教产生和发展过程中一股不容忽视的力量。敦煌佛教歌辞是主要面向广大民众进行佛教宣唱时所用的内容材料，应属于音乐文学的范畴。

第一节　敦煌佛教歌辞的特征

概括说来，敦煌佛教歌辞的特征主要表现在以下四个方面：

一、体式上具有较强的音乐性

敦煌佛教歌辞是为适应佛教歌唱宣传的需要而创作的，本身就是音乐歌唱的产物，因此在歌辞体式上有较强的音乐特点。佛教十分重视音声对于人心的感发作用，早在佛陀时代，讲经说法时就很注意运用妙好音声，使听者乐闻，容易接受佛教教化。后秦鸠摩罗什译《大智度论》卷第93《释净佛国土品第八十二之余》有云："菩萨欲净佛土，故求好音声，使国土中众生闻好音声，其心柔软，故受化易。"[1]释道世《法苑珠林》卷53《机辩篇·述意部》云："设教备机，焕然通解。闻苦集则哀切追情，听灭道则喜舍启寤。清词妙气，郁若芬兰，峻旨宫商，开导耳目。"[2]佛教宣传"寓教于乐"，通过创造动听优美的音乐形象，不仅在听觉上吸引民众，而且达到从心灵上深入打动听众，从而发生共鸣，起到很好的宣传效果。佛教传入中土之后，有不少僧人因擅长转唱而称名于一时。如释慧皎《高僧传》卷13《经师·宋京师白马寺释僧饶传》记僧饶云："偏以音声著称，擅名于宋武文之世。响调优游，和雅哀亮，与道综齐肩。（道）综善三《本起》及《大挐》。每清梵一举，辄道俗倾心。"同卷《经师·齐东安寺释昙智传》记昙智云："既有高亮之声，雅好转读。虽依拟前宗，而独拔新异，高调清彻，写送有余。"同卷《经师·齐安乐寺释僧辩》记僧辩云："哀婉折衷，独步齐初。"卷末最后"论"云："然东国之歌也，则结咏以成咏；西方之赞也，则作偈以和声。虽复歌赞为殊，而并以协谐钟律，符靡宫商，方乃奥妙。故奏歌于金石，则谓之以为乐；设赞于管

1《大正大藏经》第25册，第710页。

2（唐）释道世著，周叔迦、苏晋仁校注：《法苑珠林校注》，中华书局2003年版，第1577页。

弦，则称之以为呗。”[1] 由此可以看出佛教对音声的重视。

由于时代久远以及物质技术方面的局限，我们今天已无法确知当年佛教歌唱的具体情境。但从敦煌佛教歌辞来看，佛教歌唱不仅讲求音声的悦耳动听，而且特别注意调式的灵活多变。敦煌佛教歌辞体式丰富多样，声韵铿锵，节奏分明，有不少歌辞都采用了和声、衬字、叠句、重复等创作手法，这些都表现出明显的歌唱性质，有的歌辞虽然来源于民间，然而佛教通过对民间调式的改造运用，反过来又对唐代部分曲子词的形成有着一定的影响。如敦煌 S.2204、S.126 卷《十无常》，任半塘云："曲调甚好，乃后期《杨柳枝》所自出，短句随长句末字之平仄叶韵。前片与后片之平仄句法全同，惟在换韵处，后片末句衬二字。此调之来源仍在民间。"[2] 可知佛教歌唱的调式与民间曲调有着重要关系。徐湘霖云：

> 大量的敦煌偈颂辞，乃是按西域佛教"音曲"之法歌唱的。尽管制作者是中国的僧侣，从比较音乐学的角度，它们同中国民间音乐有着千丝万缕的联系，但从具体乐种来看，它们仍属于独具风格和独具特色的佛教呗赞音乐。[3]

虽然所说的是敦煌佛教偈赞，其实敦煌佛教歌辞与佛教呗赞音乐、中土民间音乐有着或多或少的关系。

二、内容上具有鲜明的宗教宣传色彩

敦煌佛教歌辞大都为释门僧人创作，并且常常是供僧俗信众在举行各种佛事活动时歌唱使用，具有一定的实用性。无论是道场法会的颂唱，还是在各种佛教礼仪中对佛菩萨的歌咏赞叹，其目的都是为了宣扬佛教思想，诱导人们归依佛门，因此歌辞内容充满宗教说教，带有强烈的宗教色彩。特别是有关因果报应、地狱轮回的思想观念几乎篇篇都有，在敦煌佛教歌辞中表现得极其突出。如：

> 贪恋火宅不醒悟，终日居迷路。闻其善事却沉吟，地狱转加深。 词中莫怪苦丁宁，佛法没人情。任你愚人听不听，悟者自心明。
>
> 前生种得今生福，富贵多财禄。今世还修来世因，预办不贫人。
>
> （《求因果·真悟》八首中第二首，见 S.5588 卷）

1 以上所引见（梁）释慧皎撰，汤用彤校注：《高僧传》，中华书局 1992 年版， 第 499 页、502 页、503 页和第 507 页。

2 任半塘：《敦煌歌辞总编》，上海古籍出版社 1987 年版，1082 页。

3 徐湘霖：《敦煌偈赞文学的歌辞特征及其流变》，载《四川师范大学学报》（社科版）1994 年第 4 期。

诸菩萨，莫毁他，毁他相将入柰河。刀剑纵横从后起，跳入泥水便腾波。混沌犹如镬汤沸，一切地狱尽经过。皮肤血肉如流水，何时得离此波吒。

（《和菩萨戒文》，见 S.6631 等卷）

日入酉，日入酉，观看荣华实不久。劫石尚自化为尘，富贵那能得长有。 愚人不悟守迷津，专爱杀生并好酒。无常不肯与人期，地狱刀山长劫受。

黄昏戌，黄昏戌，冥路幽深暗如漆。牛头狱卒把铁叉，罪人一入时出。智者闻声心胆惊，行人思量莫输失。欲得当来避险路，勤修般若波罗密。

人定亥，人定亥，罪福总是天曹配。善因恶业自相随，临渴掘井终难悔。荣华恰似风中烛，眼里贪色大痴昧。一朝冷落卧黄沙，百年富贵知何在。

（《十二时·劝凡夫》，见 S.427，北图“鸟”字第 10 号卷）

归去来，三途地狱实堪怜。千生万死无休息，多劫常为猛焰燃。声声为念弥陀号，一时闻者坐金莲。

（释法照《归去来·归西方赞》，见 P.2250 等卷）

一面是极乐净土的安乐祥和，快乐千般，一面又是地狱世界的阴森恐怖，痛苦万状。既有诱惑，又有威慑，两种手段，无非就是要人们放弃现实人生，出家修行，以获得来生幸福，宗教教化的目的性相当明确。《弘明集》卷 9 云：“惑以茫昧之言，惧以阿鼻之苦，诱以虚诞之词，欣以兜率之乐。”[1] 概括指出了佛教宣传的主要方式和手段。敦煌写卷中最长的一套歌辞即是僧人智严创作的《十二时》，计有 134 首歌辞，其标题即为“普劝四众，依教修行”，主旨思想非常明白。总之，敦煌佛教歌辞就是诱导人们遵循佛教的价值标准和行为规范，内容充满宗教教化色彩。

1《大正大藏经》第 52 册，第 57 页。

三、表现形式丰富多样

从敦煌歌辞来看，佛教歌唱既有主要用于释门内部的偈赞类作品，也有更多面向广大民众的宣传作品，在形式上有只曲、大曲、组曲、联章歌辞等。联章歌辞又可分为普通联章、和声联章、重句联章、定格联章，定格联章又有《五更转》、《十二时》、《百岁篇》、《五更转兼十二时》，还有多种以“十”命名的联章歌辞，如《十无常》、《十恩德》、《十偈词》、《十种缘》、《十空赞》等。既有五言四句的偈颂类短小篇章，也有体制谨严的曲子词，还有许多规模宏大的套曲歌辞，甚而有一套包含134首歌辞的煌煌巨制，形式十分丰富。从调式上看，既有属于佛教呗赞音乐系统的大量歌赞作品，也有唐代新型的曲词，如《杨柳枝》、《回波乐》、《皇帝感》、《行路难》、《归去来》等，还有许多民间流行的《五更转》、《十二时》等谣歌体式作品。在句式上，有三言、五言、七言较常用的句式，又有四言、六言、八言等多种形式，并且常常根据音乐表达的需要，自由变化，灵活多样。

同时，敦煌佛教歌辞注重文学表现手法的运用，具有相当浓厚的文学色彩。佛教与文学一直有着十分密切的关系，许多佛典本身就很富于文学色彩，因而故有"佛典文学"之称。敦煌佛教歌辞不仅表现出声韵流畅、节奏分明的歌唱特点，而且较好地继承了佛典的文学传统，文学表现手法十分丰富，夸张、比喻、对比、重复等修辞手法的运用十分频繁，并且注重发挥高度的文学想象力，或夸张对比，或反复陈说，或铺排渲染，无论对人间世态的形象描摹，还是对人物情状的细致刻划，景物气氛的点染烘托，都很生动传神，贴切形象。如写人生在不同年龄阶段的变化，隐藏着对人生仔细回味之后的一种难言的悲哀：

> 六十面皱发如丝，行步龙钟少语词。愁儿未得婚新妇，忧女随夫别异居。
> 七十衰羸争奈何，纵饶闻法岂能多。明晨若有微风至，筋骨相牵似打罗。
> 八十眼暗耳偏聋，出门唤北却呼东。梦中常见亲情鬼，劝妄归来逐逝风。
> 九十余光似电流，人间万事一时休。寂然卧枕高床上，残叶凋零待暮秋。
> 百岁山崖风似颓，如今身化作尘埃。四时祭拜儿孙在，明月常年照土堆。
>
> （《百岁篇·女人》，见S.2947，S.5549，P.3821，P.3168卷）

抒写人生的感叹，生命的无常，充满失落的情绪，云：

> 每思人世流光速，时短促，人生日月暗催将，转茫茫。 容颜不觉暗里换，已改变。直饶便是转轮王，不免也无常。堪嗟叹，堪嗟叹，愿生九品坐莲台，礼如来。
>
> （《十无常》，见S.2204，S.126卷）

> 火宅驱牵长煎炒，千头万绪何时了。恰到病来卧在床，一无支准前途道。 心恫惶，生热恼，冤恨健时不预造。转动艰难声唤频，犹不悟无常

抛暗号。

（《无常经讲经文》[1]，见 P.2305 卷）

绘写僧家生活清苦，十分注意环境气氛的点染，云：

或秋深，严凝月，萧寺寒风声切切。囊中青缗一个无，身上故衣千处结。
坐更阑，灯残灭，讨义寻文愁万结，抱膝炉前火一星，如何御彼三冬雪。

（《三冬雪·望济寒衣》[2]，见 P.2107，S.5572 卷）

久吟经，坐深夜，蟋蟀哀鸣吟砌下。蝉声早响诣朱门，三衣佛敕千门化。
睹碧天，珠露洒，颗颗枝头密悬挂。月冷风高霜渐浓，三衣佛敕千门化。

（《千门化·化三衣》[3]，见 P.2107 卷）

表现地狱刑罚的惨酷，触目惊心，云：

铁床岌岌来相向，铜柱赫赫竞来侵。举身遍体皆红烂，因何不发菩提心。

不见言见诈虚言，铁犁耕舌并解锯。

诸菩萨，莫沽酒，沽酒洋铜来灌口。足下火出焰连天，狱卒持鏊斩两手。

……毁他相将入奈河。刀剑纵横从后起，跳入泥水便腾波。混沌犹如镬汤沸，一切地狱尽经过。皮肤血肉如流水，何时得离此波吒。

若谤三宝堕恶道，三百个长钉定钉心，叫唤连天声浩浩。……铜关铁棒来相拷，痛哉苦哉不可论。

（《和菩萨戒文》，见 S.6631，P.4597，S.5557，S.5894，此图“字”第 59 号，此图“服”第 30 号，S.1073，S.4301，S.4662，S.5977，P.3241，S.5457 等卷）

歌咏佛国的安乐，则与地狱的凄惨景象形成鲜明的对比，云：

宝林看，百花香，水鸟树林念五会。哀婉慈声赞法王，赞法王。
共命鸟，对鸳鸯，鹦鹉频伽说妙法。……

（法照《出家乐赞》，见 P.2066 卷）

1 此据王重民等编《敦煌变文集》题作“无常经讲经文”，项楚《敦煌变文选注》题作“解座文集”之八。

2 此据任半塘《敦煌歌辞总编》题作“三冬雪”，项楚《敦煌变文选注》题作“秋吟一本（二）”。

3 此据任半塘《敦煌歌辞总编》题作“千门化”，项楚《敦煌变文选注》题作“秋吟一本（二）”。

化生童子拂金床，天雨天花动地香。更有诸方共献果，委花旋被鸟衔将。
化生童子食天厨，百味馨香各自殊。无限天人持宝器，琉璃钵饭似珍珠。
化生童子见飞仙，花落空中左右旋。微妙歌音云外听，尽言极乐胜诸天。
化生童子问冬春，自到西方未见分。极乐国中无昼夜，花开花合辨朝昏。
……
化生童子舞金钿，鼓瑟箫韶半在天。舍利鸟吟常乐韵，迦陵齐唱离攀缘。
化生童子本无情，尽向莲花朵里生。七宝池中洗尘垢，自然清净是修行。
（《化生子·化生童子赞》，见 P.2122，P.3210，北图“般”字第 62 号卷）

在佛国世界，完全是另一番景象：频伽说法，水鸟念佛，百花飘香，天乐阵阵，歌声不断，美食百味，气候也无冬春变化，昼夜都是通过花开花合来分辨，清秀可爱的化生童子则从莲花朵中自然生出，在七宝池中清洗尘垢。其中充满玄想、神变，造成了一种美妙神奇的超现实境界，表现出佛教丰富的想象力，给人以强烈的印象。

释慧皎《高僧传》卷 13 所云：“谈无常，则令心形战栗；语地狱，则使怖泪交零；征昔因，则如见往业；核当果，则已示来报。谈怡乐，则情抱畅悦；叙哀戚，则洒泪含酸。”[1] 指出了佛教宣唱的内容及其所取得的感动人心的强烈效果。正是由于成功地运用多种表现手法，佛教宣传才具有极大的感染力。

1（梁）释慧皎撰，汤用彤校注:《高僧传》，中华书局 1992 年版，第 521 页。

四、语言浅显、直白，间或运用方言、俗语，带有一定的口语化色彩

敦煌佛教歌辞的宣唱主要面向广大民众，因而十分注意把佛教内容同广大民众的日常生活及其伦理道德观念结合起来，使他们更容易接受。表现在语言上，就是常常采用广大民众所熟悉的语言，通俗易懂，浅显直白。如敦煌 S.5692 卷《山僧歌·独隐山》：“面前若有狼藉生，一阵风来自扫了。”S.3017、P.3409 卷《失调名·劝诸人一偈》：“不断贪嗔爱，坐禅浪用功。”P.2843 卷《孝顺乐》：“好恶只看一晌子，思量争不鼻头辛”；“约束将来尽不肯。”P.2305 卷《先祗备·闻健先祗备》：“枉施为，没计避，一点点冤家相逢值。”S.5588 卷《求因果·修善》：“死后轮回受苦忙，自作自身当。”S.5588 卷《求因果·真悟》：“莫似从前蹭蹬行，有眼恰如盲”；“迷人终日愁衣食，费却千车力。”这也是佛教歌辞注意学习吸收民间文艺创作的结果。

总的说来，佛教传入中土之后，不仅积极改造自身，努力适应中土文化，而且特别注意吸收中土民间文化的许多优秀成果，形成了多种新的讲唱艺术形式，广泛宣扬佛教思想观念，因而在唐代十分流行，受到广大民众的喜爱。《太平御览》卷568《乐部六》云："唐长庆初，有俗讲僧文溆，善吟经，兼念四声观世音菩萨，其音谐畅，感动时人。"[1]赵璘《因话录》卷4云："有文溆僧者，公为聚众谭说，假托经论，所言无非淫秽鄙亵之事。不逞之徒转相鼓扇扶树，愚夫冶妇乐闻其说，听者填咽，寺舍瞻礼崇奉。"[2]可见其在民间影响之盛。从敦煌写卷保存的大量佛教歌辞也可看出，佛教宣唱不仅在内容上融合了许多中土的传统道德伦理观念，而且注意吸收民间歌唱的调式，采用多种文学艺术形式，这也表现了佛教宣唱内容的丰富性和形式的多样性。

1（宋）李昉等撰:《太平御览》，中华书局1960年版，第2568页。

2（唐）赵璘:《因话录》，上海古籍出版社1979年版，第94页。

第二节　敦煌佛教歌辞的影响

1 龙晦：《论敦煌词曲所见之禅宗与净土宗》，载《世界宗教研究》1986年第3期。

2 吴肃森：《论敦煌歌辞与词的源流》，载敦煌文物研究所编：《1983年全国敦煌学术讨论会文集》（文史·遗书编），143页。

在任半塘所编的《敦煌歌辞总编》中，敦煌佛教歌辞在数量上有着绝对优势，据统计约占总数的3/4[1]，因此可以说佛教歌辞是敦煌歌辞的主体。作为一种歌唱文本，敦煌佛教歌辞对唐代及后世流行的各种讲唱文学艺术都有一定的影响。概括说来，主要表现为体制形式和思想内容两个方面：在体制形式上，敦煌佛教歌辞提供了丰富多样的文学创作借鉴和生动活泼的乐调形式；在思想内容方面，由于六朝以迄隋唐五代佛教讲唱风气的盛行，敦煌佛教歌辞对于当时佛教思想在敦煌地区乃至中土的广泛传播，特别是促进在民间的普及和发展，都有着不可忽视的作用。同时，我们也应看到，敦煌佛教歌辞本质上是一种宗教宣传的形式，主要宣扬佛教的思想伦理观念。

敦煌歌辞上承隋唐间的“乐府”民歌之变，下开宋词之源，对后世文学有着较大的影响。首先，敦煌歌辞的发现对我国古典文学史，特别是词学研究就有着重要的意义。它不仅纠正了过去词学研究中的一些偏见，也使我国文学史上有些一直模糊不清的疑难问题得以解释澄清。如在敦煌歌辞发现之前，学界关于词的研究，往往只集中于对《花间集》、《尊前集》等文人词作进行分析，并常常向上溯源到乐府诗歌，而不知道在历史上原来就存在着对宋词的形成有着重要而直接影响的唐代歌辞。而正是通过对敦煌歌辞的考察研究，人们正确地认识到：“宋词起源于唐代的曲子，而唐代的曲子则创始于隋代的燕乐，它们之间是有渊源关系的。”[2]由此进一步考察唐代歌辞与宋词有着密切的血缘关系，以及其为宋词的兴盛发展准备了充分的条件。其次，过去人们往往认为词的风格以婉约为正宗，而从敦煌歌辞来看，词最初多是表现丰富的民间生活，题材广泛，语言质朴，与婉约词着重描写文人悠游生活中的闲情愁绪有着较大区别。还有，过去认为慢词、长调产生在宋代，唐代只有小令、短词，这种看法也不全面。实际上，敦煌佛教歌辞更多的是长篇巨制，语气铺排，气势雄厚，感情深沉，而没有宋词中那种缠绵柔弱的文人气息。可以说，唐代歌辞经过宋人的发展，一方面，新的乐曲调式不断涌现，在音律上更加趋向精严细密，词作富丽精工，表现出“语工而入律”[1]的倾向，词的文人化气息越来越重。直到后来苏轼、辛弃疾等人对词的意境、题材等方面大力开拓，特别是在北宋靖康之变（1126年）以后，受时代风气之影响，气度豪迈，慷慨激昂的词作才大批涌现，纤弱的词风才得以彻底改变。

敦煌歌辞作为一种讲唱文本，同时也是一种文学艺术，对后世的诗歌、小说、散曲、弹词、宝卷、戏曲，以及民间讲唱艺术等均有着一定的影响，我国许多著名学者如陈寅恪、郑振铎、向达、王重民、任半塘等，对此都曾有所论述。

陈寅恪云：“佛典制裁长行与偈颂相间，演说经义自然仿效之，故为散文与诗歌互用之体。后世衍变既久，其散文体中偶杂以诗歌者，遂成今日章回体小说。其保存原式，仍用散文诗歌合体者，则为今日之弹词。”[2]

郑振铎云：“但《南宗赞》和《太子入山修道赞》的结构便不大相同了，其句法，首句也是三言，其后便杂着三言、五言及七言的了；而杂言的一部分也变得冗长多了。……这赞，便有点像后来的宝卷。”[3]

王重民云：“敦煌所出的，多半是佛曲，可是《五更转》的调子当是我国土产，释子们依曲制词，借用来宣扬他们的宗教。”又云：“所谓《楚江情》兼《金字经》者，是每更两首相连，第一首是《楚江情》，然后用回文诗的体例，衔接第二首的《金字经》。这和敦煌时代的《五更转》，先用一句三言，三句七言，再连接四句三言、两句七言（按：指《南宗赞》等三套歌辞之格调），是一样的体例。”[4]

向达云：“其（敦煌变文）敷衍佛经故事，目的并不在于宣传宗教。如讲唱舍利弗降六师外道的《降魔变》，文殊向维摩居士问病的《维摩变》，场面极其热闹，而又有趣味，宗教的意义几乎全为人情味所遮盖了。”[5]其实，随着佛教的日渐普及，佛教的一些内容已经融入民间的日常生活，甚至成为人们生活的重要内容之一，人们是在自觉不自觉之间而与佛教发生关系的，所以在二者之间，有时是很难区分的。

1（宋）叶梦得撰，徐时仪校点:《避暑录话》卷3，见《宋元笔记小说大观》，上海古籍出版社2001年版，第2629页。

2 陈寅恪:《敦煌本维摩诘经文殊师利问疾品演义跋》，见《金明馆丛稿二编》，三联书店2001年版，第203页。

3 郑振铎:《中国俗文学史》，东方出版社1996年版，第105~106页。

4 王重民:《说五更转》，载《大公报·文史周刊》（1947年）。

5 向达:《敦煌变文集·引言》，人民文学出版社1984年版。

1 任半塘:《敦煌歌辞总编》,上海古籍出版社 1987 年版,第1143、1346、1486、1492 页。

2 任半塘:《敦煌歌辞总编》引,上海古籍出版社 1987 年 12 月版,1747页。

任半塘称《十空赞》之“十空”早见于梁简文帝“十空”之诗,后世流变,有明莲大师《七笔勾》、清尤侗《驻云飞·十空曲》等,并认为敦煌歌辞《五更转兼十二时》体,即元人散曲中“带过曲”之所本也。又云:敦煌歌辞《五更转兼十二时》是目前所知唐五代燕乐曲调中最长之组织,对后来金元散曲之有“带过曲”及明曲有相“兼”之曲言,此其远源所在也。宋代文人词乐中不屑有此体,而民间流传,则未尝断[1]。

还有通过对敦煌佛教歌辞中具体曲调的考索,来探讨曲调的起源、形成、在后世的变化及影响,如日本学者那波利贞《苏莫遮考》9 云:

> 《大唐五台曲子五首》既称“曲子”,原来当以歌咏为目的而制的。从它与后世的《苏幕遮》的词体(按:指范仲淹作)相吻合看来,知道它是与般涉调《苏莫遮》曲相和而歌的。《大唐五台曲子五首》当是一种史料,证明般涉调的《苏莫遮》作为佛教音乐,而为寺院的仪式音乐所采用。是从唐代何时开始如此的呢?《苏莫遮》曲在武则天皇后的末期已盛行;它被采用入佛教音乐,当在武后之后。问题在这种采用究从教坊俗曲的般涉调《苏莫遮》来的呢?抑在教坊俗曲以前已经采用了呢?……教坊乃一妖冶狼藉之地,教坊声曲乃歌妓侑酒的东西,不可能用作信仰上视为神圣的五台山赞美曲,……反之:歌妓用佛曲之声,去唱俗辞,以助酒兴是有的。……我赞同般涉调《苏莫遮》在未入教坊俗曲前,未为妓女所染手时用入佛教音乐的。……《通鉴》211 谓玄宗置左右教坊在开元二年,……故我认为这般涉调《苏莫遮》咏五台山至迟在开元元年,即中宗神龙元年,公元 705 年,在浑脱队舞的乐曲流行于都邑坊市之后的八九年间。再则开元二年十二月,禁止乞寒戏的严命下达,乃禁演形体裸露的丑态恶戏,并非禁止般涉调《苏莫遮》乐曲。……由此可见李白等诗余之作(按:指李白《忆秦娥》、《清平乐令》、《菩萨蛮》、《桂殿秋》等曲词),恐怕是受咏五台《苏莫遮》的刺激,因此开拓了另一支韵文文学,……其渊源即在此吧。[2]

还有许多学者对此也有论述,他们从不同方面指出了敦煌歌辞与文学艺术之间的关系。由此可见,敦煌歌辞对后世文学艺术的影响是多么地深刻而广泛。

此外,《五更转》本是我国民间歌唱,起源较早。敦煌写卷中的《五更转》歌辞是由佛教宣传引申出来的劝善歌,这是唐五代时期敦煌地区佛教盛行,僧侣利用民间流行的歌调进行广泛宣传的反映,同时也说明了广大民众是佛教教化的主要对象。而且,《五更转》歌调一直到宋、元、明、清，仍传唱不绝。它不仅影响到唐代大乐，对宋代曲子词也有影响。不仅在民间，甚至还走入宫廷，一度还远播日本。

敦煌 S.4583、P.2204、P.2212、P.3099、P.3082、北图“鸟”字第64号等写卷保存有多种题名《悉昙章》的歌辞。《悉昙章》是六朝至隋唐间的儿童识字课本，主要包括梵文字母、字母拼合等语音、语法方面的内容，可说是学习梵语的一种初级教材。因此我国古代称梵文字体及字母为“悉昙”。悉昙本指梵文字母，音译又作“悉谈”、“悉檀”、“七昙”等多种，意译为“成就”、成就吉祥。悉昙文字在公元7世纪前已在印度非常流行，故有人也称之为“印度文书”。我国因佛教的传入而自南齐时开始有人研习。道安在后周武帝时撰《二教论》有云:“佛教者，穷理尽性之格言，出世入真之正辙，论其文则部分十二，语其旨则四种悉檀。理妙域中，固非名号所及。化擅系表，又非情智所寻。”[1]隋唐佛教兴盛之际，因学习梵语的需要，研习《悉昙章》之风很盛，以致形成一门具有汉文化特色的学问，称之为“悉昙学”。他们往往以《悉昙章》为基础，糅合我国文化中的一些事理名数，探讨有关梵文字母的知识及其中蕴涵的佛教义理。隋唐间研习《悉昙章》的僧侣、文人很多，隋僧智颤、慧远，唐僧义净、玄奘、玄应、智广等著名僧人，都曾对此有所介绍和论述。特别是玄奘从印度归来，传回纯正的梵语学，不久之后密教经轨的传译颇为盛行，悉昙之学随之大兴。

敦煌歌辞中的《悉昙章》当是唐代悉昙之风兴盛的产物，其内容包含有“现练现”、“胡鲁喻”、“鲁流卢楼”、“娑诃耶”等一类的衬字，便是《悉昙章》的字母。这说明《悉昙章》不仅在唐代的僧侣、文人中广为流传，而且也经常出现于佛教的通俗歌唱之中，为普通民众所了解。章炳麟《初步梵文典序》云:“唐人说悉昙者，多至百余家。”[2]可见研习悉昙风气之盛。

人类的各种思想文化常常是相互作用、相互影响的。敦煌佛教歌辞无论在表现形式上，还是思想内容方面，都表现出一定的丰富性和复杂性。具体说来，敦煌佛教歌辞在歌唱形式方面融入了中土的音乐，而且还吸收了唐代当时流行的乐调以及民间的许多曲调形式；在歌辞体式上，大力采用适合于歌唱的三言、七言等杂言歌行体形式，我国传统诗歌的体式在敦煌佛教歌辞中几乎都有所体现；在

1 释道宣:《续高僧传》卷第24《护法上》，见《高僧传合集》，上海古籍出版社1991年版，第306页。

2《章太炎全集》第4册，上海人民出版社1985年版，第489页。

思想内容方面，中土传统的思想道德观念在敦煌佛教歌辞中也有不少体现。可以说，敦煌佛教歌辞虽然以佛教的教义内容为主体，但也融合了许多中土的传统文化成分，形成了一种新型的艺术形式。由于佛教歌辞注重及时吸收各种艺术营养，在内容和形式方面不断充实完善，因而佛教讲唱风气从六朝起，经隋唐五代，直到宋代，一直非常流行，经久不衰，尤其备受广大民众的喜爱。同时，敦煌佛教歌辞在中土的广泛传唱，又反过来对我国古代的文学、文化、思想观念等方面产生影响，一方面佛教固有的如因果报应、地狱轮回、佛国净土等种种思想观念广泛流播中土大地，普及于社会各个领域，并逐渐融入中土文化，成为我国古代文化的有机组成部分；另一方面，其中所包含的中土思想观念，如对孝道等儒家思想的宣扬，又强化了中土的基本传统道德伦理。此外，佛教歌辞注意对中土固有的文学形式，广泛吸收并充分运用民间歌唱形式来进行宗教宣唱，特别是大量的创作和歌唱实践，有力提升了民间歌唱和文学创作的水准，促进了我国古代艺术表现形式的进一步成熟和发展。

余论　从敦煌佛教歌辞看唐宋诗歌创作思想的转变

我国古代文化，向来以唐宋并称。唐代政治统一，国力强盛，焕发着勃勃生机，洋溢着一种昂扬向上、积极进取的时代精神风貌，激励着人们建功立业的理想壮志。这种豪迈昂扬的意气又经过诗歌艺术加以突出渲染，有唐一代之诗歌遂成为我国千百年来艺术个性鲜明生动之骄傲。宋代文化繁荣，承前启后，以独特的气质与唐代诗歌后先辉映。宋诗异帜独张，喜欢学习杜甫、韩愈，偏重于议论、说理，“求新求异”，也多有创造。正如钱钟书所云：“唐诗多以丰神情韵擅长，宋诗多以筋骨思理见胜。”[1]唐宋两代的诗歌呈现出两种风格迥异的特性和面貌。

需要注意的是，敦煌佛教歌辞与唐宋间诗歌的主理尚意的文学思想表现出很大的一致性。一般把宋代诗歌中议论化、散文化的创作倾向归于的科举策试制度，认为宋文以及诗歌所表现出来的散文化、议论化特点，同宋代考试内容密切相关。[2]而敦煌佛教歌辞作品的创作时间主要是在中晚唐五代时期，也即由唐而宋的过渡阶段，在时间上也跟唐宋时代相连接。作为佛教文学，敦煌佛教歌辞注重广取博收，题材广泛，表现手法多样，语言质朴浅切，明白晓畅，音乐性强，在唐五代时期影响很大。同时，敦煌佛教歌辞的创作主旨十分明确，旨在宣扬佛教思想观念。这样，从敦煌佛教歌辞来看，宗教宣传的特征十分突出，创作思想方面具有鲜明的主理尚意的特点，加之在表现手法上为了警顽醒众，注重反复譬释，铺排渲染，这与尚神韵重意境的唐代诗风迥然有别，但与宋诗重理趣，多有意为诗的文学思想相接近。其中也潜含着文学发展的内在规律，不能简单地把它完全归之为历史的巧合。而且，敦煌佛教歌辞在唐代文学思想向宋代文学思想转变的过程中，究竟有着多大的影响和作用，这些问题迄今都尚未有人论及，故在此略作申论。

1 钱钟书:《谈艺录》，中华书局1996年版，第2页。

2 游国恩等编:《中国文学史》第3册，人民文学出版社1984年版，第7页。

一

在我国诗歌发展史上，《尚书·尧典》最早明确提出“诗言志”的诗歌理论思想，经过后世的不断丰富和发展，大体主要有重社会功利教化的“诗道说”和重艺术意境创造的“缘情说”两种文学创作倾向。虽然在不同历史时期有不同程度的偏重，而这两种创作观念可以说一直贯穿着我国古代诗歌发展的历史。

我国古代诗歌理论的“诗道说”，其中所谓的“道”，主要是指儒家思想之道，有时还包括有原道、宗经或征圣之意，内容侧重于社会道德教化。“诗道说”重视诗歌“厚人伦”、“美教化”的社会功用，要求诗歌运用“比兴”的艺术手法，体现“美刺”精神。“缘情说”则注重对诗歌特有的艺术思维和审美本质进行发掘。因诗歌内容重在对诗人心中艺术情境的塑造，故有的研究者也称之为“诗境说”[1]。唐人十分重视诗歌“取境”，常常以境论诗，并以此作为评判诗歌艺术质量高下的标准。这方面的代表著作有署名王昌龄的《诗格》、皎然的《诗式》和司空图的《诗品》等。

从唐代诗歌的发展过程来看，重功利的诗歌思想虽有其成就，但它得以发展的时间并不长，而“缘情说”却占有更多的时间[2]。纵观唐代文学思想，可以说“缘情”是整个唐代诗歌的主流，比较倾向于诗歌艺术的追求。唐人诗歌追求兴象玲珑的诗境和简练传神的艺术技巧，注重表现高情逸韵，抒发个人情怀，体现出重艺术、重抒情的文学思想，这也是我国传统诗歌的重要特征之一。重视诗歌的审美情趣，追求味外味、象外象的诗歌理论主张，这些都是重视艺术创造的明证。但在同时，唐人也有一些诗歌在内容上强调道德教化，并且在艺术表现方面也出现了一些变化，这些为唐诗向宋诗的转化作了一定的准备。

唐诗向宋诗转化比较明显的标志之一便是“以文为诗”，也即诗歌中开始出

1 郭英德等著:《中国古典文学研究史》，中华书局1995年版，第230页。

2 罗宗强:《隋唐五代文学思想史·引言》，中华书局1999年版。

现的散文化和议论化倾向，这种倾向早可以上溯到盛唐时代。唐代开元、天宝间，在诗人叙事、写实的诗歌中，就已出现了诗歌的散文化倾向。“以文为诗”有导源于杜甫之说。胡光炜《杜甫〈北征〉小笺》云：“杜甫兹篇，则结合时事，加入议论，撤去旧来藩篱，通诗与散文而一之，波澜壮阔，前所未见，……后来诗人如元和中韩退之，如宋代庆历以来‘宋诗’作者之欧、王诸家以至‘江西诗派’，到近世如所谓‘同光体’，其特征大要皆以散文入诗，其风气几无不导源于杜，亦可云自《北征》一篇开端。”[1]杜甫注意广泛学习前人的诗歌艺术技巧，元稹《唐故工部员外郎杜君墓系铭并序》云：“至于子美，盖所谓上薄风、骚，下该沈、宋，古傍苏、李，气夺曹、刘，掩颜、谢之孤高，杂徐、庾之流丽，尽得古今之体势，而兼今人之所独专矣。”[2]杜甫不仅学习《诗经》、屈原、宋玉，他的诗歌也深受汉乐府民歌和六朝诗歌的影响，推崇陶渊明、谢灵运、谢朓，对曹植、刘桢、沈约、何逊、阴铿、江淹，特别是对鲍照和庾信，也多所学习和推许，同时对当代诗人如“四杰”、陈子昂、沈佺期、宋之文、李白、王维、孟浩然、高适、岑参、元结等，都有所称扬，表现出“不薄今人爱古人”的阔大气魄和“转益多师是吾师”学习态度，因此杜甫的诗歌成就具有“集大成者”的性质，在诗歌艺术和内容表现方面都达到了我国古代诗歌发展的顶峰。而杜甫诗歌中有时用散文句式叙述，在句中偶尔用介词“而”字，造成错落之感等，这些都是诗歌散文化的表现。

1 见《江海学刊》1962年第4期，后又收入《杜甫研究论文集》第3辑，中华书局1963年版。

2（唐）元稹撰，冀勤点校：《元稹集》卷56，中华书局1982年版，第601页。

另外，跟杜甫生活时代大致相同，追求诗歌散文化还有古文家任华，他的诗歌如《寄李白》、《寄杜拾遗》和《怀素上人草书歌》杂言诗，句式错落奔放，近乎散文笔法。如《怀素上人草书歌》云：

> 吾尝好奇，古来草圣无不知。岂不知右军与献之，虽有壮丽之骨，恨无狂逸之姿。中间张长史，独放荡而不羁，以颠为名倾荡于当时。张老颠，殊不颠于怀素。怀素颠，乃是颠。人谓尔从江南来，我谓尔从天上来。负颠狂之墨妙，有墨狂之逸才。狂僧前日动京华，朝骑王公大人马，暮宿王公大人家。谁不造素屏？谁不涂粉壁？粉壁摇晴光，素屏凝晓霜，待君挥洒兮不可弥忘。骏马迎来坐堂中，金盆盛酒竹叶香。十杯五杯不解意，百杯已后始颠狂。一颠一狂多意气，大叫一声起攘臂。挥毫倏忽千万字，有时一字两字长丈二。翕若长鲸泼刺动海岛，欻若长蛇戌律透深草。回环缭绕相拘连，千变万化在眼前。飘风骤雨相击射，速禄飒拉动檐隙。掷华山巨石以为点，掣衡

> 山阵云以为画。兴不尽，势转雄，恐天低而地窄，更有何处最可怜，袅袅枯藤万丈悬。万丈悬，拂秋水，映秋天；或如丝，或如发，风吹欲绝又不绝。锋芒利如欧冶剑，劲直浑是并州铁。时复枯燥何褵褷，忽觉阴山突兀横翠微。中有枯松错落一万丈，倒挂绝壁蹙枯枝。千魑魅兮万魍魉，欲出不可何闪尸。又如翰海日暮愁阴浓，忽然跃出千黑龙。夭矫偃蹇，入乎苍穹。飞沙走石满穷塞，万里飕飕西北风。狂僧有绝艺，非数仞高墙不足以逞其笔势。或逢花笺与绢素，凝神执笔守恒度。别来筋骨多情趣，霏霏微微点长露。三秋月照丹凤楼，二月花开上林树。终恐绊骐骥之足，不得展千里之步。狂僧狂僧，尔虽有绝艺，犹当假良媒。不因礼部张公将尔来，如何得声名一旦喧九垓。[1]

从作品中可以看出，作者是在有意追求诗歌的散文化，但这种诗歌的表现手法在当时影响并不大。这类诗歌的笔法也比较接近我国传统的赋体，有的研究者也将“以文为诗”解释为“以赋为诗”。如沈德潜《说诗晬语》卷上“二四”下有云：“昌黎《南山》用《北山》之体而张大之，下五十余‘或’字。然情不深而侈其词，只是汉赋体段。”[2] 方东树也云：“(韩愈)《南山》盖以《京都赋》体而移之于诗也。”[3]

宋人的“以文为诗”，一般多认为主要源于杜甫和韩愈。韩愈也是一位对宋代诗歌有重要影响的诗人。钱钟书云：“韩昌黎之在北宋，可谓千秋万岁，名不寂寞者矣。”[4] 许学夷《诗源辨体》卷24有云：“(韩愈)以文为诗，实开宋人门户耳。”[5] 杜甫、韩愈在宋代备受推崇，特别是韩愈，在宋代享有极高的声誉，他的影响可以说笼罩整个北宋文坛。

1《全唐诗》卷261，中华书局1985年版，第2904页。

2 沈德潜著，霍松林校注：《说诗晬语》，人民文学出版社1979年版，第192页。

3 方东树著，汪绍楹校点：《昭昧詹言》卷1《通论五古》，人民文学出版社1961年版，第40页。

4 钱钟书：《谈艺录》，中华书局1996年版，第62页。

5（明）许学夷著，杜维沫校点：《诗源辨体》，人民文学出版社1987年版，第252页。

有意追求诗歌的散文化是韩愈诗歌的重要表现之一，对此，学界多有讨论[1]。以文为诗，打破诗歌的节奏韵律，全篇都是在讲道理，发议论，而不是抒情，也不是创造意境，这与我国重抒情的诗歌传统大异其趣。罗宗强认为诗歌散文化的最主要表现，一是打破诗的对称，回环的节奏、韵律，而完全采用散文的句式。二是变诗的高度浓缩、跳跃而为连贯的、明白的叙述和铺排。这方面表现最为突出的就是韩愈与卢仝[2]。程千帆把韩愈的以文为诗的诗歌艺术手段概括为两个方面：一是以古人的章法、句法为诗，一是以在古文中常见的议论入诗。并指出："韩愈以文为诗，其实际意义就在于要突破诗的旧界限，开拓诗的新天地，这不但有助于形成他自己的独特面目，而且成为宋诗新风貌的先驱。"[3]与罗宗强所论接近。

韩愈用古文之章法、笔法作诗，以议论入诗，例证很多。如：

> 《八月十五夜赠张功曹》，方东树评云："一篇古文章法。"
> 《山石》，方东树评云："只是一篇游记，而叙写简妙，犹是古文手笔。"
> 《石鼓歌》，方东树评云："抵一篇传记。夹叙夹议。"[4]

1 有关韩愈诗歌创作散文化方面的论著很多，如朱自清：《论"以文为诗"》，载1947年6月5日《大华日报》(济南)；钱东甫：《关于韩愈的诗》，载《文学遗产增刊》第4辑，1957年3月版；程千帆：《韩愈以文为诗说》，载《古典文学理论研究丛刊》第1辑，上海古籍出版社1979年版；钱仲联：《韩昌黎诗系年集释·再版前言》认为韩愈以文为诗，也即诗歌的散文化，具有流畅平易的特点。江辛眉：《论韩愈的几个问题》(载《中华文史论丛》1980年第1期)，认为韩愈以文为诗开拓了宋诗侧重理趣的先河，很大程度上给诗歌以更大的自由，增添纵横驰骋的气势。

2 罗宗强：《隋唐五代文学思想史》，中华书局1999年8月，第286~287页。

3 程千帆：《韩愈以文为诗说》，载《古代文学理论研究丛刊》第1辑，上海古籍出版社1979年版。

4 方东树：《昭昧詹言》卷12，人民文学出版社1961年版，第270、271页和第272页。

《谢自然诗》,《韩昌黎诗系年集释》卷 1 引顾嗣立《昌黎先生诗集注》云:"此篇全以议论作诗，词严义正，明目张胆,《原道》、《佛骨表》之亚也。"又引程学洵《韩诗臆说》云:"韩集中惟此及《丰陵行》等篇，皆涉叙论直致，乃有韵之文也，可置不读。篇末直与《原道》一样说话，在诗中为落言诠矣。"[1]

韩集有的作品也存在着以古文为诗，尤其是为七言古诗。七言比起五言来，更富于流利、开张、曲折、顿挫等变化，这样的笔法和章法，和古文相近。因而以文为诗，就使它本来具有的一些特点更加突出。方东树《昭昧詹言》卷 11 云:

> 诗莫难于七古。……观韩、欧、苏三家，章法剪裁，纯以古文之法行之，所以独有千古。[2]

指出韩愈及欧阳修、苏轼的诗歌都是以古文为七古而获得成功，从某方面看这是很有一定道理的。

此外，韩愈以文为诗，也多体现在后人的批评中。如黄庭坚说:"杜之诗法，韩之文法也。诗文各有体，韩以文为诗，杜以诗为文，故不工尔。"[3]魏庆之《诗人玉屑》卷 15"评退之诗"下有云:"沈括存中、吕惠卿吉甫、王存正仲、李常公择，治平中同在馆下谈诗。存中曰：韩退之诗，乃押韵之文耳。虽健美富赡，而格不近诗。"[4]陈师道也说:"退之以文为诗，……如教坊雷大使之舞，虽极天下之工，要非本色。"[5]对韩愈"以文为诗"之说，后人褒贬不一，而其内涵也有一定的发展。胡适在《白话文学史》里云:

> 韩愈是个有名的文家，他用作文的章法来作诗，故意思往往能流畅通达，一扫六朝初唐诗人扭扭捏捏的丑态。这种"作诗如作文"的方法，最高的境界往往可到"作诗如说话"的地位，便开了宋朝诗人"作诗如说话"的风气。后人所谓"宋诗"，其实没有什么玄妙，只是"作诗如说话"而已。这是韩诗的特别长处。[6]

朱光潜则云:

1 钱仲联:《韩昌黎诗系年集释》，古典文学出版社 1957 年版，第 17 页。

2 方东树:《昭昧詹言》，人民文学出版社 1961 年版，第 232 页。

3（宋）陈师道:《后山诗话》，见（清）何文焕辑:《历代诗话》，中华书局 1981 年版，第 303 页。

4（宋）魏庆之编:《诗人玉屑》卷 15，上海古籍出版社 1959 年版，第 323 页。

5（宋）陈师道:《后山诗话》，见（清）何文焕辑:《历代诗话》，中华书局 1982 年版，第 309 页。

6 胡适:《白话文学史》，上海古籍出版社 1999 年版，第 414 页。

> 宋诗的可取处大半仍然诗唐诗的流风余韵，宋诗的离开唐诗而自成风气处，就是严沧浪所谓的“以文字为诗，以议论为诗，以才学为诗”，就是胡（适）先生所谓“做诗如说话”；“兴趣”和“一唱三叹之音”都是宋诗的短处。[1]

然而，诗中说理，或叙事杂以议论，事实上起源很早。汉儒阐释《诗经》，最大特点就是发明教化讽谏之义，提出美刺比兴之说，其中包含着对政治的深切关怀。这种强调文学政教功利作用的传统一直为后代所提倡和继承，并成为后世诗学的重要精神。汉魏六朝以迄唐代，在诗歌中发议论的传统就一直没有中断过。诗歌之补察时政、泄导人情，乃至教化说、明道说、讽喻说等重功利的文学思想，尽管各有侧重，就其实质内容则是密切相关，尤其在文学思想理论方面都很接近。而比起前人来说，韩诗中议论成分更多，比重更大。

韩愈扩大了以议论入诗的容量，对宋诗影响很大。欧阳修《六一诗话》指出韩诗有“资谈笑，助谐谑，叙人情，状物态”[2]的内容，并有意效法韩诗中的题材运用和表现手法。赵翼《瓯北诗话》卷5有云：“以文为诗，自昌黎始，至东坡益大放厥词，别开生面，成一代之大观。”[3]其后以议论为诗也就成为宋诗新面貌的组成部分。严羽《沧浪诗话》一方面指出“诗者，吟咏情性也。盛唐诸人，唯在兴趣；羚羊挂角，无迹可求。故其妙处，透彻玲玲，不可凑泊。如空中之音，相中之色，水中之月，镜中之香，言有尽而意无穷。”同时批评宋人之诗云：“近代诸公乃作奇特解会，遂以文字为诗，以才学为诗，以议论为诗。夫岂不工，终非古人之诗也。”[4]严羽的诗歌理论以禅喻诗，主张妙悟，力倡盛唐，从这种带有贬意的批评中，我们也可以看出宋代诗人受韩愈以文为诗的影响十分广泛。

宋人继承唐代杜甫、韩愈等“以文为诗”的诗歌特点，并将多方面的知识和自身丰富的文化素养一并融入诗歌，进一步使之发扬光大，蔚然而成一代诗歌艺术风貌。这突出体现在苏轼、黄庭坚等代表的诗歌创作中。苏轼在诗歌的题材境界方面多有开拓，而黄庭坚则在广泛学习前人诗歌创作经验的基础上，别出机杼，卓然自成一家，他们的诗歌均体现出宋代诗歌的艺术特质和鲜明个性。正如有的研究者指出：“苏、黄诗风虽有很大的差别，而在以议论、才学、文字为诗的方面，苏、黄二派却大同小异，共同大力开拓宋诗散文化的道路。”[5]

宋人在诗歌创作中追求理趣，作诗多有意为诗。大致说来，唐诗重抒情，宋

1 朱光潜:《诗论》，安徽教育出版社2006年版，第220页。

2（清）何文焕辑:《历代诗话》，中华书局1981年版，第272页。

3（清）赵翼著，霍松林、胡主佑校点:《瓯北诗话》，人民文学出版社2005年版，第56页。

4（清）严羽:《沧浪诗话·诗辩》，见（清）何文焕辑:《历代诗话》，中华书局1981年版，第688页。

5 顾易生等著:《宋金元文学批评史》，上海古籍出版社1996年版，第383页。

诗重思考，唐诗重意境，宋诗重意趣，唐诗重感发，宋诗重理性。宋代诗人多着力于向人内心深处进行抉剔和透视，以理蕴丰富和思致细密见长，甚而把诗歌看做是学道有得的体现，他们的诗歌中常常蕴含着微言大义的哲理。在这种创作思想的影响之下，产生了不少寓含着人生哲理的“理趣诗”，其中颇有耐人寻味的义理和旨趣。正如张毅所说：“由于重视理趣，苏、黄等人在诗歌创作中追求的已不是盛唐诗人那种带有青春热情和天真的兴象玲珑之美，而是襟怀淡泊，思致细密，情意深邃的老境美。”进而又补充说：“从艺术表现来看，老境美是一种绚烂之极归于平淡的美。”[1]可以说，这种“平淡”当带有更多理性思考的成分。

宋代诗人主理尚意的文学思想也见于宋人对诗文书画的评论，如欧阳修《六一诗话》记梅尧臣的论诗之语云：“若意新语工，得前人所未道者，斯为善也。”苏轼《书吴道子画后》有云：“出新意于法度之中，寄妙理于豪放之外。[2]”黄庭坚《与王观复书》也云：“好作奇语自是文章病，但当以理为主。理得而辞顺，文章自然出群拔萃。观杜子美到夔州后诗，韩退之自潮州还朝后文章，皆不烦绳削而自合矣。”[3]刘攽《中山诗话》云：“诗以意为主，文词次之。或意深义高，虽文词平易，自是奇作。”[4]张表臣《珊瑚钩诗话》卷一有云：“诗以意为主，又须篇中练句，句中练字，乃得工耳。”[5]魏庆之《诗人玉屑》卷1引姜夔《白石道人诗说》云：“诗有四种高妙：一曰理高妙，二曰意高妙，三曰想高妙，四曰自然高妙。碍而实通曰理高妙，出事意外曰意高妙，写出幽微如清潭见底曰想高妙，非奇非怪、剥落文采，知其妙而不知其所以妙，曰自然高妙。”[6]胡仔《苕溪渔隐丛话前集》卷4引范温《潜溪诗眼》云：“东坡作文，工于命意，必超然独立于众人之上 。”[7]严羽《沧浪诗话》中“诗评”下有云：“本朝人尚理而病于意兴。”[8]其中对宋诗虽然带有一定的不满成分，但却很中肯。

1 张毅：《宋代文学思想史》，中华书局1995年版，第116页。

2 孔凡礼点校：《苏轼文集》卷70，中华书局1986年版，第2210~2211页。

3 刘琳等校点：《黄庭坚全集》卷18，四川大学出版社2001年版，第470页。

4（清）何文焕辑：《历代诗话》，中华书局1982年版，第285页。

5（清）何文焕辑：《历代诗话》，中华书局1982年版，第455页。

6（宋）魏庆之编：《诗人玉屑》，上海古籍出版社1959年版，第11页。

7 胡仔纂集，廖德明校点：《苕溪渔隐丛话》，人民文学出版社1984年版，第22页。

8（清）何文焕辑：《历代诗话》，中华书局1982年版，第696页。

二

由杜甫、韩愈到宋代诗歌创作思想的转变，佛教文学的影响不可轻视。韩愈和杜甫都生活在唐代佛教兴盛发达之际，他们的诗歌接受佛教的影响也在情理之中[1]。我国清末民初学人沈曾植，现代学者陈寅恪、饶宗颐、江辛眉、陈允吉等也都认为韩愈的诗歌与佛教有关[2]，这是很有见地的。而“以文为诗”的文学思想的来源，也更多的当是受佛教文学作品的影响。对此，陈寅恪认为韩愈“以文为诗”是受到佛经“长行”“偈颂”的暗示，其在《论韩愈》文中有云：

> 佛经大抵兼备“长行”即散文及偈颂即诗歌两种体裁。……“长行”乃以诗为文，而偈颂亦可视为以文为诗也。天竺偈颂音缀之多少，声调之高下，皆有一定规律，唯独不必叶韵。六朝初期四声尚未发明，与罗什共译佛经诸僧徒虽为当时才学绝伦之人，而改竺为华，以文为诗，实未能成功。……退之虽不译经偈，而独运其天才，以文为诗，若持较华译佛偈，则退之之诗词旨声韵无不谐当，既有诗之优美，复具文之流畅，韵散同体，诗文合一，不仅空前，恐亦绝后，决非效颦之辈所能企及者矣。[3]

饶宗颐进一步具体指出韩愈《南山诗》受佛经启示的例证，在“韩昌黎《南山诗》与佛书”中云：

> 是品（指破魔品）描写魔军之异形，以叠句方法，连用“或”字至三十余次，乃恍然于昌黎《南山诗》用“或”字一段，殆由此脱胎而得。……昌黎固不谙梵文，然彼因辟佛，对昙无谶所译之《马鸣佛所行赞》，必曾经眼。一方面于思想上反对佛教，另一方面乃从佛书中吸收其修辞之技巧，用于诗篇，可谓间接受到马鸣之影响。……昌黎用“或”字竟至五十一次之多，比

1 学界认为杜甫与佛教之间有一定的关系，在这方面比较有影响的论述主要有：吕澂《杜甫的佛教信仰》，载《哲学研究》1978年第6期；陈允吉《略论杜甫的禅学信仰》，载《唐代文学论丛》总第3期，1983年版；钟来因《论杜甫与佛教》，载《草堂》1983年第2期。

2 沈曾植：《海日楼札丛》卷7，辽宁教育出版社1998年版；陈寅恪《论韩愈》，见《金明馆丛稿初编》，三联书店2001年版；江辛眉《论韩愈诗的几个问题》，载《中华文史论丛》1980年第1辑；陈允吉《古典文学佛教溯缘十论》，复旦大学出版社2002年版等。

3 陈寅恪：《论韩愈》，见《金明馆丛稿初编》，三联书店2001年版，第330~331页。

> 马鸣原作，变本加厉。才气之大，精采旁魄，足以辟易万夫。陈寅恪《论韩愈》文中曾谓佛经文体乃混合长行（散文）与偈颂（诗体）而成。长行可谓以诗为文，而偈颂可谓以文为诗。取此以解释昌黎之以文为诗，颇受释典之启发。近日学者颇有非难之者。观于《南山诗》用"或"字之与佛所行赞不无因袭之迹，亦可为陈先生之说提供新证。……《南山诗》之冗长，在五言诗中罕见畴匹。此种作法，似与昙无谶译马鸣佛所行赞之为五言长篇，在文体上不无关涉之处。疑昌黎作《南山诗》时，曾受此赞之暗示。[1]

《南山诗》是韩集中比较典型的"以文为诗"之作，由此也可以大略见出韩愈诗歌受佛教影响的印迹。

"以文为诗"，以文传意，就其内容来说是"言理"。近来，有的研究者已经从诗歌创作思想方面注意到佛教对唐宋诗歌转变的重要作用。如萧华荣说：

> 中唐人"尚意"，当与佛学的传播有关。佛教重意而斥情。……在诗学方面，凡是受佛学影响较深甚至作者本人便是僧人释子的论诗著作，无不重意。[2]

他还同时指出，佛教讲"悟"，不管悟的是"佛性"还是"自性"，归根结底都指佛教的真理，而绝不是情思[3]。其实，从敦煌佛教歌辞作品来看，佛教很善于运用文学艺术的多种表现手法来渲染情景，铺排场面，烘托气氛，特别是对现实人生、世间百态的描摹刻划，深刻警策，形象贴切。同时也十分重视歌辞作品对人心的感动和启发的效用，以此达到宣扬佛教思想的目的。这与佛教本身排斥情感的思想观念并不一致。

此外，我们还应该注意佛教文学作品通俗化对唐宋诗歌的影响。由于佛教通俗文学作品主要是针对广大民众进行宗教宣传而创作的，一般都很通俗质朴，切直简练，带有一定的口语化色彩，并且常常采用民间熟悉的作品形式，因此不太受正统阶级的重视，大多数作品早已湮没无闻，保存下来的相对要少得多。从敦煌写卷中保存的佛教歌辞来看，这批作品的数量应该是十分巨大的。而这批佛教文学作品，对于佛教的普及，特别是佛教广泛深入民间及深入渗透于人们的日常生活之中，有着十分重要的作用。

1 饶宗颐:《澄心论萃》，上海文艺出版社1996年版，第69~71页。另外，饶氏关于韩愈《南山诗》和佛教关系的论述，尚有《〈南山诗〉与马鸣〈佛所行赞〉》（原载1963年京都大学《中国文学报》第19册，又见于《饶宗颐二十世纪学术论文集》第17册，台新文丰出版股份有限公司2003年版，第123~127页），《固庵诗词选》（北京图书馆2006年版，第96~97页），《选堂诗词集·选堂诗存》（卞孝萱《冬青书屋》"韩愈以文为诗"条引，东方出版中心1999年版，第118页~119页）等。

2 萧华荣:《中国古典诗歌诗学理论史》，华东师范大学出版社2005年12月版，第131页。

3 萧华荣:《中国古典诗歌诗学理论史》，华东师范大学出版社2005年12月版，第131页。

从我国古代文学发展史来看，民间通俗文学的传统一直在发展着。尽管现存文献资料保存这类作品的数量很少，但其发展线索还是比较清晰的，如从汉代开始设置“乐府”官署收集民歌，这类民歌经南北朝一直到唐代五代，发展传统一直没有中断，而且在不断丰富和发展，相互影响和学习。在诗歌兴盛发达的唐代，通俗诗歌也并行发展，并且唐代许多著名诗人都很注意向民歌学习，如杜甫、李白、岑参、刘禹锡等，在他们的诗歌中都可以找到学习借鉴民歌及以浅俗语入诗的许多例证。尤其是敦煌写卷中保存数量较多的初唐王梵志的诗歌，张鷟的《游仙窟》中许多浅俗的诗歌，还有的唐代著名诗人如元结、顾况、戴叔伦、李绅、张籍、王建等，他们的诗歌关注下层民众生活，跟广大民众的联系更为密切，一般把他们看做是中唐新乐府运动的先声。以元稹、白居易为代表而形成的“元和体”，也被时人认为是“俗体”，从中都可以发现唐代民间通俗诗歌潜在发展的迹象。

唐代诗歌通俗化突出体现在以元、白为代表的中唐新乐府运动。元、白所倡导的新乐府运动，其核心是一种重功利的诗歌理论，其基本思想来自汉儒。《诗大序》认为诗可以“经夫妇，成孝敬，厚人伦，美教化，移风俗”，这也是元、白诗论的主要思想渊源。白居易在《与元九书》中有云：“仆常痛诗道崩坏，忽忽愤法，……欲扶起之。”其中所言“诗道”，当是《诗经》之“六义”，主要指诗歌具有的“美刺”精神。又云：“自登朝来，年齿渐长，阅事渐多，每与人言，多询时务，每读书史，多求理道，始知文章合为时而著，歌诗合为事而作。”[1]明确提出“文章合为时而著，歌诗合为事而作”的文学观点。其主要包含两方面的意思：一是要求诗文反映时事，也就是《秦中吟序》所谓“贞元、元和之际，予在长安，闻见之间，有足悲者。因直歌其事”[2]之类；二是诗文要有现实意义，要具有一定的针对性，不作无病之呻吟，能起到“裨补时阙”之效用。由此可见，白居易十分重视诗歌讽喻比兴的表现手法和现实政治的切实内容，强调诗歌“补察时政”、“泄导人情”的社会效用。他在《策林》68“议文章”中也云：“古之为文者，上以纫王教，系国风；下以存炯戒，通讽谕。故惩劝善恶之柄，执于文士褒贬之际焉；补察得失之端，操于诗人美刺之间焉。”[3]这里诗人是以赞许的方式提出的，所以也可看作是诗人自己文学思想的具体表达。

1 白居易:《白居易集》卷45《书序》，中华书局1988年版，第962页。

2 白居易:《白居易集》卷2《讽喻二》，中华书局1988年版，第30页。

3 白居易:《白居易集》卷65《策林》，中华书局1988年版，第1369页。

诗歌要反映现实生活的具体内容，从某方面来看，这类诗歌应该属于写实、叙事类的诗歌，比较重视诗歌内容，带有形式为内容服务的倾向。反映在语言上，就是要求诗歌语言的通俗平易，音节的和谐婉转。这种创作观念与佛教宣传类文学作品的理论应该是一致的。有的研究者认为白居易的影响之一就是形成一个"浅切"派，也即通俗诗派[1]。由于语言的平易近人，他的诗流传于当时社会的各阶层乃至国外。诗人自己也说："自长安抵江西三四千里，凡乡校、佛寺、逆旅、行舟之中，往往有题仆诗者。士庶、僧徒、孀妇、处女之口，每每有咏仆诗者。……然今时俗所重，正在此耳。"[2]而实际上，"通俗诗派"自古以来在民间就一直存在，只是白居易等著名诗人藉其社会地位和诗歌创作，对通俗诗歌的内容和形式加以改造和提升，从而大大增强了作品的艺术表现力，扩大了社会影响的范围。

以元、白为代表创作的"元和体"也是当时社会流行的一种俗体诗，元稹为此还遭到某些上层人士的讥讽。这从元稹自己的话中就可以清楚地看到，其《白氏长庆集序》云："予始与乐天同校秘书之名，多以诗章相赠答。会予谴掾江陵，乐天犹在翰林，寄予百韵律诗及杂体，前后数十章。是后各佐江、通，复相酬寄。巴蜀江楚间洎长安中少年，递相仿效，竞作新词，自谓为'元和诗'。"[3]他在《上令狐上公诗启》中又云："稹与同门生白居易友善。居易雅能为诗，就中爱驱驾文字，穷极声韵，或为千言，或为五百言律诗，以相投寄。小生自审不能以过之，往往戏排旧韵，别创新词，名为次韵相酬，盖欲以难相挑耳。江湖间为诗者，复相仿效，力或不足，则至于颠倒语言，重复首尾，韵同意等，不异前篇，亦自谓元和诗体。而司文者考变雅之由，往往归咎于稹。"[4]又其中所言白居易所作诗歌"穷极声韵，或为千言，或为五百言律诗"，这在我国传统诗歌观念看来，可能有点奇特，但与敦煌佛教歌辞中最长的歌辞——字数达2300余字的《十二时·普劝四众依教修行》相比较，反而一点也不为过。罗宗强总结指出："他们的诗风却是一贯的，仍然是写实，而且写得详尽如白话，有时虽长达百韵，也还是反复叙写，以说得一览无余为能事。在尚实、尚俗、务尽这方面，是前后一贯的。"[5]其中具体指的是元、白等人的诗歌创作，但这用来概括敦煌佛教歌辞的特征也很贴切。

罗宗强指出，盛唐诗歌常以明白如话的语言写出无穷韵味，但从理论上提倡

1 游国恩等编:《中国文学史》第2册，人民文学出版社，2000年版，第148页。

2 白居易:《白居易集》卷45《书序》，中华书局1988年版，第963~964页。

3（唐）元稹撰，冀勤点校:《元稹集》，中华书局1982年版，第554~555页。

4（唐）元稹撰，冀勤点校:《元稹集》，中华书局1982年版，第633页。

5 罗宗强:《隋唐五代文学思想史》，中华书局1999年版，第274页。

1 罗宗强:《隋唐五代文学思想史》，中华书局1999年版，第269页。

语言的通俗化，并且力求把诗写得浅俗的却是白居易。元、白诗歌理论主张通俗，在我国诗歌史上首先明确提出了诗歌语言要通俗化。罗宗强云："在元、白时代，尚俗形成一种文学思想倾向，并且从理论上提出来，与当时俗文学的盛行或者不无关系。"[1] 而在佛教十分盛行的唐代，这种文学思想与为宣扬佛教而创作的大量通俗作品的影响理应有更为密切的关系。而且，纵观白居易一生，儒家思想是其立身行事的主导，但同时也带有儒、释、道三家杂糅的色彩。特别是诗人生活后期，思想态度比较消极，受佛道影响的表现比较明显。从其现存的作品来看，诗人也具有一定的佛教修养。如在《白居易集》卷71为《碑记铭吟偈》，其中保存有"六赞偈"，分别为赞佛、赞法、赞僧、众生偈、忏悔偈和发愿偈，还有专为僧人大德写的塔铭、真赞等作品。而且，诗人在学习和钻研佛教的过程以及与僧人的交往过程之中，自觉不自觉间受到佛教通俗作品的启发，也在情理之中。

总之，尽管佛教跟儒家思想观念在许多方面有着很大的区别，但表现在诗歌上，尤其是作为一种文学创作思想，佛教文学作品与我国古代表现儒家之"道"的文学作品在理论思想的表述上是相同的。从敦煌佛教歌辞作品来看，佛教为了广泛宣扬宗教思想，创作了大量的佛教文学作品，并十分注重对我国民间文学体式的吸收运用。而大量的佛教文学创作实践，一方面对民间文学作品有较大的提升和改造，同时对我国传统文学理论及文学创作也有较大的启发和影响。佛经和佛教文学作品，特别是佛教通俗文学作品，对于唐宋诗歌创作思想的转变有着重要的影响。因此，研究唐宋文学思想的转变，应当重视佛教和民间通俗文学作品的影响。

主要参考文献

一、古籍

【东汉】应劭 . 风俗通义校释 [M] . 北京：天津人民出版社，1980.

【东晋】法显 . 法显传校注 [M] . 上海：上海古籍出版社，1985.

【后晋】刘昫，等 . 旧唐书 [M] . 北京：中华书局，1975.

【南朝】范晔 . 后汉书 [M] . 北京：中华书局，1965.

【北魏】杨衒之 . 洛阳伽蓝记 [M] . 上海：上海古籍出版社，1978.

【北齐】魏收撰 . 魏书 [M] . 北京：中华书局，1974.

【汉】班固 . 汉书 [M] . 北京：中华书局，1962.

【晋】陈寿 . 三国志 [M] . 北京：中华书局，1959.

【梁】萧子显 . 南齐书 [M] . 北京：中华书局，1972.

【梁】僧祐 . 弘明集 [M] . 上海：上海古籍出版社，1994.

【梁】释僧祐 . 出三藏记集 [M] . 北京：中华书局，1995.

【梁】释慧皎 . 高僧传 [M] . 北京：中华书局，1992.

【梁】慧皎，等 . 高僧传合集 [M] . 上海：上海古籍出版社，1991.

【梁】刘勰 . 文心雕龙注 [M] . 北京：人民文学出版社，1958.

【唐】刘知己 . 史通通释 [M] . 上海：上海古籍出版社，1982.

【唐】义净 . 大唐西域求法高僧传校注 [M] . 北京：1988.

【唐】义净 . 南海寄归内法传 [M] . 北京：中华书局，2000.

【唐】房玄龄，等 . 晋书 [M] . 北京：中华书局，1974.

【唐】姚思廉 . 梁书 [M] . 北京：中华书局，1973.

【唐】李百药 . 北齐书 [M] . 北京：中华书局，1972.

【唐】令狐德棻，等 . 周书 [M] . 北京：中华书局，1971.

【唐】姚思廉．陈书［M］．北京：中华书局，1972.
【唐】李延寿．北史［M］．北京：中华书局，1974.
【唐】李延寿．南史［M］．北京：中华书局，1975.
【唐】魏征、令狐德棻．隋书［M］．北京：中华书局，1973.
【唐】杜佑．通典［M］．北京：王永兴，等点校中华书局，1988.
【唐】李肇，等．唐国史补・因话录［M］．上海：上海古籍出版社，1979.
【唐】段成式．酉阳杂俎［M］．北京：方南生点校中华书局，1981.
【唐】道宣．广弘明集［M］．上海：上海古籍出版社，1994.
【唐】道世．法苑珠林［M］．上海：上海古籍出版社，1995.
【唐】南卓，等．羯鼓录・乐府杂录・碧鸡漫志［M］．北京：古典文学出版社，1957.
【宋】欧阳修、宋祁．新唐书［M］．北京：中华书局，1975.
【宋】薛居正，等．旧五代史［M］．北京：中华书局，1976.
【宋】欧阳修．新五代史［M］．北京：中华书局，1974.
【宋】司马光．资治通鉴［M］．北京：中华书局，1956.
【宋】郑樵．通志［M］．北京：中华书局，1987.
【宋】王溥撰．唐会要［M］．北京：中华书局，1988.
【宋】李昉，等．太平御览［M］．北京：中华书局，1960.
【宋】李昉，等．太平广记［M］．北京：中华书局，1961.
【宋】李昉，等．文苑英华［M］．北京：中华书局，1966.
【宋】郭茂倩．乐府诗集［M］．北京：中华书局，1979.
【宋】赞宁．宋高僧传［M］．北京：中华书局，1997.
【宋】普济．五灯会元［M］．北京：中华书局，1997.
【宋】志磐．佛祖统纪［M］．北京：江苏广陵古籍刻印社，1992.
【宋】沈括．梦溪笔谈校正［M］．上海：上海古籍出版社，1987.
【宋】吴曾．能改斋漫录［M］．上海：上海古籍出版社，1979.
【元】马端临．文献通考［M］．北京：中华书局，1996.
【清】赵翼．陔余丛考［M］．上海：上海商务印书馆，1957.
【清】严可均校辑．全上古三代秦汉三国六朝文［M］．北京：中华书局，1958.
【清】董诰，等．全唐文［M］．北京：中华书局，1983.
【清】永瑢，等．四库全书总目［M］．北京：中华书局，1965.
【清】阮元校刻．十三经注疏［M］．北京：中华书局，1987.

二、译著

【荷兰】许里和．佛教征服中国［M］．李四龙、裴勇，译．北京：江苏人民出版社，1998.

【美】梅维恒．绘画与表演［M］．王邦维，译．北京：北京燕山出版社，2000.

【英】渥德尔．印度佛教史［M］．王世安，译．北京：商务印书馆，1987.

【日】圆仁．入唐求法巡礼行记［M］．顾承甫、何泉达，译．上海：上海古籍出版社，1986.

【日】弘法大师．文镜秘府论校注［M］．王利器，译．北京：中国社会科学出版社，1983.

【日】窪德中．中国道教史［M］．萧坤华，译．北京：上海译文出版社，1987.

【日】羽溪了谛．西域之佛教［M］．贺昌群，译．北京：商务印书馆，1999.

【日】加定哲定．中国佛教文学［M］．刘卫星，译．北京：今日中国出版社，1990.

【日】田边尚雄．中国音乐史［M］．陈清泉，译．北京：商务印书馆，1998.

【日】冈村繁．唐代文艺论［M］．张寅彭，译．上海：上海古籍出版社，2002.

三、外文著作

塚本善隆．唐中期の净土教［M］．东京：东方文化学院京都研究所，1933.

藤原凌云．念佛思想の研究［M］．东京：永田文昌堂，1957.

阿部肇一．中国禅宗史の研究［M］．东京：诚信书房，1963.

金刚照光．敦煌の文学［M］．东京：大藏出版社，1971.

金刚照光．敦煌の民衆［M］．东京：评论社，1972.

泽田瑞穗．仏教と中国文学［M］．东京：株式会社国会刊行会，1975.

平野显照．唐代文学と仏教の研究［M］．东京：京都朋友书店，1978.

平野显照．唐代文学と佛教の研究［M］．东京：朋友书店，1978.

佐々木、千代松．民众宗教の源流［M］．东京：白石书店，1983.

田中良昭．敦煌禅宗文献の研究［M］．东京：大东出版社，1983.

佐藤成顺．中国仏教思想史の研究［M］．东京：山喜房佛书林，1985.

鎌田茂雄．中国の仏教仪礼［M］．东京：大藏出版社株式会社，1986.

关山和夫．庶民文化と仏教［M］．东京：大藏出版社株式会社，1988.

四、汇编文献

大正新修大藏经［G］.1934.

黄永武．敦煌宝藏［G］．台北：新文丰出版公司，1986.

编委会．上海博物馆藏敦煌吐鲁番文献［G］．上海：上海古籍出版社，1993.

编委会 . 北京大学图书馆藏敦煌文献［G］. 上海：上海古籍出版社，1995.
编委会 . 英藏敦煌文献［G］. 成都：四川人民出版社，1995.
编委会 . 天津市艺术博物馆藏敦煌文献［G］. 上海：上海古籍出版社，1998.
编委会 . 甘肃藏敦煌文献［G］. 兰州：甘肃人民出版社，1999.
编委会 . 上海图书馆藏敦煌吐鲁番文献［G］. 上海：上海古籍出版社，1999.
编委会 . 中国国家图书馆藏敦煌遗书［G］. 南京：江苏古籍出版社，1999.
编委会 . 俄藏敦煌文献［G］. 上海：上海古籍出版社，2001.
编委会 . 法藏敦煌文献［G］. 上海：上海古籍出版社，2005.

五、中文著作

任二北 . 敦煌曲初探［M］. 上海：上海文艺联合出版社，1954.
任二北 . 敦煌曲校录［M］. 上海：上海文艺联合出版社，1955.
王重民 . 敦煌曲子词集［M］. 上海：上海商务印书馆，1956.
周绍良、白化文 . 敦煌变文论文录［M］. 上海：上海古籍出版社，1982.
敦煌文物研究所 . 敦煌莫高窟内容总录［M］. 北京：文物出版社，1982.
任半塘 . 唐声诗［M］. 上海：上海古籍出版社，1982.
任半塘 . 唐戏弄［M］. 上海：上海古籍出版社，1984.
王重民、王庆菽、向达，等 . 敦煌变文集［M］. 北京：人民文学出版社，1984.
王重民著 . 敦煌遗书论文集［M］. 北京：中华书局，1984.
敦煌文物研究所 . 敦煌译丛［M］. 兰州：甘肃人民出版社，1985.
余嘉锡 . 四库提要辩证［M］. 北京：中华书局，1985.
任半塘 . 敦煌歌辞总编［M］. 上海：上海古籍出版社，1987.
逯钦立 . 先秦汉魏南北朝诗［M］. 北京：中华书局，1988.
孙昌武 . 佛教与中国文学［M］. 上海：上海人民出版社，1988.
任继愈 . 中国道教史［M］. 上海：上海人民出版社，1990.
马西沙、韩秉方 . 中国民间宗教史［M］. 上海：上海人民出版社，1992.
任继愈 . 汉唐佛教思想论集［M］. 北京：人民出版社，1994.
卿希泰 . 中国道教［M］. 北京：知识出版社，1994.
葛兆光 . 从六世纪到九世纪中国禅思想史［M］. 北京：北京大学出版社，1995.
北京大学古文献研究所 . 全宋诗［M］. 北京：北京大学出版社，1995.
杜继文、魏道儒 . 中国禅宗通史［M］. 南京：江苏古籍出版社，1995.
中国佛教协会 . 中国佛教［M］. 北京：东方出版中心，1996.

郑振铎 . 中国俗文学史 [M] . 北京：东方出版社，1996.
饶宗颐 . 澄心论萃 [M] . 上海：上海文艺出版社，1996.
姜伯勤 . 敦煌艺术宗教与礼乐文明 [M] . 北京：中国社会科学出版社，1996.
饶宗颐 . 敦煌曲续论 [M] . 台北：新文丰出版股份有限公司，1996.
孙昌武 . 禅思与诗情 [M] . 北京：中华书局，1997.
张弓 . 汉唐佛寺文化史 [M] . 北京：中国社会科学出版社，1997.
侯旭东 . 五六世纪北方民众佛教信仰 [M] . 北京：中国社会出版社，1998.
许地山 . 道教史 [M] . 上海：上海古籍出版社，1999.
孙昌武 . 中国佛教文化 [M] . 天津：南开大学出版社，2000.
敦煌研究院 . 敦煌遗书总目索引新编 [M] . 北京：中华书局，2000.
孙昌武 . 道教与唐代文学 [M] . 北京：人民文学出版社，2001.
王青 . 魏晋南北朝时期的佛教信仰与神话 [M] . 北京：中国社会科学出版社，2001.
王昆吾、何剑平 . 汉文佛经中的音乐史料 [M] . 成都：巴蜀书社，2002.
李小荣 . 变文讲唱与华梵宗教艺术 [M] . 上海：上海三联书店 2002.
项楚、郑阿财 . 新世纪敦煌学论集 [M] . 成都：巴蜀书社，2003.
吴海勇 . 中古汉译佛经叙事文学研究 [M] . 北京：学苑出版社，2004.
项楚 . 敦煌变文选注 [M] . 北京：中华书局，2006.
俞晓红 . 佛教与唐五代白话小说研究 [M] . 北京：人民出版社，2006.
周裕锴 . 宋代诗学通论 [M] . 上海：上海古籍出版社，2007.
钱钟书 . 宋诗选注 [M] . 北京：三联书店，2007.

后 记

这项课题是在我的博士论文的基础上完成的。我从 2001 年 9 月进入南开大学攻读博士学位，即开始致力于敦煌佛教歌辞的研究工作，至今已经十多年了。

南开大学那种雄浑阔大、厚重朴实而又开放自由的良好学风给了我很好的滋养。三年的南开生活，无论是先生们在学术领域积极开拓、勤奋踏实的精神，还是师生间彼此尊重而又相互关切的真情，还有同学们在日常生活中融洽无间的相处以及在紧张学习之余相互切磋交流的种种情形，在我心中都留下了美好而永久的回忆。

佛教对中国传统文化的巨大影响及其在学术研究中的重要地位是显而易见的。而半个多世纪以来，因种种原因，国内佛教研究不大景气。在敦煌研究院领导的支持下，2006 年 8 月到 2008 年 7 月间，我以客员研究员的身份赴日本东京艺术大学研修。借此机会，得朋友之助，我在早稻田大学图书馆、东京大学图书馆、东京艺术大学图书馆等处粗略翻阅了日本学者研究佛教的书刊资料，因而发现从事佛教研究的日本学人之多，研究范围之广，成果数量之大，由此想到国内佛教的研究状况，令人感叹。尤为重要的是，日本佛教的研究始终没有间断，可以说一直延续到现在，资料十分丰富。回国后，我又完成了自己所承担的敦煌研究院科研项目“敦煌释门偈颂歌赞校录研究”等工作，这些都对我更好地完成此项课题都有较大的帮助。

敦煌佛教歌辞时间跨度较大，涉及范围相当广泛，举凡宗教、音乐、歌舞、美术、文学、历史、考古、民族、地理等方面都有较为密切的关系，并且包含古代的中国、印度、西域、西亚、中亚等多种文化。由于部分敦煌歌辞作品，特别是赞颂类作品迄今尚未整理刊布，尽管我刚刚完成了这方面的一些初步工作，本文也有专章进行讨论，但由于此类作品数量众多，具体论析尚需进一步加强。而且，在其他方面也一定有许多不足，敬请方家学者不吝赐正。

我应该感谢我的博士导师南开大学的孙昌武先生，使我能够忝厕门下，给了我一次很好的学习机会。先生以身作则，孜孜矻矻，勤奋不倦，多年来一直奋斗在学术的最前沿，令人起敬。论文在总体构思、行文布局方面，先生都倾注了不少心血，特别是在整体宏观把握上，提出了不少高屋建瓴、具有相当理论高度和深度的建议。可限于才力，论文未能尽予充分吸收，但对我的论文写作很有启发，这也是我此后多年一直努力的方向。

论文完稿之后，送呈中国社科院亚太所黄心川先生、中国社科院文学所刘跃进先生、天津社科院宗教所濮文起先生、中国社科院文学所张锡厚先生、河北大学中文系姜剑云先生等同行专家评阅。他们在百忙之中，认真审阅了本书并给予了较高评价，同时也指出了其中存在的一些不足。其中敦煌学家张锡厚先生在 2005 年 7 月间不幸病故，此书未能在先生生前出版，我内心深感愧恨。论文答辩委员会是由中国社科院亚太所黄心川先生（主任委员）、中国社科院文学所刘跃进先生、南开大学文学院陈洪先生、南开大学文学院卢盛江先生和导师孙昌武先生等专家组成。感谢诸位先生为此付出的辛勤劳动，感谢他们使我顺利通过博士论文答辩。

我也应该也感谢我生活中有幸遇到和相处过的老师、朋友、同学、同事和同道，他们给了我无数的关爱、鼓励、启发和帮助，没有同他们相识或相处的机缘，就没有我的今天。特别感谢我的硕士导师、西北师范大学胡大浚先生和霍旭东先生，十多年来他们一直都很关心我的学业，给予了许多真切实在的支持和帮助。我的博士导师孙昌武先生在香港中文大学讲学之际，为本书撰写序言，感激之情，难以言表。中华书局的柴剑虹先生热情关心本书的出版，付出了不少心血。在这多年学习和工作中，我也得到领导、同事和朋友的不少真诚友好的帮助，他们有敦煌研究院的樊锦诗先生、李正宇先生、张先堂先生、杨富学先生等，南开大学攻读博士学位时的李润强博士、郭锋博士、尚丽新博士、范军博士、张培锋博士、李道和博士、陈国军博士、任德魁博士、马兴祥博士等，还有我在日本东京艺术大学访学时指导老师松田诚一郎先生、日本京都大学教授小南一郎先生、日本的塚原美津子女士、吉原千惠女士等，尽管有的现在已是天各一方，相距万里，但这些师恩深情，朋友厚谊，使我永存感激之心。同时，本书的写作也受到台湾“国立中正大学”郑阿财先生和朱凤玉先生的关心，感谢台湾“国立中兴大学”的林仁昱先生，在此书出版前我收到了他从台湾寄来的他自己的大作《敦煌佛教歌曲研究》。在出版过程中，高教出版社的王文洪先生认真负责，使此书得到了进一步的完善。在此谨向他们致以诚挚的谢意。

王志鹏

2012 年 10 月

郑重声明

图书在版编目（C I P）数据

敦煌佛教歌辞研究 / 王志鹏著．-- 北京：高等教育出版社，2013. 5

ISBN 978-7-04-035926-8

Ⅰ．①敦… Ⅱ．①王… Ⅲ．①敦煌学—佛教—词（文学）—诗词研究 Ⅳ．① I207.23

中国版本图书馆 CIP 数据核字（2012）第 184474 号

策划编辑 王文洪　责任编辑 罗亚妮　书籍设计 王 睢
责任校对 刁丽丽　责任印制 朱学忠

出版发行 高等教育出版社
社　　址 北京市西城区德外大街4号
邮政编码 100120
印　　刷 北京信彩瑞禾印刷厂
开　　本 889mm×1194mm 1/16
印　　张 19.75
字　　数 307千字
购书热线 010-58581118
咨询电话 400-810-0598
网　　址 http://www.hep.edu.cn
http://www.hep.com.cn
网上订购 http://www.landraco.com
http://www.landraco.com.cn
版　　次 2013 年5月第 1 版
印　　次 2013 年5月第 1 次印刷
定　　价 65.00 元

物 料 号 35926-00